SV

Antoine Volodine
Mevlidos Träume

Roman

Aus dem Französischen
von Holger Fock
und Sabine Müller

Suhrkamp

Titel der Originalausgabe: *Songes de Mevlido*

Satz: TypoForum GmbH, Seelbach
Druck: Druckhaus Nomos, Sinzheim
Printed in Germany
Erste Auflage 2011
ISBN 978-3-518-42230-4

1 2 3 4 5 6 – 16 15 14 13 12 11

ERSTER TEIL
MEVLIDOS NÄCHTE

1 Mevlido hob den Ziegelstein ein zweites Mal hoch, und Berberojan, der es hasste, wenn ein Untergebener ihm auf den Kopf schlug, beeilte sich, mit der Selbstkritik fortzufahren.

»Ja«, gab er zu, »Kleinigkeiten. Bisher habe ich nichts zugegeben, nur Kleinigkeiten. Aber jetzt … Jetzt werde ich …«

Er räusperte sich und streckte sein Rückgrat ein wenig.

»Jetzt werde ich aufrichtig sein.«

Ein Vorhang aus Blut fiel über seine Augen, und hinter diesem roten Niederschlag sah er die Vertreter der Massen, die seiner Erniedrigung beiwohnten und sich langweilten. An seinem Geständnis war nichts Originelles, und die Gewalt der Vorführung bot nichts, was Polizisten hätte erschüttern können, die häufig bei Prügeleien dabei waren. Zumal Mevlido die Situation nicht ausnutzte. Er schlug maßvoll zu, behandelte Berberojan weiterhin als Vorgesetzten, und wenn er ihm eins überzog, dann stets mit gebremster Kraft. Der Ideologiebeauftragte Balkaschin war nicht mehr zugegen, um die Härte der Schläge zu prüfen, und so verlief das Verhör im Grunde genommen ohne größere Schäden. Balkaschin hatte sich nur herbemüht wegen des Dienstgrades des Angeklagten, immerhin ein Kommissar, und sich eine Viertelstunde später, nach einer Ansprache über die proletarische Moral, bei der alle eingeschlafen waren, schon wieder verdrückt. Es war einmal mehr eine hingeschluderte Selbstkritik: ein theatralischer Augenblick, der einst, vor zwei- oder dreihundert Jahren, seine Berechtigung hatte, als die Kriege gegen die Reichen noch nicht samt und sonders verloren waren, der heute jedoch, am Ende der Geschichte – um nicht zu sagen, am Ende von allem – zu rein rituellem Blödsinn verkommen war.

»Das Ausmaß meiner Verwerflichkeit ist mir klar ... Ich verdiene es nicht, dass man mir so viel Verantwortung überträgt«, murmelte Berberojan vor sich hin.

Freilich wusste er, dass nach der Rüge, die die Versammlung ihm erteilen würde, alles wieder so sein würde wie zuvor. Er würde etwas Jodtinktur auf die Wunde streichen und wieder hinter seinem Kommissariatsschreibtisch Platz nehmen, um beispielsweise mit Mevlido zusammen eine Zigarette zu rauchen, und beide würden sich wieder den Kriminellen zuwenden, mit deren Akten sie sich seit dem Morgen nicht mehr beschäftigt hatten. Weder in der Gesellschaft noch bei den Sitten und Gebräuchen der Polizei würde sich irgendetwas verändern. Man würde einfach nur gemeinsam ein Stück weiter gekommen sein mit der Verunstaltung der revolutionären Errungenschaften. Widerwillig würde man noch einen kleinen Schritt in Richtung Barbarei und Tod aller Hoffnung gemacht haben.

»Ich habe das Vertrauen der Arbeiterklasse verraten«, stöhnte Berberojan erneut.

Er bekam Schluckauf.

»Daher betrachte ich mich als stinkendes Ungeziefer ... und ...«

»Lauter! Man versteht dich nicht!«, brüllte Mevlido.

Es war ein schwüler Nachmittag. Im Versammlungsraum herrschte eine tropisch graue Gewitteratmosphäre. Als Balkaschin hinausgegangen war, hatte er den Arm ausgestreckt und die Lampen ausgeschaltet, als müsste man, wenn er weg war, Energie sparen. Niemand hatte sie wieder angeschaltet. Mevlido und Berberojan gestikulierten auf dem Podest widerwillig und so unnatürlich, dass sie, hätte man für die Aufführung Eintritt bezahlen müssen, Pfiffe geerntet hätten.

Die Massen beschränkten sich auf vier Personen, die seit Balkaschins Abschied keine Parolen mehr riefen: Petro Michigan, Mackie Jiang, Bapos Workuta, Adar Margistral. Berberojan musterte sie einen Augenblick lang griesgrämig, dann sah er wieder alles verschwommen. Er zwinkerte ein paar Mal mit den Augen, um das Blut zu beseitigen, das ihm die Sicht nahm. Da die vier Inspektoren normalerweise unter seinem Befehl standen, legten sie verdrossene Mienen an den Tag. Im Laufe der Monate, der Jahre musste reihum jeder einmal in die Rolle Berberojans schlüpfen und zusammenhanglose Geständnisse stammeln, die Rolle der Zuschauer einnehmen oder anstelle von Mevlido einen Kollegen schlagen, und diese Rotation behagte keinem.

Berberojan schüttelte den Kopf. Er spulte ein unverständliches Gebrabbel ab.

»Lauter!« Mevlido ließ nicht locker.

Er beugte sich über Berberojan und schlug ihn auf den linken Arm, ohne den Ziegelstein zu benutzen. Man konnte den Eindruck haben, es handele sich um einen freundschaftlichen Klaps.

Der Kommissar kniete vor ihm wie ein zum Tode Verurteilter. Er sackte zusammen und stöhnte, dann legte er wieder etwas mehr Nachdruck in die Litanei der politischen Fehler, die er sich vorwarf, darunter:

- das illegale Verfassen beleidigender Darstellungen mehrerer leitender Polizeibeamter;
- das heimliche Blättern in ihren Gehaltsabrechnungen;
- die misslungene Vorbereitung einer Serie von Attentaten gegen den Mond;
- eine pflichtwidrige Duldsamkeit gegenüber den bol-

schewistischen Bettlerinnen von Hühnerhof Vier, jenem unkontrollierbaren Ghetto, jener glaubens- und gewissenlosen Parallelwelt, in der Untermenschen und Unsinn Zuflucht fanden;

- eine taktische Unterstützung terroristischer Netzwerke, von denen er weder Namen noch Programm kannte;
- die Veruntreuung kleinerer Summen aus der Solidaritätskasse des Kommissariats;
- und auch, um die Liste seiner Missetaten zu erschweren, ein Alptraum, der ihn in der Nacht zuvor heimgesucht hatte – verschwommene Visionen der Sodomie mit einem Riesenvogel.

»Mit was für einem Vogel? Wie sah er aus? Wem sah er ähnlich?«, fragte Mevlido mit erstickter Stimme.

Berberojan schöpfte Atem. Er war schweißgebadet. Auf seinem Gesicht flossen Schweiß und Blut ineinander, er machte einen verstörten Eindruck.

»Welche Farbe hatte der Vogel?«, wollte Mevlido genau wissen.

»Schwarz«, stammelte Berberojan. »Man hätte ihn für eine Riesenkrähe halten können.«

»Und der Name?«, fragte Mevlido, während er mit dem Ziegelstein vor Berberojans Kopf fuchtelte. »Erinnerst du dich an den Namen?«

»Niemand sagte etwas«, antwortete Berberojan. »Es war eine Riesenkrähe. Ich hatte sie noch nie zuvor gesehen.«

»Wer hat sie vergewaltigt?«, hakte Mevlido nach. »Warst du das? Oder jemand anderes?«

»Niemand hat sie vergewaltigt«, behauptete Berberojan. »Sie war willig.«

»Wie kannst du dir da sicher sein«, empörte sich Mevlido.

»Ich weiß nicht«, schnaufte Berberojan. »Es war ein wirrer Traum. Ich erinnere mich kaum noch.«

»Nein«, erwiderte Mevlido, »du erinnerst dich genau.

Du solltest dein Herz ausschütten vor den Massen, sie bringen so viel Geduld auf, dir zuzuhören, aber du lügst.«

»Ich könnte andere Vergehen gestehen«, schlug Berberojan vor.

»In Ordnung«, stimmte Mevlido zu, »wir kommen ein andermal auf die Geschichte mit der Krähe zurück.«

»Ich gestehe also andere Vergehen?«, fragte der Kommissar nach.

»Weiter«, forderte ihn Mevlido auf. »Wenn du frei von der Leber weg redest, werden sich die Massen bestimmt nachsichtig zeigen.«

Er stand über dem Kommissar und wusste nicht, was er mit dem Ziegelstein anfangen sollte. Außer dem Rinnsal in verschiedenen Rottönen flossen aus Berberojans aufgeplatzter Haut Flüssigkeiten, von denen einige aus unbekannten organischen Gründen ins Schmutziggelbe spielten. Die Wunde unter dem kurzgeschorenen Haar des Kommissars sah übel aus. Mevlido schwang den Ziegelstein mit offenkundigem Abscheu.

»Die Massen hören dir zu«, drohte er.

Berberojan zog den Kopf ein, dann fuhr er fort, mit halblauter Stimme seine Vergehen aufzuzählen:

- Diebstahl vertraulicher Dokumente, Übergabe dieser Dokumente an bewaffnete Gruppen, von denen er weder Name noch Programm kannte;
- Sympathien für die Attentäter, ganz gleich, ob ihre Opfer wichtige oder weniger wichtige Persönlichkeiten waren;
- Überlassen von Munition an Unbekannte;
- unterlassene Anzeige von Übeltätern, wobei man davon ausgehen musste, dass alle Freunde Mevlidos Übeltäter waren, wie Mevlido zweifellos auch;
- schlechte Führung Mevlidos, der ein doppeltes Spiel spielte, als Polizist die Bolschewisten unterwandert hatte und zugleich für Hühnerhof Vier die Polizei ausspionierte;

- Diebstahl von Klopapier, das Kollektiveigentum war, drei Rollen allein im letzten Monat;
- mangelhaftes Bemühen um eine Verbesserung der angespannten Beziehungen zum Ideologie-Beauftragten Balkaschin.

»Und das ist noch nicht alles«, meinte Berberojan.

»Wenn das noch nicht alles ist, dann weiter«, forderte Mevlido.

Daraufhin begann Berberojan, sich verdächtiger Liebesbeziehungen mit wesentlich jüngeren Frauen zu bezichtigen, insbesondere mit einer absolut unwiderstehlichen Anarchistin, die seine Tochter hätte sein können. Als Zugehfrau verkleidet kam sie manchmal im Kommissariat vorbei, um dort die Schubladen zu durchwühlen. Sie besaß einen Satz Zweitschlüssel zum Arsenal, und aller Wahrscheinlichkeit nach hat sie ihn benutzt, um die Lagerbestände an leichten Waffen ein wenig zu plündern. Bei ihrer Verführung hatte er auf die Autorität gebaut, die seine Funktion ihm verlieh. Er war in sie verliebt, war ihr mit Haut und Haar verfallen, aber er war keineswegs sicher, dass seine Liebe erwidert wurde.

Mevlido warf einen kurzen Blick auf die Massen, um zu sehen, ob Berberojans Geständnis sie schockiert hatte. Die vier Inspektoren mimten vollkommene Gleichgültigkeit. Die Wangen des von Natur aus blassen Bapos Workuta allerdings waren rot vor Entrüstung. Die Szene brachte ihn auf, wie uns alle.

»Muss ich ihren Namen nennen?«, murmelte Berberojan.

»Welchen Namen?«, ereiferte sich Mevlido.

»Den Namen des Mädchens«, antwortete der Kommissar.

»Nein!«, schrie Mevlido. »Das geht uns nichts an! Das ist den Massen scheißegal! Mach es wie bei der Krähe! Nenn ihren Namen nicht!«

Um Berberojan zum Schweigen zu bringen, hatte er begonnen, nach ihm zu treten. Unter seinen Schuhen fühlte sich der Körper des Kommissars an wie ein Sandsack. Berberojan, die Hände im Rücken über Kreuz zusammengebunden, fiel nach vorne, als hätte man ihm soeben eine Kugel durch den Kopf gejagt.

»Nein!«, grölte Mevlido noch einmal.

Dann wachte er auf.

»Was ist los? Du hast geschrien wie am Spieß«, brummte Maleeya Bayarlag, die Frau, die neben ihm lag.

»Nichts. Schlaf weiter.«

Er stand auf. Das Bett quietschte. Maleeya Bayarlag drehte sich zu ihm und sagte nichts. In der Dunkelheit sah man nicht, ob sie die Augen offen oder geschlossen hatte. Die Bettdecke war bis zu ihren Waden hinabgerutscht. Es war sehr heiß, drückend heiß. Das Schlafzimmer hatte kein Fenster.

Er ging drei Schritte durch den Flur in die Küche und trank, ohne Licht zu machen, einige Schlucke warmes Wasser. Dabei benutzte er seine Hand als Trinkschale. Über dem Fliegenschrank waren Spinnen an der Wand unterwegs und erzeugten in ihren Spinnennetzen jene weiten Schwingungen, die sie sich am liebsten für die dunkelsten Nachtstunden aufsparten und die laut einigen umstrittenen Fachleuten einer Art Sprache gleichkamen. Mevlido wischte sich Mund und Gesicht ab. Er hatte keine Lust, ein Gespräch mit ihnen zu beginnen.

Dann stand er im Wohnzimmer. Die Lichter von der Straße schwächten die Dunkelheit ab. Das Fenster stand sperrangelweit offen. Er verharrte einen Augenblick reglos, sog die Gerüche der Welt ein, dann näherte er sich dem Licht.

Kein Lüftchen drang in die Wohnung.

Die Nacht war siedend heiß.

»Stimmt das? Hast du wirklich nichts?«, fragte die Frau hinter ihm.

Er zog sie an sich. Schulter an Schulter, Hüfte an Hüfte stellten sie sich ans Fenster. Einen Augenblick lang dösten sie so vor sich hin und hörten dem üblichen Brummen in Hühnerhof Vier zu, dem Widerhall der Schlägereien, der Musik bei den Zeremonien, die Ybüren und Koreaner veranstalteten, um mit ihren toten Angehörigen zu sprechen, dem nächtlichen Geheul der Psychotiker, den bolschewistischen Parolen, die die verrückten Greisinnen brüllten, dem unaufhörlichen Gezeter der Vögel, ihrem Glucksen.

Bald begann es zu regnen.

Das Platschen der riesigen Tropfen überdeckte jedes andere Geräusch.

Mit der Nässe stieg die Temperatur.

»Wir sollten wieder schlafen gehen«, meinte Mevlido.

Maleeya Bayarlag lehnte den Vorschlag ab. Sie hatte keine Lust, sich wieder auf die zu feuchten Matratzen zu legen.

Auf der Straße prasselte der Regen.

Sie rührten sich nicht.

Sie lehnten schwitzend aneinander.

Sie sahen in die triefende Nacht.

Sie waren nackt.

2 Dann gab es ein durchdringendes Quietschen des alten Eisens und einen Ruck. Mevlidos Kopf stieß gegen die Fensterscheibe. Er musste eingenickt sein.

Ich muss eingenickt sein, dachte er.

Er setzte sich wieder aufrecht hin.

Die Straßenbahn fuhr ohne jedes Licht, mal von heftigen Stößen geschüttelt, als würde sie entgleisen, mal im Gegenteil völlig gleichmäßig, und dann hörte man das leise Schnurren des Elektromotors mit dem Generalbass der Hochspannung und dem unvermittelten Klacken der Schutzschalter, das unbegreiflich war und folgenlos blieb.

Mevlido rieb sich den Schädel, ließ acht oder neun Sekunden verstreichen und schmiegte sich erneut an das Fenster. Es war düster im Wagen. Die Straßenlaternen reichten nicht aus, um die anderen Fahrgäste zu erhellen. Mevlido mochte diesen Streckenabschnitt nicht. Nach dem Krieg war die Straße zwar von Trümmern geräumt worden, aber die Häuser, die sie säumten, waren so verfallen, dass sie keine Mieter mehr aufnehmen konnten. Die Straßenbahn fuhr kilometerweit an unbewohnbaren Häusern mit dunklen Fensteröffnungen und brüchigen Fassaden vorbei, aus denen modrige Dünste drangen. Gerüchten nach hatten dort einige Kindersoldaten Zuflucht gefunden, die einst am letzten, am x-ten Völkermord beteiligt gewesen waren. Da sie als Erwachsene nicht normal altern konnten, irrten sie durch die Ruinen, ohne sich jemals zu zeigen, und verbargen hinter den Mauern ihren beharrlichen Mangel an Gewissensbissen und die eisige Erinnerung an die Gräueltaten, die sie begangen hatten, bis eines ihrer ehemaligen Opfer sie eines Tages ausfindig machte und sich rächte.

Es war Mitternacht vorbei.

Es war Mitternacht vorbei. Und es war sehr heiß. Wie in allen Sommernächten seit fünfzehn Jahrzehnten ließ das Erstickungsgefühl auch am Abend nicht nach. Man musste sich bis zum Morgengrauen gedulden, bis man wieder Luft holen, für kurze Zeit Abkühlung finden konnte.

Die Fahrgäste in der Straßenbahn hatten die Augen geschlossen und wurden auf ihren Sitzen durchgerüttelt. Außer dem Zugführer und Mevlido waren es sechs, alles Männer oder zumindest männliche oder jedenfalls keine weiblichen Individuen. Benommen von den Miasmen, die die baufälligen Häuser ausdünsteten, döste oder dämmerte jeder vor sich hin und hielt sich so weit wie möglich fern vom nächsten Fahrgast. Ich erinnere mich noch gut an die Szene: Ich gehörte zu dieser Gruppe, und während ich ebenfalls die Empfehlungen zum Überleben oder Schlafen befolgte, beobachtete ich die Dinge durch die Wimpern. Wir waren alle im selben Stil gekleidet, trugen weiße Polohemden mit speckigen Krägen oder T-Shirts mit Fettflecken, Militärhosen, Tongs oder alte abgetragene Schuhe. Um diese Stunde kann man nichts anderes erwarten von den Fahrgästen auf der Ringstrecke, die nach Hause fahren in die zweitklassigen Welten, die Flüchtlingshäfen und die Ghettos.

Dann fuhr die Straßenbahn in eine Kurve und bog in Makadam Boulevard ein. Ich wusste, dass wir von dort bis zum Maraschwili-Tor, der Haltestelle, an der Mevlido aussteigen musste, keine weiteren Umwege machen würden. Mit dem Richtungswechsel erschien der Mond und warf sein fahles Licht durch die Windschutzscheibe. Es war ein gigantischer Mond. Er füllte die Hälfte des Himmels aus, ließ alle Sterne verschwinden und verwandelte Dächer und Baumwipfel, denn hier gab es nun Bäume, in plastisch scharf hervortretende Reliefs.

Das Licht war stark und milchig. Auf den Gesichtern, am Haaransatz schillerten die Schweißtropfen. Die Metallstangen warfen Flammen. Die sechs Fahrgäste und Mevlido glitten von einem düsteren Alptraum in einen helleren Alptraum. Wir steuerten jetzt den Vollmond an. Wir hielten geradewegs auf ihn zu, als säßen wir in einer sonderbaren Seilbahn.

Als Mevlido ziellos umherblickte, bemerkte er zwei Meter entfernt unter den Sitzen einen rabenschwarzen Vogel mit schwerem Bürzel, dicken Beinen und zerzaustem Federkleid, der hin- und herschwankte: etwas wie einen Mischling aus einem Riesenraben und einer Mutantenhenne. Sein mächtiger Schnabel war ein wenig geöffnet, das Auge kaum zu erkennen. Er schaukelte im Rhythmus des Gerüttels, und um das Gleichgewicht zu bewahren, spreizte er ab und an mit majestätischer Trägheit die Flügel, dann sank er wieder ins vertraute Dunkel seiner selbst zurück.

Die Haltestelle nahte. Mevlido stand auf, zog an der Klingelschnur, um dem Fahrer ein Zeichen zu geben. Und zuerst stellte er sich vor die Tür in der Mitte des Wagens, doch dann, als der Vogel ihn anstierte mit einem nunmehr bernsteinbraunen und inquisitorischen Auge, das von einem blutigen Ring umsäumt war, überkam ihn eine Befürchtung, und er ging zur hinteren Tür. Die Straßenbahn bremste, quietschte, die Scheiben klirrten, dann kehrte für zwei endlos lange Sekunden absolute Stille ein. Und schließlich öffneten sich die Türen vor Mevlido mit einem Aufbrausen, wie es für Maschinen üblich war, deren pneumatisches System man in einer unruhigen Zeit, während einer Revolution oder eines Krieges, entwickelt hatte.

Mevlido stieg aus. Gemäß einer Tradition, die verlangt, dass man stets dem Fahrzeug hinterhersieht, aus dem man gerade gestiegen ist, drehte er sich zu der Straßenbahn um, die bereits weiterfuhr mit ihrer Ladung eingenickter oder entschlafener Fahrgäste.

Die Straßenbahn beschleunigte. Wieder so ein klappriger Wagen, der sich rüstete, Richtung Mond abzuheben.

Einen Meter weiter auf der Plattform der Haltestelle stand der Riesenrabe und beobachtete ebenfalls dieses Abheben in den Weltraum. Er war an der mittleren Tür ausgestiegen.

Im Licht machte der Vogel keinen so finsteren Eindruck. Seine Augen hatten einen goldenen Schimmer, der ihnen einen gewöhnlichen, ja, sogar angenehmen Ausdruck verliehen hätte, wäre da nicht diese sonderbare, abstoßende blutrote Wunde ringsum gewesen, die an ein ansteckendes Gebrechen erinnerte.

»Da hat man uns ja gerade noch rechtzeitig aussteigen lassen«, krächzte der Vogel. »Ich dachte schon, wir müssten die Nacht in dieser üblen Kutsche verbringen.«

Mevlido stieß ein zustimmendes Schnauben aus, ohne den Vogel dabei anzuschauen. Die Aussicht auf einen Plausch mit diesem Individuum begeisterte ihn wenig.

»Sie wollen nach Hühnerhof Vier?«, fragte der Vogel.

»Ja«, erwiderte Mevlido kurz angebunden.

»Das ist aber mutig von Ihnen. So verrufen, wie der Stadtteil ist.«

»Ach was, nicht mehr als andere.«

»Die Polizei setzt dort keinen Fuß rein.« Der Vogel ließ nicht locker. »Sie hat zu viel Angst. An jeder Straßenecke lauern Hexen, und es wimmelt von Geisteskranken und Bolschewiken. Kennen Sie den Bolschewismus?«

Der Rabe neigte den Kopf auf die Schulter. Er hatte einen struppigen Rücken und verschmutzte Flügel. Mit seinen rot gesäumten Augen starrte er Mevlido an, schien Mevlidos Innenleben auszuforschen, er stierte unverschämt in ihn hinein.

»Ich wohne dort«, erwiderte Mevlido.

Der Vogel hatte wieder begonnen, mit dem Körper zu wackeln. Es gelang ihm, den Schnabel so zu verziehen, dass er Misstrauen ausdrückte. Man konnte allerdings nicht feststellen, ob sich eher Ablehnung oder ein vorsichtiges Einverständnis unter dieses Misstrauen mischte.

»Sympathisieren Sie mit dem Bolschewismus?«, krächzte er. »Gehören Sie etwa dazu?«

»Ich bin Polizist«, erklärte Mevlido.

»Oh!« Der Rabe zuckte zusammen.

Er ließ eine Sekunde verstreichen.

»Jedenfalls hat es einen schlechten Ruf«, bekräftigte er.

»Zugegeben, es ist verschrien«, räumte Mevlido ein. »Aber, wissen Sie, verglichen mit dem Rest ...«

»Mit welchem Rest?«, krächzte der Vogel.

Von den nächstgelegenen Häusern wehte ein übler Geruch nach besudelten Federn und Guano herüber und strich ihnen um Nase oder Schnabel.

Mevlido hustete, räusperte sich.

Beide machten ein mürrisches Gesicht.

Das Gespräch kam nicht in Gang. Vielleicht hätte sich etwas daraus ergeben können, aber hier kam es offensichtlich nicht in Gang.

3 Am nächsten Tag.
Oder vielmehr: in der darauffolgenden Nacht.
Damals ähnelten sich alle Nächte, im Leben Mevlidos wie in unserem.

Nach einem Arbeitstag im Zentralkommissariat kehrte Mevlido nach Hühnerhof Vier zurück.

Als Kulisse diente wieder die Straßenbahn mit ihren schläfrigen Fahrgästen, ihrem Lärm und ihren Schatten.

Sieben- oder achthundert Meter weiter blockierte wie so oft der Mond den Weg. Mit seinem ganzen gelblichen Elfenbein versperrte er Makadam Boulevard. Schwerfällig fläzte er sich auf den Schienen und nahm die ganze Landschaft bis zur Mitte des Himmels ein. Da die Stadt nicht recht wusste, wie sie dieser Demonstration von Überheblichkeit begegnen sollte, schwankte sie zwischen Kollaboration und Kapitulation, vereinzelt versuchte sie auch kümmerlichen Widerstand. Sie stützte sich auf einige nicht erloschene Glühlampen, um den Eindringling in seine Schranken zu weisen. In Wirklichkeit verbreiteten diese nur erbärmliche fahle Lichtschimmer. In den Ruinen war kein Mensch zu sehen. Ganze Mauerstücke verschwanden, wurden von abgrundtiefen Dunkelheiten geschluckt.

So viel zur allgemeinen Atmosphäre, immer noch in jener Nacht.

Die Straßenbahn kam schaukelnd voran. Nachdem sie

auf die gerade Strecke eingebogen war, die an Hühnerhof Vier entlangführte, beschleunigte sie, als ob sie Anlauf nehmen wollte, um mit Wucht gegen das Mondhindernis zu prallen. Die Glühbirnen im Wagen waren durchgebrannt. Die Fahrgäste schwankten hin und her, folgten mit kurzer Verzögerung dem Rumpeln des Wagens. Sie hatten die verschlossenen Gesichter von Toten. Man konnte deutlich erkennen, dass einer von ihnen, den sie dafür abgestellt hatten, am Steuer der Zugmaschine saß. Sie hatten ihn gebeten, die Straßenbahn am erstbesten Riesensatelliten, an seinen weißen Felsen, seinem Staub, seiner Endhaltestellenstille zu zertrümmern, und offensichtlich bereitete ihnen das nahe Ende keinerlei Angst.

Mevlido stand auf, bald würde man an seiner Haltestelle vorbeikommen. Er ging zwischen den erschlafften Gestalten hindurch und zog an der Klingelschnur, die mit der Fahrerkabine verbunden war. Der Fahrer war nur eine dunkle Silhouette, die vor dem Armaturenbrett saß, flach und kartonartig wie die Zielscheibe eines Schießstands. Seine Handbewegungen waren nicht zu erkennen. Mevlido wollte das Signal gerade wiederholen, als alles quietschte und ächzte, die Bremsbacken, die Räder, die Gleise unter den Rädern, das Fahrgestell, die Scheiben, die Haltestangen, der Metallboden, die Sitze.

Dann blieb die Straßenbahn stehen. Zwei Sekunden lang passierte nichts, bis die Türen vor Mevlido aufgingen und ein Schwall glühender Nacht durch die Öffnung hereinströmte. Ein Schild verkündete, dass man beim Maraschwili-Tor angekommen war. Das Schild war zwar nicht unleserlich geworden, aber jemand hatte sich die Mühe gemacht, es mit Vogeldreck oder Schlamm zu beschmieren.

Mevlido stieg aus.

Er war als Einziger ausgestiegen. Sogleich hüllte ihn die

Luft des Stadtviertels ein, und er schloss die Augen, um gegen die Übelkeit anzukämpfen, die ihn häufig befiel, wenn er aus dem relativ geschlossenen Raum der Straßenbahn in die Welt von Hühnerhof Vier trat. Der leichte Wind führte Guanogerüche sowie den Gestank von Geflügelmist, von tierischen und menschlichen Ausscheidungen jeder Art mit sich. Es war der widerliche faserige und feuchte, dunkle, ungesunde Ghettomief, der Geruch der Verzweiflung, der Aufständen vorausgeht, und der von Massengräbern.

Der Geruch unserer Zukunft und unserer Vergangenheit.

Der Geruch, der seit jeher in der Wirklichkeit herrschte.

Dann schlug er die Augen auf.

Unter dem Dach der Haltestelle, das errichtet worden war, um den Reisenden bei Regen Schutz zu bieten, rührte sich eine plumpe, weibliche Gestalt.

»Bist du es, Maleeya? Hast du etwa auf mich gewartet?«, wunderte sich Mevlido.

Maleeya trat aus der dunklen Ecke hervor, in der sie zweifellos schon stundenlang im Verborgenen auf einer Bank aus Beton gesessen hatte. Ihre Schulter streifte die Seitenwand der Haltestelle, ein Rechteck aus Blech, das während einer Periode sozialer Spannungen von Kugeln durchsiebt worden war. Das Eisen zitterte. Sie ging zwei Schritte und stand plötzlich im scharfen Licht. Man hatte den Eindruck, sie könnte jeden Augenblick das Gleichgewicht verlieren, bleischwer nach hinten kippen und sich wieder hinsetzen.

Sie trug eine schwarze Hose und ein tailliertes Oberteil aus einem alten Stoff in grellen Farben. Der Wahnsinn hatte diese Frau unansehnlich gemacht, mit ihrem aschfahlen, verbrauchten Gesicht, das einst vielleicht sehr reizvoll gewesen war, heute aber nur noch Sprachlosigkeit und Angst ausdrückte. Ihr Blick wich den Dingen zwar nicht aus, aber er ging durch sie hindurch, offensichtlich ohne sie zu verstehen oder sie auch nur wahrzunehmen. Ihr Haar war ungekämmt, ihre Haut glänzte, um den Mund perlten Tröpfchen. Sie hatte noch fast alle Zähne, aber sie waren grau. Sie ging zu Mevlido und schob ihre Hand in seine. Sie bewegte sich langsam, atmete geräuschvoll. Die körperliche Anstrengung in der zu feuchten Luft kostete sie viel Kraft. Sie gab Mevlido keine Antwort, aber dem Anschein nach war sie zufrieden, bei ihm zu sein und nun mit ihm zusammen nach Hause gehen zu können.

»Schon nach Mitternacht. Du musst stundenlang auf mich gewartet haben«, bedauerte er.

»Wie lange?«, fragte sie verwirrt.

Das Asthma entstellte ihre Stimme.

»Stundenlang«, wiederholte er.

Sie gingen von der Plattform hinunter und zum Maraschwili-Tor, dann durchquerten sie das Tor. Hand in Hand zogen sie ohne Eile ihres Weges, ein Liebespaar in den Fünfzigern beim Flanieren im Mondschein: ein kräftiger Mann von mittlerer Größe, der aussah wie ein Polizist, da er bei der Polizei arbeitete, und eine rundliche, schlecht gekleidete Frau, kaum kleiner als er, mit dem Gebaren einer Kranken im Innenhof einer Anstalt.

Sie machte kaum den Mund auf, höchstens zu einem grundlosen Lächeln oder um die Worte zu wiederholen, die er zuletzt gesagt hatte. Er war es gewohnt und wunderte sich nicht darüber. Er erzählte ihr, was er an dem Tag erlebt hatte. Er sprach von der Selbstkritik, die für die darauffolgende Woche anberaumt war. Er war an der Reihe, seine Vergehen vor den Massen aufzuzählen, und er hatte nicht die geringste Lust dazu. Er erwähnte Berberojan, der ihn beschuldigte, nicht mehr richtig bei der Sache zu sein. Fünf Sätze genügten. Sie hörte ihm nicht zu.

Sobald sie auf der anderen Seite des Maraschwili-Tors ankamen, wurde der weiße Schimmer schwächer, der im Mondlicht über allem lag. Die Straßen hatten sich verengt. Die städtische Beleuchtung setzte immer wieder aus. Man musste zuweilen viele Meter, manchmal Hunderte von Metern aufs Geratewohl im Dunkeln gehen. Auf den Gehwegen und Straßen lagen überall Wracks. Oft kam man an Süchtigen beiderlei Geschlechts vorbei, die in ihr Erbrochenes und ihre Träume niedergesunken waren. Wo die Dunkelheit undurchdringlich war, siedelten Vögel: feiste Riesenmöwen, Monsterkrähen, Eulen, Hühner; sie bevölkerten weite Teile des Bodens, bildeten dicht gedrängte Gruppen, die gegen die Eindringlinge protestierten und ihnen mit Schnabelhieben den Durchgang verwehrten. Man ging durch ein vielfaches Glucksen und Schreien.

Es war eine Nacht wie jede andere. Mevlido und Maleeya stießen gegen Halbtote, ihre Waden waren den Angriffen des Geflügels ausgesetzt, sie tasteten sich vorwärts. Wenn sie ins Mondlicht eintauchten, kniffen sie geblendet die Augen zusammen.

Sie schwitzten, dass der Schweiß aus allen Poren brach.

Sie schluckten ausgerupfte Federn.

Sie rangen nach Luft.

Ab und zu rief sich Mevlido einen Alptraum aus der Nacht zuvor ins Gedächtnis. Er hatte sich mit einem Raben über Hühnerhof Vier gestritten. Der Vogel zog über das Stadtviertel her, hielt es für verrufen und vom Bolschewismus verdorben. Mevlido hielt ihm entgegen, dass es sich um ein ganz normales Ghetto handele, nicht besser und nicht schlechter als jedes andere. Der Vogel versuchte, ihn auszuloten, er wollte wissen, was seine politischen Überzeugungen waren. Da er nicht das geringste Vertrauen zu ihm hatte, wich Mevlido ihm aus. Er äußerte sich nicht zum Bolschewismus. Dass Mevlido das Gespräch darüber vermied, machte den Vogel aggressiv. Sie gingen im Streit auseinander.

»Geht es, Maleeya?«, fragte Mevlido immerzu.

Sie wichen den Elendsgestalten aus, sie machten einen Bogen um die Ansammlungen zeternder Möwen. Maleeya Bayarlag drückte sich an ihn, gegen seine rechte Hüfte.

»Es geht«, sagte sie. Sie hatte schwere Beine, die staubige Luft brannte in ihren Lungen, es fiel ihr schwer, zu atmen, aber es ging.

Sie hielt einen Moment inne, um Atem zu schöpfen, dann gingen beide weiter, und er erzählte ihr seinen Traum.

»Irgendetwas in deinen Träumen läuft schief«, gab sie zu bedenken.

»Stimmt«, sagte er.

Er war froh, dass sie eine eigene Bemerkung angefügt und es nicht bei der einfachen, schlaftrunkenen Wiederholung seines letzten Halbsatzes belassen hatte.

»Es sind Träume eines Bekloppten«, sagte Maleeya noch.

Sie lachten beide. Sie war sehr empfänglich für die Zärtlichkeit, die er ihr erwies, wenn er mit ihr sprach, wenn er sie an den Hindernissen vorbeilotste. Sie freute sich über die liebevolle Unbeschwertheit ihres Spaziergangs. Auch Mevlido mochte dieses von der Dunkelheit begünstigte, komplizenhafte Einvernehmen.

Rund um sie stockten die Zeit und die Mühsal zu leben.

Die Nacht des Ghettos streichelte sie.

Besänftigte sie.

Später stiegen sie die Treppe eines kleinen Gebäudes an Factory Street hinauf. Es war ihr Haus. Es war nicht baufälliger als die anderen. Das Treppenhauslicht auf dem Flur im vierten Stock funktionierte. Mevlido stieß die Tür auf und betrat die Wohnung, schaltete aber nicht das Licht an. Sie standen im Dämmerlicht, das die Straßenlaternen aufhellten. Auch das Mondlicht trug seinen Teil dazu bei. Sie konnten von einem Zimmer ins nächste gehen, ohne befürchten zu müssen, gegen ein Möbelstück oder eine Wand zu stoßen.

»Hast du schon gegessen?«, fragte Mevlido.

Er ging in die Küche und inspizierte den Fliegenschrank. Maleeya hatte in den Lebensmitteln gestöbert. Sie hatte die Deckel, die die Lebensmittel vor zu schnellem Verderben schützen sollten, nicht auf die Behälter zurückgelegt, aber sie hatte die Gittertür geschlossen. Von den Speisen angelockt, ohne hineinzukönnen, lauerten zwei Küchenschaben vergeblich auf dem Scharnier. Sie scherten sich nicht um Mevlido. Sie fuchtelten mit ihren Fühlern und warteten darauf, dass sich eine Lücke auftat, sie wussten, eines Tages würden sie in diesen Käfig gelangen. Sie würden hineingelangen, sich vollfressen und sterben. Das war offenbar ihr Lebensziel geworden.

»Du hast also ein bisschen genascht«, sagte Mevlido.

»Ein bisschen genascht«, erwiderte Maleeya.

Er schnallte die kleine Tasche von seinem Gürtel los, die seine Dienstausweise, zwei Essensmarken, ein wenig Geld und zwei Magazine mit Munition enthielt. Er legte sie auf den Tisch und seufzte. Wie jeden Abend endete der Tag mit den allergewöhnlichsten Verrichtungen. Gleich würde er sich einen Tee zubereiten und eine Handvoll industriell hergestelltes Pemmikan oder Kekse aus dem Fliegenschrank nehmen. Er hatte keinen Hunger. Er hätte sich gerne hingesetzt, wollte aber nicht einschlafen.

»Bayarlag«, rief Maleeya, als ob sie ihn meinte.

»Was hast du«, sagte Mevlido.

»Bayarlag«, wiederholte Maleeya. »Es wird nicht besser für Yasar Bayarlag.«

Einen Meter entfernt vom Fenster schwankte sie im Halbschatten hin und her. Die Sohlen ihrer Espadrillos zischten auf den Fliesen. Die Glühlampe der Straßenlaterne direkt vor dem Fenster tauchte ihr Haar in ein dunkles Rot.

»Langsam aber sicher wird er verrückt«, vollendete Maleeya.

»Yasar Bayarlag?«

Maleeya bejahte Mevlidos Frage.

»Da ist nichts zu machen«, meinte Mevlido.

»Er verfällt in Wahnsinn«, brachte Maleeya noch hervor.

Yasar Bayarlag, der Mann, mit dem Maleeya Bayarlag einst zusammengelebt hatte, war tot. Er war fünfzehn Jahre zuvor an der Seite Maleeyas bei einem Anschlag auf einen Bus getötet worden. Körperlich hatte Maleeya diesen Schlag unversehrt überstanden, aber ihr Geist war durch die Explosion für immer zerrüttet. Mental hatte sie jetzt Schwierigkeiten. Für kurze Zeit fand sie immer wieder zu ihrem Verstand, ihrem sicheren Urteil und ihrer Fantasie zurück, hauptsächlich aber bewegte sie sich am Rand der Wirklichkeit, abgekapselt im Zustand des Schlafwandelns, mal wortkarg, mal geschwätzig. Häufig beschwor sie die Gestalt Yasars herauf, und oft machte sie sich im entlegensten Winkel von Hühnerhof Vier auf die Suche nach ihm, in einem Sektor von Hühnerhof Vier, den man die Halde nannte, in Gassen, in denen man tatsächlich Toten begegnen konnte, wo sie ihn aber nicht antraf und sich nur verirrte, wenn sie tagelang, wochenlang auf Trümmern herumstapfte. Hinterher behauptete sie, sie habe mit ihm gesprochen, ihm ihre Sorgen anvertraut, ihm das Versprechen auf baldige Rückkehr entlockt. Sie sah alles durch einen trügerischen Schleier der Erinnerung, in einem Nebel, und sie verwechselte Yasar mit Mevlido, teilte Mevlido Einzelheiten über die kleinen Freuden mit, die beide, Yasar und sie, kürzlich erlebt hätten, murmelte, Yasar habe ihr ein Geschenk gemacht, oder sie hätten miteinander geschlafen, oder er habe ihr ein Omelett mit Pilzen zubereitet oder Huhn in Curry, oder sie hätten in der Dämmerung zusammen vor dem Haus in Factory Street gestanden und dem Flug der Fledermäuse zugesehen.

Mevlido setzte sich. Er stützte sich auf den Tisch, der Arm lag neben der kleinen Tasche, die seine Polizeiutensilien barg, sein zermürbendes und nutzloses Polizistenleben. Wortlos verharrten sie eine Minute.

»Wir werden alle in Wahnsinn verfallen«, fuhr Maleeya fort.

»Ja«, sagte Mevlido, »darauf läuft es hinaus, das ist normal.«

»Darauf läuft es hinaus«, wiederholte Maleeya ohne Nachdruck.

»Da ist nichts zu machen. Darauf und auf den Tod. Jeder landet dort, die ganze Welt.«

»Die ganze Welt«, sagte Maleeya.

»Aber sicher.«

»Darauf und auf den Tod.«

Maleeya wippte ein wenig mit dem Oberkörper hin und her. Sie hatte den oberen Teil ihrer Bluse aufgeknöpft, sie troff von Schweiß. Plötzlich entstellte ein angstvoll verzerrter Mund ihr Gesicht.

»Und du ebenso«, sagte sie. »Auch du verfällst allmählich in Wahnsinn.«

»Mach dir keine Sorgen«, sagte Mevlido. »Wir sind zu zweit, wir beide, wir sind zusammen. Wir bleiben zusammen bis zum Ende. Wir schaffen es.«

»Du wirst wegen mir in Wahnsinn verfallen«, sagte Maleeya.

»Aber nein«, sagte Mevlido.

»Ich bin ansteckend«, beharrte Maleeya, »ich weiß genau, dass ich ansteckend bin.«

»Aber nein«, versicherte ihr Mevlido.

»Doch«, sagte Maleeya. »Du verfällst in Wahnsinn, Yasar. Ich darf dich doch Yasar nennen, oder?«

»Wie du willst«, sagte Mevlido.

»Du gehst unter, Yasar. Und zwar wegen mir.«

Sie fuhr sich mit der Hand ins Haar. Im Licht von der Straße sahen die Strähnen gefärbt aus. Auch ihre Finger waren von einem durchscheinenden Rot.

»Wir sind zu zweit«, nahm sie das Gespräch nach einer Weile wieder auf. »Deshalb. Weil wir beide zusammen sind. Eben deshalb schaffen wir es nicht.«

4 Mevlido streckte die Hand aus, um ihre Wange zu streicheln, doch sie entzog sich ihm, sie wich schon in den feuchten, dunklen Teil des Zimmers zurück, als ob sie darin verschwinden wollte. Es war ein düsterer Platz, wo sie sich für gewöhnlich allein oder mit Mevlido hinlegte, um zu schlafen oder auf den Schlaf zu warten oder mit Mevlido zu schlafen, ein fensterloser und stickiger Raum. Ihre Augen waren geschlossen; sie hatte sie soeben zugedrückt, zweifellos, weil sie das Metallbett mit seiner fleckenübersäten Matratze nicht mehr sehen, aber auch, weil sie das unangenehme Beben der Spinnennetze vergessen wollte, die die Wände überzogen und sich bis zu den Bettpfosten verzweigten, vor allem aber, weil sie sich besser auf den Satz konzentrieren wollte, den sie in Gedanken formulierte. Sich besser darauf konzentrieren. Es war ein Gebet, und dieses Gebet richtete sie an den Mann, den sie liebte; es war nicht Mevlido, denn auch wenn sie häufig eine Verbindung mit Mevlido einging, indem sie ihn Yasar nannte, indem sie ihm den Kosenamen Yasar gab, war ihr insgeheim bewusst, dass er nicht Yasar Bayarlag war, sie wusste, dass es nur Mevlido war – ein Gefährte im Unheil, aber nicht der wichtigste Mensch in ihrem Leben, mit dem sie zusammen war, als sie noch nicht verrückt war, als noch keine Busse explodierten und Yasar in Stücke rissen und gleichzeitig den Geist von Yasars Frau zerrieben, das heißt

ihren, Maleeya Bayarlags Geist. Maleeya Bayarlags eigenen Geist.

Das Gebet murmelte und heulte in ihrem Kopf, es spulte sich in einem anderen Raum ihres Gedächtnisses ab, hinter und vor ihrem Gedächtnis und in der zuckenden Stille ihres Körpers, sie irrte dort umher mit verschütteten Worten und mit verschütteten Bildern:

• berühre mich, Yasar,

• durchdringe mich, Yasar,

• nimm mich und meinen Leib mit deinen Armen, mit deinem Kopf,

• durchdringe mich, schüttle mich,

• dring ein in meine Eingeweide, in meine Organe bis zum letzten,

• nimm mein Herz in deine Hand und durchdringe es,

• berühre mich mit deinen Wirbeln, Yasar, mit dem Innern deiner Wirbel,

• wispere im Innern meiner Knochen,

• im Innern meiner Knochen gehe von null auf eins,

• flüstere für mich, murmle für mich und durchdringe mich, damit ich merke, dass ich wirklich lebe, berühre mein Leben, Yasar,

• stöhne in meinem Stöhnen,

• bohre im Leben meiner Stimme,

• versinke in mir, damit ich weiß, dass der andere Raum existiert und dass du zu uns zurückgekehrt bist, zu uns und unter die Männer und Frauen, die man Lebende nennt,

• streichle mein Herz und mein Leben von innen,

• bewege mein Gesicht zu deinem Gesicht, mit deinem aus dem Anderswo der Toten zurückgekehrten Gesicht,

• gehe mit deinem Kopf in meinen Kopf, um mich zu erschaffen,

• berühre mein Skelett, um mich zu erschaffen und wiederzuerschaffen,

• berühre mein Skelett von innen, um anschließend dich wiederzuerschaffen, als würden wir beide noch leben,

• zähle das Leben von uns beiden zusammen, indem du von null bis eins zählst,

• ruhe deine Schultern an meinen Schultern aus,

• beherrsche meine Füße und meine Hände und nacheinander all meine Glieder,

• beherrsche mein Blut und meinen Speichel,

• beherrsche die Vertraute,

• bohre in mir im Leben der Vertrauten,

• beherrsche meinen Atem, Yasar,

• beherrsche mein Schweigen mit deinem Schweigen,

• kehre zurück, Yasar,

• komm, kehre zurück mit aller Kraft,

• verlasse das Anderswo der Toten und lerne das Anderswo der Lebenden kennen, Yasar, nimm mich und lerne so das Anderswo der Lebenden kennen,

• tu so, als wäre nichts von dir vernichtet worden,

• tu so, als wärst du nicht in Fragmente des Nichts zerlegt worden,

• richte dich im Anderswo meines Lebens ein,

• erschaffe uns hier, Yasar, erschaffe uns neu,

• tu so, als wäre nichts von uns vernichtet worden,

• tu so, als wären wir nicht entschwunden,

• tu so, als wären wir nicht im Anderswo zusammen getrennt zusammen getrennt zusammen getrennt, zusammen getrennt worden.

Es war ein gehecheltes Gebet; einige seiner Motive erinnerten an eine Bitte um körperliche Liebe, und hätte es der Mann gehört, der weniger als einen Meter von ihr entfernt stand, hätte er es vielleicht für unumgänglich oder hilfreich gehalten, sich in der Hitze und im Schweiß der Nacht mit Maleeyas Körper sexuell zu vereinigen. Aber er hörte sie nicht, und es war auch nicht so wichtig, denn sie verband diesen stummen Schrei, dieses heftige Verlangen danach, besessen zu werden, nicht mit Bildern vom Koitus.

Nicht im Entferntesten.

Mevlido stand am Eingang des Zimmers. Er ging nicht weiter. Aus Erfahrung und instinktiv wusste er, dass sie sich von ihm entfernt hatte und dass ihr auf gegenseitiger Zuneigung beruhendes Bündnis vorübergehend gesprengt worden war. Er konnte sich kaum vorstellen, was in ihr vorging, sie kam ihm fremd vor, er verstand sie nicht mehr, unternahm keine Anstrengung mehr, sie zu verstehen. Abgespannt betrachtete er ihre Augen, die hinter den Lidern zuckten wie in Traumschlaf-Phasen, ihre halbgeöffneten Lippen, ihre stumpfen Zähne und ihr erschöpftes, vom Dämmerlicht durchfurchtes Gesicht.

Leise stammelte sie abgehackte Silben.

Einige Sekunden der Leere verrannen.

Plötzlich waren sie dazu übergegangen, in großer Distanz zum anderen ihren eigenen Gedanken nachzuhängen. Sie hatten keine Verbindung mehr. Auch Mevlido zog sich in seine Labyrinthe zurück. Er beachtete nicht mehr, was ihn mit Maleeya Bayarlag verband, sein Zusammenleben mit ihr, diese fatalistische Teilhabe am Untergang. Er begann jetzt an Verena Becker zu denken, seine Frau, die zwanzig Jahre zuvor bei Rassenunruhen in Zone Fünf, in Djaka Park West, von Kindersoldaten ermordet worden war. Zwanzig Jahre zuvor von Kindersoldaten ermordet. Verena Becker. Allmählich konkretisierte sich das Bild von Verena Becker, in seiner Erinnerung waren die Türen einen Spalt breit geöffnet und drohten weit aufzugehen. Die Kindersoldaten waren zu sehen, standen quasi auf der Schwelle mit ihren Halsketten aus Menschenohren und ihren bunten Vinylperücken. Auch er, Mevlido, stand auf der Schwelle. Noch ein Schritt, und er würde sich in den Trauerschmerz hineinwagen können. In den Schmerz und in die sterblichen Überreste. Er würde sich erneut in diese unerträglichen Bilder begeben und darin versinken. Dann stellte sich etwas dazwischen, stieß ihn heftig zur Seite, ein rettender Reflex. Und schon sah er woanders hin. Diese Erinnerung war tabu. Er durfte sich nicht an das vergangene Glück erinnern, an das Liebesleben, das er bis zu Verena Beckers Martyrium hatte. Er durfte sich Verena Beckers Martyrium nicht von Neuem vorstellen. Es war besser, nach Hühnerhof Vier zurückzukehren, an das Bett, und zu versuchen, den verlorengegangenen Kontakt zu Maleeya Bayarlag wiederherzustellen.

Die Nacht ging auf wie in einem Backofen.

Die Nacht.

Sie ging auf wie in einem Backofen.

Lichter drangen in den Wohnraum ein und sprangen im Schlafzimmer hin und her, sorgten an manchen Stellen für Helligkeit, an anderen für dunkle Flecken von glänzendem Schwarz.

Maleeya Bayarlag sprach noch immer kein Wort. Sie hatte sich schließlich auf das Bett gesetzt. Hinter ihr bebten die Spinnennetze an der Wand. Seit November litten sie unter einer Invasion von Spinnen. In manchen Jahren stellten sie furchtbare Gebietsansprüche, und um diese durchzusetzen, vermehrten sie sich. Sie erlebten gerade so ein Jahr, es gehörte zu den Schlimmsten.

Sie waren beide schweißgebadet.

»Du schwitzt«, stellte Mevlido fest. »Soll ich dir ein Glas Wasser holen?«

»Schwitze«, murmelte Maleeya.

»Hast du Durst?«, hakte Mevlido nach.

»Bist du es, Mevlido?«, fragte sie, ohne die Augen zu öffnen.

Sie kam wieder zu Bewusstsein. Verschwommen ahnte sie, dass sie in eine Art Trance gefallen war. Die Spur eines

Flehens lag ihr noch auf der Zunge, aber das Gedächtnis versagte ihr alles Weitere. Sie erinnerte sich nicht an Worte.

»Ja, ich bin es.«

»Ich dachte an Yasar. Wir waren zusammen. Ich habe geglaubt, du wärst Yasar.«

»Nein, ich bin es wirklich, wie du siehst«, erwiderte Mevlido.

»Anscheinend habe ich geredet. Habe ich etwas gesagt?«

»Wann?«

»Eben, als ich die Augen geschlossen hatte.«

»Na ja, du hast vor dich hingemurmelt.«

»Im Ernst? Ich habe nicht geredet?«

»Nein, du hast gemurmelt. Man konnte nicht verstehen, was du gesagt hast.«

»Man konnte es nicht verstehen?«

Sie war außer Atem. Ihre Beine baumelten vom Bettrand. Wie Mevlido hatte sie nur noch ein T-Shirt an.

Die Nachbarn im Haus schliefen, nichts drang durch die Wände oder die Decke, nur durch die Fensteröffnungen des Wohnraums hörte man den Straßenlärm. Ob Mutanten oder nicht, Möwen, Geflügel und Raben stritten sich ununterbrochen und krächzten. Im Haus gegenüber hörte jemand Musik von einem Phonographen mit Handkurbel, ein koreanisches Entzauberungslied, eintönig, magisch.

Schweiß rann über Mevlidos Wangen. Er setzte sich aufs Bett. Neben ihm saß Maleeya und keuchte.

»Sagst du mir auch die Wahrheit?«, hakte sie nach. »Man konnte nichts verstehen?«

»Nein.«

»Wie gut, dass man nichts verstanden hat«, sagte sie.

Genau in diesem Augenblick begann ein nächtlicher Umzug. Irgendwo hinter der Kreuzung marschierte ein Demonstrationszug los. Alte Bolschewistinnen, die in ihren

Naturzustand zurückgekehrt waren, skandierten aus Leibeskräften unsinnige Parolen. Für gewöhnlich kamen sie in Zweier- oder Dreiergruppen zusammen, oder sie kamen allein. Diesmal waren sie zu zweit. Sie überzogen die Stadt mit ihren Parolen, die genauso primitiv und unsinnig waren wie die Alten, die sie verbreiteten:

- MORDE NUR AUS GUTEM GRUND!
- NACH DEINEM TOD – AB IN DIE HALDE!
- NACH DEM TOD NICHT IN DIE HALDE!
- MORDE DEN TOD IN DIR!
- ERINNERE DICH, TAUSEND JAHRE SPÄTER, VERZEIHE NICHTS!
- VERGISS NICHTS, MORDE NUR AUS GUTEM GRUND!

Mevlido wischte sich über das Gesicht und trocknete seine Hände am Matratzenbezug ab.

»Ich hole dir ein Glas Wasser«, sagte er.

Er fühlte, dass er am Ende seiner Kräfte war. Wie jeden Abend hatte das Wiedersehen mit Maleeya Bayarlag auch heute etwas Aufreibendes. Er empfand eine große Zuneigung für sie, sie bildeten ein Paar, er dachte nicht daran, sie zu verlassen, er hatte vielmehr die Absicht, ihr dabei zu helfen, ihre täglichen Ängste, ihren Wahn durchzustehen, er hatte sich ein für allemal entschieden, bis zum Tod für sie zu sorgen und sie zu beschützen, doch die Liebe, die sie verband, war bloß animalisch und verzweifelt wie zwischen zwei Überlebenden einer Katastrophe. Er liebte sie nicht so, wie er Verena Becker geliebt hatte.

Die alten Frauen entfernten sich. Ihre Parolen wurden von der wachsenden Entfernung verzerrt. Es gelang immer weniger, sie zu übersetzen, unbewusst nahm man sie Silbe für Silbe auf, aber man versuchte nicht mehr, ihre Bedeutung zu begreifen:

- VERGRABE DICH!
- STOPF DEIN LETZTES BLUT IN EINEN SACK!

• KEHRE ZURÜCK IN DIE UNTERIRDISCHE HALDE, VERGRABE DICH!

»Gut, ich hole dir ein Glas Wasser«, wiederholte Mevlido.

Er wartete einige Minuten, bevor er sich rührte, doch schließlich stand er auf und ging in die Küche, um eine Tasse mit Wasser zu füllen. Er nahm einen Schluck und brachte den Rest Maleeya. Sie schluckte begierig die lauwarme Flüssigkeit und stellte die Tasse auf das Kopfkissen. Mevlido hatte sich wieder neben sie gesetzt. So verbrachten sie eine Weile schweigend, von Zeit zu Zeit zerquetschten sie mit der Hand einen Schweißtropfen, der sie auf einem Nasenflügel oder im Nacken kitzelte. Sie nahmen die ungehörigen Schreie der Nacht in sich auf. Sie legten sich nicht hin. Im Augenblick war an Schlaf nicht zu denken.

»Ich habe mich mit Berberojan gestritten«, sagte Mevlido schließlich. »Du weißt doch, wer Berberojan ist.«

Maleeya bejahte mit einem Nicken.

»Ich weiß. Der Kommissar.«

»Er wirft mir vor, ich würde durchdrehen«, sagte Mevlido.

»Aha, siehst du«, schloss Maleeya, »du verfällst in Wahnsinn. Ich bin nicht die Einzige, die es bemerkt.«

»Er will, dass ich zur Polizeipsychiaterin gehe.«

»Dann geh hin«, sagte Maleeya. »Wenn er es dir schon sagt, er ist schließlich dein Chef.«

Mevlido deutete eine Geste in ihre Richtung an. Er hätte sich gerne an sie geschmiegt und auf ihren Trost gewartet, aber er verabscheute es, seine Schwäche auf diese Weise einer noch Schwächeren zu zeigen, und sein Arm, den er kaum angehoben hatte, fiel sogleich wieder zurück.

»Berberojan ist doch dein Chef, oder?« Sie ließ nicht locker.

»Ja«, sagte Mevlido.

»Also bestimmt er, wo es langgeht«, murmelte Maleeya.

»Ich habe keine Lust«, entgegnete Mevlido. »Ich bin erschöpft, das ist alles. Ich bin geistig erschöpft und ich habe schlechte Träume. Das geht nur mich etwas an. Warum ärgert er mich bloß dauernd mit seiner Psychologin.«

»Psychiaterin«, verbesserte Maleeya.

Der Aufmarsch der Spinner rauschte noch.

• ÄNDERE DIE MARSCHROUTE, SELBST IM TODESFALL!

• SPERR DEIN GESICHT IN EINEN SACK!

• GEH FÜR TAUSEND JAHRE UNTER DIE ERDE!

Die Aussagen waren kaum noch zu wahrzunehmen, man musste die Sätze aus nahezu nichts neu erschaffen und neu erfinden. Über Factory Street herrschte jetzt wieder der hallende Phonograph, die Stimme der Sängerin von gegenüber.

Maleeya atmete pfeifend.

Im anderen Zimmer hatte sich soeben ein Vogel auf das Fensterbrett gesetzt

Ein Vogel. Auf das Fensterbrett.

Hatte sich soeben hingesetzt. Er war dick, er landete mit der Schwerfälligkeit eines Pelikans, seine Krallen kratzten auf dem Zinkblech, dem Beton. Seine Flügel sandten einen Schwall säuerlicher Gerüche in die Wohnung. Er konnte nicht stillsitzen. Weder Mevlido noch Maleeya sahen ihn vom Bett aus, aber sie hörten ihn zappeln wie ein Verhaltensgestörter. Er deutete ein Krächzen an, man hörte das Plumpsen von Vogeldreck, der sich auf einer Linoleumfliese ausbreitete, dann flog er davon.

Am Betthaupt zitterte ein klebriges Insekt in einem Netz an der Wand, zweifellos eine Fliege in panischer Angst vor dem Entsetzlichen. Das Leben ging weiter.

»Ich war sogar schon bei ihr«, fuhr Mevlido fort.

»Sogar schon bei ihr«, wiederholte Maleeya.

Im selben Moment wehte kaum hörbar eine letzte Parole durch die Straße und verstummte.

• DU BIST NICHTS MEHR; SETZ DICH NICHT ZUM VIEH!

Maleeya begann mit dem Oberkörper langsam von vorn nach hinten zu wippen. Etwas Besseres kann man nicht tun, wenn man von Spinnennetzen umgeben ist, wenn es spät ist und man trotzdem die dunkle Gewissheit hat, dass das Leben weitergeht.

Irgendwo im Bettrost quietschte eine Feder.

»Bei wem?«, fragte sie.

»Bei der Psychiaterin«, antwortete Mevlido. »Vorgestern. Zur Kontaktaufnahme.«

Die Feder quietschte, die gefangene Fliege sträubte sich und legte dabei pathetische Pausen ein. Das Straßenlicht prallte von den Wänden ab. Das koreanische Lied lief weiter. Es war ein Singsang nach der Niederlage, nach dem Tod, der den gefallenen Kriegern oder ihren noch lebenden Kameraden ihren Stolz wiedergeben sollte. Die Sängerin klang verbittert, kaum melodiös. Als die Feder schwächer wurde und die Stimme allmählich auf groteske Weise immer tiefer klang, drehte der Typ, der sie hörte, an der Handkurbel seines Phonographen, um ihr neuen Schwung zu geben. Es nahm kein Ende.

Im Zimmer hing Vogelgeruch.

Maleeya Bayarlag wippte und atmete laut.

Sie schwitzte dicke Tropfen.

»Du bist nichts mehr, mein lieber Yasar«, stammelte sie. »Setz dich nicht zum Vieh.«

5 Es ist zwei Uhr. Maleeya Bayarlag ist eingeschlafen. Aber er, Mevlido, nicht.

Drei Uhr, dann vier Uhr.

Man kann unmöglich feststellen, ob Mevlido nun in den Schlaf gesunken ist oder nicht. Er weiß es selbst nicht. Er versucht, der Frage nicht auf den Grund zu gehen, und steht auf. Maleeya hinter ihm reagiert nicht. Sie liegt zur Gänze entblößt quer über dem Bett, streckt den Hintern in die Luft. Er zieht sich an, dann schließt er behutsam die Wohnungstür hinter sich, geht aus dem Haus und beginnt durch die Straßen zu gehen. Etwas lockt ihn vorwärts. Er bewegt sich wie wir, wie im Traum. Er geht aufs Geratewohl los, ohne sich Gedanken über das Ziel zu machen. Aufs Geratewohl und vorwärts.

Ringsum herrscht Stille in Hühnerhof Vier. Nur seine Schritte hallen zwischen den Mauern. Kein Grammophon mehr, kein subversives Gebrüll mehr, kein Klopfen mehr der chinesischen Messer auf Hackbrettern in den Ecken, in denen sich die chinesischen Flüchtlinge ballen. Weder der Stimmenlärm der Schlaflosen noch die Rufe der Süchtigen, die in ihren Exkrementen zusammenzucken und die Angst haben. Alles hat sich beruhigt. Auch die Vögel sind still. Sie schlafen zusammen in dichten Horden, als herrschten sehr niedrige Temperaturen oder als zwänge sie die Furcht vor dem Weltende, sich aneinanderzudrängen. An manchen Stellen erstreckt sich ein flaumiges Kollektivwesen quer über die Straße und versperrt den Weg. Mevlido trampelt über diese wabernde Masse, angewidert geht er mitten durch die schlagenden Flügel vorwärts.

Durch den Geflügelgeruch wird ihm speiübel.

Seine Beine bekommen Schnabelhiebe ab.

Der Vollmond über der Stadt hat an Umfang abgenommen.

Der Mond ist hart geworden, er schickt ein böses Licht zur Erde.

Mevlido läuft durch die Straßen: Factory Street, Gunmen Street, Palm Avenue, Market Street. Nach einigen Minuten des Umherirrens nimmt er sich den stillgelegten Bahnhof an Container Avenue zum Ziel. Früher gab es in Hühnerhof Vier und in den angrenzenden Gebieten Hunderte, Tausende von Bahnhöfen. Der Bahnhof an Container Avenue durfte nicht betreten werden, da ein Teil des Wartesaals einzustürzen drohte, aber man hat ihn nicht wie andere öffentliche Gebäude nach Kriegsende oder später mit Dynamit gesprengt. Man kann hineingehen. Mevlido mag die Atmosphäre in ihm, besonders nachts. Ich auch.

Er trifft am Bahnhof ein. Innen ist alles dunkel. Eine Türhälfte ist aus den Angeln gerissen, er schlüpft durch die Öffnung. Die Finsternis in der Halle schluckt ihn. Er atmet so wenig wie möglich, denn hier haben zahllose Tiere und Menschen seit Jahrzehnten ihre Blase und ihren Darm entleert. Er durchquert den Gestank und gelangt unversehrt auf der anderen Seite zu den Bahnsteigen. Jetzt kann er sich die Lungen mit Frischluft füllen.

Er bleibt stehen. Nur sein Brustkorb bewegt sich noch.

Der Mond schüttet seine Säuren über das Bild.

Mevlido atmet. Er steht wie angewurzelt auf Bahnsteig eins. Die Plattform ist aus Holz. Bei der geringsten Bewegung knarrt es. Mevlido richtet den Blick auf den Mond und betrachtet ihn ausgiebig.

»Er sieht nicht aus, als wäre er echt«, hört er eine Stimme neben sich.

»Ah, Gorgha«, sagt Mevlido.

Der andere tritt aus dem Schatten, der ihn vollständig verborgen hat. Er ist groß, beeindruckend groß sogar.

Ich sagte *er* gemäß seines Rabenstatus, aber ich sollte *sie* sagen, denn Gorgha ist ein weiblicher Rabe. Mit ihrem glatten, tadellos gepflegten Federkleid, elektroschwarz, beinahe blau glänzend, ist sie sogar eine vollendete Schönheit. Bewundernswert sind auch ihr mächtiger, rauchfarbener Schnabel und ihre schwarzumrandeten, dunkelgelben Honigaugen.

»Ich fragte mich gerade, ob ich träume oder nicht«, sagt Mevlido.

»Na siehst du«, erwidert Gorgha.

Einige Augenblicke schweigen sie.

»Ich wusste gar nicht, dass du dich hier in der Gegend herumtreibst«, sagt Mevlido.

»Auf welchen Schnellzug wartest du eigentlich?«, fragt Gorgha sarkastisch.

»Ich konnte nicht einschlafen«, entgegnet Mevlido.

»Seit Kriegsende fährt hier kein Zug mehr«, erinnert ihn Gorgha.

»Und wenn schon!«, meint Mevlido. »Man weiß nie, was noch.«

Einen Augenblick lang träumen sie vor sich hin. Sie betrachten einen Tank, der auf der anderen Seite der Gleise verrostet. Der Bahnhof gleicht dem in einem Western, erinnert an Bahnhöfe, wie man sie im goldenen Jahrhundert des Kinos in den Kinosälen sah, seither sind nahezu dreihundert Jahre vergangen. Alles ist aus Holz, alles menschenleer, die Schienen verschwinden geradeaus im Nichts, und auf einem Bahnsteig aus alten, ausgeblichenen Planken stehen zwei verschlossene Personen wie zwei Revolverhelden vor dem Duell.

Zwei wortkarge Helden. Einer von beiden ist eine Rabenfrau von vollendeter Schönheit.

Es ist mitten in der Nacht, eine Grille zirpt leise.

Der Staub schimmert hell. Schritte zeichnen sich darin ab wie in Schnee. Über dem Bahnsteig hängen Lampen an Leitungen, aber keine einzige Birne brennt. Alle Helligkeit kommt vom Himmel. Sie kommt vom schwarzen Himmel, der Teer, Tinte und fahles Licht auf das Bild wirft.

Man könnte meinen, man befände sich in einer Fotografie ohne Überraschungen, doch plötzlich gesellen sich zwei Galgenvögel hinzu. Bis dahin sind sie im Hintergrund geblieben, der eine gegen eine Wand gelehnt, der andere mit einem Pfosten verschmolzen, doch jetzt rühren sich beide. Ganz lässig, wie alte Haudegen, erscheinen sie lärmend drei Meter von Mevlido entfernt. Sie geben Gorgha nicht das geringste Zeichen heimlichen Einvernehmens, sie kehren ihr und Mevlido den Rücken zu und entfernen sich gemächlich. Mevlido bleibt keine Zeit, ihre Gesichtszüge zu erkennen, er kann nicht einmal feststellen, ob ihre Gesichter wie das Gorghas mit Federn bedeckt sind. Die Planken ächzen unter ihren Lederstiefeln. Sie tragen Kampfanzüge und Feldmützen. Als sie das Ende der Plattform erreichen, bleiben sie stehen. Vor ihnen beginnt eine kurze Treppe mit sechs oder sieben Stufen. Es sieht so aus, als untersuchten sie, was hinter dem Bahnsteig oder unterhalb von ihm liegt. Sie beugen sich in den Schatten.

»Freunde von dir?«, fragt Mevlido.

»Sie gehören dazu«, antwortet Gorgha ausweichend.

Mevlido quittiert die Antwort mit einem Nasallaut.

»Sie sorgen für meine Sicherheit«, erklärt Gorgha der

Vollständigkeit halber. »Soll eine verrufene Gegend hier sein, hat man mir gesagt.«

Was Gorghas Leibwächter so eingehend unter die Lupe nehmen, ist nicht zu erkennen. Über den stillgelegten Gleisen erheben sich ein paar karge Büsche, Termitenhügel von einem halben Meter Höhe. Dort ist nicht das geringste Lebenszeichen auszumachen. Nichts atmet, nichts rührt sich. Die Vegetation ist vollkommen grau.

Die beiden Haudegen verharren reglos. Man könnte sie für zwei unbeholfene Banditen halten, die in einer Versteinerung aus der Urzeit gelandet sind.

Stille.

Die Grille zirpt.

Nach einer ereignislosen Minute geht Gorgha zu einem verfallenen Anbau, wahrscheinlich ein Gebäudeteil, in dem einst der Bahnhofsvorsteher gearbeitet hat oder ein Bahnbeamter, der den Reisenden Auskunft gab. Die winzige Fassade ist von einem Fenster durchbrochen, vor dem ein Holzrollladen heruntergelassen ist. Gorgha steckt die Hand in eine Führungsschiene und hebt einen Stab an. Von diesem Griff belästigt, sucht eine Spinne mittlerer Größe entlang der Mauer das Weite, zuerst stark beleuchtet und durch ihre Schatten stark vergrößert, dann unsichtbar unter dem Dachüberstand.

Jetzt ist der Schalter geöffnet.

Man ahnt den Stuhl im beengten Raum des Anbaus und eine weiße Holzablage unterhalb des kleinen Fensters, auf die sich der Bahnbeamte stützen musste, wenn er Auskunft gab oder Durchsagen machte. Auf der Ablage liegen noch zwei Abreißblöcke, ein paar Bleistifte, ein Mikrofon.

»Ich habe Anweisungen, die ich dir übermitteln soll«, kündigt Gorgha an.

»Ach«, meint Mevlido, »von wem?«

»Von Deeplane.«

Mevlido gibt einen unbestimmbaren Laut von sich. Keinen Kommentar.

»Du kannst Deeplane doch einordnen, oder?«, fragt Gorgha nach.

»Klar«, antwortet Mevlido.

Eigentlich ist er sich da nicht so sicher. Bei Erwähnung dieses Namens hat er einen von einer Lampe beleuchteten Schreibtisch gesehen und dahinter einen intelligenten Kopf mit einem harten, strengen Gesicht und einem auf ihn gerichteten Blick – inquisitorisch, herrisch, wie nur ein höherer Offizier oder ein Arzt ihn auf jemanden werfen kann. Doch quasi im selben Augenblick verschwimmt das Bild vor seinen Augen und löst sich auf. Eine halbe Sekunde lang hat es einer Erinnerung geglichen. Aber was heißt hier Erinnerung? Nein, so ein Bild kann nicht in seinem Gedächtnis sein, das ist unmöglich. Es gibt keinen Deeplane, hat nie einen gegeben, nicht im Leben Mevlidos. Sie sind sich nie begegnet. In den kriminellen Organisationen, denen Mevlido in seiner Jugend und später angehörte, hatte es nie eine derart institutionalisierte Aufgabenverteilung gegeben, nie Bosse, die hinter einer Schreibtischlampe saßen und ihre Untergebenen empfingen, ohne sie aufzufordern, sich zu setzen. Oder doch, vielleicht hat Mevlido dergleichen doch gekannt zu einer Zeit, als die Weltrevolution noch einige Regionen des Globus kontrollierte, zur Zeit Verena Beckers zum Beispiel. Oder später, in den Zeiten des Bürgerkriegs oder des Schwarzen Kriegs. Er weiß es nicht genau, weiß es nicht mehr. Ihm scheint, er habe sich nie in einer Situation befunden, in der ein Typ namens Deeplane ihn streng hätte mustern können, in einem dunklen Zimmer mitten in der Nacht, ihm gar Befehle hätte erteilen können. Doch gleich darauf schwenkt er zur gegenteiligen Überzeugung um. Er weiß genau, wer Deeplane ist. Nein, er hat noch nie etwas von einem Deeplane gehört. Oder doch, sie haben zusammengearbeitet, zusammen getötet. Sie haben zusammen Komplotte geschmiedet. In seinem Gedächtnis wimmelt es von Geschichten unter der Rubrik Deeplane. Eigentlich nicht. Nein, unter der Rubrik Deeplane herrscht Leere in seinem Gedächtnis.

»Ich sagte übermitteln, doch eigentlich geht es eher darum, dich an sie zu erinnern«, erklärt Gorgha.

»Hältst du das für notwendig?«, fragt Mevlido zögerlich.

Man merkt ihm allerdings an, dass er blufft.

»Für den Fall, dass du sie vergessen haben solltest. Man kann nie wissen. Bei deinem Gedächtnis.«

»Was soll mit meinem Gedächtnis sein!«, protestiert Mevlido.

»Ob du willst oder nicht, Deeplane hat mich gebeten, dich daran zu erinnern«, sagt Gorgha.

»Gut, leg los. Ich höre.«

Mevlido konzentriert sich. Deeplane ist nur noch ein verschwommener Fleck unter anderen verworrenen Gedächtnisinhalten, zwischen anderen wirren Gestalten in einer Rumpelkammer, in der er wahre und falsche Erinnerungen, Bilder aus Filmen, post-exotische Hirngespinste oder Bruchstücke von Träumen oder früheren Leben planlos abstellt.

»Erstens sollst du keinen Kontakt mit Spinnen aufnehmen, unter welchen Umständen auch immer«, beginnt Gorgha vorzutragen. »In ihrer Gegenwart darfst du dir nicht die geringste Vertraulichkeit erlauben, nicht mit ihnen reden. Tu so, als würden sie nicht existieren.«

»So tun, als würden sie nicht existieren«, wiederholt Mevlido.

»Dasselbe gilt auch für Kindersoldaten«, fügt Gorgha hinzu. »Rede nicht mit Kindersoldaten. Weder mit Spinnen noch mit Kindersoldaten.«

»Weiß ich«, behauptet Mevlido.

»Zweitens«, fährt Gorgha fort. »Achte die proletarische Moral. Du darfst unter keinem Vorwand gegen die proletarische Moral verstoßen. Beharre felsenfest auf ihren Klassenstandpunkten.«

»Was für Klassenstandpunkte?«, brummt Mevlido.

»So lauten die Anweisungen«, sagt Gorgha. »Unterbrich mich nicht. Drittens sollst du dich nicht in die Hände von Psychiatern begeben. Solltest du durch unglückliche Umstände zu einem Psychiater kommen, leugne.«

»Leugnen«, wiederholt Mevlido.

»Alles abstreiten bis zum Letzten«, bekräftigt Gorgha.

»Kapiert.«

»Mach es wie bei der Selbstkritik«, fährt Gorgha beharrlich fort. »Rede irgendwas daher oder äußere dich zu den kritischen Punkten auf unverständliche oder groteske Weise.«

»Gut«, stimmt Mevlido zu.

»Vor allem fürchte dich nicht davor, als absolute Null zu gelten«, erläutert Gorgha.

»Davor hatte ich noch nie Angst«, versichert Mevlido.

»Viertens«, fährt Gorgha fort. »Sonia Wolglan.«

»Sonia Wolglan«, wiederholt Mevlido.

»Tritt nicht in Kontakt mit ihr, es sei denn, in auswegloser Lage. Es handelt sich um eine Person, auf die sehr wenig Verlass ist.«

»Was heißt hier ausweglos?«, murmelt Mevlido.

»In auswegloser Lage.« Gorgha versteift sich darauf. »Der Begriff sagt genau das, was er aussagen soll.«

Dann verstummt Gorgha. Sie bleiben beide nebeneinander stehen. Sie hören der Grille zu, die regelmäßig zirpt.

»Ist das alles?«, fragt Mevlido nach.

»Ja«, bestätigt Gorgha. »Erstens, zweitens, drittens, viertens. Das war eine Erinnerung.«

Sie hören noch ein wenig dem sehnsuchtsvollen Gesang der Grille zu, dann schiebt Gorgha eine Schulter durch die Öffnung, deren Rollladen sie gerade hochgeschoben hat. Man hört einen Bleistift über die Ablage rollen und zu Boden fallen. Gorgha berührt das Mikrofon, sie macht das Elektrokabel ausfindig, das zu ihm führt, sie tastet die Wand ab, die direkt unter dem Schalter liegt. Sie tastet gut eine Viertelminute lang. Dann findet sie, was sie gesucht hat – einen Schalter.

Sie drückt ihn.

Ein lautes Schnalzen.

So außergewöhnlich es erscheinen mag, die Lautsprecheranlage ist in Gang gesetzt. Die Lautsprecher des Bahnhofs übertragen sogleich das Rascheln der Federn und kratzende Geräusche, denn Gorgha versucht, das Mikrofon aus seinem Ständer zu lösen und zu sich nach außen zu ziehen, aber das Gerät widersteht, und deshalb muss sie sich schließlich damit abfinden, unter weniger komfortablen Bedingungen zu sprechen. Sie streckt ihren Oberkörper durch die Öffnung, dann beugt sie ihren Kopf über den anderen, metallischen Kopf.

In der Starre und Leere des Bahnhofs ertönt ein Satz über den Gleisen, die ein Netz von Rost überzieht. Dann noch ein Satz. Die Echos sind mit magnetischen Auswürfen beschlagen, jede Silbe prallt ab an Hindernissen oder Abgründen.

»Hier Gorgha, ich rufe die Basis«, spricht Gorgha. »Kontakt hergestellt. Botschaft überbracht. Keine Verluste von Menschen und Material.«

Die Durchsage braucht Zeit, um sich zu verbreiten. Sie hallt im verwinkelten Bahnhofsgebäude wider, sie schwebt über dem Staub, über den schwarzen Brettern und über den kreidigen Brettern. Sie zieht an den beiden Leibwächtern vorbei, die immer noch wie versteinert vor der kleinen

Treppe stehen, sie erreicht den Termitenhügel, breitet sich aus in der undeutlichen Nacht und jenseits von ihr. Nach der Durchsage hebt Mevlido den Arm und legt eine Hand auf Gorghas linkes Schulterblatt, auf ihr raschelndes, warmes, tief dunkelblaues Federkleid.

Er berührt es. Die Federn sind heiß, rascheln.

Er berührt es, um Gorghas Aufmerksamkeit zu erlangen, ohne Druck auszuüben, aber zugleich ähnelt seine Geste einer Liebkosung.

Gorgha zuckt zusammen. Sie mag derlei Vertraulichkeiten nicht, darauf deutet alles hin.

Sie hat sich wieder ein wenig aufgerichtet und wendet sich brüsk Mevlido zu.

»Ist noch was?«, fragt sie.

»Von den vier Punkten abgesehen ...«, fängt Mevlido an, hält dann aber inne.

»Würde es dir etwas ausmachen, den Satz zu beenden?«

»Hat Deeplane eigentlich etwas über Verena Becker gesagt?«, fasst sich Mevlido ein Herz.

»Über wen?«

»Über Verena Becker.«

»Nein, nichts.« Gorgha wird ungeduldig, während sie ihre Schulter krümmt, damit Mevlido seine Hand wegnimmt.

Schon beugt sie sich von Neuem über das Mikrofon.

»Rückzug«, ordnet sie an, »sofortiger Rückzug auf die vorab festgelegten Positionen.«

»Betrifft das auch mich?«, fragt Mevlido.

Mit einem Kopfschütteln verneint Gorgha.

Dann schaltet sie die Anlage ab, verlässt das Mikrofon, versucht den Rollladen am Schalter herunterzuziehen. Die Führungsschienen sind verschmutzt. Der Rollladen sperrt sich, ist auf halbem Weg verklemmt. Er hängt dort fest, weder hochgezogen noch geschlossen. Gorgha macht eine schwer zu deutende Handbewegung, vielleicht aus Überdruss oder aus Gleichgültigkeit.

Sie lächelt Mevlido zu und lässt ihn ohne Abschiedsgruß stehen.

Sie eilt zu ihren Gefährten.

Am Ende des Bahnsteigs stößt sie zu ihnen. Der eine geht ihr voraus, der andere folgt ihr. Zu dritt gehen sie nun die Treppe für die Bahnarbeiter hinunter, dann verschwinden sie abrupt.

»He«, ruft Mevlido, »was ist mit dem Rollladen? …«

Doch niemand ist mehr da, um ihm zu antworten.

»He«, ruft er noch einmal, »soll ich den Rollladen schließen, oder ist das unwichtig?«

6 Stille. Niemand ruft, niemand antwortet.
Die Bilder sind erloschen. Die Dunkelheit hat wieder alles erfasst.

Mevlido schläft weiter, ohne nennenswerte Vorkommnisse jetzt.

So möge es denn erlaubt sein, dass ich an dieser Stelle das Wort ergreife. Niemand hat mich dazu aufgefordert, und ich weiß nicht einmal, ob es mir gelingen wird zu sagen, was mir durch den Kopf geht, aber es möge mir erlaubt sein.

Ich würde gern für einen Augenblick auf Sonia Wolglan zurückkommen, deren Name in Mevlidos Traum gefallen ist.

Sonia Wolglan ist eine wichtige Figur in unserer Nacht, und seinerzeit waren wir alle, Männer wie Frauen, unsterblich in sie verliebt.

Stille. Etwas bewegt sich. Dann erlischt auch die Dunkelheit.

Als Bild jetzt das Foto einer jungen Außenseiterin; ein Mädchen, klein gewachsen, mit schmalen Hüften, schwach entwickeltem Busen, ein äußerst verführerisches Mädchen, kurzes, sehr krauses, sehr dunkles Haar, mit dem Gesicht einer kleinen Mittelmeergöttin und weißen Zähnen, mit einem Blick, der töten oder vor Liebe wahnsinnig machen kann, und mit einer bewundernswerten, vollkommenen, aber nicht ganz reinen Haut von so ungewöhnlicher Struktur, dass wir sie unterschiedlich wahrnehmen je nach den Umständen, je nach der Begeisterung oder Enttäuschung, die wir in ihrer Gegenwart empfinden, je nach unseren Phantasmen und unseren Erinnerungen:

- erste Bildvariante – ihr vollständig von einem samtigen, elfenbeinweißen Flaum bedeckter Vogelkörper, ihre dünnen, festen, keineswegs zerbrechlichen Gliedmaßen mit Gelenken, denen die verblüffende Dichte ihrer Federn etwas von ihrer Drahtigkeit nahm, und ein Kopf mit harmonischen, ein wenig kantigen Linien, die ihr einen energischen Ausdruck verliehen, ja sogar einen Ausdruck grausamer Unabhängigkeit mit einem so tiefschwarzen Blick, dass Pupillen und Iris darin verschwanden;
- zweite Variante – ihr unverschämt schöner Teenagerkörper, wie ein Triumph auf dem Zenit ihrer Jugend, aus der sie sich den kleinen Busen und den straffen Bauch bewahrt hatte, mit einer in einem wundervollen asiatischen Bronzeton gebräunten Haut, deren Anmut noch durch ihre hellbraunen, mit großer Klugheit dreinblickenden Augen verstärkt wurde.

Stopp bei diesen Bildern.

Pause.

Wie viele von uns irrte Sonia Wolglan durch die Elendsviertel der fehlgeschlagenen Revolution. Sie übte blutige Vergeltung an den Siegern und auch an den großmäuligen Milliardären, die nach dem Krieg die Macht ergriffen hatten und die sich mal auf eine humanistische Moral, mal auf die ideologischen Lumpen der Besiegten beriefen, in die sie sich skrupellos hüllten, mal auf die Kontinentaldrift oder den Klimawandel, um ihre verbrecherische Politik zu rechtfertigen oder die Vernichtungsfeldzüge vergessen zu lassen, die sie einige Jahrzehnte zuvor geplant hatten, oder auch um die Verzweiflung zu erklären, die damals fast alle empfanden. Ab und zu, wenn sich die Gelegenheit bot, tötete sie einen Kindersoldaten, im Allgemeinen sparte sie sich ihre Munition aber für die alten Völkermörder und Kriegsherren auf, die sich gewendet hatten und nun in der autarken Verwaltung der Reichtümer oder bei der Mafia arbeiteten oder beides miteinander verbanden, wenn sie zu den der Zentralmacht nahestehenden Kreisen gehörten. Sie tötete viele.

Wir alle halfen ihr bei ihren Verbrechen, wir halfen ihr nach besten Kräften, sei es auf den Posten, die wir bei der Polizei oder in den Ghettos bekleideten, sei es in unseren Untermenschenträumen, in unseren Behinderten-, Kranken- und Besiegtenträumen, in unserem zum Tod verdammten Leben, in unseren alten und künftigen Häftlings- und unseren früheren oder künftigen Ermordeten- oder Mörderträumen.

Unaufhörlich und ohne Gewissensbisse halfen wir ihr in der Wirklichkeit unserer Träume.

Stille.

In der Wirklichkeit unseres Überlebens.

Stille.

Sonia Wolglan war eine von uns, eine Heldin, die aus unserer Nacht hervorgegangen war. Alle Männer und Frauen, die im Schmutz lebten, kannten sie, und wir liebten sie, aber nicht nur wegen ihrer Tatkraft, nicht nur, weil ihre Hand nicht zitterte, wenn sie eine aus dem Arsenal gestohlene Makarow oder Browning aus ihrer Tasche holte, wir liebten sie nicht nur aus politischen Gründen, nicht nur, weil sie sich am Ende ihrer Kindheit unserer alten radikal egalitaristischen Bewegung angeschlossen und dort sogleich einen abweichlerischen Flügel gegründet hatte, dessen Kühnheit und Effektivität uns häufig sprachlos machte, nein, wir liebten sie nicht nur dafür: Sie rührte uns auch wegen der Anmut, die sie ausstrahlte.

Sie war hübsch, sehr, sehr hübsch. Oder vielmehr hinreißend, um eine der Wendungen aufzugreifen, die sie bei uns eingeführt hatte, richtig hinreißend, mit einem Schönheitsstil, der völlig anders war, als der Stil der Frauen aus der ersten und zweiten Generation der Organisation. Und sobald wir Kontakt mit ihr hatten, ob in der Wirklichkeit oder in Gedanken, waren wir hingerissen.

Stille.

Gegen Ende der Nacht beispielsweise kam es immer wieder vor, dass wir ihren Namen wiederholten und einen Augenblick zwischen Schlafen und Erwachen verweilten, einen Augenblick, den wir so lange wie möglich auszudehnen hofften, um uns an ihr Gesicht und ihren Körper, an das Aussehen dieses hinreißenden Mädchens zu erinnern, dem man einfach verfallen musste. Einige von uns, vor allem die Männer, vor allem die Jüngsten unter uns, erregte sie. Wir zwangen Sonia Wolglan also auch, durch die schlammigen Kanäle unseres Bewusstseins zu irren, die mit unseren prähistorischen Säften, unserem rauen genetischen Brüllen und einem Blutandrang verbunden waren, der sich auf die ersten Wirbeltiere zurückführen ließ, auf die Kreidezeit oder eine noch frühere Epoche. Dabei zogen wir sie auch mitten hinein in rohe, animalische Bilder vom Koitus, die wir, wie man uns beigebracht hatte, weder für trostlos noch für schändlich hielten, die wir, wie man uns beigebracht hatte, zivilisierten und menschlich machten, indem wir von Erotik und sogar von Liebe sprachen. So wurde sie unfreiwillig zur Schauspielerin in unseren manchmal sehr lyrischen Vorstellungen vom Geschlechtsakt, und manchmal, vor allem bei Männern, beschränkte sich ihre Rolle im Gegenteil ohne Lyra auf ein kurzes, rohes und schmutziges Zucken. So viel zur affektiven und nicht ausschließlich politischen Dimension der Beziehungen zwischen uns. Und zur Bedeutung des Geschlechtslebens in unseren Beziehungen.

Denn unsere Begegnungen fanden nicht nur im Traum statt.

Stille.

Denn sie fanden statt. Nicht nur im Traum.

Stille.

In Hühnerhof Vier oder anderswo hatten wir mancherlei Gelegenheit, sie zu treffen; da sie keinen festen Wohnsitz hatte, trieb sie sich in denselben subversiven Winkeln herum, in denen wir zu Hause waren. Sie schlief mal bei dem einen, mal bei einem anderen, wechselte ihre Unterkünfte mehr zum Vergnügen denn aus Sicherheitsgründen. Bestimmt hatte sie auch ein oder zwei Geheimverstecke, denn es kam vor, dass man sie monatelang nirgendwo mehr sah, obwohl zur selben Zeit die Bonzen aus der Regierung umfielen wie die Fliegen.

Sie war oft angezogen wie eine Arbeiterin, ihre Kleidung roch vage nach Pulver oder Eisenfeilspänen, als ob sie gerade zehn Stunden am Stück in einem Metallbetrieb gearbeitet hätte, aber manchmal erschien sie auch als revolutionäre Studentin aus der Zeit der roten Mongolei verkleidet oder als kleinbürgerliche Vorstadtprinzessin mit aufreizendem Minirock oder zu engen Jeans, die nicht aus unserer Welt stammten. Und jedes Mal schmolzen wir bei ihrem Anblick dahin. Während wir mit ihr ins Gespräch kamen, streiften wir wie zufällig ihre lebhaften dunklen Augen, oder wir bewunderten heimlich die Sanftheit ihrer Wangen, ihre Pfirsichhaut und die ein wenig verlängerte Linie ihrer Augenbrauen, wir nutzten die kleinste Pause zwischen zwei Sätzen, um uns vorzustellen, was unsere Finger fühlen würden, wenn sie sich in ihren Löckchen verfangen würden, die sie oft und mit großem Vergnügen schnurgelb färbte oder mit einem sehr dunklen Blauschwarz oder einem sehr hellen Mahagonibraun. Wir nutzten die kleinste Pause zwischen zwei Sätzen. Auch um uns einzubilden, wir könnten die Spannkraft ihres kleinen Busens erahnen, wo wir doch eigentlich nichts erahnten, oder die intime, üppige Geschmeidigkeit der Vertiefungen ihres Unterleibs, wenn dieser in einen Stoff gezwängt war, der ihre Körperformen besonders betonte.

Sie war noch sehr jung, zwanzig, kaum älter, sehr jung, viel jünger als wir. Sie benahm sich wie ein Genossin, spielte nicht auf irritierende Weise ihre Weiblichkeit aus, weder schmollte sie noch war sie launisch. Und sie konnte zärtlich sein – das bezeugten einige unserer Männer und Frauen, sie konnte sich auch voller Liebreiz hingeben und die eigene Lust auskosten, sich jemandem hingeben und in seinen Armen tanzen, dicht an ihn gepresst und sich um ihn schlängelnd, und dann einschlafen.

Voller Liebreiz.

Stille.

Und als wir neben ihr standen, begriffen wir auch, ohne dass wir deshalb gleich daran dachten, es auszusprechen, dass uns einst etwas Wesentliches entgangen war, und wir sehnten uns woandershin, als hätten wir im Laufe unseres Lebens, das aus schlimmen Reisen und schlimmen Kriegen, aus niedergeschlagenen Aufständen und entsetzlichen Niederlagen bestand, eine Weiche verpasst, die uns zu ihr hätte führen können ohne Schmerzen, ohne Narben und ohne beim Scheitern gealtert zu sein.

Stille.

Wer hätte uns zu ihr, zu diesem Mädchen führen können, das nicht unserer Vergangenheit glich?

Stille.

Darin lag der Zauber, den Sonia Wolglan auf uns ausübte. Sie bat uns um Waffen für ihre Verbrechen, und wir lieferten ihr Waffen für ihre Verbrechen, sie bat uns um Informationen über die Individuen, die sie exekutieren wollte, und wir öffneten die Tresore der Polizei für sie und entnahmen ihnen die Umschläge mit den vertraulichen Informationen. Sie zuckte mit den Schultern über die Theorien, die uns die Welt erklärt hatten, sie verspottete die alten Programme, auf die wir einige Relikte der revolutionären Vernunft pflanzten, aber das hielt sie nicht davon ab, wenn es darauf ankam, die politischen Wahnideen wiederzubeleben, die wir zu früh ad acta gelegt hatten. Sie gab uns den Mut, der uns nach der Niederlage abhanden gekommen war. Sie ließ uns glauben, dass es noch Überzeugungen gebe, die blieben. Sie brachte uns ihre Jugend mit, das Brennen ihrer Schönheit, die Unbesiegbarkeit des Mobs. Sie stellte das Beste dar, was die letzte Generation zu bieten hatte.

Sie war jung, nach ihr würde nichts mehr kommen.

Stille.

Sei's drum.

7 Mevlido wachte auf, ohne wirklich aufwachen zu wollen – denn wie die meisten von uns war er nicht in der Lage, seinen Schlaf in solchem Maße zu beherrschen.

In einem Randbereich seines Bewusstseins stand der Name Sonia Wolglan. Er hatte Lust, an sie zu denken.

Sogleich stellte sich in aller Deutlichkeit eine Vision Sonia Wolglans ein, die in einem nicht sehr langen, nachtblauen Kleid auf ihn zuging, das zudem bis zur Schenkelmitte geschlitzt war und ihre von einem seidigen, blendend weißen, wunderbar weichen und verführerischen Flaum bedeckten Beine zeigte. Er öffnete die Augen, dann schloss er sie wieder. Um ihn war Dunkelheit, und er wollte nicht, dass sich das Bild auflöste. In seinem Unterleib und in den Händen spürte er ein erotisches Verlangen, eine körperliche Erfüllung, als hätte er die junge Frau soeben nach dem Liebesakt verlassen. Er hatte sie im Traum nicht richtig gesehen, doch jetzt trat sie in den Vordergrund seines Kurzzeitgedächtnisses. Er hatte einen Steifen. Mindestens eine Minute lang fantasierte er über Sonia Wolglan. Er stellte sich vor, sie wäre gekommen, um sich bei ihm anzulehnen, würde sich ihm, verliebt und seinen männlichen Initiativen gegenüber aufgeschlossen, sexuell anbieten, würde sinnlich, hemmungslos und begierig die leidenschaftlichen Gesten eines geilen Männchens mit ihm teilen wollen. Sie zog sich aus, schmachtete an seinem Ohr, sie wiegte sich sanft, verhieß ihm alles. Männer quälen sich häufig auf diese Art, mit solchen Szenen aus ihrem Unbewusstsein.

Zugleich formte sich, aufgestiegen aus seiner Nacht und aus demselben Randbereich stammend, ein Satz in seinem Kopf. Es gelang ihm nicht, ihn klar und deutlich zu hören.

Der Satz kribbelte, er klang wie ein Ratschlag oder ein Befehl.

Tritt nicht in Kontakt mit ihr, es sei denn ... Nein. *Nimm keinen Kontakt mit Sonia Wolglan auf, wenn* ... Nein, es war etwas anderes. *Nimm Kontakt mit ihr auf, wenn ...*

Dann erinnerte er sich an die Rabenfrau. Sie, Gorgha, hatte das gesagt.

Von Zeit zu Zeit landete Gorgha in seinen Träumen. Sie plante mit ihm Aktionen, die er im Wachzustand ausführen sollte, oder sie überprüfte, ob er seine zwiespältige Rolle, seine Doppelrolle als in den Polizeiapparat eingeschleuster Krimineller noch beherrschte, ob er die Lage noch im Griff hatte, ob er sich nicht verplapperte, ob er sich auch während der Selbstkritik nicht verplapperte, ob er auch in seinen Träumen nichts preisgab, was kompromittierend oder nicht wiedergutzumachen gewesen wäre. Sie übte eine gewisse Macht über ihn aus, und er, er gehorchte meistens. Wenn er ihr nicht gehorchte, dann vor allem aus Ungeschicklichkeit und in Detailfragen, oder auch, wenn die Anweisungen, die sie ihm diktierte, sein Liebesleben und seine Beziehungen zu Frauen betrafen, zu Verena Becker, Maleeya Bayarlag, Sonia Wolglan oder anderen, denn ihm schien, dass Gorgha sich bei diesem Kapitel heraushalten sollte, vor allem aber, dass sie nichts davon verstand.

Der Satz kribbelte.

Tritt nicht in Kontakt mit ihr, es sei denn, in auswegloser Lage, dachte er plötzlich. Der Rest war ihm größtenteils schon abhanden gekommen, Vergesslichkeit beherrschte ihn, aber diese Empfehlung von Gorgha war ihm schließlich in ihrer ganzen widerwärtigen Brutalität wieder eingefallen. Unter seinen Fingern spürte er noch Gorghas Reaktion, ihr Zucken, als er die Federn an ihrer Schulter berührte. In was mischt sie sich eigentlich ein?, dachte er.

Die letzten Momente seines Traums fransten aus. Der Satz verflüchtigte sich. Steif und unfreundlich in ihrem herrlichen schwarzen Federkleid wurde Gorgha allmählich zu einer bedeutungslosen Spur. Dann war sie nichts mehr. Unter Mevlidos Schädeldecke fügten sich bereits Bruchstücke einer weniger onirischen Wirklichkeit zusammen, um wieder Erinnerungen, echte, mit Erfahrungen und Erlebnissen verbundene Augenblicke zu bilden. Sonia Wolglan war erneut ein Teil davon. Sie erschien von Neuem in einer Sequenz, die nun jeden fantastischen Charakter verloren hatte, in einer Sequenz aus jüngster Vergangenheit. Wie auf einem schimmernden Schwarzweißfilmstreifen ging sie die Straße hinunter und entfernte sich. Man hörte das Klacken ihrer Schuhe auf dem Asphalt, als sie unter einer Straßenlampe von Gunmen Street vorbeiging. Das war eine Woche zuvor. Nach ihrer Verabredung in einer Spelunke, nachdem Mevlido und sie gerade auseinandergegangen waren. Sie hatten sich über mehrere hohe Funktionäre der Ideologie und der Mafia unterhalten. Mevlido teilte der jungen Frau die Uhrzeiten ihrer Fahrten und ihre Strecken mit. Dieses Mal hatte Sonia Wolglan ihre Locken karminrot gefärbt. Sei trug eine chinesische Hose und eine dunkelgraue chinesische Baumwolljacke, und auf der von nur einer Glühbirne beleuchteten Straße verschmolz sie mühelos mit dem Mauerwerk.

Dieses Mädchen könnte wirklich jedem Mann und jeder Frau den Kopf verdrehen, dachte er.

Dann schlug er wieder die Augen auf.

Maleeya Bayarlag lag nicht mehr neben ihm.

Die Luft im Zimmer stand, die Matratzen dünsteten den

üblen Geruch feuchten Strohs aus, die Decke hatte sich um seine Knöchel gewickelt. Von draußen drang der Lärm eines Gerangels zwischen mutierten Hühnern und einem Hund herein. Das Geflügel war überlegen.

Die Nacht war noch nicht vorbei.

Die Nacht.

Sie war noch nicht vorbei.

Er horchte, um herauszufinden, ob Maleeya noch in der Wohnung war, ob sie im Nebenzimmer umherging oder atmete.

»Maleeya«, rief er leise.

Keine Antwort.

»Maleeya«, rief er noch einmal. »Bist du da? Es ist noch zu früh, du solltest dich wieder schlafen legen.«

An sieben Tagen in der Woche stand Maleeya vor der Morgendämmerung auf, und wenn das Wasser nicht abgestellt war, wusch sie sich in der Küche und ging dann fort. Sie arbeitete in einer Genossenschaft, zuerst bestückte sie eine Stunde lang die Verkaufsregale mit den fehlenden Waren, wobei sie ständig zwischen dem angrenzenden Warenlager und dem Ladengeschäft hin- und herging, dann schrubbte sie vor Öffnung des Geschäfts noch den Fußboden. Anschließend machte sie sich auf den Weg zu einem Abfallverwertungsunternehmen. Sie überquerte mit Alteisen und Lumpen übersäte Höfe, stieg über Stapel mit Gerüchen, die einem den Atem verschlugen, denn oft schliefen Notleidende oder lagen Leichen zwischen den Abfällen, und trat in das kleine Verwaltungsgebäude, wo sie putzen sollte. Sie fegte Flure und Treppen, sie verscheuchte das Geflügel, das durch die zerbrochenen Fenster oder die Lüftungsschächte hereingekommen war. Sie musste das Erdgeschoss und zwei Stockwerke reinigen. Danach hatte sie frei. So verdiente sie drei Dollar am Tag, zwei bei der Genossenschaft und einen für das Putzen des Gebäudes.

»Es ist noch zu früh«, murmelte Mevlido noch einmal. »Du hast nicht ausgeschlafen.«

Nichts und niemand rührte sich in der Wohnung. Die mutierten Hühner und der Hund draußen hatten aufgehört, sich gegenseitig zu zerreißen. Für eine Minute kehrte wieder Ruhe ein, dann stimmte ein Betrunkener am Anfang von Temple Street grölend ein Lied an, es gab einen Rückstoß in einem Wasserrohr hinter der Wand und man hörte das Gurgeln des abfließenden Wassers. Jemand urinierte.

Im Nachbarhaus schrie eine Frau. Sie stritt mit ihrem Mann.

»Lass mich in Ruhe, du Dreckskerl!«, tobte sie.

Mevlido setzte sich aufrecht hin.

Der Bettrost quietschte. Die Spinnen an den Wänden wurden von panischer Angst erfasst, dann erstarrten sie. Er war mit Maleeya übereingekommen, sie nicht zu töten. Sie meinte, andere Vertreter derselben Gattung würden ihnen folgen, wenn man sie eliminierte, immerhin hätten die, die bereits vor Ort seien, längst begriffen, dass sie weder über die Gesichter der Schlafenden gehen noch ihre Netze dort spinnen durften, wo sich Menschen bewegten. Mevlido hätte sie lieber getötet. Wie ich, wie wir alle, konnte er Spinnen nicht ausstehen, aber ihm war jedes Argument recht, um nicht mit ihnen kämpfen zu müssen. Es gibt so abstoßende Gegner, dass selbst die Aussicht auf ihre Zerstörung noch Übelkeit erregt.

Er stand auf und ging in die Küche, in die Ecke neben der Spüle, die so eingerichtet worden war, dass sie einem Duschbecken glich. Wie immer am frühen Morgen führte das lauwarme Wasser rostige Schuppen mit sich, die zwischen seinen Fingern zerbröselten. Nach dem Waschen zog er sich an, legte den Gürtel mit seiner Polizeitasche um und ging auf die Straße hinunter.

Die Straßenlampen brannten noch. An der Kreuzung lagen ein Mann und zwei Frauen in Bettlerlumpen, die entweder high oder tot waren, umkreist von Nachtraubvögeln, die noch zögerten, sie zu fressen. Er stieg über sie hinweg und bog in Temple Street ein, die Gasse mit den Restaurants. In der Kantine saßen schon etliche Gäste, ungefähr zehn Personen. Mevlido setzte sich und machte sich über eine Schüssel mit Brei her, dazu aß er zwei Krapfen. Mitten in dem schwammigen Teig konnte man den bräunlichen Fleck einer Füllung aus Gemüse oder Möwenmägen ausmachen.

Er hatte seine Schüssel fast geleert, als sich Sonia Wolglan zu ihm an den Tisch setzte. Sie brachte ein Standardmenü und ein Glas Tee auf einem Tablett mit. Sie trug Bauarbeiterklamotten, die fast genauso schmutzig waren wie die der Junkies, die vor der Tür dahindämmerten. Es war keiner ihrer eleganten Tage. Sie sah aus, als hätte sie seit zwei oder drei Tagen kein Auge mehr zugemacht, aber sie taumelte nicht und hatte sich unter Kontrolle. Sie hatte die sparsamen Gesten einer Killerin.

»Ich wusste, dass ich dich hier treffen würde«, sagte sie.

»Ja, sicher«, sagte Mevlido. »Und, wie geht's?«

»Ganz gut.«

»Du wirst es nicht glauben, aber ich habe heute Nacht von dir geträumt.«

»Lass den Quatsch«, murrte Sonia.

Sie begann, ihre Mahlzeit runterzuschlingen, eine Schüssel mit Nudeln, über denen der Koch ein paar getrocknete Krabben und Gewürze zerkrümelt hatte. Sie aß mit einem Löffel und in einer unappetitlichen Manier.

»Ich mach mich jetzt auf«, kündigte Mevlido an. »Wolltest du mich etwas fragen?«

»Ich habe keine Munition mehr, und ich dachte du könntest ...«

»Nein«, antwortete Mevlido entschieden. »Ich weiß, was du damit anstellen willst. Auf mich kannst du nicht zählen.«

Sonia Wolglan unterbrach ihr Essen und hob den Kopf. Sie sperrte die Augen weit auf und starrte auf Mevlido, starrte ihn mit einer theatralischen Verblüffung an. Sie hielt den Löffel vor dem Mund, und plötzlich sah sie trotz der verschmutzten Kleidung so aus, wie sie war: ein herrliches Geschöpf mit einem sehr jungen, klugen Gesicht, einem etwas lüsternen Lächeln, Lippen, die man am liebsten sofort geküsst hätte, und vor Kühnheit funkelnden Augen.

Hätten Mevlido und Verena Becker einst ein Kind bekommen, wäre ihre Tochter heute fast genauso alt wie Sonia Wolglan.

»Und auf wen soll ich dann zählen?«, fragte sie.

»Keine Ahnung. Auf jemand anderen, frag die Alten.«

»Welche Alten?«

»Die bolschewistischen Bettlerinnen. Sie haben Waffenlager angelegt für den Vorabend der Revolution. In ihren Kellern lagern Molotowcocktails mit Jahresangabe, Maschinengewehre aus der Kavallerie Tschapajews. Das könnte dir weiterhelfen.«

»Du machst wohl Witze, Mevlido?«

»Klar, ich mach Witze.«

Bei beiden löste sich die Anspannung.

Der Saal füllte sich. Wie immer um diese Uhrzeit war es nicht laut, gab es kaum Gespräche.

»Du erwartetest doch nicht ernsthaft, dass die Polizei dir Patronen liefert«, nahm Mevlido mit leiser Stimme den Faden wieder auf.

Er wollte die in ihrer Nähe Essenden nicht an ihrem Gespräch teilhaben lassen.

»Wieso, du hast mir doch selbst schon welche gegeben«, protestierte Sonia Wolglan und prustete dabei eine kleine rote Paprikaraute auf den Tisch. »Und mehr als einmal.«

Mevlido fasste mit beiden Händen an die Schüssel, die vor ihm stand, und ließ sie zwischen seinen Fingern kreisen, als ob er ein Museumsstück betrachtete. Dann richtete er die Augen auf sie.

»Ich weiß, dass du welche bei dir hast«, sagte sie.

Mevlido stellte die Schüssel auf das Tablett zurück.

»Ach, ich soll auch noch welche dabeihaben … Das weißt du?«

»In deiner Tasche. An deinem Gürtel. Du nimmst immer ein oder zwei Magazine mit.«

»Wie ich dir schon gesagt habe, diese Exekutionen haben nichts gebracht«, meinte er.

»Bei manchen stimmst du aber zu.«

»Bei manchen ja. Das ändert aber nichts daran, dass es nichts bringt.«

Sonia Wolglan zuckte mit den Schultern, und Mevlido erforschte in Gedanken zwei Sekunden lang ihren Rücken und ihren Nacken unter dem gestreiften Trikot, von dem ein Stück unter der Arbeitsjacke zu sehen war. Er wusste, dass sie an den Schultern und anderswo tätowiert war. Genau das verachteten alle subversiven Organisationen, und seit Beginn der revolutionären Zeiten war es verboten, aus praktischen Gründen – wie man seine Identität auch wechselte, die Tätowierung bleibt – und aus ideologischen Gründen. Seine Haut einzuritzen und seinen Körper mit Zeichen zu versehen bedeutete, zu Praktiken aus der Steinzeit zurückzukehren. Aber sie trug an der einen oder anderen Stelle Tätowierungen, Mevlido stellte sie sich vor und befand, dass sie ihr ausgezeichnet standen, dass die Tuschezeichnungen bewundernswert und erregend waren und dass sich eigentlich die ganze Welt einen Dreck um die Steinzeit scherte jetzt, da das Schlimmste in der barbarischen Geschichte der Menschen oder der Untermenschen erreicht oder sogar überwunden war.

»Wir haben verloren«, fuhr Mevlido fort, »nur du und die Spinner haben noch Hoffnung. Wozu soll es gut sein, von Zeit zu Zeit einen Kerl an den Schalthebeln der Macht abzuknallen? Es nützt nichts, es ist höchstens kriminell.«

»Aber manchmal stimmst du zu?«, beharrte Sonia.

»Hängt vom Typen ab, den du ausradierst.«

»Ah, siehst du«, triumphierte Sonia. »Es hängt also vom Typen ab. Ist zwar kriminell, hängt aber vom Typen ab.«

Mevlido lächelte dümmlich. Er dachte mehr über Sonia Wolglans Tätowierungen nach als über das Schicksal der Volksfeinde, die sie zu eliminieren beabsichtigte.

»Jetzt spiel nicht den Einfaltspinsel«, sagte Sonia. »Schieb mir die verdammten Patronen rüber.«

ZWEITER TEIL
EIN TAG MEVLIDOS

8

Am selben Tag, einem Donnerstag. Sagen wir, Donnerstag, den 19. desselben Monats. Wenn man aufpasste, sah man an Mevlidos Stirn und anschließend an seiner Backe einen Tropfen hinabrinnen. Wir befanden uns im vierten Stock eines Gebäudes an Memorial Avenue, der längsten Verkehrsader der Stadt. In einer Arztpraxis. Fachrichtung: Nervenkrankheiten, Verhaltensstörungen, berufsbedingte Angstzustände. Der Nachmittag neigte sich dem Ende zu. Hinter dem Fenster war der Himmel reglos, stockte in einem grellen Schiefergrau.

Mevlido sagte nichts mehr. Er spürte den Vormarsch des Tropfens, der sich am Haaransatz gebildet hatte. Der Tropfen erreichte langsam den Unterkiefer.

Nach einer kurzen Pause wiederholte die Psychiaterin, dass er reden müsse, dass Reden ihn erleichtern würde, dass Reden heilsam sei, besonders in seinem Fall. Dann verstummte sie. Sie hatte ein ungewöhnliches Gesicht wie die hübschen Frauen, die in einem früheren Leben Füchsinnen oder Wiesel waren. Sie hieß Maggie Yeung.

»Besonders in meinem Fall …«, brummte Mevlido wie erschlagen von allem, was diese Wendung bedeutete.

Er war mehr aus persönlichen Gründen wieder zu der Psychiaterin gegangen, nicht um die Ratschläge Maleeya Bayarlags zu befolgen, und jetzt bedauerte er es. Seit Beginn der Sprechstunde befand er sich in der Defensive.

Er schüttelte den Kopf.

Bei der vorausgegangenen Sitzung am Montag zuvor hatte sie ihn aufgefordert, seine Probleme zu schildern. Sie können alles sagen, was Sie auf dem Herzen haben, meinte sie, nachdem sie ihn gebeten hatte, sich zu setzen. Niemand verurteilt Sie. Ich zähle nicht. Anschließend hörte sie ihm zu, ohne ihn zu unterbrechen, und unter dem Eindruck ihres Raubtiergesichts hatte er die Schwäche, gleich zu Beginn vom Tod seiner Partnerin zu erzählen, grausam gequält von Kindersoldaten, und dass er jetzt mit einer Geisteskranken zusammenlebe, die ihn häufig mit ihrem früheren Ehemann verwechsle, den eine Bombe in einem Bus zerfetzt hatte. Als er dann merkte, dass er intime Einzelheiten enthüllt hatte, die er besser im Dunkeln gelassen hätte, entschloss er sich, auf das seiner Ansicht nach weniger sensible Gebiet des Traums auszuweichen, doch leider hatte er den Faden verloren. Auch auf diesem Gebiet hatte er zu viel gesagt. Zum Beispiel hatte er ihr erklärt, es falle ihm immer schwer festzustellen, ob sich eine Erinnerung auf eine Erfahrung beziehe, die er in der Wirklichkeit oder auf eine, die er im Traum gemacht habe. In seinen Träumen, fügte er hinzu, würden die Leute oft sterben, damit er weiterleben könne. Besonders Frauen. In manchen Momenten fühle ich mich für ihren Tod verantwortlich, sagte er mit belegter Stimme. Objektiv betrachtet habe ich bei ihrem Ableben keine Rolle gespielt, weder in meinen Träumen noch anderswo. Aber ich habe den Eindruck, es habe sie wegen mir erwischt, ich meine … weil sie das Pech hatten, mir zu begegnen … eines Tages traf sie dieses Unglück … der Kontakt zu mir hat dazu geführt … Es gelang ihm, nicht noch einmal auf das Ende Verena Beckers zurückzukommen, er umging die Erinnerung an dieses Entsetzen, die Aufzählung der Misshandlungen, das Lachen der Jugendlichen über ihr Opfer, den Todeskampf. Um über andere Dinge zu sprechen, stellte er in der Eile ein paar allgemeine Betrachtungen über den Tod an, betonte jedoch, dass er sich keineswegs auf morbide Weise vom Tod angezogen fühle, auch nicht vom eigenen Tod, dass er im Gegenteil diesen Gedanken ständig in die entlegensten Zonen seines Bewusstseins verdrängen müsse, um nicht loszuheulen vor Angst. Da wurde ihm klar, dass er sich von Neuem in Bereiche verirrte, in denen er kaum etwas unter Kontrolle hatte, und er wechselte schnell das Thema – er wandte sich der Monotonie seines Alltags zu, seinem Berufsleben, dem Kommissariat und dem Ritual der Selbstkritik vor den Massen. Ich bin zur Generalprobe zu Ihnen gekommen, versuchte er zu scherzen. Ich muss üben. In einer Woche werde ich wieder zur Selbstkritik vor meinen Kollegen antreten. Dann sprach er über seine Abgespanntheit, seine Appetitlosigkeit, und von da an schweifte er nicht mehr ab. Doch es war schon zu spät; als er sah, dass sie sich kommentarlos Notizen machte, wusste er, dass er im ersten Teil des Gesprächs zu viel von sich preisgegeben hatte. Zum Schluss zweifelte er Berberojans Urteile über ihn an. Er befürchtet, ich könnte aus dem Tritt geraten, brummte Mevlido. Er sieht mich dauernd so misstrauisch an, als wäre ich unberechenbar oder gefährlich geworden. Obwohl ich. Sagen Sie mir nicht. Sagen Sie mir bloß nicht, dass. Die Psychiaterin ließ ihn im Ungewissen. Weder entkräftete noch bestätigte sie Kommissar Berberojans Meinung. Auch deshalb war er so schnell wieder in die Sprechstunde gekommen: Er wollte hören, was sie über ihn dachte.

Und sie: Es ist heilsam. Besonders in Ihrem Fall.

Über Maggie Yeung wälzte ein Ventilator aus der Kolonialzeit die Hitze um, ohne die Temperatur zu verändern. Das Fenster stand einen Spalt weit offen. Ein Moskitonetz schraffierte mit seinen Grautönen den schwarzen Himmel.

Es hielt zwar umherfliegende Insekten ab, nicht aber den Stadtlärm oder die Musik aus der Einkaufspassage unten im Gebäude. Vielleicht hatte man es dort auch installiert, um die Selbstmörder daran zu hindern, ihr düsteres Spektakel am Rand der Leere aufzuführen.

Mevlido schwieg. Er suchte Zuflucht beim immer wieder aufkommenden Lärm, der von außen hereinbrach, beispielsweise lauerte er auf das Quietschen der Straßenbahnen auf den Schienen oder auf das ferne Aufheulen der Martinshörner. Er konzentrierte sich darauf, um den psychischen Druck abzuschwächen, dem er ausgesetzt war. Maggie Yeung legte die Ellbogen auf den Tisch. Sie hatte sich ihm zugewandt, fixierte ihn ohne den geringsten Anflug eines Lächelns. Sie wartete darauf, dass er sein Schweigen beendete. Ihr Kopf war in der Tat schmächtig, spitz und raubtierhaft, und zugleich von einer verblüffenden chinesischen Vollkommenheit.

Erneut löste sich ein Tropfen von Mevlidos Stirn und kroch auf unregelmäßiger Bahn nach unten. Mach den Mund auf, du Dummkopf, dachte er, sonst meint sie zuletzt noch, du würdest ihr etwas verheimlichen, eine schmutzige Sache, die man nicht gestehen kann und die einem den Angstschweiß auf die Stirn treibt. Am Ende hält sie dich noch für einen Kerl, von dem Gefahr ausgeht.

Sein kurzärmliges Polizeihemd klebte an seiner Brust. Er fühlte sich nass von Kopf bis Fuß, und vor dieser hübschen Frau schämte er sich für diese Nässe.

Er rührte sich nicht.

Eine Minute verging.

Der Raum hatte nichts Persönliches. Ein Tisch, zwei Stühle, kahle Wände. Hinter Maggie Yeung führte eine Tür in ein angenehmeres Büro, wo sie ihre Patienten nach den ersten Sitzungen empfing, wenn sie vertrauensvolle Beziehungen zu ihnen aufgebaut hatte. Heute war die Tür geschlossen, doch zu Beginn der Woche hatte Mevlido sie offen stehen gesehen. Er erinnerte sich an die Einrichtung – Möbel aus der Zeit der Ersten Volksrepublik, Regale, die sich unter der Last der Bücher bogen. Und ein Vogelkäfig mit einem leuchtend schwarzen Beo, der hin und wieder hüpfte und pfiff.

»Ich schaffe es nicht zu reden«, brachte er unter Anstrengung hervor. »Mir fällt nichts ein. Nichts, was für Sie interessant sein könnte. Das Wesentliche habe ich bereits beim letzten Mal dargelegt.«

»Ach so? Das Wesentliche?«, wunderte sich die Psychiaterin.

Sie lächelte nicht, doch in ihrem fragenden Ton lag, wie man ahnte, etwas zugleich Spöttisches und Inquisitorisches. Mit ihren faszinierenden Fuchszügen und ihren kleinen, sehr weißen, aber kaum sichtbaren Zähnen hatte Maggie Yeung ihn gepackt und ließ ihn nicht mehr los.

Seine Miene wurde noch mürrischer. Er fühlte sich unterlegen wie bei der Selbstkritik, wenn er vor seinen Kollegen kniete, einen Karton mit seinem rückwärts geschriebenen und mit Rot durchgestrichenen Namen um den Hals.

Wieder ging ihm das Wesentliche durch den Kopf, alles, was er nicht verdrängen konnte, alles, was er am vergangenen Montag mehr oder weniger geschickt verschleiert oder aufgerührt hatte:

• der grauenhafte Tod Verena Beckers, der Frau seines Lebens;

• all die Frauen um ihn, die in Wahnsinn verfielen, ob in der Wirklichkeit oder im Traum, all die bewegenden Frauen, die starben und die er zurückließ, die er allein ließ, als wäre ihr Opfer eine systembedingte Notwendigkeit, damit er, Mevlido, seine Scheinexistenz fortsetzen konnte;

• das tägliche Leben im Ghetto mit seiner Mischung aus

Toten, Federvieh und Lebenden, seinem nächtlichen Katastrophenflair, mit der wahnsinnigen Maleeya Bayarlag, die ihn meistens mit einem anderen verwechselte und ihm den Namen eines Verstorbenen gab;

- seine lächerliche, angesichts ihres Altersunterschieds groteske Schwäche für Sonia Wolglan, ein Mädchen, das seine Tochter sein könnte;
- das Entsetzen, das ihn packte, wenn er feststellte, dass er bereits fünfzig war und das Nichts sich in rasender Geschwindigkeit näherte.

Am liebsten hätte er laut und unverständlich losgeheult.

Die nicht hinnehmbare Unendlichkeit dieses Nichts, dachte er.

Außerdem dachte er noch: Sie sterben eine nach der anderen, ich lebe weiter und habe eine grauenhafte Angst davor, sie im Jenseits wiederzutreffen.

Kein Sterbenswörtchen kam aus seinem Mund.

Der Ventilator brummte ununterbrochen. Draußen zog ein Gewitter auf, doch kein einziger Blitz durchzuckte die Wolken. Der Himmel war eine ungeheure reglose und dunkle Masse.

»Hören Sie, Mevlido«, sagte die Psychiaterin, »letzten Montag sind Sie auf den Rat eines Ihrer Vorgesetzten zu mir gekommen. Sagen wir sogar, auf seinen Befehl hin. Aber heute ist es nicht mehr so. Sie sind aus freien Stücken hier.«

Mit den Ellbogen auf den Tisch gestützt, auf dem nur ein Notizblock und ein Kugelschreiber lagen, beugte sie sich zu ihm. Sie schwitzte nicht. Ihr Lippen drückten nicht die geringste Zuneigung aus, und sie spielte kein bisschen mit ihren natürlichen Reizen, um Mevlido zu verführen, aber ihre Physiognomie war umwerfend. Zwei oder drei Jahrhunderte früher, als es noch die erste Volksrepublik China gab, wäre sie auf den Filmplakaten von Kung-Fu-

Filmen zu sehen gewesen, an der Seite von Maggie Cheung zum Beispiel, einer anderen Maggie. Sie war auf diese Art schön.

Der Beo im Zimmer nebenan pfiff einige Triller.

»Sie fühlen sich schlecht«, fuhr Maggie Yeung fort. »Sie bleiben ruhig auf Ihrem Stuhl sitzen, aber wenn es Sie überkommt, würden Sie am liebsten losheulen. Oder schreien. Im Grunde genommen sind Sie zurückgekommen, weil Ihnen bewusst geworden ist, dass Sie am Abgrund stehen. Nicht wahr? ...«

Stille.

»Sie wissen, dass Sie Hilfe benötigen. Aber Sie zögern ... Reden heißt für Sie, Ihre Schwäche zu zeigen ...«

Stille.

»Wir brauchen Zeit, Mevlido, um zu einem Ergebnis zu gelangen. Wochen, Monate. Wenn es Ihnen aber gelingt zu reden, richtig zu reden, haben wir einen guten Anfang.«

Mevlido war schweißgebadet.

Der Beo nahm eine neue Serie von Trillern in Angriff.

»Ich sage wir«, betonte die Therapeutin, »weil wir zusammen sind. Verstehen Sie, Mevlido?«

Natürlich verstehe ich das, dachte Mevlido und rührte sich keinen Millimeter.

Diesen alten Polizeitrick kannte er in- und auswendig. Eine subjektive Beziehung zum Verdächtigten aufbauen, ihn überzeugen, dass man im besten wie im schlimmsten Fall etwas mit ihm gemein hat.

Er saß vor Maggie Yeung, konnte ganz deutlich das Bild erkennen, das er von sich zeigte – ein kranker Polizist, der stur an seinem Schweigen festhielt, mit kurzem Haar, so kurz geschoren, dass es selbst im Luftstrom des Ventilators nicht bebte, an Kopf und Armen mit scheußlichen Tropfen übersät. Das Wehklagen, das er unterdrückte, das Gebrüll, das ein Nichts zum Ausbruch hätte bringen können, dröhnte ungeordnet zwischen seinen Schläfen. Herausgelöste vertrauliche Sätze, verzögerte Klagelaute.

Nein, ehrlich gesagt, es wäre obszön gewesen, hätte er ein solches Elend laut hinausgeschrien.

»Ein andermal vielleicht«, sagte er schließlich.

»Jetzt wäre besser«, beharrte Maggie Yeung.

Mevlido ließ sie ausreden. Anschließend zählte er bis zehn und sogar elf, um nicht den Eindruck zu erwecken, er gerate in Panik oder sei unhöflich. Dann schob er seinen Stuhl zurück und stand auf.

»Nein, hören Sie, Maggie, mir ist ein andermal lieber.«

Maggie Young sah ihm mit ernstem Blick nach, als hielte sie sich aus Prinzip nicht an den Brauch zu lächeln.

Mevlido schluckte. Er deutete eine Geste an, um den Schweiß wegzuwischen, der zwischen seiner Nase und seinem Mund perlte, hielt jedoch auf halbem Weg inne und fragte:

»Sie haben hoffentlich nichts dagegen, wenn ich Sie Maggie nenne?«

9

Die Psychiaterin nahm den Telefonhörer ab, legte ihn wieder auf, zündete sich eine Zigarette an, drehte sich in ihrem Sessel um und verharrte nachdenklich. Nachdem Mevlido gegangen war, saß sie wieder in ihrem Büro. Die Sitzung hatte katastrophal geendet, und obwohl sie sich sehr freundlich verabschiedet hatten mit dem unverbindlichen Versprechen, sich bald wiederzusehen, war sie sich keineswegs sicher, dass er sich die Mühe machen würde wiederzukommen.

Durch den Rauch beobachtete sie den Beo, der auf seiner Stange schaukelte, zum vorderen Käfigrand hüpfte, um seinen orangefarbenen Schnabel an den Gitterstangen oder an der kleinen Tränke aus Porzellan zu wetzen, dann kehrte er wieder auf sein Stange zurück und schaukelte von Neuem. Die Zigarette hatte den Geschmack von schimmeligem Tee, wie er häufig bei Tabak auftritt, den man von Straßenhändlern kauft. Der Beo sprang von einer Ecke in die andere, ohne die Flügel zu öffnen, und gegen Ende seines Auf und Ab brachte er es fertig, drei fröhliche Töne zu pfeifen.

Als die Zigarette zu Ende war, drückte Maggie Yeung sie im Aschenbecher neben einer früheren Kippe aus, dann wählte sie die Nummer des Kommissariats. Berberojan hatte ihr seine Durchwahl gegeben.

»Ja, bitte, wer ist da?«

»Maggie Yeung.«

»Ah, ja«, sagte Berberojan. »Doktor Yeung. Wie steht es um Mevlido? Ist er in Ihre Sprechstunde gekommen?«

»Er hat soeben die Praxis verlassen. Er war diese Woche schon zweimal da.«

»Was ist mit ihm? Ich meine, ist er Ihrer Meinung nach ...«

Berberojan zögerte.

»Er ist sehr verstört«, antwortete Maggie Yeung. »Es war richtig von Ihnen, darauf zu bestehen, dass er einen Termin mit mir vereinbart.«

»Was hat er?« fragte Berberojan.

Maggie Yeung ließ einen Moment verstreichen. Auch wenn sie beruflich mit der Polizei zusammenarbeitete, gab sie freiwillig keine Auskunft über ihre Patienten.

»Er muss sich behandeln lassen, und das weiß er auch«, sagte sie.

»Ja«, stimmte Berberojan zu. »Er weiß, dass er zu empfindsam geworden ist. Das hat er selbst gesagt, mit diesen Worten. Zu empfindsam. Ich glaube, er denkt wieder einmal zu viel an eine Frau, die vor zwanzig Jahren gestorben ist. Eine schreckliche Geschichte. Sie wurde von Kindersoldaten massakriert. Und jetzt lebt er mit einer Irren zusammen. Das macht ihm das Leben nicht leichter. Hat er Ihnen davon erzählt?«

»Wir haben über vieles geredet«, sagte Maggie Yeung.

Der Vogel hinter den Käfigstangen pfiff. Zwei Töne. Dann drei Töne, stets mit derselben Fröhlichkeit.

»Keine Sorge, Doktor Yeung, ich verlange nicht von Ihnen, das Arztgeheimnis zu brechen ... Ich möchte nur wissen, ob er noch in der Lage ist, seinen polizeilichen Aufgaben nachzukommen. In unserem Beruf kann man sich keine Gemütsschwankungen leisten ... Sie könnten ihn für ein paar Wochen krankschreiben, oder?«

»Meiner Ansicht nach ist es besser, wenn er normal weiterarbeitet«, erwiderte Maggie Yeung. »Es gibt keinen Grund, ihn krankzuschreiben.«

»Ich befürchte, er könnte bei einem Einsatz zusammenbrechen.«

»Das würde mich wundern. Er hat sich gut unter Kontrolle. Er steht zwar am Rand eines Abgrunds, aber er will sich nicht hinabstürzen.«

Für eine Weile blieb es still in der Leitung.

»Außerdem sind wir da, um ihn am Abstürzen zu hindern«, meinte Maggie Yeung.

»In Ordnung«, sagte Berberojan. »Ich vertraue auf Sie, Doktor Yeung. Ich werde es einfach so einrichten, dass er nicht mehr eingesetzt wird, wenn man schwierige Entscheidungen treffen muss.«

»Was für Entscheidungen?«

»Ich weiß nicht, … Entscheidungen, die man schnell treffen muss. Die Waffe ziehen oder nicht, schießen oder nicht. Oft muss man …«

»Ändern Sie nichts an seinen Einsätzen«, beharrte Maggie Yeung. »Damit er sich nicht übergangen fühlt.«

»Jedenfalls bleibe ich in Kontakt mit Ihnen«, sagte Berberojan.

Im selben Moment stieß der Beo mit dem Schnabel gegen die Tränke und pfiff erneut. Es war eine Tränke in Weiß und Blau aus der Ming-Dynastie, ein auserlesenes antiquarisches Stück, das Maggie Yeungs Vater kurz vor seinem Tod seiner Tochter zum Geburtstag geschenkt hatte. Das Pfeifen des Vogels drückte eine gewaltige Lebensfreude aus, die Freude darüber, Wasser zu trinken, die Freude, im Käfig zu sitzen.

»Schreit hinter Ihnen manchmal ein Vogel?«, fragte der Kommissar interessiert, um das Gespräch nicht zu abrupt zu beenden.

»Ja«, sagte die Psychiaterin, »ein Beo.«

»Hübsche Vögel, die Beos«, sagte Beberojan. »Ich hatte auch mal einen. Aber er war wie Ihrer, er pfiff irgendwie traurig.«

»Ah«, machte Maggie Yeung.

»Ja, zu traurig«, fuhr Berberojan fort. »Es machte mich trübsinnig. Deshalb habe ich ihn weggegeben.«

10

In letzter Sekunde erinnerte sich der Aufzug daran, dass es kein Untergeschoss gab, und blieb in höchster Not mit einem Quietschen stehen.

Die Tür ging auf.

Mevlido stieg aus.

Er befand sich jetzt in der kleinen Ladenpassage, die das Erdgeschoss einnahm. Aus den Lautsprechern rauschte die Dauerschleife eines Jingles. Mit einem Nicken grüßte Mevlido den Wachmann, dessen Aufgabe es war, Unbefugten den Zutritt zum Aufzug zu verwehren. Der Wachmann saß auf den Überresten eines Bürostuhls und lehnte an einem Stapel Verpackungskartons. Er trug Shorts, hatte seine Sandalen ausgezogen und rieb sich den rechten Fuß. Mevlidos Gruß blieb ohne Erwiderung.

Vorbei an einer Boutique mit Kleidung im Ausverkauf und einer Drogerie mit Schreibwaren gelangte Mevlido auf die Straße. Er sah zum vierten Stock hinauf. Sein Blick irrte zwischen den Klimaanlagen hin und her, die an den Fassaden hervortraten.

Er dachte über die Sprechstunde bei Maggie Yeung nach. Ein Sketch ohne Worte:

• In einem kahlen Raum sitzt ein Mann, der sich über die Wirklichkeit wundert und den die Last seiner Träume überwältigt.

• Ihm gegenüber wartet eine Frau darauf, dass der Mann

seine entsetzliche Gegenwart und Vergangenheit, seine fehlende Zukunft mit Worten zermalmt.

• Die Frau ist schön, sie sieht aus wie eine Schauspielerin aus Hongkong aus der Zeit der Kung-Fu-Filme.

• Der Mann aber schwimmt im Schweiß und schweigt.

In diesem Augenblick trafen ihn zwei Tropfen, groß wie Vogeldreck, entweder vom Himmel oder aus einer Klimaanlage. Er ging einen Schritt zur Seite. Auch der Bürgersteig war gesprenkelt. Erdiger Staubgeruch breitete sich allmählich aus. Die Wolken über der Stadt waren aus Bitumen, eine elektrische Glut mit irren Lichtern, die bisher nur ansatzweise Donner hervorbrachten.

Mevlido betrat die Drogerie und suchte sich einen Schirm aus, einen kleinen, schlappen Taschenschirm für einen Dollar. Bevor er zu Berberojan ging, wollte er seine Gedanken ordnen. Das Kommissariat lag an Continental Plaza, zwölf U-Bahn-Stationen entfernt. Zu Fuß würde er in einer halben Stunde dort sein.

Er hatte gerade zwei Minuten seines Spaziergangs hinter sich gebracht, als er vor einem Hauseingang eine Greisin auf einem Klappstuhl sitzen sah.

Cornelia Orff, dachte er. Eine bolschewistische Bettlerin aus Hühnerhof Vier, die ins Stadtzentrum gekommen war, um Propaganda zu machen. Er kannte sie gut, denn um sie und ihresgleichen zu überwachen, ging er zu den Versammlungen ihrer Zelle, die sie bei sich zu Hause nicht weit entfernt von Factory Street oder an noch trostloseren Orten abhielt, in spinnenverpesteten Lagerhallen, ehemaligen Schlachthöfen oder verfallenen Speichern. Trotz der Hitze hatte sie einen langen Soldatenregenmantel umgehängt. Ihr schwarzes Kleid reichte fast bis zu den Knöcheln, ihre Füße verbarg sie in völlig verdreckten Tretern. In dieser Aufmachung, mit schütterem weißen Haar und einer Brille mit dicken Gläsern auf der Nase, lauerte sie auf ihre Anhänger. Der linke Bügel ihrer Brille war mit Isolierband umwickelt. Man konnte gut erkennen, dass sie sich an ihrem ärmlichen Aussehen nicht störte, im Gegenteil, es machte sie stolz.

Sie hatte sich ein Schild um den Hals gehängt. Vor ihren riesigen Latschen hatte sie ein Taschentuch ausgebreitet, auf dem vier Bücher und einige Buttons ruhten. Hinter ihr war mit Reißzwecken ein Plakat mit Losungen angebracht, die zur allgemeinen Bestrafung der Reichen und zur Bildung einer Volksbefreiungsarmee aufriefen. Sie saß stocksteif auf ihrem Klappstuhl, bereit, jede Frage nach der Strategie und dem Dogma zu beantworten, falls jemand das Wort an sie richten sollte. Niemand beachtete sie.

»Guten Tag«, grüßte Mevlido.

Die Alte wendete ihr verwüstetes Gesicht ihm zu, ihre Augen waren von grauen Hornhautflecken überzogen.

»Ah, bist du es, Mevlido?«, fragte sie. »Was treibst du hier?«

»Oh«, meinte Mevlido ausweichend, »ich trödle herum. Und du?«

»Uff«, machte Cornelia Orff.

Dann sagten sie gut fünfzehn Sekunden lang nichts mehr. Mevlido fragte sich gerade, ob er eines Tages gerne wie sie mitten zwischen den Passanten sitzen würde, ohne sie wirklich zu sehen und ohne von ihnen gesehen zu werden, ein bloßer organischer Gegenstand, der weder der Gesellschaft noch sich selbst mehr etwas schuldig ist.

»Und, wie läuft es heute?«, wendete er sich schließlich ihr zu. »Sympathisanten? Kontakte?«

Selbstbewusst rückte die Alte ihr Schild zurecht, das verrutscht war.

DIE ALTEN BOLSCHEWIKEN stand darauf, SIND SEIT JAHRHUNDERTEN ZIEL VON GRÄUELTATEN. ES IST VERBOTEN, SIE FEINDSELIG ZU BEHANDELN, SIE ZU DEMÜ-

TIGEN, SIE ZU VERSPOTTEN ODER IRGENDEINE GEWALT GEGEN SIE AUSZUÜBEN.

»Nein, heute ist es aussichtslos«, sagte die Alte. »Die Leute fürchten, vom Sturm überrascht zu werden. Sie bleiben nicht stehen, sie kaufen nichts. Manche Tage sind so.«

»Na klar«, bestätigte Mevlido.

Er hatte sich vor der Auslage niedergekniet.

In Nähe des Bodens roch es stärker nach undichten Gasleitungen, Schmieröl und vergammelten Lebensmitteln.

In der Ferne grollte ein Donner.

Aufgebrachte Autofahrer hupten.

»Die Buttons gibt's jetzt im Sonderangebot«, verkündete die Alte.

Acht Buttons lagen da, alle stark abgewetzt, denn sie stammten aus den ersten Jahrzehnten der proletarischen Revolution und waren nicht dafür geschaffen, so lange in feindlicher Umgebung durchzuhalten. Die meisten der abgebildeten Revolutionäre verschwanden unter Staubwölkchen oder Rost. Ihre Namen waren längst aus dem kollektiven Gedächtnis verschwunden. Mevlido tat so, als würde er einen nach dem anderen interessiert betrachten, dann legte er sie in einer Reihe auf das schmutzige Tuch zurück.

»Drei Stück für zwei Dollar«, schlug die Alte vor.

Tief in ihrer Stimme war ein gieriges Beben zu hören.

»Leider habe ich sie schon alle«, entschuldigte sich Mevlido.

»Das ist geschenkt«, argumentierte die Alte. »Eine solche Gelegenheit kommt so schnell nicht wieder.«

»Ich weiß«, sagte Mevlido mit Bedauern, aber unnachgiebig.

Seine Gesprächspartnerin schimpfte vor sich hin. Er prüfte jetzt die Buchtitel – Protokolle von historischen Kongressen, die im Untergrund oder in der Bedeutungslosigkeit stattgefunden hatten, in Ulan-Bator, Iquitos, Zone

Zwei oder auch hier ganz in der Nähe, in Hühnerhof Vier. Auch eine post-exotische Românze war darunter. Der Einband fehlte, das Buch fiel fast auseinander.

»Das ist von Djohnn Infernus«, sagte die Alte, als sie bemerkte, dass Mevlido darin blätterte. »Angeblich sein bestes Werk.«

»Hast du kein Exemplar in einem besseren Zustand?«, fragte Mevlido.

»Nein. Das ist alles, was mir an Literatur geblieben ist.«

»Und in deinem Lager?«

»Zu Hause habe ich noch ein paar Kongressberichte, aber die von Infernus sind alle verkauft.«

Mevlido zuckte die Schultern. Nach einem so ausführlichen Gespräch konnte er jetzt nicht mehr umhin, ihr etwas abzukaufen. Er schnappte sich nach dem Zufallsprinzip drei Buttons und stand auf.

»Ich nehm die drei da.«

»In dem Haufen ist ein großer, der ist nicht im Angebot«, geizte die Alte plötzlich. »Da musst du noch einen Dollar drauflegen.«

»Sieh mal einer an, du schröpfst deine Kunden aber«, beschwerte sich Mevlido.

»Wir leben in einer Gesellschaft des Handels«, ereiferte sich die Alte. »Glaubst du etwa, mir gefällt das? Also, drei Dollar für die drei. Ist ja nicht für mich, wie du weißt. Ist für die Partei.«

Die Alte strich das Geld ein, ohne sich zu bedanken. Aber sie war glücklich. Ihre Stimme war wieder sanft geworden.

»Damit eines Tages alles kostenlos ist«, fügte sie noch hinzu.

11 Zu seiner Linken rauschte Memorial Avenue. Eine Straßenbahn fuhr mit einem Warnsignal vorbei, einem metallischen Klingeln, das den Klang einer Ritualglocke hatte.

Auf der Avenue herrschte dichter Verkehr. Mevlido nahm ihn aus dem Augenwinkel wahr, widmete ihm aber keine besondere Aufmerksamkeit. Der Gegensatz zur Atmosphäre in den Ghettos war abgrundtief, und auch wenn der Wohlstand der Innenstadt nur eine Insel inmitten eines Ozeans des Elends war, hatte man hier das Gefühl, in eine Welt gelangt zu sein, die beanspruchen konnte, die Wirklichkeit zu verkörpern, eine Welt, die Katastrophen und den Schwarzen Krieg hinter sich gelassen hatte, in der die Zivilisation, das Recht, das Ende der Utopien ebenso wie der betriebsame Friede für immer wiederhergestellt waren, zu dem Menschen und sogar Untermenschen in Friedenszeiten in der Lage sind.

In seiner Träumerei gefangen, ballte Mevlido ein wenig seine rechte Faust. Die Buttons stachen ihn in den Handballen.

Steck die Einkäufe in deine Umhängetasche, dachte er. Die Porträts von drei Toten. Egalitaristische Führer, die verraten wurden, rote Helden, die verraten wurden, ausgelöschte, vergessene und verratene Namenlose. Du weißt nicht einmal, ob es sich um Männer oder Frauen handelt.

Er ging unter den Bäumen, die in einer Reihe den Bürgersteig säumten, Nachkriegsbäume, die Zeit gehabt hatten, die Größe ausgewachsener Bäume zu erreichen, mutierte Linden, mutierte Schnurbäume mit langen, hängenden Blättern, Feigenbäume. Aufgefrischt durch den nahenden Regen, sank der Pollengeruch schwer zu Boden.

Was ist nur, dachte er. Ich ersticke fast.

Er blieb stehen. Seine Stirn glänzte vom Schweiß.

Ohne Vorwarnung stellte sich wieder das Unwohlsein ein, das ihm schon bei Maggie Yeung zu schaffen gemacht hatte; eigentlich hatte er gedacht, es sei verflogen, doch jetzt nahm es ihm erneut den Atem. Die Verzweiflung durchbrach die Grenzen seines Bewusstseins und breitete sich über seinen ganzen Körper aus. Er hatte das Gefühl, keinen Schritt mehr weitergehen zu können.

Wäre ich bloß nie zu dieser Psychiaterin gegangen, dachte er. Sie hat mich gezwungen, an Dinge zu rühren, die ich unter keinen Umständen aufwühlen wollte. Und das alles, ohne dass dabei etwas herausgekommen wäre. Ich brauche sie überhaupt nicht. Ich werde nicht mehr hingehen. So murrte er eine Minute lang still vor sich hin, dann wurde das Unwohlsein schlimmer. Er war von der Furcht besessen, noch einmal das Martyrium Verena Beckers zu erleben. Dieser Weg ist tabu, schlage ihn bloß nicht ein, dachte er.

Tropfen liefen über sein Gesicht. Er wischte sie ab.

Erneut glitt eine Straßenbahn zu seiner Linken vorbei, nachdem sie sich durch ein rituelles Bimmeln angekündigt hatte.

Diese klebrige Hitze schafft dich, Mevlido, dachte er. Aber nimm dich zusammen. Lass nicht zu, dass die Schrecken der Vergangenheit deine Gegenwart überfluten. Vermeide es, an die Vergangenheit zu denken, betrachte die Gegenwart immer nur im besten Licht. Beruhige dich. Sieh die Wirklichkeit so, wie sie im Stadtzentrum ist, halte dich an sie. Sieh dir Memorial Avenue an. Du befindest dich im Mittelpunkt der Zivilisation, im Mittelpunkt dessen, was nicht zerstört worden ist, es stimmt zwar, dass das im Verhältnis zum ganzen Planeten nicht mehr viel bedeutet, denn dort ist fast nichts verschont geblieben, aber dennoch ist es das Zentrum. Trotz der Massaker hat die Stadt sich gehalten, sie versammelt diejenigen, die durchgehalten haben, die geblieben sind, sie heißt jetzt Ulang-Ulan. Setze deinen Weg durch Ulang-Ulan fort, du siehst, dass du in der Wirklichkeit, die dich umgibt, nichts zu befürchten hast, und du hast ebenfalls durchgehalten. Nach dem Unglück bist auch du geblieben, trotz allem. Setze deinen Weg fort und sieh dir die Straße an, Memorial Avenue. Sie ist nach den Plänen der alten Metropole wiederaufgebaut worden, sie ist gerade, von beeindruckender Breite und Länge, einst haben Architekten sie entworfen, die sich ihre Herren als unbesiegbare Titanen vorstellten, sie wurde gebaut, um Ausländern zu imponieren, zu einer Zeit, als es noch Ausländer und Touristen gab. Kriege und Völkermorde haben die Dinge wieder zurechtgerückt unter den Menschen, die Titanen sind verschwunden, die Ausländer haben sich andere Welten gesucht. Die Touristen ruhen für immer in Massengräbern. Niemand macht sich noch die Mühe, an die einen oder an die anderen zu denken. Wie du siehst, Mevlido, du durchlebst das Zeitalter der Impermanenz. Zieh keine verhängnisvollen Schlüsse daraus. Es sind diese verhängnisvollen Schlüsse, die dir den Atem rauben. Nicht die brennendheiße Feuchtigkeit, auch kein Gebrechen deiner Lungen. Bleib nicht stehen. Geh weiter. Hör auf, vergeblich über die Vergangenheit oder über die Zukunft nachzugrübeln. Sieh die Bäume an, die Memorial Avenue säumen. Feigenbäume, Frangipani mit schwerem grünen Blattwerk, Linden. Atme. Die Bäume sind nicht alt. Sie sind nach dir geboren, nach Kriegsende, sie werden dich überleben. Fürchte dich nicht davor.

Er hielt inne. Wie sehr er sich auch zur Vernunft rief, er bekam keine Luft.

Sieh dir die Spaziergänger an, die die Bürgersteige in Reih und Glied entlanggehen, fuhr er fort. Sieh dir die ganz normalen Leute an, die problemlos in der wiedererrichteten Gesellschaft ihr Leben fristen, fern der Ghettos und Lager mitten in Ulang-Ulan. Blende die anderen aus, die zerlumpten Kommunisten, die verlausten Flüchtlinge, die inmitten von Ungeziefer und unter Drogen dahinsiechen. Sie haben sich für ein paar Stunden in die reale Welt begeben, doch sobald die Sonne untergeht, kehren sie zurück in ihre Parallelabgründe. Die Betrachtung dieser Wracks wird dir nicht die geringste Erleichterung verschaffen. Du bewegst dich unter ihnen wie ein Fisch im Wasser, auch deshalb schnappst du nach Luft. Sieh dir lieber die anonymen Passanten in Ulang-Ulan an, die, die sich in der wiedererschaffenen Wirklichkeit zu Hause fühlen. Es kommt nicht darauf an, ob du sie schätzt. Sie sind es, die das Ende des Untergangs verkörpern, sonst würden sie inzwischen in Hühnerhof Vier umherirren, in dem Ghetto, in dem du dich wohler fühlst als anderswo und in dem du jede Nacht deinesgleichen triffst. Bewege dich unter ihnen, unter den gewöhnlichen Bewohnern von Ulang-Ulan, als wärst du einer von ihnen. Diese Männer und Frauen denken nicht mehr an die Vernichtung, an die frühere Barbarei und an die kommenden Schandtaten. Mach es wie sie. Lass dich nicht terrorisieren von der Gegenwart, von dem, worauf sie sich gründet und dem, was sie ankündigt.

Sieh dir die Gesichter der Menge an. Die Menge geht völlig unaufgeregt von hier nach dort, sie kümmert sich um nichts. Es ist klar, dass es den Leuten, denen du unterwegs begegnest, gelungen ist, die Todesangst und besonders den

Gedanken an den Tod der anderen loszuwerden. Nimm dir ein Beispiel an ihnen. Niemand zittert. Niemand leidet. Kein männliches oder assimiliertes Individuum bricht, von seinen Erinnerungen und seiner Schande niedergestreckt, plötzlich mit Tränen in den Augen zusammen. Keine Frau schluchzt oder taumelt vor einem Hauseingang, weil sie, jäh entsetzt über den unverzeihlichen Zustand der Welt, nicht mehr weiß, wie sie mit ihrem Körper und ihrem Geist umgehen soll.

Geh weiter, Mevlido, dachte Mevlido.

Setze deinen Weg fort.

Atme.

Atme die Staubkörner ein, die Pollen, die Gerüche von Rauch, Motoren, Müllcontainern, ausgeblichener Wäsche, die männlichen und weiblichen Düfte, die Gerüche von dreckigen Kartons, Bettlern, Lindenblüten, die Düfte der Frangipanie entlang der Gosse, den Geruch von Nahrungsmitteln bei den Fastfood-Restaurants, den Gewittergeruch. Die Stadt hat ihre eigene Art, vor dem Sturm Atem zu schöpfen, sie wird dich überleben, auch sie. Sie wird dich überdauern. Sie wird ihre Ausdünstungen und ihren Gestank noch umwälzen, wenn es dich nicht mehr gibt. Fürchte dich nicht davor.

Der Schweiß läuft dir über das Gesicht, Mevlido, er läuft über dein Gesicht und deine nackten Arme. Du rieselst von Kopf bis Fuß, als hättest du starkes Fieber. Statt ganz natürlich den Bürgersteig entlangzugehen, merkst du wieder einmal, wie du in jenem Todesflur voranschreitest, zu dem sich das Leben deiner Meinung nach verengt hat, ein Stück Weg, das grauenerregend ist wegen seiner Kürze und den Echos der Tragödie, die man dort mit jedem Schritt aufwirbelt. *Dead man walking*. Du liegst nicht falsch, Mevlido, du hast sogar auf ganzer Linie recht, aber es wäre besser, du würdest die Dinge anders betrachten. Nimm dir ein Beispiel an den Leuten, denen du begegnest. Flüchte dich in ihre Unwissenheit. Lerne wie sie den Dämmerzustand schätzen, den die Sieger mitgebracht haben. Mach es diesen Leuten nach.

Lass Dummheit und Blindheit in dir zu.

Sieh in die Gesichter, die dir entgegenkommen, mustere sie, so gut du kannst mit Zuneigung, brüderlich, unparteiisch, mitfühlend, barmherzig, liebevoll. Atme, Mevlido, atme mehrmals tief ein. Atme Dummheit und Blindheit ein. Vielleicht findest du auf diesem Weg zu so etwas wie Ausgeglichenheit zurück.

Vielleicht findest du dorthin zurück, dachte er.

Doch er fand nirgendwohin zurück.

Seine Beine trugen ihn nur zögerlich. Seine Handteller schmerzten, als würde er sich über den äußersten Rand eines Abgrunds beugen.

Die Leute gingen an ihm vorüber.

Schau in die Gesichter, dachte er. Betrachte die Gesichter. Verliere nicht das Bewusstsein. Versuche nicht, Bewusstlosigkeit zu erreichen. Beneide nicht die Spinner. Passe dich der Wirklichkeit an. Studiere die Gesichter. Sie bergen Reichtümer, sie erzählen verschachtelte Geschichten, und manchmal sind sie schön.

Schön sind sie. Manchmal.

Halte dich in der Menge, mitten unter den Gesichtern, auf einer Mittellinie zwischen vollständigem Vergessen und Kretinismus.

- HALTE DICH UNTER DEN GESICHTERN!
- VERWANDLE DICH IN EIN GESICHT UND VERGISS ALLES!
- VERGISS NICHT DEIN DUMMES GESICHT, VERGISS ALLES!

Er erinnerte sich an die Parolen, die er in Hühnerhof Vier gehört hatte. Keine passte zu seiner Lage. Keine war brauchbar, um durch die wirkliche Welt zu kommen. Aber an irgendetwas musste man sich festhalten.

• SCHWIMME ZWISCHEN DEN GESICHTERN, dachte er, VERGISS NICHTS, VERGISS ALLES!

12

Er ging ein Stück vorwärts, dann trat er an den Rand des Bürgersteigs und blieb erneut stehen. Seine Mattigkeit drückte sich in jeder Bewegung aus. Er war eigentlich nicht außer Atem, aber ihm fehlte jeder Antrieb weiterzugehen.

Sein Nacken war schweißnass. Schweiß rann ihm von den Achseln bis zur Taille.

Eine Minute lang betrachtete er ziemlich zerstreut, was er vor Augen hatte. Die Avenue erstreckte sich ohne jede Biegung kilometerweit von West nach Ost bis zum Verwaltungszentrum Continental Plaza. Mit vier Schienen, die es den Straßenbahnen ermöglichten, aneinander vorbeizufahren, ohne sich zu streifen, begrenzte der für die Elektrische reservierte, von schwarzen Flecken und Ölspuren übersäte Teil der Fahrbahn ein ausgetrocknetes Flussbett. Hinter den Schienen stand alle drei- oder vierhundert Meter auf einem erhöhten Bahnsteig aus Beton ein durchsichtige Wartehäuschen, unter dem die Fahrgäste auf die Ankunft der Straßenbahnen nach Peesch, Iangara, Hühnerhof Vier, Managony warten konnten. Die anderen, die in Richtung Continental Plaza fuhren, mussten unter den Bäumen warten. Um diese Zeit war nicht viel Betrieb, an den Haltstellen hielten sich nur wenige auf, hinter ihnen aber herrschte dichter Verkehr.

Der Verkehr war laut und dicht.

Und wenn schon, dachte Mevlido. Reiß dich zusammen. Was dich bedrückt, ist das Gespräch mit der Psychiaterin.

Er stand breitbeinig unter einem Feigenbaum, an einem Pfosten mit dem Namen der Haltestelle – Iyim Garden West – sowie den Nummern der Straßenbahnen und den Orten, zwischen denen sie verkehrten, und füllte und leerte achtlos seine Lungen.

Lass dich nicht unterkriegen, dachte er.

Der Himmel hätte trüber nicht sein können.

Hie und da zerplatzten einzelne Tropfen, doch im Moment ließ der Regen noch auf sich warten, und es waren vor allem Insekten, die auf den Boden oder die Passanten niedergingen und bei der Landung ein kurzes Geräusch verursachten, hauptsächlich geflügelte Ameisen, die der gesunkene Luftdruck betäubt hatte. Die kleinen Biester prallten ab von Mevlidos kurz geschorenem Haar, von seinen Schultern. Er schnitt eine Grimasse und fuhr sich über den Schädel, dann ging er weiter, um sich irgendwo unterzustellen, wo kein Blätterdach war.

Hinter dem Viertel der Flüchtlinge aus Iyim rollte der Donner.

Der Verkehr auf der Avenue floss nicht. Trotz der breiten Fahrbahnen bildeten sich alle Augenblick lang Staus.

Vor Mevlido bremste quietschend eine Straßenbahn Richtung Continental Plaza, lud zwei Personen ein und fuhr wieder los.

Auf der Fahrbahn hinter den betonierten Bahnsteigen, auf denen zwei oder drei Fahrgäste geduldig warteten, waren wie häufig um diese Zeit einige Dienstwagen aufgetaucht, fünf Limousinen, in denen vollgestopft von ihren bürgerlichen Mittagsbanketten Minister und Volksfeinde saßen. Im stockenden Verkehr fuhr der Konvoi manchmal im Schneckentempo, manchmal blieb er stehen. Er bremste wieder, wurde geteilt. Eingeklemmt zwischen zwei Lieferwagen, die Gemüseladungen transportierten, war ein Auto zurückgeblieben.

Ohne ihnen Bedeutung beizumessen, betrachtete Mevlido die Bündel unreifer Zwiebeln, die Paprikaschoten, die Kohlköpfe und die frischen Pandanusblätter, als sein Blick von einem Individuum eingefangen wurde, das hundertfünfzig Meter entfernt auf dem Bahnsteig der Straßenbahn Richtung Managony stand. Das Individuum hatte alles von einem unbekümmerten Proletarier, trug eine Jacke mit Gipsspritzern und eine Kappe, die nicht erkennen ließ, ob es sich um einen Mann oder eine Frau handelte. Mevlido kniff die Augen zusammen. Was denn, dachte er. Man hätte meinen können.

Nein. Oder doch. Und ob.

Sonia Wolglan.

War dort auf der Lauer. Beobachtete die Straße.

Und natürlich hatte sie eine Waffe bei sich. Eine Pistole. Die Pistole, mit der sie.

Und die Munition, die sie heute Morgen.

Sie wird sie gleich benutzen, dachte er.

Sonia Wolglan allerdings erweckte nicht den Eindruck, als würde sie einen Anschlag vorbereiten. Sie lehnte mit dem Rücken an der Glaswand eines Wartehäuschens und zeigte nicht die geringste Anspannung. Für den arglosen Betrachter war sie nur eines jener arbeitslosen oder arbeitenden jungen Wesen von unbestimmbarem Geschlecht, die aus einer Baustelle oder einem Ghetto hervorkommen, nur ihre Musik, ihr Elend und ein Durcheinander an unklaren Vorstellungen im Kopf haben, dazu die Forderung, man möge möglichst schnell mit allem Schluss machen. Von Zeit zu Zeit zerdrückte Sonia Wolglan eine Mücke oder einen Schweißtropfen auf ihrer Backe.

Auf keinen Fall sah sie aus wie eine Attentäterin kurz vor einem politischen Mord.

Dieses Mädchen hat echt Charakter, dachte er gerührt.

Er fragte sich, auf wen sie dieses Mal schießen und ob er ihre Wahl gutheißen oder missbilligen würde, als er zu seiner Rechten jemanden spürte.

Eine Unbekannte hatte den Stamm eines Feigenbaums umrundet und marschierte am Rand des Bürgersteigs entlang, ging auf ihn, Mevlido, zu, als stünde da niemand, als könnte sie sich kein solch kümmerliches Hindernis auf ihrem Weg vorstellen wie einen Polizisten in einem schweißgetränkten kurzärmligen Hemd. Sie dürfte um die dreißig gewesen sein. Sie hatte schwarzes Haar, das bis auf ihre Schultern fiel, ein leicht knochiges Gesicht mit einem energischen Ausdruck, einem intelligenten Blick und leuchtenden schwarzblauen Augen. Sie trug ein grünes Kleid, von jenem asiatischen Grün, das man früher mit der Vokabel *shocking green* bezeichnete, als Asien für die tonangebenden Leute noch exotisch war und die Englisch sprechende Bevölkerung bestimmte, ob eine Farbe für den westlichen Geschmack schockierend war oder nicht. Es war jedenfalls ein prächtiges Grün. Sie ging sehr aufrecht, mit einem leicht federnden Gang, was ihrem Körper die Leichtigkeit einer Ballerina verlieh.

Sie streifte Mevlido, ohne ihn zu sehen. Mevlido bemerkte ihren Duft: einfacher Bittermandelduft, so intensiv, als wäre sie soeben aus ihrem Badezimmer in der Memorial Avenue gekommen.

Der Duft erinnerte ihn an keine bestimmte Person, doch als sie ihm schon wieder den Rücken zukehrte, spürte er einen schmerzhaften Krampf in seinem Herz und dann einen Rhythmuswechsel.

Die Frau ähnelte Verena Becker. Sie hatte weder ganz dieselbe Haltung noch dieselbe Frisur oder dieselbe Hautfarbe. Auch nicht ihre Größe. Aber sie war ihr ungeheuer ähnlich in etwas, das er nicht näher hätte beschreiben können. Auch ihr Duft war nicht derselbe. Und doch war sie es.

Verena Becker vor zwanzig Jahren, dachte er.

Zu der Zeit, als wir glücklich waren, als sie sterben würde. Vor zwanzig Jahren.

Meine kleine Verena, meine liebe kleine Verena.

Einen Moment lang zögerte er, dann folgte er ihr ohne irgendeinen Plan. Sie hatte fünfzehn Meter Vorsprung. Jetzt schlug er wieder die Richtung zur psychiatrischen Praxis ein. Sie ging weiter an der Kante des Bürgersteigs entlang und zerquetschte dabei, ohne es zu merken, geflügelte Ameisen im Endstadium ihrer persönlichen Geschichte. Zu ihrer Linken die spärliche Masse der Passanten, zu ihrer Rechten die Schienen. Sie hatte eine Handtasche umgehängt und trug eine Plastiktüte mit chinesischen Schriftzeichen sowie ihrer Transkription ins lateinische Alphabet – May Chow Shoes co.

Das kann nicht Verena Becker sein, dachte er plötzlich. Ich werde verrückt. Das kann nicht sie sein.

Und wenn ich verrückt werde, das ist sie, dachte er dann.

Im selben Augenblick teilte ein Blitz die Welt in zwei bleiche Hälften. Der Donner beschränkte sich auf ein Krachen, und übergangslos stürzte ein Wasserfall aus großer Höhe herab und klatschte auf den Boden. Gleich darauf schlug erneut ein Blitz ein, und diesmal erschütterte ein ohrenbetäubendes Grollen Memorial Avenue von Grund auf. Endlich brach das Gewitter los mit seinem Toben, seinen Wolkenbrüchen. Die Stadt verschwamm, die Flächen sträubten sich, bekamen schwarze, silberne Quecksilberstacheln, ein Radfahrer fuhr auf dem Bürgersteig vorbei und ließ das Wasser aufspritzen, als hätten sich binnen eines Augenzwinkerns Pfützen auf dem Asphalt bilden können. Die Bettler verschwanden in den Hauseingängen. Die Leute rannten. Die meisten suchten nicht unter den Bäumen Zuflucht, die einen unzureichenden Schutz boten. In ihrer Aufregung rannten sie im Zickzack, bis sie die Geschäfte oder Portalvorbauten erreichten. Manche schrien oder riefen sich etwas zu. Andere lachten, sie waren schlagartig bis auf die Haut durchnässt.

Mevlido kämpfte mit seinem Taschenschirm. Die Schirmstreben waren widerspenstig. Er erinnerte sich, wie er einen Dollar auf den Ladentisch einer Drogerie gelegt hatte. Hätte er bloß ein teureres Modell genommen.

Der Regen war warm und peitschte ihn, doch zugleich war es eine wohltuende Dusche, die ihn vom Schweiß und den Insekten reinwusch.

Er bemühte sich weiter, die rebellischen Gelenke seines Schirms nacheinander zu strecken.

Die Gosse brodelte bereits. Er hob den Blick, um zu sehen, was aus der Frau geworden war, die Verena Becker ähnelte. In einiger Entfernung, hinter einem prasselnden Vorhang, verließ eine Straßenbahn aus Managony die Haltestelle. Nach dem Start nahm sie Geschwindigkeit auf. Die Schienen waren nicht mehr zu erkennen, der Unterschied zwischen der Straße und dem Bürgersteig verschwunden. Der Boden schäumte. Verena Becker war auf die Gleise hinabgestiegen, als ob sie eine Furt durchqueren wollte. Sie wühlte in ihrer Tasche, während sie zugleich den Schritt beschleunigte, um das gläserne Wartehäuschen zu erreichen, das sich über einem der Bahnsteige erhob. Um ihre Knöchel sprudelte das Wasser. Sie beugte den Kopf über ihre Tasche, von der May Chow Shoes co.-Plastiktüte behindert, hatte sie Mühe, ihren Schirm hervorzuholen, und plötzlich wurde sie langsamer, erweckte den Eindruck, sie wolle unter dem tosenden Wasserfall flanieren. Zwischen ihr und Mevlido war niemand, nur pfeifende, durchsichtige Schraffuren. Die Straßenbahn aus Richtung Managony kam ihr entgegen, vor allem aber stürmte die geschlechtslose kleine Silhouette Sonia Wolglans auf sie zu.

Eine graue Silhouette. Die Sonia Wolglans.

Sonia Wolglan war soeben in Mevlidos Blickfeld erschienen. Wie eine Wahnsinnige rannte sie durch das dreckige Spritzwasser die kaum erkennbaren Schienen entlang.

Sie floh. Nahm Reißaus nach dem Akt der Gerechtigkeit. Mevlido hatte sie nicht in Aktion gesehen, doch jetzt bemerkte er, dass auf der anderen Seite des Bahnsteigs zwischen den Gemüsetransportern etwas passiert sein musste. Das Attentat war vollbracht. Die Scheiben der Limousine waren zersprungen, mit den Bewegungen eines Schlafwandlers quälte sich ein Mann mit Schirmmütze langsam aus dem Wagen. Sonia Wolglan musste ihre Pistole während des Donners geleert haben. Sie musste auf die Insassen geschossen haben, nicht aber auf den Fahrer, wie üblich bei Terroristen mit Stil.

In den Sekunden, die einem Attentat auf öffentlicher Straße folgen, sind die gewöhnlichen Regeln im Universum außer Kraft gesetzt. Man braucht nicht allzu lange im Gedächtnis zu graben, auch wir, wir alle, haben dieses Phänomen schon erlebt. Die Beteiligten bewegen sich mit übernatürlicher Langsamkeit, wie schwimmend, den Hintergrund bildet eine Fotografie, auf der die Gaffer vorübergehend gebannt sind, der Regen fällt lautlos, mit geschärftem Blick nehmen die Zeugen nutzlose winzige Details wahr.

Vor Mevlidos Augen spielte sich nun alles innerhalb eines dichten Zeitpakets ab, das man nicht in Sechzigstelminuten oder in Sechzigsteln irgendeines anderen Zeitmaßes hätte messen können.

Sonia Wolglan lief auf einer Linie, die sie zu Mevlido führte, und auf ihrer Bahn befand sich ein ungebührliches Hindernis in *shocking green*. Man weiß nicht, warum, vielleicht, weil sie vom Regen geblendet war, aber die junge Mörderin behielt stur ihre Laufrichtung bei, und Verena Becker verhielt sich so, warum auch immer, als ob sie ihr den Weg versperren wollte. In Wirklichkeit plagte sie sich über ihre Handtasche gebeugt mit ihrem Taschenschirm ab und kümmerte sich um nichts anderes. Nachdem es ihr gelungen war, die Hülle abzustreifen, suchte sie verzweifelt auf dem Knauf nach dem Knopf, den sie drücken musste, damit der Schirm sich entfaltete. Die Straßenbahn näherte sich und behielt ihre Geschwindigkeit bei, da sich die beiden Frauen abseits ihrer Strecke abmühten.

Mevlido stand reglos dreißig Meter entfernt. Man weiß nicht, wann, aber er hatte den Bürgersteig verlassen. Er spürte, wie das Wasser seine Schuhe überflutete.

Geistesabwesend beobachtete er die Szene.

Sonia Wolglan lief geradeaus, so schnell sie konnte, und behauptete der Frau in Grün gegenüber eine Art Vorfahrtsrecht; wenn man gerade Volksfeinde aus nächster Nähe erschossen hat, hätte man selbstverständlich gern, dass Menschen, die im Weg stehen, beiseite treten. Dann änderte sich ihre Meinung über die Unbekannte, die ihr den Weg versperrte: Das war keine gewöhnliche Passantin, das musste eine Zivilfahnderin sein, eine Polizistin, die gerade ihre Dienstwaffe zog. Beide hatten den Kopf eingezogen, Sonia Wolglan, um ihre Gegnerin zu rammen, bevor Kugeln sie treffen würden, Verena Becker, weil der Regen über sie strömte und sie taub machte.

Mit der Absicht, den Schirm durch Schütteln aufzuspannen, schwang Verena Becker den noch geschlossenen Schirm, und im selben Sekundenbruchteil bemerkte sie die leuchtenden Augen der Läuferin, die auf sie zurannte. Sonia Wolglan blieben noch eineinhalb Meter zurückzulegen. Um den Zusammenstoß zu vermeiden, setzte Verena Becker zu einer Bewegung an, einem Tanzsprung, und mit einem Schrei, der im Lärm des Gewitters unterging, riss sie sich aus dem Wasser empor.

Da verlor sie das Gleichgewicht. Während Sonia Wolglan an ihr vorbeirannte, ohne sie zu berühren, kam sie seitlich ins Rutschen. Sie versuchte sich festzuhalten an einer eingebildeten Mauer, an hilfsbereiten und eingebildeten Händen.

Die Schuhgeschäft-Tüte flog ihr hinterher.

May Chow Shoes co.

Und so rutschte sie beinahe langsam auf die Schienen, gegen das monströse Vorderteil, den Metallschild, die Puffer. Sie wollte sich mit ausgestreckten Armen davor schützen, dann wurde sie daruntergezogen.

Über der Avenue ging erneut ein Blitz nieder, verewigte die Stadt in einem Natriumglühen. Alles erzitterte.

Die Straßenbahn blieb auf der Höhe Mevlidos stehen.

Bis auf Sonia Wolglan, die mit dem verzerrten Gesicht einer Psychotikerin und Augen, die voller Tränen zu sein schienen, in einem Meter Entfernung an Mevlido vorbeisprintete, regte sich nichts. Sie begegnete seinem Blick und tat so, als würde sie ihn nicht kennen. Der Regen verursachte nicht mehr das leiseste Geräusch. Nur die eilig patschenden Füße der Flüchtenden waren noch zu hören. Die Spritzer, die sie aufwirbelten, fielen nicht mehr zurück.

Dann sprangen der Schaffner und ein Milizsoldat, der zu den Fahrgästen gehörte, aus dem Wagen, rannten nach hinten, und alles kehrte wieder zu seinem normalen Rhythmus zurück.

Der Regen prasselte von Neuem erbittert auf alles herunter.

Der Donner hallte von Hauswand zu Hauswand.

Schaffner und Milizionär beeilten sich. Sie wirbelten Wassersalven hoch, die ihnen bis zum halben Oberschenkel reichten, bevor sie zurückfielen.

Ungläubig beobachtete Mevlido, was sich unter der Sintflut abspielte. Der Milizionär und der Schaffner rannten hinter der Straßenbahn die Schienen entlang. Da hinten, im schwarz glänzenden Wasser, im Schaum und im beinahe nächtlichen Widerschein des Himmels ruhte eine unförmige, zerknautschte Masse, deren Färbung, ein *shocking green*, durch das Wasser und das Blut dunkler geworden war. Die beiden Männer erreichten sie und versteinerten. Sie beugten sich nicht über sie, sie blieben nahe bei ihr aufrecht stehen, als wünschten sie, der Regen möge den entsetzlichen Anblick fortspülen. Der Regen spülte nichts fort. Die Plastiktüte trieb in einiger Entfernung am Bürgersteig.

Jahrhunderte zuvor, gleich nach Beginn der ersten Sowjetunion, hatte einer unserer russischen Lieblingsschriftsteller, Michail Bulgakow, die Enthauptung eines Mannes durch eine Straßenbahn beschrieben. Der Schaffner war eine Schaffnerin, sie war Mitglied des Kommunistischen Jugendverbands, und als sie mit voller Geschwindigkeit die Bronnaja Straße entlangraste, leistete sie sich den Luxus, den Mann, der auf den Schienen zusammengebrochen war, akkurat zu enthaupten. Der Kopf des Verunglückten rollte elegant über den Boden. So geht das in Romanen, doch hier befanden wir uns mitten in der Wirklichkeit, und der Kopf der Frau in Grün war gar nicht schön abgetrennt worden, im Gegenteil. Die Eisenräder hatten ihn auf abscheuliche Weise zermalmt, nachdem sie zuvor den Körper mitgeschleift und zerfetzt hatten. Und der Schaffner war keine aufgeweckte Arbeiterin auf dem Weg in eine strahlende Zukunft wie in *Der Meister und Margarita*. Er war ein Mann in den Fünfzigern, und auch wenn er einst Sympathien für die Komsomolzen gehegt hatte, rühmte er sich dessen schon seit langer, sehr langer Zeit nicht mehr in der Öffentlichkeit.

13

Das Gewitter dauert an.

Mevlido hat sich nicht unter die Neugierigen gemischt, die vor der Miliz eingetroffen sind und angesichts des *shocking green* Leichnams entsetzt aufgestöhnt haben. Er hat sich nicht als Zeuge oder als Polizist zu erkennen gegeben. Er warf seinen verbeulten Regenschirm in einen Papierkorb, stieg wieder in den Fluss, der zwischen den Schienen anschwoll, und marschierte im strömenden Regen bis zu der Stelle, wo die Frau in Grün ihre Handtasche verloren hatte. Er bückte sich und hob sie auf. Er durchsuchte sie mit so viel Selbstsicherheit, dass er nicht auffiel. Er nahm ein Portemonnaie und eine triefende Ausweistasche heraus, dann legte er die Tasche wieder dort hin, wo sie gelegen hatte – abseits, unter Wasser. Anschließend kehrte er dem Unfallort den Rücken zu, dann zögerte er zwei oder drei Minuten, als wäre ihm der heftige Wasserfall gleichgültig, der auf seinen Schädel niederprasselte, zu guter Letzt betrat er ein Fastfood-Restaurant. Er stieg die Treppe hinauf in den ersten Stock.

Jetzt sitzt er auf einem Platz, von dem aus er die Avenue überblicken kann. Er hat das von ihm entwendete Portemonnaie geöffnet vor sich liegen, er hat die Dokumente herausgeholt, die mit Kunststoff überzogenen Ausweiskarten zwischen Papierservietten gelegt, ohne den Mut aufzubringen, sie näher zu untersuchen. Um ihn ist überall Wasser, noch immer tropfen seine Hose und sein kurzärmliges weißes Polizistenhemd. Er wirkt geschockt. Man hätte ihn für einen Lebensmüden halten können, den man nach einem Versuch sich zu ertränken aus dem Wasser gefischt hat.

Er lehnt sich mit der rechten Schulter gegen die Fensterscheibe.

Das Gebläse der Klimaanlage lässt ihn frösteln.

Er legt seine Hände um den zweiten Becher mit dem kochend heißen Tee. Er hat Gänsehaut.

Der Saal ist beinahe leer. Zwei Tische weiter piepsen Gymnasiastinnen über einer Vokabelaufgabe, in manchen Augenblicken zanken sie sich, in manchen lachen sie, dann wieder schreiben sie schweigend die Ergebnisse ihrer gemeinsamen Überlegungen auf. Als nach einiger Zeit die Blaulichter der Miliz erscheinen, geraten sie ein wenig in Aufregung, aber da der Blick hinaus durch den Regen verschleiert wird, kehren sie zu ihren Aufgaben zurück.

Es ist ruhig um diese Stunde. Aus den Lautsprechern des Restaurants ertönt keine Musik. Der Raum riecht nach nassen Socken, nach feuchten Tropical Sandwiches, nach genveränderten Kartoffeln für Mittelarme.

Mevlido saugt mit einem Strohhalm die Flüssigkeit ein und verbrennt sich die Zunge. Der Tee kühlt nicht ab, und er, Mevlido, kann sich nicht aufwärmen. Unaufhörlich drängt er die Bilder zurück, die sich mit bedrückender Klarheit hinter seiner Stirn bilden und wieder bilden. Er verdrängt sie für später. Doch sie wollen nicht verschwinden.

• Die Frau im *shocking* Grün verliert zwischen den Schienen das Gleichgewicht streckt der Straßenbahn ihren nicht richtig aufgespannten Schirm entgegen sie versucht vergeblich dem Fall auf die Gleise zu entgehen gegen ihr Schicksal anschreiend streckt sie einen Arm aus das Metall heult auf

• er versichert sich, dass niemand auf ihn achtet er taucht die Hand ins Wasser um Verena Beckers Handtasche herauszufischen niemand beobachtet ihn er entfernt eine dicke fette Blase an der Wasseroberfläche er fragt sich ob es Blutblasen sind

• Sonia Wolglan rennt durch das hoch spritzende Wasser eine junge Frau verkleidet als Proletarierin die von Abrissarbeiten kommt eine auf dem Plastron an den Ärmeln mit Gipsflecken verschmutzte Jacke eine bis zu den Augenbrauen heruntergezogene Kappe sie hebt den Kopf zu ihm ihre Blicke begegnen sich sie erkennt ihn er sieht in ihre regennassen schwarzen Augen sie blinzelt nicht sie lässt sich nichts anmerken in Gedanken rennt sie über ihn hinweg als ob es ihn nicht gäbe sie wird nicht langsamer

• die Straßenbahn bremst kreischt sie gellt in unbeschreiblich schrillen Tönen der Schaffner hat die Klingel nicht betätigt jedenfalls hat sie niemand gehört die Bremsen ja das Kreischen ja aber nicht die Klingel

• am Rinnstein treibt die May Chow Shoes co.-Plastiktüte dicke fette Blasen treiben auf der Wasseroberfläche fett und bräunlich

• Sonia Wolglan keucht einen Meter entfernt von ihm sie bespritzt ihn das Wasser spritzt bis in Schulterhöhe sie kommt ganz dicht bei ihm vorbei mit wenigen Zentimetern Abstand ihr Gesicht ist von der Anstrengung verzerrt die Kappe gibt ihr ein anormales Aussehen als ob sie darunter kahlköpfig wäre und schon ist sie nicht mehr vor ihm sie sieht ihn nicht mehr an sie zieht an ihm vorüber ohne ihn umzustoßen sie erklimmt den Bürgersteig sie löst sich in Luft auf

• nachdem er sie geleert hat legt er die Handtasche zurück ins Wasser die Schminksachen und den Schlüssel hat er dringelassen

• mit seinem Ellbogen drückt der Milizionär die Tür

die sich nicht schnell genug öffnet einen Spalt breit auf er schlüpft hinaus er rennt zum Ende der Straßenbahn er bleibt stehen er ist untersetzt man hätte ihn für einen fünfzigjährigen Turner halten können nachdem er die Schienen entlanggerannt ist rührt er sich nicht mehr er beugt sich nicht hinab er unternimmt nicht das Geringste er tut nichts mehr der Schaffner kommt dazu

- für eine hundertstel Sekunde ist alles vom Blitz erstarrt
- der Regen ist mal tausend Kriegstrommeln mal ein stummes Bild
- die Frau in Grün wird von der Vorderfront der Straßenbahn erfasst dann wird sie brutal hinuntergezogen sie wird aufgesaugt sie verschwindet
- als wäre die Straßenbahn ein Gleitboot kräuselt sich alles um sie als sie anhält das Kräuseln löst sich gleich auf in diesem Augenblick öffnet sich die Tür der Milizionär stürmt hinaus
- ein *shocking green* Stofffetzen bleibt zwischen den Gleisen hängen
- dicke fette Blasen widerstehen dem Prasseln der Regentropfen zerplatzen nicht treiben ab zu einem Gully zerplatzen nicht eine Blase ist noch fetter noch resistenter noch brauner er fragt sich ob es Blut ist

»Was ist das, dolikozephal?«, fragt eine Gymnasiastin in das Schweigen hinein.

Sie zeigt das Wort den anderen Schülerinnen. Das Wort wird genau unter die Lupe genommen. Sie müssen lachen. Sie sehen in ihm etwas Obszönes, es lässt sie an Phallus denken. Karminozephal für einen knallroten Penis? Kolikozephal, für einen Penis mit Durchfall? ... Oligozephal, für einen öligen Penis? ... Jede von ihnen erfindet eine mögliche Bedeutung, dann merken sie, dass Mevlido ihre geilen Teenagerwitze hört, und werden leiser. Beim Flüstern brechen sie immer wieder in schallendes Gelächter aus.

Mevlido nimmt sie kaum wahr.

Er trinkt seinen Tee.

Er sieht hinaus.

An der Stelle, wo das Attentat verübt wurde, leiten Milizionäre in gelbem Ölzeug den Verkehr um. Die Limousine mit den zersplitterten Fensterscheiben steht noch am selben Platz. Die Opfer, Verwundete wie Tote, sind bereits abtransportiert worden. Der von Sonia Wolglan verschonte Chauffeur ist nirgendwo mehr zu sehen. Für die erste Bestandsaufnahme hat die Miliz zunächst zwei Inspektoren geschickt, doch seit einer halben Stunde steigt die Zahl der Untersuchungsbeamten ständig an. Man kann Petro Michigan erkennen, der mit seiner Größe von zwei Metern leicht auszumachen ist. Die anderen bleiben im nieselnden Regen anonym. Die roten Lichtreflexe des Blaulichts vervielfachen sich auf dem überfluteten Asphalt, in dem uferlosen See, der Fahrbahn und Bürgersteig ersetzt hat. In Höhe des Fast-Food-Restaurants sind mehrere Straßenbahnen hintereinander stehen geblieben. Alle Fahrgäste haben die Wagen verlassen.

Der Platz um die Limousine und der um die Straßenbahn, die die Frau in Grün überrollt hat, ist mit Plastikbändern abgegrenzt worden. Wenn ich von der Frau in Grün rede, so um nicht noch einmal die traurige Erinnerung wachzurufen, dass sie Verena Becker ähnelte. Der verstümmelte Körper liegt nun in einem Kastenwagen, der aussieht wie ein kleiner Kühltransporter und der dort wartet, bis die weiteren menschlichen Überreste aufgesammelt sind. In dem weiträumig abgesperrten Gebiet, einer Raute, deren Begrenzung im Regen bebt, untersuchen die Milizionäre weiter die Gleise. Sie suchen nach Spuren, die im Wasser verborgen sind. Von Zeit zu Zeit bücken sie sich.

Neben dem Kastenwagen machen die Hilfskräfte eine Pause, bevor sie zurückgehen, um die Reste des Kopfs von den Rädern zu kratzen. Verlegen mustern sie die Wirbel im Rinnstein. Der Fluss, der über die Schienen strömt, hat alles fortgespült, Blut und Körperteile. Etwas weiter weg, vorne an der Tod bringenden Straßenbahn, diskutieren zwei Polizisten. Bapos Workuta und Adar Magistral. Sie sehen aus wie Wasservögel. Ihre Füße verschwinden in den Fluten. Über ihnen entlädt sich ein Blitz. Sie lassen sich nicht stören.

Memorial Avenue ist an diesem Nachmittag von Gewalt und Tod gezeichnet, aber wenn man es bedenkt, wäre niemand in der Lage, in allen Einzelheiten zu erzählen, was sich abgespielt hat, nicht einmal, was sich wirklich ereignet hat. Das Zusammentreffen der Ereignisse mit dem Beginn des Gewitters hat jede Möglichkeit einer objektiven Zeugenaussage zunichte gemacht. Die Leute auf dem Bürgersteig hatten andere Dinge im Blick. Sie fühlten sich bedrängt von dem schweren Wolkenbruch, sie rannten, um sich unterzustellen, sie hörten nur das Grollen des Donners und das Prasseln des Wassers, abgesehen von dem betäubenden Sturzbach und dem Blitz haben sie nichts bemerkt. Es ist unwahrscheinlich, dass jemand zugleich die Schüsse auf die Limousine, in der die Volksfeinde fuhren, und wenige Sekunden später die entsetzliche Enthauptung einer jungen Frau im Regen gesehen haben könnte.

Es wird kaum Zeugen geben, und ihre Aussagen werden ungenau sein, dachte Mevlido. Sollten sich überhaupt welche melden.

Er trinkt seinen Tee aus, sammelt die Papiere der Toten ein, das sich wellende Lederetui, die kunststoffummantelten Karten, den Geldbeutel, er steckt alles in die Tasche an seinem Gürtel, dann geht er ins Erdgeschoss hinunter. Neben den Toiletten gibt es ein Münztelefon. Er steckt einen

Vierteldollar in den Schlitz und wählt die Nummer des Kommissariats.

»Hallo, Berberojan?«

»Ah, Mevlido, Sie sind es. Wie geht's?«

»Wie man's nimmt, nicht schlecht. Ich bin in einem Fastfood. Es regnet Bindfäden. An Memorial Avenue sind überall Bullen. Eine Terroristin ist enthauptet worden.«

Stille.

»Sie sind auf Memorial Avenue, Mevlido?«

»Ja.«

»Es hat dort ein Attentat gegeben, bei Iyim Garden. Sind Sie vor Ort?«

»Ist es schlimm?«

»Was?«

»Das Attentat.«

»Drei Tote. Balkaschin, der Chefideologe, und zwei Minister.«

Ein Pfeifen Mevlidos.

»Zwei Minister?«

»Ja. Müller, Treibstoffe, und Batyrzian, Landwirtschaft und Ernährung.«

»Und der Chauffeur?«

»Ihm ist nichts passiert. Nervlich etwas angegriffen, aber keinen Kratzer.

»Saubere Arbeit.«

»Sparen Sie sich Ihre Kommentare, Mevlido.«

»Hören Sie, Berberojan, ich habe alles gesehen. Die Frau geriet unter eine Straßenbahn, ihr Kopf wurde zermalmt. Sie wurde unter den Wagen gezogen. Sie sind dabei, ihre Überreste mit dem Schaber sicherzustellen.«

Stille.

»Ich kann Sie schlecht hören, Mevlido, sprechen Sie deutlicher. Welche Frau?«

»Die Terroristin. Ich habe alles gesehen. Sie hat auf das

Fahrzeug gezielt und ist dann davongerannt. Einige Sekunden später lief sie in die Straßenbahn. Sie ähnelte Verena Becker, wissen Sie.«

»Verena Becker ...«, wiederholt Berberojan nachdenklich mit tonloser Stimme.

»Ich war dreißig Meter entfernt«, erzählt Mevlido. »Sie lief so schnell sie konnte. Wegen des Regens hat sie wohl nichts gesehen und nichts gehört, oder aber nach den gezielten Schüssen hat sie sich wie im Traum bewegt. Zuerst dachte ich, die Straßenbahn würde an ihr vorbeifahren, ohne sie zu verletzen. Ich habe nicht eingegriffen. Ich hätte es tun können.«

»Sie haben sich nichts vorzuwerfen, Mevlido. Oder vielmehr, heben Sie sich das auf für nächste Woche. Für Ihre Selbstkritik.«

»Genau genommen hätte ich mich auf sie stürzen können. Ich hätte sie stoppen können. Ich habe sie weiterlaufen lassen.«

»Wir sprechen darüber bei Ihrer Selbstkritik«, versichert ihm Berberojan. »Sie haben es doch nicht vergessen, oder, Mevlido? Sie sind nächste Woche dran, Dienstag oder Mittwoch. Am späten Vormittag, dann können wir hinterher zusammen essen gehen.«

Stille.

»Sie ähnelte Verena Becker ungeheuer«, nimmt Mevlido den Faden wieder auf. »Derselbe Blick. Dieselbe Größe. Das hat mich verblüfft.«

Seine Stimme zittert.

»Verena Becker«, grübelt Beberojan. »Den Namen habe ich doch schon einmal gehört. Eine Schauspielerin?«

Erneute Stille.

»Meine Frau«, sagt Mevlido schließlich. »Sie wissen doch. Vor zwanzig Jahren ...«

»Oh, aber natürlich ... tut mir leid«, entschuldigt sich

Berberojan sogleich. »Daran hätte ich mich wirklich erinnern müssen. Ich … Es tut mir wirklich leid. Es war mir einfach entfallen.«

»Mir nicht«, sagt Mevlido.

»Verzeihen Sie mir, Mevlido«, sagt Berberojan.

Er ist kein schlechter Mann. Man spürt seine Verlegenheit.

»Eine solche Ähnlichkeit, dass es einem verrückt vorkommt«, sagt Mevlido.

»Ja«, sagt Berberojan, »das ist verrückt.«

Stille.

14 Nach dem Regen schlendert Mevlido die glänzenden Avenuen entlang.

Kommissar Berberojan hat ihn nachdrücklich aufgefordert, sich für seine Zeugenaussage bei Petro Michigan zu melden. Er hat ihn gebeten, sich der Mannschaft anzuschließen, die mit der Untersuchung des Falls begonnen hat. Seine Kollegen. Im Augenblick suchen sie nach der Tatwaffe. Die Frau in Grün muss sie unmittelbar nach den Schüssen auf die Minister verloren haben, oder kurz bevor sie von der Straßenbahn erfasst wurde. Die Kollegen suchen die Löcher im Asphalt und die Rinnsteine ab. Sie finden nichts.

Berberojan hat Mevlido daran erinnert, wer die Opfer des Attentats sind:

• Jagor Balkaschin, 55 Jahre alt, stellvertretender Leiter der Ideologieabteilung, General, leitete die militärischen Operationen in Zone Zwei, wurde nach Beendigung der Feindseligkeiten angeklagt, weil er die letzten unbewaffneten Horden von Auguanern, Jucapiren und Golschen vernichten ließ, amnestiert, ideologische Umerziehung und berufliche Umschulung in einem pharmazeutischen Labor, kam plötzlich zu einem riesigen Vermögen, zahlreiche Auszeichnungen, starke Medienpräsenz, unter seinem Namen sind zahlreiche philosophische Werke erschienen, hat sich im Laufe mehrerer Selbstkritiken schuldig bekannt, in seiner Jugend achtundzwanzig Dollar aus einer Kasse für Sozialarbeit entwendet zu haben;

• Jakko Batyrzian, 47 Jahre alt, Minister der Landwirtschafts- und Ernährungsgemeinschaften, Leiter der Solidaritätsabteilung, zivilrechtlich verantwortlich für die Ausrottung in Zone Eins, Organisator der Kindersoldaten-Kolonnen in Zone Zwei, wurde verdächtigt, das Martyrium der siebenhunderttausendfünfhundertvierzig Ybüren aus Zone Drei veranlasst zu haben, dann aber reingewaschen, blieb nach Ende der Feindseligkeiten unbehelligt, Industrieller, riesiges Vermögen, stellvertretender Direktor der Getreide-Trusts in den übrigen Zonen, zahlreiche Ehrentitel, Mitglied der Obersten Kommission zur Wiedereingliederung von Flüchtlingen, steile Karriere in der Verwaltung, hat im Laufe der gesetzlich vorgeschriebenen Selbstkritiken zum wiederholten Male bekannt, in seiner Jugend beim Poker betrogen zu haben;

• Toni Müller, 49 Jahre alt, Vertreter der Treibstoffverwaltung, Sonderbeauftragter während des Endplans zur Befriedung der übrigen Zonen, Wegbereiter der *kontrollierter Genozid* genannten Vorgehensweise, nach dem Untergang der Wongren, der Spanier und der Myryzen von einer Klage bedroht, wurde belangt, weil er keine Erklärung für die rätselhafte Vernichtung der Bewohner der Philippinen liefern konnte, amnestiert, Direktor der Ölkonzerne in den übrigen Zonen, Milliardär, unter seinem Namen sind zahlreiche wirtschaftswissenschaftliche Werke erschienen, zahlreiche Ehrentitel, hat im Laufe seiner letzten Selbstkritik gestanden, den Massen fortwährend verheimlicht zu haben, dass er seine Frau nicht bei der Hausarbeit unterstützt hat.

Mevlido hat diese Angaben registriert, die ihm im Übrigen nicht neu sind, und er hat Berberojan versprochen, sich schnurstracks bei Michigan auf Memorial Avenue zu melden. Eine halbe Minute lang spricht er mit Michigan im Regen, der inzwischen nachgelassen hat, da Michigan sich jedoch nicht für seine Aussagen zu interessieren scheint, verzieht er sich wieder, meidet jeden Kontakt zum Polizeitrupp und beginnt, ziellos durch die Gegend zu streifen.

Die Tote heißt Linda Siew.

Jetzt kennt er ihren Namen. Nach seinem Gespräch mit Berberojan hat er seine Tasche wieder geöffnet und einen Blick auf die Papiere der Frau in Grün geworfen. Er unterzog sie aber nur einer kurzzeitigen Prüfung, denn er wollte nicht bei Fotografien verweilen, die das Gesicht zeigten, das Verena Becker vor zwanzig Jahren hatte. Die Ähnlichkeit ist wirklich verblüffend. Sie ist unerträglich. Linda Siew. Mehr wollte er nicht mehr herausfinden. Das Portemonnaie enthielt nichts außer einem fast neuen, aber noch sehr nassen Zehn-Dollar-Schein.

Der Himmel hat sich nicht aufgehellt, der Nachmittag bleibt düster, und gegen fünf Uhr wird er sogar noch dunkler. Von diesem Sonnenuntergangslicht getäuscht, segeln große Fledermäuse schon von einem Park zum nächsten. Auf den Frangipani und Feigenbäumen, den riesigen Schnurbäumen, den Platanen und Trompetenbäumen krächzen die Tagvögel. Sie klagen darüber, dass der Sturm die Mücken dezimiert hat, und sie krächzen. Die Bäume spenden nicht die geringste Abkühlung. Wegen den Tropfen und dem Vogelmist vermeidet Mevlido es sowieso, unter dem Blattwerk zu gehen. Er irrt in ehemals reichen Bezirken umher, die nicht mehr mit Stacheldrahtzäunen und spanischen Reitern abgesperrt sind. Er geht in Schleifen, erreicht ab und zu das Flussufer. Dort standen einst Luxuswohnungen mit unverbaubarem Blick auf die Trichtermündung. Die Bauten waren jahrhundertelang Verheerungen ausgesetzt, heute haben ihre Spiegelfassaden Scharten und Einschnitte. Seit den ethnischen Säuberungen des letzten Krieges sind einige Blocks unbewohnbar und unbewohnt. Der Fluss vor den Gebäuden ist schlammig, glatt und glänzt. Er wälzt sich nicht, er fließt zäh ins Meer. Mevlido stützt sich nicht mit dem Ellbogen auf die Betonbrüstung, er sinniert nicht über aufgeschlitzte Container, er interessiert sich weder für die kleinen Boote aus Schilfrohr noch für das Hin und Her der Flüchtlinge vom Volk der Laks, die die Ruinen der Hafenanlagen besetzt haben. Sobald er in Sichtweite des Wassers kommt, macht er auf dem Absatz kehrt. Er irrt weiter umher, stößt auf die großen Verkehrsadern, die strahlenförmig von Continental Plaza ausgehen. Er begibt sich von Neuem in das Gedränge, denn es sind viele Menschen unterwegs. Er atmet die Gerüche ein. In Bruchstücken, als kämen sie von weit her, nimmt er die Sätze auf, die die Leute sagen. Dann ist es Abend.

Es ist Abend, deshalb kehrt er nach Hühnerhof Vier zurück.

DRITTER TEIL
MEVLIDOS LÜGEN

15

Und die Nacht bricht schnell an. In der überfüllten Straßenbahn Richtung Hühnerhof Vier ist es noch finsterer als draußen. Die Fahrgäste stehen dicht gedrängt, ohne sich zu sehen, sie spüren einander höchstens, wenn ihre Leiber sich berühren. Das Haar riecht nach krankem Gefieder, die Kleider stinken nach Schlamm. Alle Schuhe dünsten die Gerüche von nassen Schuhen aus, besonders die Mevlidos, der einen Meter entfernt von mir steht. Wir leben in einer Wirklichkeit, die stinkt, daran erinnern uns die Stunden nach dem Regen mit grausamer Beharrlichkeit.

Und auch das, diese abscheulich stinkende Wirklichkeit, muss man wie den Endsieg der Barbarei klaglos ertragen.

Wir kreuzen die Märtyrer-Hog-Straße, dann Dahalian Street. Bald werden wir das geschlossene Gebiet von Hühnerhof Vier entlangfahren. Bald beginnt Makadam Boulevard. Alles liegt jetzt im Dunkeln. Die Straßenlampen brennen noch nicht. Man hört das Zischen des Wassers unter den Rädern. Bisweilen fährt die Straßenbahn durch Pfützen, die aussehen wie schwarze Teiche. Zu beiden Seiten der Straße erheben sich die dunklen Umrisse der verfallenen Häuser, doch zu unserer Rechten bilden sie eine gezähnte Grenze, einen letzten Vorhang aus Schutt und Geröll vor der Welt des Ghettos. Die müden Blicke folgen den Zinnen, den Scharten und den undurchdringlichen

Stellen dieses Walls, und plötzlich entdeckt jemand ein flüchtiges Phantom darauf.

»Da hinten, sehen Sie doch«, schreit eine Stimme aufgeregt. »Ein Kindersoldat!«

Die Fahrgäste verrenken sich die Hüften und hängen an den Fensterscheiben. Niemand sieht irgendetwas. Der Mann, der den Schrei ausgestoßen hatte, räumt ein, dass er sich vielleicht getäuscht hat. Er ist beschämt, schwitzt in der Dunkelheit, er stammelt.

»Jetzt bin ich mir nicht mehr so sicher«, stammelt er.

Ich hingegen beobachte weiter Mevlido, ohne mich ablenken zu lassen. Ich mache mir nicht die Mühe, im nächtlichen Dunkel vergeblich nach etwas zu suchen. Selbst wenn ein Kindersoldat dabei ertappt worden sein sollte, wie er durch eines der verfallenen Häuser schlüpft – was allerdings erstaunlich wäre –, kann er nicht länger als eine halbe Sekunde zu sehen gewesen sein. Kindersoldaten sind bestrebt, ihre Verstecke nicht zu zeigen. Manchmal gelingt es einigen, sich mit einer Zweitidentität zu tarnen, und sie führen eine Doppelexistenz unter uns, bis jemand sie enttarnt, aber die anderen ziehen es vor, fernab aller Blicke zu leben und umherzuziehen; sie ergreifen ausgeklügelte Vorsichtsmaßnahmen, damit niemand sie ausfindig macht.

Ein paar Worte zum Thema Kindersoldaten, während das Stimmengewirr in der Straßenbahn abnimmt:

- Sie sind groß geworden, sind keine Schlächter mehr, sie haben den Eindruck, sie hätten das Kapitel der Gräueltaten und der ethnischen Säuberungen abgeschlossen, manchmal haben sie es sogar geschafft, sich der Nachkriegswelt wieder anzupassen, aber bei ihren Bemühungen schlägt ihnen nur die verdiente Feindseligkeit und Rache entgegen. Das Ungeheuerliche, das ihnen anhaftet, ist nicht mehr rückgängig zu machen. Sie schleppen die Vergangenheit mit sich herum, und das bis zu ihrem letzten Atemzug.

• Selbst Männer und Frauen, die ihrer Gewalt nicht direkt ausgesetzt waren, können den Kontakt zu ihnen oder ihren Anblick nicht ertragen. Oder nicht einmal den Gedanken, dass es sie gab und dass es sie gibt.

• Die Bestien, die sie rekrutiert und manipuliert haben, waren damals schon erwachsen. Nach dem Krieg wurden sie amnestiert. Wie andere Kriminelle haben sie sich in Handel und Industrie umschulen lassen und besetzen heute Spitzenpositionen in der Verwaltung. Zusammen mit denen, die sie an die Macht gebracht haben, regieren sie die Welt. Diese Bestien sind keine Kindersoldaten und leben nicht in den Trümmern wie die Kindersoldaten.

• Diese Bestien werden von einer anonymen militärischen Gruppe einer nach dem anderen zur Strecke gebracht, was wir in den Tiefen des Ghettos und unserer Erinnerungen zu hundert Prozent begrüßen, wie wir auch, ohne es immer freimütig zu äußern, die Handlungsweise von Sonia Wolglan zu hundert Prozent gutheißen.

• 1. Gut, dass diese Eliminierung stattfindet, auch wenn sie niemandem etwas zurückbringt. 2. Sie zu richten, ist völlig sinnlos, aber man muss es tun. 3. Wünschenswert ist, dass die für die rassistischen Blutbäder Verantwortlichen die Gräuel, die sie entfesselt haben, nur so kurz wie möglich überleben. 4. Noch die kleinsten Schuldigen müssen entlarvt und getötet werden. 5. Kindersoldaten sind keine vorrangige Zielgruppe, wenn sich aber die Gelegenheit bietet, scheuen wir nicht davor zurück. Das sind die Grundsätze, nach denen diese militärische Gruppe handelt.

Manchmal brechen die Seitenfronten der Straßenbahn die niedrigen Zweige der Feigenbäume, Platanen, Akazien ab, und in die Wagen sprühen Tropfen; aus der Dunkelheit kommend, zerplatzt der Auswurf der mutierten Bäume auf den bereits durchnässten Kleidungsstücken, auf Mevlidos linker Wange, an seinem Hals.

Mevlido ist speiübel. Soeben hat er an die noch nicht geschlechtsreifen Krieger gedacht, die höhnische Folterer und irre Killer gewesen sind. Der Brechreiz hindert ihn daran, die Bilder zu entwickeln, die in ihm aufsteigen könnten, eine Reihe tabuisierter Bilder, Bilder von Verena Becker in den Händen der Mädchen und Jungen, die Kränze aus Ohren und Hirnschalen auf ihrer Brust trugen. Aber selbst im nicht entwickelten Zustand sind die Bilder da.

Er lässt den Griff los, an dem er sich festgehalten hat, und wischt sich die Wange ab.

Er bekommt keine Luft. Er muss raus.

Statt am Maraschwili-Tor auszusteigen, nimmt er die Haltestelle Leonor Iquitos.

Außer mir, aber ich zähle nicht, steigt niemand mit ihm aus.

Die Straßenbahn spuckt uns aus und fährt weiter.

Die Luft ist heiß und sehr feucht. Die Gegend scheint verlassen zu sein, und außer einer Lampe an der Fassade eines kleinen, mitten auf den Ruinen errichteten Holzgebäudes gibt es keine Beleuchtung. Gleich hinter dem Schutt beginnt Hühnerhof Vier. Das Leonor-Iquitos-Tor ist nur ein Durchgang zwischen eingestürzten Häusern. Knapp hundert Meter trennen es von der Straßenbahnhaltestelle, und auf halbem Weg liegt diese Baracke. Auf der Straße, die sich dahinter öffnet, brennt kein Licht. Wie überall in Hühnerhof Vier hört man um diese Uhrzeit die Gespräche der Tiere, die von der Dunkelheit Besitz ergreifen, das Gackern, die schrillen Schreie der Fledermäuse, das Krächzen.

Die Lampe wirft gelbe Streifen auf die Plattform der Straßenbahn. Sonst gibt es in der Dunkelheit nirgendwo ein Lebenszeichen.

Mevlido rührt sich nicht, er wartet, bis sich die Erinnerungen von erstickender Scheußlichkeit in ihm aufgelöst haben. Noch treten empörende Bruchstücke an der Oberfläche seines Bewusstseins zutage. Das Lachen der Kindersoldaten. Die Masken, mit denen sie sich ausstaffieren. Wie sie sich zanken, während sie foltern. Ihre Schmutzigkeit. Der widerliche Dreck, der an ihren Messern klebt.

Nach einer ewig langen Minute verblasst der Alptraum. Dann macht er sich auf in Richtung der Lampe. Der Boden ist voller Schlaglöcher mit gipsigen Pfützen, die in der Dunkelheit anthrazitgrau erscheinen. Er macht einen Bogen um die Pfützen. Er geht fünfzig Schritte und bleibt vor der Hütte stehen. Dort betreibt ein Mann einen Telefonladen. Das Häuschen besitzt nur eine Öffnung, in der Kunde und Händler ihr Geschäft tätigen. Der Mann sitzt hinter einem Brett, das als Tresen dient, halb verdeckt von einer herabhängenden Schiefertafel, die verkündet:

- Bei Alban Glück
- letzter Telefonladen vor Hühnerhof Vier
- Ferngespräche
- Nachtdienst
- Senden und Empfangen alle Sprachen alle Dialekte

»Kann ich mal telefonieren?«, fragt Mevlido.

»Hast du einen Dollar?«, brummt der Händler.

Alban Glück ist ein dünner Mann. Mager und alterslos. Gebeugt, mit ungepflegter Glatze, auf der vereinzelt winzige schmutzige Haarbüschel wachsen. Kleine tränende Augen, die bis zur Wangenmitte von einer gekörnten Haut umgeben sind. Seine ganze Haltung ist die eines Geiers.

»Da, nimm«, sagt Mevlido.

Glück nimmt den Doller entgegen und wirft ihn in eine Blechbüchse, dann steht er auf. Er bewegt seine geierhaft schmalen Schultern und beginnt im Dunkeln herumzukramen. Mevlido sieht ihn um eine schwere Maschine von der Größe eines Betonmischers gehen. Er drückt einen Hebel, er zieht ihn wieder hoch, er drückt ihn ein zweites Mal. Er belässt es dabei.

»Sie funktioniert mit Mondenergie«, sagt er. »Wir müssen warten, bis der Mond aufgeht.«

»So viel Zeit habe ich nicht«, meint Mevlido. »Kannst du sie an die Batterie anschließen?«

»Kann ich«, antwortet Glück. »Aber das kostet einen Dollar extra.«

»Du nutzt es aus«, protestiert Mevlido.

»Was?«, fragt Glück. »Was nutze ich aus?«

Mevlido legt erneut eine Münze auf den Tresen. Der Geier schnappt sie sich mit wütender Geste. Murrend wendet er sich wieder seiner Maschine zu. Er baut einen primitiven Anschluss auf. Anschließend reicht er Mevlido ein altes Feldtelefon, wie es im Krieg welche gab, um von einem Schützengraben zum nächsten zu telefonieren, in einem der Kriege, aber man weiß nicht mehr, in welchem.

Nach einer halben Minute knistert eine Stimme im Hörer.

»Berberojan?«, sagt Mevlido.

»Ah, Mevlido, sind Sie es? Michigan hat mir berichtet, dass Sie auf Memorial Avenue zu ihm gegangen sind, danach aber unauffindbar waren. Wo haben Sie denn gesteckt? Es fehlt an Zeugen des Attentats. Ich glaube sogar, Sie sind der einzige. Sie hätten bei Iyim Garden bleiben sollen, um der Mannschaft zu helfen.«

»Ich hatte keine Zeit. Ich untersuche die Sache von meiner Seite aus.«

»Haben Sie die Frau identifizieren können?«

»Welche Frau?«

»Die Terroristin, die von der Straßenbahn überfahren wurde.«

»Nein. Aber ich glaube, ich habe eine Spur.«

»Sie führt nach Hühnerhof Vier, oder? Steht es in Zusammenhang mit den Bolschewiken in Hühnerhof Vier? Mit den alten Frauen?«

»Nein, die habe ich im Auge. Sie kommen nicht in Betracht. Wenn die etwas angezettelt hätten, wüsste ich davon. Ich hätte es Ihnen gesagt.«

»Forschen Sie trotzdem in diesem Milieu nach, Mevlido. Gehen Sie zu allen Versammlungen und hören Sie gut zu.«

»Das ist nutzlos«, wendet Mevlido ein.

»Man weiß nie«, beharrt Berberojan.

»Und die Waffe?«, erkundigt Mevlido sich nach einer Weile.

»Welche Waffe?«

»Die Pistole, mit der Balkaschin und die Minister erschossen wurden.«

»Workuta und Magistral haben vor Ort alles durchkämmt. Es war überall viel Wasser. Sie gaben sich große Mühe. Doch sie haben nichts gefunden.«

»Jemand muss sie gefunden und an sich genommen haben.«

»Ja, klar, sonst müsste ich mich fragen, wo sie sein könnte.«

»Und die Kugeln?«

»Nach den ersten Analysen stammen sie aus einem Waffenlager der Polizei. Aber das hat nichts zu bedeuten. In den vergangenen zehn Jahren hätte sie jeder x-beliebige Polizist jederzeit verkaufen oder verschenken können.«

Stille.

»Wir müssen unbedingt diese Frau identifizieren«, sagt Berberojan.

»Wen?«, fragt Mevlido. »Welche Frau?«

Stille. Berberojan räuspert sich.

»Die Frau unter der Straßenbahn«, erwidert der Kommissar. »Die Mörderin im grünen Kleid. Sie befand sich anscheinend in einem furchtbaren Zustand. Ihr Oberkörper ist zerfetzt worden. Ihr Kopf war vollständig zermalmt.«

»Ich weiß. Ich war dabei. Ich hätte alles verhindern können.«

»Was verhindern?«

»Keine Ahnung. Es hätte anders ausgehen können.«

»Wie ich Ihnen schon gesagt habe, Mevlido, Sie brauchen sich nicht schuldig zu fühlen. Es kommt jeden Tag vor, dass Frauen sich unter die Straßenbahn werfen. Manche verüben vorher ein Attentat, andere nicht. Die Polizei ist da machtlos. Vergessen Sie es.«

»Ich hätte eingreifen müssen«, seufzt Mevlido.

»Wie denn? Sie hätte sie abgeknallt, sie hatte sicher noch Kugeln im Magazin.«

Beide überlegen zwei Sekunden lang, jeder aus einem anderen Grund.

Dann sagt Mevlido: »Sie glich Verena Becker. Sie überquerte die Gleise, der Regen nahm ihr die Sicht. Die Straßenbahn fuhr mit Höchstgeschwindigkeit. Sie hat sich unter die Bahn geworfen.«

»Eine Kamikaze-Frau. Wir haben es mit einer Kamikaze-Frau zu tun, Mevlido. Sie hat ihr Schicksal selbst bestimmt. Nachdem sie die Minister durchsiebt hatte, war ihr Leben sinnlos geworden, und sie hat sich unter die Räder geworfen.«

Stille.

»Hätten Sie vielleicht ein Foto von ihr?«, fragt der Kommissar weiter. »Das würde uns bei der Untersuchung helfen.«

»Ein Foto von wem?«

»Von Ihrer Frau, von Verena Becker.«

Stille.

»Warum fragen Sie mich danach?«, will Mevlido wissen. »Ich sehe da keinen Zusammenhang.«

»Sie sagten doch, sie ähnele ihr«, erklärt Beberojan.

In seiner Stimme lag ein Hauch von Ungeduld.

»Wer sollte ihr ähneln?«, murmelt Mevlido. »Wer ähnelte wem?«

Stille.

»Ist nicht so wichtig«, sagte Berberojan schließlich. »Hätte uns weiterhelfen können, ist aber nicht so wichtig. Ist nur, weil sie mit dem Gesicht unter die Räder gekommen ist. Die Terroristin mit ihrem Gesicht. Das verzögert die Identifizierung.«

»Ich habe kein einziges Foto von Verena Becker aufgehoben«, antwortet Mevlido mit belegter Stimme.

»In Ordnung, Mevlido. Vergessen Sie die Geschichte. Es war ungeschickt von mir, das Thema anzuschneiden.«

»Ich bewahre die Bilder von ihr lieber in meinem Kopf«, stellte Mevlido fest.

»Sie haben recht, Mevlido. Das ist ...«

»So kann ich es einrichten, sie nicht anzusehen«, fuhr Mevlido fort.

»Ja, natürlich. Lassen wir es dabei, Mevlido. Wir werden uns schon behelfen, was das Opfer anbelangt.«

»Welches Opfer?«

»Die Kamikaze-Frau im grünen Kleid. Wir werden ihren Leichnam untersuchen. Wir finden schon heraus, woher sie kommt und wer sie ist. Und Sie. Sie holen weiter Erkundigungen ein, aber ... beschränken Sie sich auf Ihre Hauptaufgabe.«

»Das heißt?«

»Nun, Ihre Aufgabe in Hühnerhof Vier. Überwachung von Bolschewiken und Genossen. Unterwanderung der Bettlerorganisationen. Gerüchte aufgreifen.«

»Manchmal glaube ich, es ist eine blödsinnige Aufgabe«, brummt Mevlido. »Die alten Frauen sind harmlos. Sie sind verrückt. Die Parolen, die sie brüllen, ergeben keinen Sinn.«

Auf der anderen Seite der Leitung schüttelt Berberojan den Kopf.

Das Kopfschütteln ist zu hören.

»Wer weiß, wozu diese verhutzelten Hexen in ihrer Aufmachung noch fähig sind. Es ist keine ruhmreiche Aufgabe, die Zukunft der Welt hängt nicht davon ab, aber sie will gut erledigt sein, und dabei zähle ich auf Sie.«

Stille. Niemand schüttelt den Kopf. Wenn etwas zu hören ist, so höchstens das Rauschen des Magnetstroms entlang der Leitungen.

»Ich sage es Ihnen ganz offiziell«, nimmt Berberojan den Faden wieder auf, »ich zähle auf Sie.«

Mevlido stößt einen Seufzer aus. Dann sagt er:

»Es ist eine blödsinnige Aufgabe.«

»Keineswegs«, verteidigt sich Berberojan.

Seine Ernsthaftigkeit klingt nicht sehr echt, aber das kann auch an der akustischen Verzerrung liegen.

Sie verabschieden sich. Mevlido legt den Hörer auf.

Alban Glück nimmt das Telefon zurück. Er wischt es mit einem Lappen ab, als hätte Mevlido widerliche Keime darüber geprustet.

»Das Gespräch habe ich aufgezeichnet«, sagt Glück. »Die Polizei verlangt es. Für einen Dollar kann ich es löschen.«

Mevlido zuckt die Schultern.

Hinter den gelben Streifen, die die Lampe in den Laden projiziert, ist der aus Stapeln und Mauern gebildete Ort düster und trostlos. Man mag kaum noch glauben, dass man sich in der realen Welt befindet. Selbst der Laden könnte aus einem Traum stammen.

»Oder auch für einen halben Doller«, versucht Glück zu schachern.

Ein Geier mit menschlichem Gesicht. So viel, um auszudrücken, wie hässlich er ist. Er hat seinen Unterarm oder das Ende eines Flügels auf eine Ausstülpung der Mondenergiemaschine gestützt. Mevlido hat aufgelegt, aber man hört noch etwas, etwas dreht sich und brummt, vermutlich die Spulen eines Tonbands.

Mevlido betrachtet den in seiner Höhle kaum sichtbaren Händler. Am liebsten würde er ihn umbringen, aber er tut es nicht. Er gibt ihm einen halben Doller und geht.

16 Dann macht er noch einmal kehrt.

»Willst du noch etwas?«, fragt Glück, Geier Glück.

Mevlido legt eine Münze auf das Brett, das als Tresen dient, und sagt:

»Der Mond ist aufgegangen, du kannst die Batterie abklemmen.«

Widerwillig stützt sich der Händler auf den Tresen und streckt die Hälfte seines Gerippes aus, um den Himmel zu betrachten. Wegen der Glühbirne, die am Dach befestigt ist, muss er die Augen zusammenkneifen. Die Wolken über den Ruinen schimmern wie dicker Qualm, aber hinter den dunkelblau samtigen Dünsten und Falten sieht man ein milchiges Licht. Der Mond ist aufgegangen. Das ist nicht zu leugnen.

»O. K.«, kreischt der Geier und zieht seinen halb kahlen Kopf auf eine verhältnismäßig menschliche Art wieder zurück zwischen die Schultern, dann streckt er ihn wieder hervor: »Leg noch einen Dollar drauf, und du kannst anrufen.«

»Soll das ein Witz sein, Glück?«, fragt Mevlido empört.

»Jetzt gilt der Nachttarif«, erwidert der Geier. »Zwei Dollar pro Gespräch.«

»Das ist Diebstahl«, meint Mevlido.

»Niemand zwingt dich, um diese Zeit zu plaudern«, antwortet Alban Glück.

Mevlido holt eine zweite Münze aus seiner Tasche.

»Und die Aufzeichnung für die Polizei?«, fragt er nach.

»Lösche ich dir kostenlos«, antwortet der Händler umgänglicher.

»Fragt sich, aus welchem Grund«, murmelt Mevlido.

»Ein Dienst des Hauses Glück für seine guten Kunden«, erklärt der Geier.

Dann setzt er sich einen halben Meter vom Telefon entfernt auf einen Hocker, wirft einen unbeteiligten Blick an die Decke und zeigt mit seiner ganzen Haltung, dass er beabsichtigt, das Gespräch zu belauschen.

Mevlido wählt nun die Nummer der Psychiaterin.

»Hallo? Doktor Yeung?«

»Ja, bitte.«

»Hier spricht Mevlido.«

»Ah, Mevlido. Ich bin froh, von Ihnen zu hören.«

Stille.

»Wir sehen uns doch morgen, oder?«, fragt Maggie Yeung.

»Ich würde Sie gerne sofort sprechen, Maggie. Ich darf Sie doch Maggie nennen?«

»Wie Sie wollen.«

»Nach der Sitzung bei Ihnen ist meinetwegen heute Nachmittag eine Frau gestorben.«

Zögern an beiden Enden der Leitung. Stille an beiden Enden.

»Was möchten Sie mir sagen, Mevlido?«

»Sie war sofort tot. Ich hätte mit ihr sprechen können, aber ich … Sie ist enthauptet worden.«

Stille. Jeder der beiden hat Bilder vor Augen, die von unbändiger Gewalt und blutigen Grausamkeiten beherrscht sind, aber diese Bilder reihen sich zu grundlegend unterschiedlichen Filmsequenzen. Die Drehbücher haben nichts miteinander gemein, auch nicht die Bewegungen Mevlidos.

Maggie Yeung stellt sich Mevlido mit einem Messer oder Säbel in der Hand vor.

»Einen Moment, Mevlido. Warum …«

»Wie bitte?«

»Was hat Sie nur geritten, Mevlido? Warum haben Sie denn das …«

Pause. Der Satz bleibt offen.

»Es hat geregnet«, erzählt Mevlido, »es war zu Beginn des Gewitters. Man konnte keine zehn Meter weit sehen. Die Straßenbahn kam mit Höchstgeschwindigkeit angefahren. Sie ist unter die Räder gekommen.«

»Na, das höre ich doch lieber, so ist es besser.«

»Wie bitte?«

»Ach, nichts. Ich glaubte, dass … Ich dachte schon, Sie hätten …«

Maggie Yeung fängt sich wieder. Sie räuspert sich, nachdem ihre Stimme durch die Erregung rau geworden war, und kehrt zu ihrem professionellen Tonfall zurück.

»Und haben Sie diese Frau gekannt?«, fragt Maggie Yeung.

»Nein.«

»Sie sagten vorhin, Sie hätten mit ihr sprechen können.«

»Sie ist an mir vorbeigegangen. Ja, ich hätte mit ihr sprechen können. Aber sie ist tot.«

»Vielleicht hat sie Sie an jemanden erinnert?«, mutmaßt die Psychiaterin.

Mevlido lässt eine Sekunde verstreichen.

»Nein, nicht im Geringsten«, erzählt er, »ich wüsste nicht, an wen sie mich hätte erinnern sollen. Sie hat mich überholt, und anschließend habe ich zufällig in dem Moment in ihre Richtung gesehen, als sie über die Gleise ging. Sie versuchte einen Schirm zu öffnen. Sie war allein.«

»Sie sagten, sie sei ihretwegen gestorben.«

Mevlido atmet laut. Ein Schluchzen schwillt an und

nimmt ihm den Atem, ein nicht zu unterdrückender Krampf seiner Einbildungskraft.

»Meine Anwesenheit hat alles beschleunigt«, keucht er. »Oft genügt es, dass ich irgendwo bin, und die Leute sterben auf entsetzliche Art und Weise.«

Stille. Die Psychiaterin hört zu.

»Ja, es genügt, dass ich da bin«, fährt Mevlido fort. »Oder abwesend. Das genügt, damit ...«

Stille.

»Erzählen Sie weiter, Mevlido.«

Stille.

»Ich habe das Gefühl, ich werde wahnsinnig, Maggie.«

»Aber nein, das ist nur ein Eindruck. Das geht bald vorüber.«

»Ich darf Sie doch Maggie nennen, oder?«

»Wie Sie wollen.«

»Ich höre Sie schlecht. Hören Sie mich?«

Keine Antwort.

»Maggie, können Sie mich hören?«

Mevlido jammert in den Hörer. Er wendet sich mit einem fragenden Blick an Alban Glück und zeigt ihm den Hörer.

»Es funktioniert nicht.«

Alban Glück streicht sich mit dem äußersten Ende eines Flügels über das gekörnte Gesicht und stößt geräuschvoll seinen Hocker um. Er steht auf, schnappt sich den Telefonhörer und hält ihn sich ans Ohr.

»Hallo, Maggie?«, flötet er unverschämt.

Mevlido presst krampfhaft den Kiefer zusammen.

»Sie antwortet nicht mehr«, sagt der Geier. »Es liegt am Mond. An den Wolken. Die Leitung ist unterbrochen.«

»Wird die Verbindung bald wieder da sein?«, fragt Mevlido.

Alban Glück zieht eine zweifelnde Grimasse. Er streckt

seinen Hals, seinen kahlen Hals. Er spricht von Neuem in den Hörer, der keine Verbindung mehr hat. Er kreischt:

»Hallo? Können Sie mich hören, Maggie? Hören Sie mich?«

Dann wendet er sich Mevlido zu und fragt:

»Ich darf sie doch Maggie nennen, oder?«

17

Während Mevlido die Schienen entlangwanderte, blieb der Mond noch verdeckt, dann kam er in wenigen Sekunden zwischen den Wolken hervor, und als Mevlido durch das Maraschwili-Tor ging, hüllte ihn der Mond in ein bebendes weißes Licht. Eine Spinne kreuzte seinen Weg und verschwand in einem Mauerspalt, zwei einzelne Möwen schwangen sich schwerfällig auf einen Kieshaufen und verfolgten ihn mit Blicken, als er an ihnen vorbeikam. Da er wenig Lust hatte, sich im unbewohnten Labyrinth zu verirren, in das man durch das Leonor-Iquitos-Tor gelangte, war er lieber entlang den Schienen des Makadam Boulevards in sein Wohnviertel zurückgegangen, vorbei an den dunklen Haufen zu seiner Rechten und dem in der Entfernung bald nicht mehr sichtbaren Telefonladen Geier Glücks.

Der Mond hatte die übliche Größe für die warme Jahreszeit, in der es keine andere Mondphase als den Vollmond gibt und er gebieterisch ein gutes Drittel der Himmel genannten Wölbung einnimmt. Sobald er den Vorhang aus dunklen Nebeln zerrissen hatte, der ihn bis dahin verbarg, legte er alle Milde und Zurückhaltung ab. Im Nu tauchte er unsere Köpfe in sein Quecksilberstrahlen, in seine bleigrauen, zinngrauen, silbergrauen, perlgrauen Fluten, und wie jeden Abend verwandelte er die Welt in ein traumartiges Jenseits. Statt an den Klassenkampf zu denken, und an geeignete Aktionen, um die Glücklichen und Mächtigen der Welt zu bestrafen, waren wir also von Neuem beschäftigt mit unserer Mondsucht, unserem tastenden Umherirren in Hühnerhof Vier und unserem Überleben von einer Sekunde zur nächsten. Wie jeden Abend gerieten wir dann in eine große geistige Verwirrung: Unmöglich anzugeben, in welche Winkel der Wirklichkeit wir uns verkrochen hatten, in einen Alptraum oder einfach nur in den ganz gewöhnlichen, schrecklichen Tunnel des Lebens, den man von einem Ende zum anderen durchlaufen muss, wenn man den Tod erreichen will. Von Zeit zu Zeit flogen große Tropenfledermäuse zu viert oder zu fünft durch die riesige Scheibe. Ich war freilich nicht der Einzige, der eine verblüffende Ähnlichkeit mit Flugsauriern, Pterodaktylen, Pteradonons und anderen an ihnen feststellte. Wir wussten nicht einmal mehr, zu welchem Erdzeitalter wir gehörten, zum Erdmittelalter oder zum Ende des Quartärs oder zum Zeitalter nach den Völkermorden in Zone Zwei.

Mevlido ließ das Maraschwili-Tor hinter sich, und da er ein Gebiet betreten hatte, das der Mond nicht beachtete, verlangsamte er seinen Schritt. Das strahlende Licht prallte gegen die Gebäude, die es hinderten, weiter vorzudringen, und zur Vergeltung richtete der Mond sein Strahlen so ein, dass er bestimmte Durchgänge in einer unnatürlichen Finsternis beließ. Beim Gehen achtete Mevlido darauf, dass er nicht auf Möwen oder Bettlerinnen trat. Er begegnete uns, ohne uns zu sehen.

Nach einer Biegung verengte sich die Straße zum Canyon, in dem die bereits dichten Schatten noch strenger und undurchdringlicher wurden. Auf dem Bürgersteig, den Mevlido entlangging, konnte man nicht mehr die Hand vor Augen sehen. Vor ihm gluckste das Mutantengeflügel, erst in letzter Sekunde wich es mit wütendem Flügelschlagen aus. Er roch den widerwärtigen Gestank des schweißtriefenden Gefieders. Seine Waden bekamen oft einen Schnabelhieb ab. Er wehrte sich nicht gegen die Angriffe.

Es war eine Nacht wie alle anderen: drückend und klebrig.

Dann erreichte er Rainbow Street. Auf der anderen Seite des Häuserblocks hatte sich ein Demonstrationszug gebildet. Die Demonstrantinnen waren noch nicht losmarschiert. Sie übten ihre Stimmen. Es dürften vier oder fünf gewesen sein.

- ZÄHLE DIE SOLDATEN, LUMPEN FÜR LUMPEN!
- ZÄHLE DIE SOLDATEN, HAUFEN FÜR HAUFEN!
- ZÄHLE DIE SOLDATEN VON NULL BIS EINS!

»Hörst du das? Wie schön es ist!«, hauchte jemand neben Mevlido, fast an Mevlidos Schulter.

Der Hauch Sonia Wolglans.

Mevlido blieb stehen und sagte:

»In der Dunkelheit habe ich dich gar nicht gesehen.«

Er streckte die Hand aus und berührte das Gesicht der jungen Frau. Es kam selten zu körperlichen Berührungen zwischen ihnen. Seine Finger legten sich auf ihren Haaransatz. Er spürte ihre Locken, das unmerkliche Rascheln des Flaums unter seinem kleinen Finger, die Wärme. Sie standen nahe beieinander, und die Dunkelheit brachte sie einander noch näher. Er deutete eine Liebkosung an, von ihrer Stirn zu ihrem Ohr, dann zog er seine Hand zurück aus Angst, Sonia Wolglan würde seine Erregung bemerken, die lächerliche Erregung eines Mannes im fortgeschrittenen Alter, oder sie könnte sich vor seiner schweißnassen Haut ekeln.

»Ja, es ist schön«, sagte er.

»Es lässt einen träumen«, erwiderte sie.

Sie hörten den Parolen zu, die aus der Nebenstraße durch die Dunkelheit zu ihnen drangen. Die Vögel fühlten sich vom Gekreische des Bolschewismus gestört und antworteten mit Gackern.

- DEUTE DIE SCHREIE!
- MACH DIR EIN BILD VOM FEIND!
- DRING EIN IN DAS FREMDE BILD!
- VERWANDLE DICH IN EIN FREMDES BILD!
- SCHLAFE, UND VERGISS NICHT DEIN FREMDES BILD!

Sie überquerten die Kreuzung und bogen in Old Street ein. Der Lärm legte sich ein wenig. Hier badete die Fahrbahn wieder in den Mondstrahlen. An manchen Stellen legte sich das Licht der Straßenlampen über den Mondschein. Auf den Bürgersteigen wimmelte es von Vögeln. Alle hatten monströse Formen und Proportionen.

Sonia Wolglan ging in dieselbe Richtung wie er.

»Gehst du zu Factory Street?«, fragte sie.

»Ja, klar, ich geh nach Hause. Maleeya wartet auf mich.«

»Du warst heute doch auf Memorial Avenue, oder?«

»Wann?«

»Heute Nachmittag. Ich dachte, ich hätte dich gesehen.«

»Ach ja? Du hast mich dort gesehen?«

»Ja. Dachte ich.«

»Zu welchem Zeitpunkt?«

»Als das Gewitter losbrach.«

»Na klar, ich war auf Memorial Avenue, bei Iyim Garden West.«

»Und du, hast du mich gesehen?«

»Nein. Was hast du dort gemacht?«

»Ich war bummeln. Ich musste mir ein paar Klamotten kaufen.«

»Du hättest mir zuwinken können. Wir hätten zusammen bummeln können.«

»Du warst zu weit weg. Außerdem hatte es zu regnen begonnen, die Leute liefen in alle Richtungen auseinander. Und du?«

»Ich?«

»Was hattest du bei Iyim Garden zu tun?

»Nichts. Ich habe nach einem Schnellrestaurant gesucht. Ich hatte Hunger.«

Sie überquerten die nächste Kreuzung. Sonia Wolglan trug noch die Jacke, die ihr während des Attentats das Aussehen eines geschlechtsneutralen Proletariers verliehen hatte, aber sie hatte keine Mütze mehr auf, und ihr Haar war offen, die halblangen Strähnen und die sehr schwarzen, extrem glänzenden Löckchen standen im Gegensatz zur leicht kupferroten Färbung des Flaums, der ihre Backen bedeckte. Die Pistolenschüsse und die wilde Flucht im Regen hatten keine Spuren in ihrem Gesicht hinterlassen. Sicher hatte sie Zeit gehabt, sich in einem der Verstecke zu erholen und zu waschen, die ihr an den Tagen, an denen sie Anschläge verübte, Organisationen zur Verfügung stellten, deren Programme, ja selbst deren Namen nur wenige von uns kannten. Jedenfalls sah sie in ihrem Unterschichtenanzug wieder sehr hübsch aus, einfach hinreißend. Mevlido deutete einen sehnsuchtsvollen Seufzer an. Besonders ihre Locken betörten ihn, sie weckten in ihm den Wunsch, mit seinen Fingern darin zu spielen, er hätte sich dieser Locken gern sanft bemächtigt, hätte den Kopf der jungen Frau gern zärtlich an sich gezogen wie so oft in seinen Träumen. Ihren Namen geflüstert, Sonia, Sonia Wolglan. Die Arme ausgestreckt, sie ganz zu sich gezogen, sie umschlossen, ihre Lippen gesucht, sie geküsst. Sich liebend mit ihr vereint. Sich in ihr vergessen.

Das alles lag in seinem Seufzer, in Liebe vereint, selbstvergessen, aber an diesem Abend funktionierte seine Vorstellungskraft schlecht. Er war zu aufgewühlt. Er hatte zu viel Anspannung und Lügen angehäuft. Er musste das loswerden.

»Ich habe dort, auf Memorial Avenue, eine Frau gesehen, die Verena Becker ähnelte«, gestand er plötzlich.

»Verena Becker? Deiner ersten Frau?«

»Ja.«

»Und sie ähnelte ihr?«

»Ungemein. Dieselbe Erscheinung, derselbe Blick. Sie trug ein Kleid in *shocking green*. Sie ging wie eine Tänzerin, federnd, elegant. Sie hatte ein Parfüm, das nach Bittermandel roch. Sie ging direkt an mir vorbei.«

»Und weiter?«

Der Mond hatte wieder mit den Wolken zu kämpfen. Er leuchtete weniger. Sie gingen langsamer. In diesem Straßenabschnitt waren die meisten Straßenlampen ausgefallen.

»Nichts weiter«, erwiderte Mevlido.

»Wie nichts?«

»Nichts Besonderes. Ich bin ihr gefolgt.«

»Und dann? Ich meine danach? Hast du versucht, sie einzuholen?«

»Nein. Es fing an zu schütten.«

»Und?«

»Sie verschwand.«

»Im Gewitter?«

»Ja, gleich zu Beginn. Bei Iyim Garden West. Sie ist einfach verschwunden.«

Sie waren vor Mevlidos Haus in Factory Street angekommen. Das Licht unter der Laterne genügte, um einander zu erkennen, ein Stück weiter schluckten die Dunkelheit und der Mond alles.

Sie verabschiedeten sich.

Mevlido sah ihr hinterher, wie sie sich in der Nacht entfernte, klein und schmächtig, schlecht beleuchtet, und nur langsam wieder zu einem geschlechtslosen und anonymen Wesen wurde. Sie hätte seine Tochter sein können, auf dem Weg zu einer geheimen Versammlung, sie hätte seine ständige Mätresse sein können, die ihn soeben nach einem Stelldichein verließ, oder die heimliche Geliebte einer einmaligen, gemeinen, oder, warum auch nicht, einer einmaligen, aber keineswegs gemeinen, sondern bewegenden, unvergesslichen Gelegenheit, sie hätte eine politische Attentäterin sein können, die nichts von der Polizei in ihrem Rücken ahnte, die beinahe von der Polizei niedergeschossen worden wäre, sie hätte ein Junkie sein können, die oder der dem letzten Schuss nicht erlegen war und auf der Suche nach der nächsten Dosis im Zickzack zwischen Puten und Hühnern und degenerierten Möwen umherlief, sie hätte die Reinkarnation einer roten Proletarierin sein können, die aus irgendeiner proletarischen Gesellschaft der alten Zeiten stammte, die Reinkarnation einer wegen der fehlenden Zöpfe etwas ungewöhnlichen Rotgardistin. Sie war bezaubernd.

»Sonia!«, schrie er, solange sie noch in Rufweite war.

Sie blieb stehen, sah sich nach ihm um, und als sie merkte, dass er losging, um sie einzuholen, drehte sie sich um und lehnte sich an die nächste Mauer. Sie stand nun in einem dunklen Winkel, aber der Mond beleuchtete das Gebäude gegenüber. An manchen Stellen war es ein unglaublich fahles Licht. In der Straßenmitte lagen zwei zusammengekrümmte Leichen auf dem Asphalt, als wären sie durch ein Geflecht aus Lumpen und Abfällen aneinandergekettet. Sie hatten Vögel mit großer Spannweite angelockt, Tukanbussarde, phosphoreszierende Möwen, bucklige Schneeeulenperlhühner, Masthühner. Die Aufzählung ist zufällig. Im Wesentlichen handelte es sich um Aasgeier. Sie segelten knapp über den Bürgersteigen, hockten sich neben die Leichen, stritten, hüpften einige Meter weiter, ohne die Flügel auszubreiten. Den menschlichen Gestalten, die sich in ihrer Nähe zeigten, widmeten sie kaum Aufmerksamkeit. Manche waren so groß wie ein Hund. Mevlido machte einen Bogen, um ihnen aus dem Weg zu gehen, und erreichte die Stelle, wo Sonia Wolglan auf ihn wartete.

Er stand jetzt zwei Schritte vor ihr. Sie zog die Augenbrauen hoch und musterte ihn mit leicht inquisitorischem Blick. Sehr schnell verlor er die Fassung. Er hatte sie grundlos gerufen. Wollte er nicht eingestehen, dass sein Schrei der bloße Ausdruck eines Mangels war, der tierischen Traurigkeit darüber, sich von ihr trennen zu müssen, musste er schleunigst einen Vorwand finden.

»Ich vergaß ganz, dir zu sagen«, begann er mit einem Räuspern.

Sie beobachtete ihn, ohne zu lächeln. In ihrem verführerischen Gesicht zeigte sich ein jäher Überdruss. Dann löste sie sich von der Mauer mit einer sehr weiblichen Bewegung, einem unabsichtlich wollüstigen Wiegen, das so gar nicht zu ihrer Fabrikarbeiterkluft passte. Sie reckte ihre Schultern und zog sie anschließend geschmeidig zurück, so dass man ihren Körper unter der zu großen Jacke besser ahnte, ihren Oberkörper, ihr Becken. Wer hätte sie nicht in die Arme schließen wollen. Mevlido blickte in die glänzenden, sehr dunklen, nahezu schwarzen Bernsteinpupillen, und es gelang ihm nicht, dem Blick standzuhalten. Er musste mit sich selbst kämpfen, um nicht jede Distanz zwischen ihnen aufzuheben, um sie nicht an sich zu ziehen und ihr den Nacken, den Rücken zu streicheln, um ihr nicht irgendwelche wohlbekannten einfältigen Liebkosungen ins Ohr zu hauchen.

»Nehmen wir mal an, du bräuchtest einen Typ«, stammelte er.

»Lass den Quatsch, Mevlido«, seufzte sie enttäuscht.

»Warte … Nein, ich wollte nur sagen … ein Typ, der mit einer Waffe umgehen kann.«

»Pah! Wie kommst du darauf?«

»Einen Typ für deine Organisation«, versteifte er sich.

»Welche Organisation?«

Sie zog einen Schmollmund und schüttelte den Kopf.

Ich könnte jede Distanz zwischen uns aufheben, dachte er. Ich könnte das aufheben, aber nicht den Altersunterschied. Selbst wenn sie mich nicht abweisen würde, wir gäben ein lächerliches, peinliches Bild ab. So sehr er sich anstrengte, er schaffte es nicht, ihr direkt ins Gesicht zu schauen. Die proletarische Moral achten, dachte er. Die Genossinnen nicht mit den verhängnisvollen eigenen männlichen Trieben belästigen. Die Genossinnen nicht mit Ansprüchen aus vergangenen Erdzeitaltern belästigen. Unter keinem Vorwand gegen die proletarische Moral verstoßen. Unerschütterlich den Klassenstandpunkt vertreten. Er wendete den Blick ein wenig ab, als würde er sich für etwas interessieren, was sich ein paar Meter weiter weg abspielte, bei den Toten und den Vögeln. Die Tukanbussarde schrien, sie behaupteten ihr Vorrecht, zuerst in den Augenhöhlen der Leichen zu picken, und drohten dem weniger noblen Federvieh, den unförmigen Hühnervögeln.

»Egal«, fuhr er fort, »ob für deine Organisation oder eine andere. Name und Programm tun nichts zur Sache.«

Sie musterte ihn auf eine sonderbare Weise, dann erlosch das Sonderbare in ihrem Blick. Es vergingen zwei oder drei Sekunden wortlos.

»Ich bin vielleicht kein Wettkampfschütze«, meinte Mevlido, »aber ich kann sichern. Und ich bin im Nahkampf gut, mit bloßen Händen oder sonstwie. Ich habe es vor langer Zeit gelernt, aber das verlernt man nicht. Solltest du also einen Beschützer brauchen. Sollte sich ein Ziel zeigen.«

»Was für ein Ziel?«, fragte sie.

Er hatte den Eindruck, sie würde die Lippen ein wenig spitzen, als erwartete sie einen Kuss, doch er nahm sogleich wieder Vernunft an. Komm wieder zu dir, dachte er. Ihre Lippen warten nicht auf deine. Du projizierst deine Fantasien auf sie. Sie wartet auf nichts. Das ist ihre natürliche Art, den Mund zu verziehen, vielleicht auch wegen der Fragen, die du stellst. Die Fragen, die du stellst, verwundern und verwirren sie, deshalb schmollt sie.

»Das weißt du genau«, erwiderte er.

Es herrschte wieder Stille zwischen ihnen. Vögel umgaben sie, kämpften miteinander, drängelten keine zehn Meter von ihnen entfernt um einen Platz auf Bauch und Gesicht der Toten, schlugen mit ihren zerzausten und gerupften, äußerst abstoßenden Flügeln. Etwas abseits wackelten einige Besiegte, andere kehrten zänkisch zurück und ernteten dafür Schnabelhiebe von den Stärkeren. Alle verströmten den Geruch von nassen Daunendecken, fiebrigem Egoismus und Vogeldreck.

Sie begann lautlos zu lachen, dann streckte sie die Hand aus und näherte sie Mevlidos Kopf. Sie berührte seine rechte Wange in Höhe des Ohrs. Es war eine brüderliche Zärtlichkeit, in der keine sexuelle Einladung lag. Mevlido seufzte etwas Unverständliches. Er wollte entspannt wirken, zeigen, dass er ihre zarte Geste als Genosse entgegennahm, doch es gelang ihm nur, den Kiefer zusammenzupressen, sein ganzer Körper war in Alarmbereitschaft wie vor einem Kampf. Sie spürte es und zog ihre Hand sofort zurück.

»Mein lieber Mevlido, manchmal frage ich mich, ob du noch bei Sinnen bist«, meinte sie.

»Pah!«, keuchte er. »Bei Sinnen? Wer ist das schon?«

»Ich meine, ob du nicht schon den Verstand verloren hast. In einem dunklen Wahn. Wie die alten Weiber. In einem dunklen und unheilbaren Wahn.«

»Ich gehe seit kurzem zu einer Psychiaterin«, erwiderte er. »Der Polizeipsychiaterin. Sie meint, ich kriege die Kurve.«

Sonia Wolglan zuckte die Schultern.

»Wir kriegen alle die Kurve«, sagte sie.

Ihre Hand deutete eine fatalistische Geste an. Sie zeigte

auf den Mond über den Dächern, den riesigen Mond. Und schon fiel ihr Arm zurück.

Man weiß nicht warum, aber die Vögel schienen ihrem Gedanken zu folgen und hoben die Köpfe zum Himmel. Sie schienen ihre Streitigkeiten beigelegt zu haben, und nun betrachteten sie mit vollem oder halb geöffnetem Schnabel das Gestirn mit dem riesigen Durchmesser, das die Nacht in einen Traum verwandelte. Sie hatten goldene, häufig gelb- oder blutunterlaufene Augen. Drei Wolken machten sich daran, die gigantische Oberfläche zu beschatten, aber ein beträchtlicher Teil blieb dennoch unbedeckt. Mehrere Sekunden lang veränderte sich die Szenerie nicht. Mevlido, Sonia Wolglan und die Vögel waren wie vom Zauberspruch einer Hexe versteinert. Dann kehrte alles zur Ordnung zurück, das heißt zum üblichen nächtlichen Lärm und Durcheinander.

Sie hat eine Tätowierung, dachte Mevlido. Sie ist die letzte der jüngsten Generation. Nach ihr wird niemand mehr den Stab übernehmen. Sie hat eine Tätowierung, ihre Haut ist mit einem äußerst feinen Flaum bedeckt, sie hat einen beängstigenden Blick, alle sind in sie verliebt, die Bolschewiken verzeihen ihr ihre anarchistischen Abweichungen, sie reckt die Schultern auf betörende Art. Sie ist die Letzte, und ich, ich werde dann tot sein.

18 In der Wohnung brannte kein Licht, aber der Mond und die Straßenlampen sorgten für Helligkeit. Mevlido verzichtete darauf, den Lichtschalter zu drücken.

Als er die Tür hinter sich zuzog, legte sich das Halbdunkel als feuchter Film auf sein Gesicht. Sogleich rannen die Tropfen unter seinem Hemd. Auch seine Beine und seine Arme waren nass.

»Maleeya«, sagte er mit kraftloser Stimme, »ich bin wieder da.«

Maleeya saß auf dem Bettrand und hatte nichts weiter an als ein mäßig weißes T-Shirt und eine Unterhose von derselben Farbe. Sie roch nicht nach Bittermandel. Sie roch nach der Nacht, nach schweißgetränktem Schlaf, Wahnsinn, hoffnungsloser Körperlichkeit. Sie schlief nicht. Mit leerem Blick, die Hände auf den bloßen Schenkeln, sog sie geräuschvoll die Feuchtigkeit ein, die zwischen den Wänden schwebte.

»Möchtest du einen Schluck Wasser?«, bot er an.

Sie atmete weiter schwer.

Er blieb eine Minute bei ihr und wartete auf ihre Antwort, dann küsste er sie auf die Stirn und ging ins Wohnzimmer zurück.

Er setzte sich an den Tisch.

Die Ledertasche hatte er von seinem Gürtel losgeschnallt. Jetzt entnahm er ihr die Ausweispapiere der Frau in Grün.

Er breitete sie vor sich aus, kurze Überblicke über ein Leben, die unter ungünstigen Bedingungen getrocknet waren und nun nach Kanalisation rochen. Ein Moment verstrich. Jetzt muss ich mit der Untersuchung beginnen, dachte er. Dann schluckte er einen Mundvoll heiße Luft und fasste einen Entschluss.

Die Untersuchung begann.

Schon beugte er sich über die Papiere, suchte diejenigen aus, die noch zu entziffern waren, dann richtete er sich wieder auf und nahm in dem von außen hereinfallenden Lichtstrahl eines nach dem anderen unter die Lupe. Die Fotos waren im Halbdunkel nicht gut zu erkennen. So vermied er die Konfrontation mit dem Anblick der Toten. Er beschränkte sich auf das, was man den Informationen über den Personenstand entnehmen konnte – Name, Geburtstag, Geburtsort, Adresse, militärischer Status, rechtliche und ideologische Stellung, Überstellungsbereich für den Fall ethnischer Konflikte, Berufstätigkeit, Ablauffrist der Aufenthaltsgenehmigung. Nicht alle Rubriken waren ausgefüllt, und die meisten anderen hatte das Wasser unleserlich gemacht.

- Linda Siew war vor neunundzwanzig Jahren geboren.
- Sie wohnte in Waddell Street.
- Sie war Sängerin, an einigen Stellen waren sonderbare Zusätze eingetragen. *Songsosängerin* stand auf einem Passierschein; *kann den Gut ausführen, den Uga singen und tanzen*[1], hatte der zuständige Beamte auf ihrer Zulassungsbescheinigung vermerkt.
- Den Meldeämtern zufolge, bei denen sie sich angemeldet hatte, musste sie mit Iyim-Flüchtlingen und den überlebenden Koreanern und Chinesen nach Ulang-Ulan gekommen sein.

1 »Gut« und »Uga« sind Rituale aus dem koreanischen Schamanismus. (Anm. d. Übers.)

• Weder ihr Visum noch ihr militärischer Status entsprachen den Vorschriften.

Jetzt hatte Mevlido die Papiere auf den Tisch zurückgelegt. Er verharrte mehrere Minuten, ohne sich mit ihnen zu beschäftigen. Er sah durch die Wimpern in die Dunkelheit und versuchte Ideen zu sammeln. Einfälle. So begann häufig eine Untersuchung: mit Intuitionen. Er hielt seinen Geist offen für das Kommende, und als sich dann nichts abzeichnete, brach er sein Schweigen.

»Hörst du mich, Maleeya?«, fragte er leise.

Maleeya im Zimmer nebenan reagierte nicht.

»Berberojan hat mich mit einer Untersuchung beauftragt«, verkündete Mevlido, »mit der Suche nach Informationen über eine Frau. Linda Siew. Eine Sängerin. Songsosängerin.«

Maleeya antwortete nicht. Mevlido stellte sie sich hinter der Zwischenwand vor, neben den Spinnen, wo sie in der feuchten Luft fast erstickte, die Beine nackt bis zur Hüfte, von ihrem Wahn erschöpft, eingeschlossen in ihrer Amnesie und ihren Erinnerungen.

Dennoch war er sich sicher, dass sie ihn hörte.

»Songso, sagt dir das irgendetwas?«

Keine Antwort.

»Sie konnte auch Uga singen. Sie war gerade mal dreißig Jahre alt. Heute ist sie auf Memorial Avenue enthauptet worden. Der Regen nahm ihr die Sicht. Enthauptet und zermalmt. Sie hat nicht gelitten.«

Er redete langsam. Er hatte die Stimme ein wenig erhoben, damit Maleeya an seinem Monolog teilhaben konnte.

Auf der anderen Seite der Wand atmete Maleeya regelmäßig ein und aus.

»Und der Uga, weißt du, wie sich der Uga anhört?«

Es kehrte wieder Stille ein, und draußen gingen schlagartig alle Straßenlaternen aus. Mevlido schob seinen Stuhl zurück, stand auf und ging ans Fenster. Der Stromausfall betraf mehrere Sektoren. Über den Dächern funkelten in weiter Ferne einige Lampen. Auf Factory Street hatte die plötzliche Zunahme der unbeleuchteten Stellen keine besonderen Auswirkungen. Wie immer hörte man ein Basso continuo aus Schreien, Flügelrascheln, Klopfen, Stürzen, Knochenbrüchen und darüber das Durcheinander menschlicher Stimmen. Überall in Hühnerhof Vier knurrten oder schwiegen die Bewohner weiter in kleinen Gruppen, gleich welcher Spezies. Auch in den Restaurants stieß nicht mehr so viel Geschirr aneinander.

In einem Haus an der Kreuzung hatte jemand eine Kerze angezündet.

Die Flamme erhellte nichts.

Der Mond war jetzt verdeckt. Die Sterne hatten sich zurückgezogen, am Himmel türmten sich Berge von pechschwarzen Dämpfen auf. Die Dunkelheit nahm zu. In Mevlidos Lungen stieg ein empörendes Gefühl von Nässe auf. Der Sauerstoff war zu sehr von Wasser durchtränkt und brachte keine Erfrischung.

Er ging zurück und setzte sich. Er musste den Mund aufmachen, um nach dem verfügbaren lebenswichtigen Gas zu schnappen. Auf seiner Stirn und unter seinem Hemd rannen die Tropfen.

»Gleich regnet es«, murmelte er.

Er ließ eine, vielleicht zwei Minuten verstreichen und fuhr dann fort:

»Sie wohnte in Waddell Street.«

Auf der anderen Seite der Wand atmete Maleeya Bayarlag noch immer schwer. Sie gab kein anderes Lebenszeichen, kein Zeichen des Verstehens von sich.

»Ich frage mich, wo das sein soll, Waddell Street«, fügte Mevlido hinzu.

»Yasar«, sagte Maleeya.

Hinter der Zwischenwand erwachte sie plötzlich aus ihrer Lethargie. Zwei gedehnte Silben.

»Ja«, erwiderte Mevlido.

Er dachte, sie rufe ihn wie so oft beim Namen ihres ermordeten Ehemanns.

»Bayarlag. Yasar Bayarlag«, sagte Maleeya.

»Ja«, ermutigte Mevlido sie, »ich bin da.«

»Waddell Street. An der Grenze. In der Halde.«

Mevlido stand auf. Er trat ins Schlafzimmer. Ohne die Lichter von der Straße und nach dem Verschwinden des Mondes war es hier sehr dunkel.

Er setzte sich neben sie auf das Bett. Der Bettrost quietschte. Rings um das Bett musste die Angst der Spinnen überall ihren Höhepunkt erreicht haben.

»Liegt das in der Halde?«

»An der Grenze. Wir befinden uns in der Halde. Wir suchen Yasar in der Halde, dabei kommt man nach Waddell Street.«

Maleeya wurde langsamer, dann hielt sie inne. Sie vermittelte den Eindruck, als wolle sie weiterreden, habe aber nicht mehr die Kraft dazu. Mevlido ermutigte sie.

»Waddell Street«, sagte er.

»Etwas weiter kommt die Grenze«, fuhr Maleeya fort. »Man konnte kaum atmen. Wir mussten husten. Dann trafen wir Yasar Bayarlag. Wir trafen ihn. Yasar Bayarlag.«

Mevlido legte seine rechte Hand auf Maleeyas Knie. Ihre Körper waren wie im Fieber und klebrig vom Schweiß.

Vielleicht gibt es dort eine Waddell Street, und Maleeya kennt sie, dachte er, aber Linda Siew kann vor ihrem Tod nicht in der Halde gewohnt haben. Niemand kann sich vor seinem Tod auf Dauer in der Halde aufhalten. Das ist unmöglich.

Oder aber Linda Siew war wie Maleeya zu Besuch dort unten.

»Und Linda Siew?«, fragte er nach.

Maleeya zögerte.

Die Stille im Zimmer schwoll an.

Es war viel zu heiß.

»Eine Frau, eine Ybürin oder Koreanerin. Sie sang«, fuhr Mevlido fort.

»Yasar«, sagte Maleeya. »Er ist dort unten, an der Grenze. Eines Tages ruft er an. Er bittet mich, ihn in Waddell Street zu treffen. Ich geh dorthin. Ich treffe ihn. Wir halten uns an der Hand. Wir gehen in der Halde zusammen spazieren. Wir sind zusammen. Manchmal betreten wir ein Haus. Leute sind da. Eine Sängerin. Sie wohnt unten oder nebenan. Sie singt magische Lieder. Sie singt Uga. Yasar und ich sind zusammen in einem Zimmer. Wir schlafen miteinander. Ich schlafe mit niemandem gern, nur mit Yasar schlafe ich gern. Manchmal gehen wir aus dem Haus. Wir gehen durch Waddell Street. Wir halten uns an der Hand und gehen durch die Straße. Waddell Street riecht nach Kohlen. So ist es überall an der Grenze. Ein sehr starker Kohlegeruch. Es sticht in den Bronchien. Man muss husten. Wir kehren ins Haus zurück. Die Sängerin singt den Uga. Während sie singt, schlafen wir miteinander. Ich schlafe nicht gern mit Männern, aber mit Yasar widert es mich weniger an. Überall hängt der Kohlegeruch in der Luft. Dann gewöhnt man sich daran. Mit Yasar gewöhnt man sich daran.«

Maleeyas Stimme wurde zu einem Murmeln. Das Murmeln wurde noch leiser.

»Hast du die Sängerin gesehen?«, fragte Mevlido dazwischen.

»Ich erinnere mich nicht«, antwortete Maleeya.

»Aber ich erinnere mich«, sagte Mevlido. »Sie war dreißig. Und sie war schön. Sie ähnelte Verena Becker.«

»Verena Becker?«

»Ja.«

»Ähnelte sie ihr körperlich? War es derselbe Körper?«

»Ja. Sie war schön, und jung. Sie tanzte, wenn sie ging. Sie trug ein elegantes Kleid, *shocking green*. Sie war elegant, sie roch sauber, nach Parfum. Bittermandel. Sie strahlte vor Glück. Sie haben sie vor meinen Augen überfahren. Auf Memorial Avenue.«

Einen Moment lang schwiegen beide.

»Wenn sie Verena Becker ähnelte«, sagte Maleeya, »dann ist sie nicht tot. Sie heißt Linda Siew?«

»Ja«, bestätigte Mevlido.

»Sie heißt also Linda Siew wie der Körper von Verena Becker. Sie wohnt mit dem Körper Verena Beckers oder direkt daneben in der Halde. Sie wohnt dort ganz in der Nähe von Bayarlag in Waddell Street. Sie ist nicht tot. Und sollte sie doch tot sein, dann ist sie jedenfalls wie wir.«

»Ich weiß nicht«, wandte Mevlido ein. »Ich bin nicht sicher.«

»Du musst dort hingehen«, sagte Maleeya. »Sie ist deine Frau.«

»Ja.«

»Sie ist wie wir. Sie will, dass wir zusammen sind, sie und du. Sie hat dich darum gebeten. Sie bittet dich, dorthin zu reisen, in die Halde.«

Mevlido hob den Arm, er drückte Maleeya an sich. Einige Worte lagen ihm auf der Zunge, aber er sprach sie nicht aus. Er wollte schlafen oder mit ihr weinen, Schulter an Schulter, mit schwerem Atem, und dabei die Spinnen, die Dunkelheit, die trostlose Gegenwart, die laufenden Untersuchungen, das gegenwärtige Leben vergessen.

»Sie ist wie Yasar«, sagte Maleeya. »Manchmal bittet er mich, ihn zu treffen. Ich gehe dann dorthin, in sein Haus. Wir hören die Lieder. Jemand singt den Uga. Jeder für sich hören wir zu. Dann sind wir zusammen. Wir schlafen miteinander, ich mit Yasar. Selbst mit ihm mag ich es nicht wirklich, aber wir tun es.«

Draußen hatte es zu regnen begonnen. Der Regen fiel senkrecht, es schüttete. Zuerst überdeckte sein Lärm alle anderen Geräusche, dann hörte man die Stimme einer Bolschewikin. Diese hatte vielleicht in einem Hinterhof Zuflucht gesucht, damit die Parolen einen besseren Widerhall fanden. Oder aber sie brüllte unter den Fluten aus vollem Hals, mit entblößtem Hals und halsstarrig, unempfindlich für das, was sich vom Himmel über sie ergoss:

• TRÄUME TAUSEND JAHRE, TRÄUME TAUSEND JAHRE, ABER GLAUBE NICHT, DASS ES TRÄUME GIBT!

• STREUNE TAUSEND JAHRE, ABER GLAUBE NICHT, DASS ES DEN RAUM GIBT!

• LIEBE TAUSEND JAHRE, ABER GLAUBE NICHT, DASS ES DIE LIEBE GIBT!

19

Gegen drei Uhr früh fuhr Mevlido aus dem Schlaf hoch mit der Gewissheit, dass er seit vielen Tagen nicht mehr atmete. Sein Herz schlug wie wild. Er stürzte aus dem Bett. Maleeya schlief weiter. Die Angst stellte ihm ein Bein, und er stolperte auf der Schwelle ins Wohnzimmer. In der Tiefe seiner Brust ertönte ein Schnarchen. In der Wohnung schien alles still zu sein. Draußen hatte man den Stromausfall im Sektor behoben, aber die Birne der Straßenlampe vor dem Haus war durchgebrannt, und es war dunkel. Auf dem Fensterbrett hockte ein Vogel mit der mächtigen Silhouette einer Rieseneule. Er hatte die Flügel angelegt und rührte sich nicht. Man sah seinen gewaltigen schwarzen Rücken. Man hörte den Regen fallen, einen heftigen Regen, der um Mitternacht begonnen und seither nicht aufgehört hatte.

Mevlido ging in die Küche, um ein Glas Wasser zu trinken. Man konnte nur grobe Umrisse erkennen. Er tastete herum. Seine Hände verfingen sich in einer Spinnwebe, die zwischen dem Wasserhahn und den Rohrleitungen gespannt war. Angewidert riss er sie herunter. Er war nackt, auf seinem Arm spürte er Fäden kleben, scheußliche Seidenlitzen. Er verzog das Gesicht und trat zur Seite, er befürchtete, er könnte die Bewohner der klebrigen Falle hinter sich herziehen, Hausspinnen, die, so stellte er sich vor, in rasender Wut ihre verwüsteten Leitern hochklettern und zum Angriff auf seine Hoden und seinen Bauch blasen würden.

Er ging aus der Küche und wandte sich zum Fenster. Der Vogel, der sich gestört fühlte, breitete seine Flügel aus und ließ sich ins Leere fallen. Mevlido erreichte das Fenster, reckte ein wenig den Kopf, um seinem Flug zu folgen, und sah nichts. Draußen war die Straße unter den Fluten verschwunden. Einige Lebende oder Gleichgestellte suchten Zuflucht unter Wachstüchern. Mevlido zählte fünf auf der gegenüberliegenden Straßenseite. Zwei hatten sich in ein Autowrack geflüchtet, dessen mutmaßliche Bewohner, Riesenmöwen und Riesenhühner oder andere Junkies, sie zuvor vertrieben haben mussten. Der Kampf hatte keine Spuren hinterlassen, aber weiter unten in der Restaurantgasse, neben einem Gully, durch den nichts mehr abfloss, konnte man in den Fluten die Umrisse toter Vögel erkennen.

Der Regen prasselte auf Hühnerhof Vier.

Der Regen zischte auf allen Oberflächen von Hühnerhof Vier.

Der Regen brüllte heiser.

Der Regen murmelte Hexengebete.

Der Regen trommelte.

Mevlido wischte den Schweiß ab, der ihm über das Brustbein rann. Sein Herz pochte weiter wie verrückt. Auch wenn er feststellte, dass sich seine Lungen normal füllten und leerten, war seine Angst kaum geringer geworden. Er lehnte sich mit der Hälfte seines Oberkörpers aus dem Fenster. Auf seiner Stirn und seinen Schultern zerplatzten Regentropfen. Er wollte sich beim Betrachten des sintflutartigen Regens beruhigen, aber seine Gedanken schweiften ab. Er dachte an Sonia Wolglan, versuchte zu ermitteln, an welchem Ort und in welcher Lage sie sich im Moment befand, in welchem kümmerlichen oder nicht kümmerlichen geheimen Versteck, wollte mit bangem Eifer wissen, ob sie allein schlief oder sich an einen Mann, einen Untermenschen, eine Frau schmiegte, dann stellte er sich vor, dass er sie an sich zog und sie sich in seinen Armen verkroch. Nach einer halben Minute erotischer Träumereien zwang er sich, peinlich berührt von seiner Erektion am offenen Fenster, zu einem Themenwechsel. Dann durchfuhr ihn eine neue Angst, als er sich daran erinnerte, dass er sich auf seine Selbstkritik vorbereiten musste, die für die darauffolgende Woche im Kommissariat vorgesehen war.

Der Regen bombardierte Hühnerhof Vier.

Der Regen ließ die Blechdächer zittern.

Der Regen schraffierte die Nacht.

Ein Tropfen zerplatzte auf seinem linken Auge, er trat einen Schritt zurück und rieb sich die Lider. Im selben Moment wurde ihm bewusst, dass die Wohnung nach modrigem Schwamm und Pissoiralgen roch, und er fragte sich, ob sich die üblen Gerüche schon seit langem im Haus abgelagert hatten oder ob der Gestank von seinen Fingern kam, dann wurde sein Geruchssinn wieder taub, und er nahm nichts Störendes mehr wahr. Er ging in die Küche und prüfte behutsam, ob die Spinnen schon mit ihrem Flickwerk um den Wasserhahn begonnen hatten. Beim Aufdrehen quietschte der Wasserhahn. Er seifte sich die Hände ein unter dem dünnen Strahl, der in die Duschwanne floss. Dann setzte er sich in die Mitte des Keramikquadrats und wusch sich von oben bis unten, ließ sich Zeit dabei und versuchte, sich so zu erfrischen. Das Wasser war lau, nicht sehr ergiebig, es plätscherte kläglich unter seinen Füßen, war kaum zu hören, so laut war das Prasseln des Regens, das zwischen den Mauern widerhallte. Es erfrischte ihn nicht. Er drehte den Hahn wieder zu und blieb eine Weile in der Duschwanne, ohne sich abzutrocknen. Nach einer Weile wickelte er ein Handtuch um seine Hüften und kehrte zum Fenster zurück.

Er lehnte sich erneut hinaus, vom Himmel prasselten fortwährend Tropfen auf seine Ohren, auf die Augen. Er begann die Punkte aufzuzählen, um die er seine Selbstkritik aufbauen könnte. Er stellte sich vor, wie Kommissar Berberojan und sein Kollege Magistral mit einem Ziegelstein auf ihn einschlugen, er spürte, wie ihm Wasser und Schweiß über das Gesicht flossen, und es fiel ihm nicht schwer, sich einzubilden, dass beide Flüssigkeiten nach Blut schmeckten. Um den Hals trug er ein Schild, das ihn vor dem Volk als stinkenden Rechtsabweichler anprangerte. Sein Name war rückwärts geschrieben und mit Kuhmist verschmiert. Er stammelte etwas von schwerwiegenden Verfehlungen, und wenn man ihn schlug, schwieg er. Er betrachtete die Holzdielen vor seinen Knien. Seine Kollegen misshandelten ihn maßvoll, dennoch war der Boden um ihn mit johannisbeerroten Flecken bespritzt.

Er kniff die Augen zusammen und wandte sich wieder der Liste seiner Vergehen zu.

Er stand am Fenster und brummte:

• habe mich in einem Fastfood untergestellt, während meine Kollegen selbstlos bei sintflutartigem Regen arbeiteten;

• habe meine Amtsgewalt als Polizist ausgenutzt, um einen günstigen Tarif im Telefonladen eines gewissen Alban Glück zu erhalten;

• habe mich nachts ans Fenster meiner Wohnung gestellt, ohne ein Tuch um meine Hüften zu schlingen;

• habe mir wieder Munition beschafft, indem ich die Tür des Polizeiarsenals aufgebrochen habe, dann habe ich sie erneut verlegt;

• habe mir Propagandamaterial besorgt, das eine Alte heimlich auf der Memorial Avenue verkauft;

• habe Terroristennetzwerken, von denen ich weder Namen noch Programm kenne, aus ideologischer Gefälligkeit und als Liebesdienst taktische Unterstützung angeboten;

- bin nicht zu den Versammlungen der Bolschewikenzelle gegangen, deren Überwachung mir anvertraut ist;
- habe mich über das Attentat auf Jagor Balkaschin, Jakko Batyrzian und Toni Müller gefreut, die alle drei mit Fug und Recht von einer Terroristin beseitigt wurden, von der ich weder Name noch Programm kenne.

Der Regen wurde noch stärker.

Die Liste hatte schon einen beträchtlichen Umfang, ohne eine Person, die das Verhör führte, konnte man jedoch nicht wissen, ob sie abgeschlossen war oder nicht.

Mevlido stützte sich auf die Fensterbank.

Er hatte den Kopf zurückgezogen, um keine Tropfen mehr abzubekommen. Jetzt hörte er auf, vor sich hin zu murmeln.

Der Regen klang wie Kies, den man auf eine Eisenplatte schüttet.

Der Regen fiel manchmal in silbernen, manchmal in schwarzen Fäden.

Der Regen fiel wie Hagel ohne Hagelkörner.

Der Regen erzeugte eine eintönige Melodie.

Der Regen zehrte allen verfügbaren Sauerstoff auf.

Der Regen war siedend.

Der Regen strömte den Geruch von heißem Wasser aus.

»Und die Aufnahme?«, fragte hinter ihm jemand.

Es war nicht Maleeyas Stimme. Mit einem Ruck drehte Mevlido sich um.

Ein ungebetener Gast war im Zimmer erschienen, das fast vollständig im Dunkeln lag. Er stand zwischen dem Schrank und der Truhe, in der Maleeya Bayarlag die Wäsche verstaute. Dort hatte er sich aufgebaut, bucklig, reglos und schwarz. Es gab keinen Grund zur Annahme, dass freundschaftliche Absichten ihn hierher geführt hatten. Er war auf unbekannte Weise lautlos in die Wohnung eingedrungen, und als würde er in seiner dunklen Ecke einen üblen Streich planen, ging er jetzt nicht auf Mevlido zu.

»Soll ich sie löschen oder nicht?«, fragte der Schatten mit einem bösen Unterton.

Ich muss antworten, dachte Mevlido.

Ich muss mir eine Antwort überlegen, dachte er.

Zwischen seiner Nase und seiner Kehle bildete sich ein tierischer Laut, dann brach er ab. Er hatte das Gefühl, schlagartig die grundlegenden Techniken des Sprechens vergessen zu haben.

»Die Aufnahme für die Polizei«, führte der Eindringling aus.

Eine tiefe körperliche Verzweiflung breitete sich über Mevlido aus. Seine Atmung setzte aus. Keiner seiner Muskeln gehorchte ihm. Von den Füßen bis zum Mund fühlte er sich in eine unbewegliche Fleischmasse verwandelt. Er sah denjenigen nicht, der zu ihm sprach, aber er hatte ihn erkannt. Der Telefongeier. An seiner Silhouette, seiner unverschämten Boshaftigkeit. Alban Glück.

»Also, soll ich sie nun löschen oder übermitteln?«, kreischte Glück.

Mevlido begann zu brüllen. Es war in diesem Augenblick das einzige Mittel, das er fand, um sich zu wehren. Die Wörter lösten sich in seinem Mund auf, sie wurden zu einem unartikulierten und wirkungslosen Muhen. Das ist nicht wirklich, dachte er auf einmal. Ich bin woanders, nicht in der Wirklichkeit. Seine Angst steigerte sich. Er hatte begriffen, dass er träumte, aber er konnte weder aus dem Traum herauskommen noch Alban Glück hinausjagen. Er hätte irgendeine Beschwörungsformel sprechen müssen. Aber seine Zunge hatte die Sprache verlernt und war ihm keine Hilfe mehr.

»Schrei nicht so«, sagte jemand, »schrei nicht so, Yasar. Du machst mir Angst.«

Er hatte Gänsehaut. Er spürte Maleeya Bayarlags Hand. Ein Alptraum, dachte er. Nur ein grässlicher Alptraum. Er lag im Bett und ihm schien, er hörte noch das Echo der Klagen, durch die er seinen gewaltigen Wunsch ausdrückte, die Welt zu verändern. Er robbte auf der Matratze und kuschelte sich an Maleeya. Seine Haut sträubte sich noch. Maleeya streichelte ihm den Rücken, dann hielt sie inne. Sie bat ihn nicht zu erzählen, was er gesehen hatte.

Ihre Atmung ging jetzt im Gleichklang und beruhigte sich.

Die Spinnen an den Wänden zitterten noch. Sie sind wie wir, sie hassen es, wenn man neben ihren Netzen brüllt.

Die Wohnung war in Dunkelheit getaucht. Der Stromausfall im Sektor dauerte an. Von der Straße drang keinerlei Licht herein.

Draußen regnete es nicht.

Der Regen prasselte nicht auf Hühnerhof Vier.

Der Regen bombardierte nicht Hühnerhof Vier.

Der Regen tanzte nicht im Trommelwirbel auf den Blechdächern.

Der Regen zeigte sich nicht.

Der Regen fiel woanders.

20

Der nächste Tag war ein Freitag. Mevlido maß dem Datum wenig Bedeutung bei. Er wusste nur, dass sich die Woche ihrem Ende zuneigte und dass die folgende die seiner Selbstkritik sein würde. Jeder neue Tag brachte ihn der Marter, der Erniedrigung und der absurden Litanei von beabsichtigten oder begangenen Verfehlungen und Verbrechen näher. Er war mit diesen Gedanken aufgewacht, stellte sich die Fußtritte vor, den Schmerz in der knienden Stellung, das Geschrei des Inquisitors und den Hass des Publikums, aber das alles löste sich sehr schnell auf. Sehr schnell wurde die Aussicht auf diese schreckliche Sitzung wieder harmlos und verschwommen und machte anderen Schrecken Platz, und beim Aufstehen und Waschen dachte er bereits nur noch an Linda Siews Tod, an die sorgfältig gefälschte Untersuchung über diese Frau, die durchzuführen er versprochen hatte, an den Wust von Lügen, die er diesbezüglich schon angehäuft hatte, an den schmerzlichen Zusammenhang, den er zwischen Linda Siew und Verena Becker hergestellt hatte. Maleeya Bayarlag war schon zur Arbeit gegangen, und während er sich mit dem lauwarmen Wasser aus dem Wasserhahn in der Küche wusch, erinnerte er sich an die Sätze, die Maleeya Bayarlag in der Nacht gesagt hatte, und an mehrere finstere Visionen, die Maleeya Bayarlag in der Halde zeigten, wie sie dort durch Waddell Street irrte, dabei vielleicht Linda Siew Lieder für die Toten singen hörte, im Kohlegeruch von Waddell Street hustete und mit Yasar Bayarlag einen bedauernswerten Beischlaf vollzog. Nichts sollte geordnet sein, deshalb wurden diese Visionen überblendet von den Bildern eines Alptraums, in dem Geier Glück erschien. Mevlido trocknete sich ab, ging hinaus auf die Gasse der Restaurants, um einen Teller Porridge zu frühstücken, und verließ Hühnerhof Vier. Unaufhörlich stiegen die Bilder in ihm auf, verfolgten ihn mit onirischen Abwandlungen, die sie noch quälender machten.

Die Geisteskrankheit umschleicht mich zu sehr, dachte er. Sie ist überall.

Ich verliere den Halt.

Bald, Mevlido, wirst du auf den Grund hinabgezogen, dachte er.

Jetzt stand er in der Straßenbahn, die bei Continental Plaza hielt, dreihundert Meter vom Kommissariat entfernt.

Du musst dich auf irgendetwas stützen, dachte er. Wenn du herauskommen willst, musst du dich an irgendetwas oder irgendjemandem festhalten, dem all die schlechten Träume fremd sind, an jemandem, der wirklich außerhalb von Hühnerhof Vier steht.

Maggie Yeung, dachte er. Die Psychiaterin.

Er stieg bei Iyim Garden auf Memorial Avenue aus und rief Maggie Yeung aus der Ladenpassage an, die unter ihrer Praxis lag. Sie hatte Zeit für ihn. Er fuhr in den vierten Stock hinauf und setzte sich vor sie hin. Er hatte sich entschlossen, ihr einige seiner Ängste anzuvertrauen, mit ihr über Linda Siew zu sprechen, über Verena Becker, über die Vögel, die ihm seine nächtlichen Halluzinationen vergällten, und auch über die gefährlichen Gewissheiten, die in ihm entstanden waren und dazu geführt hatten, dass er das Leben im Tod mit dem Leben in der Wirklichkeit oder in Träumen verwechselte. Als er auf den Knopf des Aufzugs drückte, hatte er einen klar und gut gegliederten Bericht im Kopf, doch sobald er unter dem Ventilator saß, und vielleicht auch, weil diese strahlende Frau aus beruflichen Gründen und nicht aus Freundschaft bereit war, ihm zuzuhören, verlor er jede Selbstsicherheit und jedes Bedürfnis, freimütig zu sprechen. Er stammelte Banalitäten über den Straßenbahnunfall vom Vorabend, deutete das Thema seiner schwierigen, von seltsamen Besuchern und Gespenstern erfüllten Nächte an. Und im Gegensatz zu dem, was er sich vorgenommen hatte, verschloss er sich dann. Die Worte kamen nicht.

Auf der anderen Seite des Tisches forderte ihn Maggie Yeung dennoch auf zu beschreiben, was ihn während des Schlafs umtrieb.

»Erzählen Sie mir einen ihrer Träume«, drängte sie ihn, »egal welchen.«

Der Ventilator drehte sich. Im Büro nebenan pfiff der Beo. Er hüpfte, rieb seinen gelben Schnabel an einer Käfigstange, pfiff zwei Takte. Draußen, hinter den Moskitonetzen, zogen sich die Morgenwolken langsam zusammen.

»Fangen Sie mit einem Traumbild an, das Sie erstaunt hat. Mit einem statischen Bild. Alles andere kommt dann von selbst.«

Sie tat alles, damit Mevlido sich wohlfühlte. Sie hatte sogar ein wohlwollendes Lächeln aufgesetzt, doch wie bei den vorausgegangenen Sitzungen, wie am Vortag war ihr Gesicht von einer zu sonderbaren Schönheit, zu bezaubernd. Völlig verwirrt betrachtete Mevlido sie erneut wie die Reinkarnation einer Füchsin. Er hatte den Eindruck, von einer übernatürlichen Erscheinung befragt zu werden. Das machte alle seine Anwandlungen von Aufrichtigkeit zunichte.

»Zögern Sie nicht länger«, ermutigte ihn die Psychiaterin, »legen Sie los.«

In einer Sekunde strömten dutzendweise Träume in Mevlidos Bewusstsein. Manche waren lang und gut strukturiert, manchmal reichhaltig genug, um frühere Leben mit ihren vielfachen tragischen Entscheidungen, ihren falschen Entschlüssen, ihren Niederlagen wahrhaftig abzubilden.

»Ich kann meine Träume nicht erzählen«, sagte er und vermied dabei, sie anzusehen, »ich schaffe es nicht.«

»Erzählen Sie nicht alles, Mevlido«, erwiderte Maggie Yeung. »Ein Bruchstück genügt schon. Hauptsache, Sie finden einen Anfang. Anschließend sehen wir gemeinsam zu, wie wir weiterkommen.«

Mevlido bewegte den Kopf, als ob er sich auf seine Erinnerungen konzentrieren würde. In Wirklichkeit versuchte er, die riesige Masse an biografischen und onirischen Angaben beiseitezuschieben, die sein Gedächtnis verstopften, während er gleichzeitig den Beginn einer Lüge auswählte, die es ihm erlauben würde, mehrere Minuten hintereinander vor der Psychiaterin zu bestehen, ohne irgendetwas Vertrauliches preiszugeben. Er dachte an die Frauen in seinem Leben, an die Frauen, die er verloren hatte, wie Verena Becker, oder die er in ihrem Wahn begleitete, wie Maleeya Bayarlag, oder die bis zum Orgasmus zu umarmen er nie eine Gelegenheit hatte, wie Sonia Wolglan. Auf dieses Gebiet durfte er sich nicht vorwagen. Er musste einen Traum erfinden, dessen Fantasmen neutral waren. Dessen Bestandteile ihn nicht zu weit mitrissen, ihn nicht dazu trieben, sich zu verraten. In diesem Augenblick tauchte ein Bild auf und zeichnete sich immer deutlicher zwischen den anderen ab, eine Eingebung, der zu folgen ihm sogleich richtig schien.

»Das Ritual des Gut«, sagte er unvermittelt.

»Ja, zum Beispiel«, bestärkte ihn Maggie Yeung. »Ja, das Ritual des Gut.«

Aus ihrer Betonung konnte man eine gewisse Vorsicht

heraushören. Der koreanische Schamanismus war ihr vielleicht nicht ganz vertraut. Der Gut, eine Zeremonie, bei der die Schamanin tanzt und singt, um sich an die Toten zu wenden und sie zu besänftigen, gehört nicht unbedingt zum Stoff des Psychiatriestudiums.

Und, ganz nebenbei gesagt, ich bedaure das. Aber gut.

»Den Gesang der Mudang beim Gut. Den Uga«, schlug Mevlido vor.

Er führte sich die Szene vor Augen, die Beteiligten erschienen. Das Bild wurde immer klarer. Er wusste nicht, wohin es ihn führen würde, aber ihm schien, dass er ausgehend davon risikolos lavieren, jede Klippe weit umschiffen könnte.

»Der Uga, ja«, ermutigte ihn die Psychiaterin.

Mevlido spürte den Luftstrom des Ventilators an seinen Haarwurzeln. Er wusste, dass seine Stirn glänzte, dass mehrere Tröpfchen zwischen Mund und Nase größer wurden. Er fixierte eine Körnung im Gips an der Wand.

»Zuerst beginnt eine Frau zu rufen«, sagte er, »eine Frau in Factory Street. Sie hat eine mächtige Stimme, man merkt sofort, dass sie sich an Tote und nicht an Lebende wendet. Vor der Zeremonie war sie klein, elegant, und auf einmal ist sie nur noch eine Stimme. Eine Stimme, die die in der Umgebung streunenden Toten herbeiruft. Sie beugt sich zum Boden und vollführt mehrere Minuten lang tänzerische Handbewegungen, die ich nicht verstehe. Dann setzt sie ihr Rufen fort. Sie singt in der Sprache der Verstorbenen. Sie trägt ein langes, hoch über ihrer Brust durch ein fahlgrünes Band zusammengehaltenes Kleid in *shocking green*. Nach einer Weile höre ich, wie ihr Name genannt wird. Andere Leute wohnen der Zeremonie bei. Sie haben sich am Aufzug im Flur versammelt, der zur Straße hinausgeht. Sie flüstern. Sie sprechen von der Mudang, die die Zeremonie leitet. Mudang ist, ich erinnere daran, der Begriff, mit dem auf Koreanisch eine Schamanin bezeichnet wird. Diesen Leuten zufolge, die ihre Meinungen sehr leise austauschen, ist sie eine außergewöhnliche Mudang. Sie nennen ihren Namen, sie sagen, sie heiße Linda Siew. Alle hören ihre Stimme, die die Toten herbeiruft. Es sind Schreie, tragische Schreie, dann sind es Gesänge. Sie wendet sich an die schon eingetroffenen oder noch eintreffenden Toten. Sie singt im Regen. Der Mann, der sie auf der Trommel begleitet, ist nicht zu sehen. Wir befinden uns in einer äußerst dunklen Straße. Die Leute haben unter den Türrahmen Schutz gesucht, sie drängen sich aneinander. Linda Siew steht allein im Regen. Sie singt und sie tanzt. Obwohl er ganz nass ist, klebt ihr der Stoff nicht am Körper. Ihre Stimme ist lauter als der niederprasselnde Regen. Die Welt hat sich in einen tosenden Wasserfall verwandelt, aber Linda Siews Stimme ist lauter. Es stehen zu viele Leute in der Tür, im Eingang zu dem Flur, in dem ich mich aufhalte. Ich stehe nicht in der ersten Reihe, ich sehe nicht gut. Ich entferne mich von der Gruppe der Zuschauer. Ich steige die Treppe des Gebäudes hoch, um vom Fenster meiner Wohnung aus Linda Siew zuzuschauen. Während ich die Stufen nehme, denke ich darüber nach, was Linda Siew draußen zu vollbringen versucht. Vielleicht möchte sie, dass wir mehr Austausch haben, dass die Distanz zwischen uns verschwindet.«

»Zwischen uns«, unterbrach Maggie Yeung, »wen meinen Sie mit uns?«

»Zwischen den Toten«, erwiderte Mevlido. »Sie will, dass ein Dialog stattfindet. Ich denke darüber nach, während ich die schwarze Treppe emporsteige. Aber ich komme zu keinem Ergebnis. Jedenfalls fühle ich mich in diesem Traum von Beginn an geistig geschwächt. Meine Bewegungen folgen Kräften, die ich nicht unter Kontrolle habe, die Gedanken und Worte, die ich formuliere, gehören mir nicht wirklich. Geistig geschwächt und mir selbst fremd. Als ich im vierten Stock angekommen bin, stoße ich die Tür zu meiner Wohnung auf. Der Strom ist ausgefallen. Es ist dunkel, doch es sind noch Reste von Helligkeit da, die Bewegungen ermöglichen. Das Bett im Schlafzimmer ist leer. Ich postiere mich am Fenster. Ich beuge mich hinaus, um zu sehen, was auf Factory Street los ist. Ich sehe niemanden. Weder die Mudang noch die Musiker, die die Mudang begleiten, oder die Leute, die einen Augenblick zuvor ihren Namen gemurmelt haben. Der Regen wird stärker. Hühnerhof Vier sieht verlassen aus. Im Gebäude gegenüber ist Licht in einem Fenster, das weit offen steht. Der Regenschleier trübt das Bild. Der Regen zieht senkrechte Striche über die Dinge. Aus der Fensteröffnung ertönt eine ethnographische Aufnahme, die mehrere Jahrhunderte alt ist, im Vordergrund das Kratzen der Nadel, die sich ihren Weg in die Vergangenheit bahnt, in den Staub, der die schwarzen Rillen verschmutzt. Die Geräusche sind teerig, regelmäßig, meistens mischen sie sich unter den strömenden Regen. Manchmal schnappt man mittendrin und aus weiter Ferne die Schwingungen einer Trommel auf. Ich bin kein Musiker, aber ich weiß genug über Musik, um zu erkennen, dass es sich um einen tungusischen oder koreanischen Rhythmus handelt. Ich höre mit großer Angst zu. Ich habe das Gefühl eines unwiderbringlichen Verlusts. Ich habe den Eindruck, dass sich dieser Trommler einst an mich wandte, dass es aber viel zu spät ist, um nützlich oder auch nur verständlich für mich zu sein. Ich schließe die Augen, mein Gedächtnis stellt sich Linda Siew vor, wie sie einige Minuten zuvor im Regen tanzte und sang. Jetzt fließen die Erinnerung an Linda Siew und das Tondokument harmonisch ineinander. Linda Siew singt den Uga, die Trommel schlägt den Rhythmus des Uga. Der Regen prasselt. Ich öffne die Augen, um zu sehen, was die Nacht uns bietet. Ich weiß, dass auf der anderen Straßenseite ein Mann nachts für gewöhnlich ein Grammophon laufen lässt. Und er hat das Fenster immer weit geöffnet … Bei ihm brennt Licht … Der Regen zieht senkrechte Striche über die Dinge … Aber das habe ich, glaube ich, schon gesagt.«

»Ja, das haben Sie schon gesagt«, bestätigte Maggie Yeung.

Zwischen den beiden, der Psychiaterin und ihrem Patienten, kehrte Stille ein. Vielleicht hätte sie lieber nichts sagen sollen.

Mevlido starrte auf einen Punkt an der Wand. Er war ein wenig zusammengesunken, seit einer Minute sprach er ohne Betonung, als stünde er unter Hypnose oder widerte sich selbst total an.

An einem Teil des Himmels leuchtete ein Schlangenblitz auf. Wenige Sekunden später erreichte das Donnergrollen Memorial Avenue.

»Entschuldigen Sie, ich hätte Sie nicht unterbrechen sollen«, sagte Maggie Yeung.

»Ich erinnere mich nicht mehr, wie es weiter ging«, stellte Mevlido fest.

»Sie sahen zu einem Fenster des Hauses gegenüber«, erinnerte ihn Maggie Yeung. »Es war erleuchtet. In der Ferne ertönten Trommelschläge aus einem Grammofon.«

»Ja«, sagte Mevlido.

Dann schwieg er.

»Es regnete«, fuhr Maggie Yeung fort. »Sie sagten, es habe in Strömen geregnet. Sie hörten die Musik durch den plätschernden Regen. Sie beobachteten das Fenster gegenüber durch diesen Schleier, der Sie am Sehen hinderte.«

»Nein«, sagte Mevlido, »der Regen hinderte mich nicht am Sehen, er trübte das Bild, aber ich konnte sehen. Ich sah ziemlich gut. In der Wohnung gegenüber tanzte eine Frau.

Sie bewegte sich nicht viel. Sie mühte sich ab, langsam, immer auf derselben Stelle. Es war ein rituelles Gestikulieren. Sie trug keine besondere Kleidung. Ich hatte das Gefühl, es sei Maleeya Bayarlag. Sie trug ein T-Shirt und sehr weite Shorts. Sie ist fünfzig, sie vernachlässigt sich, sie hat ihre Sinne nicht beisammen. Sie ist schon vor langer Zeit wahnsinnig geworden. Ich habe sie an ihrer Haltung erkannt. Wissen Sie, ich empfinde eine große Zuneigung für sie. Wir geben uns gegenseitig Halt im Leben. Wir leben zusammen. Zusammen gehen wir durch das, was bleibt. Ich habe sie an ihren etwas molligen Armen erkannt, an ihrer Plumpheit und Abgekämpftheit, an ihrem Bauch. Sie hat nicht mehr den flachen Bauch ihrer Jugend. Sie tanzte den Uga.«

Er legte eine Pause ein. Er dachte anscheinend, er habe genug gelogen, die Geschichte genug verschleiert, damit die Psychiaterin keine Spur fände, die zu ihm führte.

Nun entspannte er sich. Er richtete sich auf dem Stuhl auf, sein Blick kehrte geradeheraus zu Maggie Yeung zurück.

»Sie tanzte den Uga«, wiederholte er.

»Einen Moment, Mevlido«, unterbrach sie ihn, als ob sie vor allem an diesem Detail interessiert gewesen wäre. »Wer war das in der Wohnung gegenüber, wer tanzte dort? Maleeya Bayarlag oder Linda Siew?«

»Ich weiß nicht mehr genau«, sagte Mevlido nachdenklich. »Maleeya Bayarlag oder Linda Siew, ich erinnere mich nicht mehr. Oder eine andere.«

Die Psychiaterin bewegte die Hände. Unverhohlene Enttäuschung lag auf ihrem schönen Tiergesicht.

»Sie war es jedenfalls«, schloss Mevlido.

21

Nachdem er die Praxis von Maggie Yeung verlassen hatte, rief er im Kommissariat an. Man sagte ihm, er habe genau im richtigen Augenblick angerufen, denn man habe ihm eine Nachricht zu übermitteln. Berberojan erwarte ihn heute Mittag zu einem Arbeitstreffen in der Nähe des Tatorts, in einem Fastfood an der Haltestelle Iyim Garden West. Mevlido merkte sich den Termin und legte auf, ohne zu fragen, um welches Verbrechen es sich handelte. Dann flanierte er endlos über Memorial Avenue, nahm insbesondere eine Markthalle in Augenschein, in der die Wohlhabenden der neuen Gesellschaft sich mit nicht verschmutzten Lebensmitteln und nicht an Tieren getesteten Kosmetika versorgten, und wagte sich dann hundert Meter weiter hinter den protzigen Fassaden, die das Iyim Ghetto verbargen, in das von Dreck- und Benzingerüchen durchdrungene Halbdunkel zwischen den Marktständen der kleinen Zwischenhändler. Die Morgenhitze war drückend. Er schlenderte umher mit möglichst geringem Bewegungsaufwand, aber mit häufigen Pausen an klimatisierten Stellen und unter Ventilatoren. Als er in einer Konditorei verweilte, ohne etwas zu kaufen, beschimpfte ihn ein Wachmann und warf ihn hinaus.

Es war Zeit für das Treffen mit Berberojan. Er stieß die Tür zum Fastfood auf und ging in den ersten Stock. Neben Berberojan saßen dort noch zwei Inspektoren, die das Attentat untersuchten, Petro Michigan und Bapos Workuta. Er stellte sein Tablett neben dem von Workuta ab. Die Polizisten belegten den Tisch, an dem er am Abend zuvor gesessen hatte wie ein Zombie und getrieft hatte, fern vom Tod, fern von der Polizei und fern von sich selbst – fern von allem.

Während er Platz nahm, fiel ihm ein, wie er sich am Vortag am Tee die Zunge verbrannt hatte. Schauer liefen ihm über den Rücken. Seine Verzweiflung als Überlebender war riesengroß. Er hatte Mühe, den Becher zum Mund zu führen, ohne ihn fallen zu lassen. Am Nachbartisch piepsten Gymnasiastinnen obszöne Dinge. Auf der Fensterscheibe verzweigte sich das Wasser in tausend bewegliche Adern und Äderchen. Erneut hörte er das Donnergrollen. Dann hatte er die Vision der bräunlichen Blasen, die den unaufhörlich vom Himmel fallenden Pfeilen widerstanden. Von Neuem sah er diese Blasen, die wegtrieben, die nicht platzten, die sich im Regen hielten, und er fragte sich von Neuem, ob es sich um Blutblasen oder um blutige Schlammblasen handelte.

Und danach tauchte er übergangslos wieder in der Gegenwart auf. Der Saal des Restaurants war leer. Berberojan sah ihn mit besorgter Miene an. Draußen drückte die Hitze. Memorial Avenue war nicht in der Sintflut untergegangen. Die Blätter an den Bäumen waren dunkelgrün, bronzefarben. Die Umrisse der Häuser hatten einen Kohleton angenommen. Ein Gewitter lag in der Luft, einige Tropfen fielen, aber es regnete nicht. Die Wolken brachen nicht.

»Hast du etwas herausgefunden über die Identität der Terroristin?«, fragte ihn Michigan unvermittelt. »Der Kommissar hat gesagt, du hättest Untersuchungen durchgeführt. Ist etwas dabei herausgekommen? Hast du etwas entdeckt?«

Sein Ton war halb spöttisch, halb herausfordernd.

»Und ihr?«, ging Mevlido zum Gegenangriff über, während er in ein Sojasandwich biss.

»Wir sind ein Stück vorangekommen«, fasste Berberojan zusammen. »Nicht viel, aber ein Stück. Das Labor hat bestätigt, dass es eine Frau war. Den Überresten nach zu schließen, ungefähr dreißig Jahre alt. Das Gesicht konnte nicht rekonstruiert werden. Von Natur aus schwarzes Haar, nicht gefärbt, das ist alles, was wir wissen. Keine Papiere. Sie hatte sich aller Dinge entledigt, sie wollte nicht, dass man ihr nach ihrem Tod auf die Spur käme.«

»Oder jemand hat sie geklaut, bevor wir eintrafen«, gab Bapos Workuta zu bedenken.

»Hat was geklaut?«, fragte Mevlido.

»Ihre Ausweise«, meinte Michigan.

»Warum hätte jemand dieses Risiko auf sich nehmen sollen?«, meinte Mevlido.

Alle vier verzogen gleichzeitig zweifelnd das Gesicht. Das Polizeikollektiv dachte nach. Petro Michigan warf einen Blick aus dem Fenster. Der Nachmittag hatte begonnen. Unregelmäßig fielen ein paar Tropfen, mal dicke, mal spärliche, und kündigten baldigen Regen an. Eine verirrte Fledermaus schwang sich mit ihrer Einmeterspannweite über die Avenue, segelte schwerfällig und verschwand in der Krone einer Linde.

»Sie hatte Einkäufe in einem Schuhgeschäft gemacht«, nahm Berberojan das Gespräch wieder auf, »aber Jiang und Magistral haben die Verkäuferin verhört, sie konnte sich nicht an eine Kundin in grünem Kleid erinnern.«

»In welchem Schuhgeschäft?«, fragte Mevlido.

Beinahe widerwillig warf Bapos Workuta einen Blick in ein geöffnetes Notizbuch, das neben seinem Hamburger lag.

»May Chow«, sagte er. »Fünfzehnhundert Meter entfernt von hier an Memorial Avenue.

»Die Shoes company«, präzisierte Mevlido.

»Wie bitte?«, bat Michigan um Wiederholung.

Michigan hörte nicht gut, das Gebläse der Klimaanlage störte ihn.

»May Chow Shoes company«, artikulierte Mevlido und hob seine Stimme dabei. »Es gibt einen anderen Laden mit demselben Namen, der näher liegt.«

»Näher? Wie das?«, fragte Berberojan.

»Im Iyim-Ghetto«, antwortete Mevlido.

»Kennst du ihn?«, fragte Michigan.

»Wen?«, fragte Mevlido.

»Diesen Laden. Kennst du diesen Laden?«

»Na klar, dort habe ich mich schließlich erkundigt.«

»Der Laden ist wohl nicht registriert«, brummte Workuta. »Er steht nicht auf unseren Listen.«

»Unsere Unterlagen über die Ghettos sind nicht aktuell«, erläuterte Berberojan. »Das stellen wir jedes Mal fest. Müsste alles mal auf den neuesten Stand gebracht werden.«

»Jiang und Magistral waren im falschen Laden«, sagte Mevlido. »Sie haben die falsche Verkäuferin befragt.«

»Ein Schuhladen im Iyim-Ghetto«, meinte Workuta, »der muss das Kümmerlichste vom Kümmerlichen sein ... Der wird eher aussehen wie eine Schuhmacherwerkstatt, oder?«

»Er ist winzig und liegt im Kellergeschoss«, bestätigte Mevlido. »Mitten in den Ruinen. Es war schwierig, ihn zu finden.«

»Das passt nicht zusammen«, brummte Michigan.

Mevlido war sogleich auf der Hut. Für einen Moment blieb es still. Da Michigan seinen Gedanken jedoch nicht weiter ausführte, fuhr Mevlido fort:

»Die Verkäuferin hat einer Frau in einem *shocking-green*-Kleid ein Paar Schuhe verkauft.«

»Sie werden übrigens noch immer gesucht«, bemerkte Berberojan.

»Wer?«, fragte Mevlido.

»Die Schuhe«, antwortete Berberojan. »Meiner Meinung nach sind sie im Rinnstein fortgespült worden.«

»Oder jemand hat sie …«, begann Mevlido.

»Das passt nicht zusammen«, unterbrach ihn Michigan. Dieses Mal brummte er nicht mehr.

»Was?«, fragte Berberojan. »Was passt nicht zusammen?«

»Die Frau plant, drei Volksfeinde hinzurichten, und bevor sie sich zum Ort des Attentats begibt, erledigt sie noch schnell ihre Einkäufe. Findet ihr das nicht komisch?«

Workuta hatte eine Idee: »Vielleicht wollte sie ihre Pistole in der Einkaufstüte des Ladens verstecken. So war sie einfacher zu transportieren. Einfacher und unauffälliger.«

»Möglich«, erwiderte Berberojan. »Ich erinnere euch übrigens daran, dass ihr von einer Waffe sprecht, die ebenfalls verschwunden ist.«

»Ein Halunke wird sie eingesackt haben«, meinte Workuta.

»An einem der nächsten Tage wird sie zu einem Einbruch dienen«, schloss sich Mevlido an.

»Wie dem auch sei«, meinte Berberojan, »sie ist verschwunden. Spekulieren bringt nichts. Sie ist verschwunden.« Dann wandte er sich an Mevlido:

»Und haben Sie bei May Chow im Iyim-Ghetto etwas Konkretes in Erfahrung gebracht?«

»Ja«, antwortete Mevlido. »Die Frau in Grün hat einiges über sich erzählt. Zum Beispiel, dass sie in der Waddell Street wohnte. Sie war locker und gesprächig. Sie blieb mindestens eine Viertelstunde im Laden, plapperte und probierte Schuhe an. Die Verkäuferin ist schwanger, sie sind zusammen verschiedene Vornamen für das Kind durchgegangen. Die Frau in Grün sagte, sie heiße Linda.«

»Linda. Waddell Street.« Berberojan dachte laut nach.

»Passt doch alles«, sagte Michigan.

»Was passt?«, fragte Workuta.

»Alles«, wiederholte Michigan sarkastisch, »passt doch alles bestens zusammen. Die Frau bereitet sich darauf vor, drei Typen umzulegen, sie weiß, dass sie dabei vielleicht selbst draufgehen wird, und sie probiert Schuhe an. Sie ist so entspannt und sorglos, dass sie einer unbekannten Verkäuferin ihren Namen und sogar ihre Adresse nennt. Wirklich eine überzeugende Geschichte. Das nenne ich plausibel.«

Mevlido deutete mit einer Geste seine Ohnmacht an. Im Verhalten von Mördern liegt oft viel Irrationales. Manchmal ist es vollkommen unlogisch, man kann es sich einfach nicht erklären.

Alle legten eine Pause ein.

»Und wo liegt Waddell Street?«, fragte schließlich jemand.

»In Hühnerhof Vier«, erklärte Mevlido, »am Ende der Welt. An der Grenze. In einem Sektor, den man die Halde nennt.«

»Ah, in der Halde, das hat uns gerade noch gefehlt«, ärgerte sich Berberojan.

»Und bist du der Sache dort weiter nachgegangen?«, fragte Workuta.

»Wo?«, fragte Mevlido.

»In der Halde.«

»Wieso?«, wunderte sich Mevlido.

»Na schön.«

»Um deine Untersuchung über diese Frau weiterzuführen«, schaltete sich Michigan ein. »Deine eigene Untersuchung über diese Frau.«

»He, Leute, das soll wohl ein Scherz sein«, sagte Mevlido, »die Reise kann tagelang dauern, und wenn es schlecht läuft, muss man wochenlang dortbleiben.«

Draußen leuchtete ein Blitz auf. Der Donner benötigte vier Sekunden, bis er die Fensterscheiben erzittern ließ.

Niemand sagte mehr etwas. Mevlido wartete, bis die letzten Echos verklungen waren.

»Ich habe Dienstag eine Selbstkritik«, wandte er ein. »Da kann ich doch nicht einfach so verschwinden, was glaubst denn du, Michigan. Man wird mich der Dienstverweigerung beschuldigen.«

»Wir pfeifen auf Ihre Selbstkritik«, meinte Berberojan. »Die ist nicht so wichtig. Sie lässt sich verschieben, bis Sie wieder zurück sind.«

Mevlido schüttelte den Kopf. Er hatte Rot auf den Lippen wie seine Kollegen, denn das Sojasandwich war auch mit einer dicken Schicht Ketchup bestrichen.

»Suchen Sie in der Halde nach Hinweisen auf diese Frau«, fuhr Berberojan fort. »Waddell Street, das hat jetzt Vorrang. Linda, die Dreißigjährige, die ausgezeichnete Pistolenschützin, mit einem Gesicht, das nur Sie beschreiben können. Sie verfügen über genügend Einzelheiten, um diese Spur zu verfolgen, Mevlido. Und dann ist da noch ein Punkt, auf dem ich bestehe: Vergessen Sie nicht, nach den alten Bolschewiken Ausschau zu halten. Horchen Sie die alten Weiber von Ihrer Zelle aus. Vielleicht haben sie etwas von einer Linda gehört, die sich gerne grün kleidet.«

»Ich habe sie schon gefragt«, behauptete Mevlido dreist. »Da ist nichts rauszukriegen.«

»Fällt mir schwer zu glauben, dass man den Alten keine Hinweise aus der Nase ziehen kann«, hielt Berberojan ihm entgegen. »Befragen Sie sie noch einmal. Ich bin sicher, dass sie uns etwas verheimlichen.«

»In der Tat«, mischte sich Michigan ein. »Anscheinend kannst du eine Personenbeschreibung von der Mörderin geben.«

»Welcher Mörderin«, fragte Mevlido.

»Linda, die Kamikaze-Frau, die ihr Leben in Modegeschäften erzählt«, erklärte Michigan.

Jetzt wischten sich alle vier den Mund mit einem zusammengeknüllten Papiertuch ab, das sie von Hand zu Hand weiterreichten und das immer mehr an Konsistenz verlor. Ursprünglich hatte die scheußliche Kugel Workuta gehört, dem Einzigen, der daran gedacht hatte, eine Serviette aus dem Serviettenspender im Erdgeschoss mitzunehmen.

»Von wegen Modegeschäft«, stellte Mevlido richtig. »Ein düsteres Kellerloch im Iyim-Viertel. Es gibt keine anderen Hinweise auf sie. Hätte ich nicht mit einer Informantin gesprochen ...«

»Dann?«, forderte ihn Michigan auf.

»Ohne den Hinweis einer meiner Informantinnen hätte ich mich in das Geschäft an Memorial Avenue verirrt wie ihr.«

»Wie Jiang und Magistral«, korrigierte ihn Workuta.

»Was für eine Informantin?«, fragte Berberojan interessiert.

»Cornelia Orff«, antwortete Mevlido. »Eine Bettlerin. Sie verkauft bolschewistische Buttons auf der Straße. Ich habe ihr von der Einkaufstüte mit den Schuhen erzählt. Sie wies mich auf den May-Chow-Laden in Iyim Garden hin. Ihrer Meinung nach von minderer Qualität ...«

»Wusste ich doch, dass es in dieser Geschichte eine Verbindung mit den Bolschewiken gib«, schnitt ihm Berberojan mit leicht triumphierender Stimme das Wort ab.

»Eine unbedeutende Verbindung«, bemerkte Mevlido scharfsinnig. »Bis jetzt unbedeutend.«

»Ja, unbedeutend«, stimmte Bapos Workuta zu.

»Von minderer Qualität, aber dafür viel billiger«, nahm Mevlido den Faden auf.

Acht oder neun Sekunden lang verharrten alle vier nachdenklich, dann brach Petro Michigan das Schweigen.

»Wie sah sie denn nun aus?«, fragte er aus heiterem Himmel.

»Wer?«, wollte Workuta wissen. »Die Bettlerin?«

»Nein, ich vermute, Michigan meint die Terroristin«, mischte Berberojan sich ein. »Stimmt's Michigan, das haben Sie gemeint?«

»Wen?«, fragte Michigan.

»Die Terroristin«, antwortete Workuta.

»Ja, die meinte ich«, sagte Michigan durch die Nase.

Sie schwiegen wieder eine Weile, und da Mevlido nichts sagte, brach Petro Michigan erneut das Schweigen.

»Du musst es doch wissen«, wendete er sich unmissverständlich an Mevlido. »Du hast sie gesehen. Du hast alles gesehen. Der Kommissar hat mir mehrfach berichtet, was du zu ihm gesagt hast. Anscheinend war es eine hübsche Frau.«

»Ja«, räumte Mevlido ein, »eine sehr hübsche Frau. Das Gewitter brach gerade los. Die Fahrbahn war im Nu überschwemmt. Sie hat ihre Pistole leergeschossen und sich dann unter die Straßenbahn geworfen. Ihr Tod sollte wohl eine Art Krönung sein. Sie wollte über ihren letzten Moment offenbar bis zum Schluss selbst bestimmen. Sie war wie wir.«

»Ach was«, meinte Michigan.

»Ich hätte sie davon abhalten müssen«, seufzte Mevlido.

»Aber nein, Mevlido«, entgegnete Beberojan.

»Worin könnte sie denn sozusagen wie wir sein?«, fragte Workuta nach.

Berberojan zögerte: »Na ja.«

»Immerhin hat dieses Mädchen verdammt viel Mut bewiesen«, meinte Workuta. »Dasselbe könnte man von uns nicht behaupten.«

»Jeder tut, was er kann«, empörte sich Berberojan. »Wir sind keine Kamikaze, aber wir sind auch kein Haufen von Waschlappen.«

»Also das ...«, startete einer den Versuch, das Für und

Wider gegeneinander abzuwägen, schaffte es aber nicht, einen Kommentar zu formulieren.

Plötzlich kneteten sie alle vier ihre leeren Becher oder klimperten auf ihnen herum. Sie dachten nach. Dann hob Michigan den Kopf.

»Wie dem auch sei«, hauchte er, »ihr Ende hat etwas Heldenhaftes.«

»Und sie hat den Fahrer verschont«, stellte Mevlido fest.

Der Nachmittag war glühend heiß. Die Straße hatte sich in eine Herdplatte verwandelt, über der für eine Minute die Dunstschleier eines kurzen Schauers schwebten, dann zog der Sturm nach Nordwesten weiter, ohne sein Wasser ausgeschüttet zu haben. Der Himmel nahm sogleich wieder seine bedrohliche Färbung an, die einer öligen Schiefertafel.

Bevor er seine Mannschaft auseinandergehen ließ, äußerte Berberojan den Wunsch nach einer erneuten Befragung der Schuhverkäuferin von der May Chow Shoes company und bat Mevlido, Bapos Workuta zum Schuhladen nach Iyim Garden zu führen. Mevlido und Workuta überquerten Memorial Avenue und gingen auf die Betonabsperrung zu, die es jedem Fahrzeug für immer unmöglich machte, in das Flüchtlingslager zu gelangen. Seit sie das Schnellrestaurant verlassen hatten, versuchte Mevlido laut den Weg zu rekonstruieren, der zum Schuhladen führte. Er erklärte seinem Kollegen, dass er sich nicht mehr daran erinnere, welchen Weg sie einschlagen müssten. Er beschwor sein Gedächtnis, doch seine Erinnerungen blieben ungenau.

»Es war nach dem Regen«, sagte Mevlido. »Alles war nass und dunkel. Wir werden es schwer haben, uns zu orientieren.«

Nachdem sie zehn Meter ins Ghetto hineingegangen waren, zuckte Workuta die Schultern.

»Eigentlich bringt es nichts, dass ich dich begleite«, stellte er fest.

»Warte«, erwiderte Mevlido. »An einer Kreuzung musste man eine Reihe zertrümmerter Häuser hinter sich lassen. Die müssen wir zuerst wiederfinden. Dann gab es links eine kleine Straße. Ich glaube, es war links. Links oder rechts. Eine kleine Straße mit einer Art Furt durch den Schlamm. Anschließend musste man einen Zwischenstock überqueren und durch eine Brandschutztür gehen. Auf die Tür war eine Parole gepinselt.«

»Wir pirschen umsonst durch Ruinen«, sagte Workuta. »Im Iyim-Ghetto haben allen Türen Parolen. Wir werden kilometerweit gehen müssen für nichts.«

»Man kann immer versuchen, sich nicht zu verirren«, meinte Mevlido.

»Na, dann geh doch weiter. Such alleine. Dafür müssen wir schließlich nicht zu zweit sein.«

Sie trennten sich. Mevlido sah ihm nach. Hinter der Absperrung waren noch die Bäume von Memorial Avenue zu erkennen. Man hörte noch das Brummen des Verkehrs.

Sehr schnell war Mevlido dann von der Stille des Iyim-Elends umgeben, von der Stille des Todes und der Iyim-Traurigkeit.

Er ging ziellos.

Die Luftfeuchtigkeit verringerte sich.

Der Donner grollte in der Ferne.

In einem Hinterhof spielten Kinder Basketball. Lange und ohne an etwas zu denken sah Mevlido der Partie zu.

Nach dem Basketballspiel irrte er eine gute Stunde durch das Labyrinth von Iyim. Er spürte das Leben hinter den Mauern, aber er begegnete nicht vielen Leuten. Die Straßen waren voller Schlaglöcher und ähnelten sich alle, der Bauschutt reichte bis zum ersten Stock; während der Kämpfe, die das Ende der Vernichtung angekündigt hatten, war kein Haus vom MG-Feuer verschont geblieben. Man hatte die Flüchtlinge und die Überlebenden ermutigt, sich der noch bewohnbaren Häuser zu bemächtigen, aber die Wunden aus den militärischen und sozialen Auseinandersetzungen waren nie vernarbt. Mevlido kletterte über die Trümmer, manchmal warf er einen kurzen Blick in die Gebäude und ging hinein. Er horchte eine Minute lang auf das Echo seiner Schritte im leeren Raum. Manchmal drang er in eine besetzte Wohnung ein, vermied es, die Matratzen und die als Matratzen dienenden Kartons näher zu untersuchen, stammelte Entschuldigungen, zog sich zurück und ging wieder hinaus. Er schnüffelte auch in einigen nach allen Seiten hin offenen Erdgeschossen herum, dann gab er die Suche auf. Ich finde den Schuhladen nicht mehr, dachte er. Darüber werde ich bei meiner Selbstkritik sprechen müssen.

- habe nicht einmal bis zum Abend gewartet, um die Untersuchung der falschen Spur abzubrechen, die ich absichtlich gelegt hatte;
- habe mich ganz und gar entmutigen lassen;
- habe weder Hartnäckigkeit von Format noch Berufsethos gezeigt;
- habe mich an die fehlende Wahrheit geklammert wie an einen Rettungsring.

Es hatte wieder zu regnen begonnen. Nach einem Augenblick der Unsicherheit machte der Regen seine Absicht deutlich, heftig und dauerhaft zu sein.

Mevlido setzte sich auf die Türschwelle eines Hauses, um den Regentropfen zu entgehen. Die Hitze unter dem schützenden Dach war erstickend. Seine Arme trieften. Er betrachtete einen Moment lang, wie der Schweiß an seiner Haut entlanglief, dann konnte er der Schläfrigkeit nicht widerstehen. Die Träume, von denen er Maggie Yeung nichts erzählt hatte, nutzten die Gelegenheit, um wieder einzusetzen. Er erfand weitere hinzu mit Varianten, mit anderen Frauen, anderen Frauennamen. Die Schutthalden hinter ihm bildeten eine unüberwindliche graue Masse. Vor ihm lag ein dunkler Tümpel, in dem der Himmel sich nicht spiegelte. Der Regen peitschte in die Pfützen. Das Wasser brodelte. Bisweilen kam ein menschliches Wesen vorbei, ging eingehüllt in einen Duschvorhang oder eine Plane eine Mauer entlang, machte einen Bogen um die vollen Matschlöcher, um die Gossen. Dann kroch die Dämmerung über die unbeleuchteten Häuser, und es hörte auf zu regnen.

Die Nacht rückte heran.

Mevlido stand auf.

Heute Abend muss ich zur Versammlung der Zelle, dachte er.

Das Hemd klebte an seiner Brust.

Das Hemd klebte dermaßen an seiner Brust, als hätte ihn eine Kugel in Höhe des Brustkorbs getroffen.

VIERTER TEIL
EINE GEBURT MEVLIDOS

22

Neunundvierzig Jahre und ein paar Monde vor seinem Tod stieß Mevlido die Tür zu den Organen auf, warf Deeplane seine Vorladung hin, und da er bis dahin nichts gesagt hatte, schwieg er auch weiterhin.

Deeplane, der in jener Epoche die Abteilung Aktion leitete, beugte sich über einen Bericht. Er las ihn mit nicht nachlassender Aufmerksamkeit, und von Zeit zu Zeit umkreiste er einen Halbsatz rot und schrieb Anmerkungen an den Rand. Dass Mevlido sich ihm gegenüber hingesetzt hatte, schien ihn kein bisschen aus dem Konzept zu bringen, und eine Minute lang konnte man sich sogar fragen, ob er die Anwesenheit seines Untergebenen überhaupt bemerkt hatte. Der Füller kratzte auf dem Blatt. Mitten in einem Wort blieb die Feder stehen, vielleicht wegen eines Problems mit der Rechtschreibung, dann strich er eine Silbe durch und fuhr fort. Dabei machte die Feder erneut ein kratzendes Geräusch. Auf dem Flur war nichts zu hören, und außer diesem unaufdringlichen Jammern des Metalls störte nichts die Stille.

Der Raum beherbergte mehrere nahezu identische Arbeitsplätze. Momentan war nur der Deeplanes besetzt. Auf einer kleinen Kupfersäule zur Rechten Deeplanes strahlte eine Halbkugel. Das Licht bildete einen kleinen grellen Schleier um seine Hände, darüber hinaus kämpfte es nicht gegen das Halbdunkel an. Die Lampen auf den drei anderen Schreibtischen waren ausgeschaltet. Wie immer, wenn er sich zu seinen Vorgesetzten begab, hatte Mevlido das Gefühl, in einer untergeordneten Dienststelle gelandet zu sein, in der zweitrangige Bürokraten beschäftigt waren. Da die Außenwelt nichts von ihrer Existenz ahnte, mussten sich die Organe freilich nicht um ihre Öffentlichkeitswirkung sorgen, hätte man aber eines Tages ein Dokument an die Presse geben müssen, das eine Vorstellung von ihren Aktivitäten vermittelte, wäre es von Vorteil gewesen, etwas anderes auszuwählen als eine Fotografie dieser behördlichen Sackgasse mit ihrer Stromspar- und Papiermangel-Atmosphäre.

Mevlido schlug die Beine übereinander und hüstelte, und nach einer Weile streckte er sie wieder von sich.

»Sie erwarten wohl nicht, dass ich Ihnen sage, was Sie tun sollen, Mevlido?«, fragte Deeplane plötzlich.

Ohne Mevlido anzusehen, deutete er in eine ungefähre Richtung. Seine Hand zeigte auf Telefonbücher, auf einen Aschenbecher voller Büroklammern, auf die Überreste einer Zeitung, aus der Artikel ausgeschnitten waren, aber die Bewegung war ungenau, und die Hand wies ebenso auf einen Gegenstand, der ein Stück weiter weg lautlos schlummerte: ein Fernseher mit dem Standbild eines Riesenvogels auf dem Bildschirm.

Mevlido schob den Aschenbecher zur Seite, schwenkte den Bildschirm, damit er das Licht von Deeplanes Schreibtischlampe nicht mehr reflektierte, und drückte auf die Einschalttaste, um den Film abzuspielen.

Das wurde von ihm erwartet.

Der Vogel hatte eine Flügelspannweite von fast zwei Metern. Es saß am Rand einer Pfütze und schlug mit den Flügeln. Wären die Flügel weiß oder schmutziggelb gewesen, hätte man aufgrund der beträchtlichen Größe des Tiers, und weil man unter seinem riesigen Schnabel den

Ansatz einer Tasche schlenkern sah, dazu geneigt, von einem Pelikan zu sprechen, die Hypothese hielt allerdings nicht eine Sekunde stand. Nein, Pelikane hatten einen anderen Körperbau. Eine weniger kräftige Statur. Und keinesfalls hätte das Gefieder eines Pelikans eine solche Farbe gehabt. Von der vorspringenden Stirn bis zur Schwanzspitze war der Körper schwarz, er strahlte geradezu vor Schwärze. Von dem grauen Schnabel abgesehen, brachten einzig die Augen ein wenig Helligkeit in das Gesamtbild. Sie waren sehr groß, standen weit auseinander, führten eine goldene, nahezu autonome Existenz. Der Vogel schloss sie und schlug erneut mit den Flügeln, mit dem schweren Klatschen eines zum Trocknen im Wind aufgehängten Lakens.

Eine Zeitlupe hätte die Gewalt des Flügelschlags gezeigt, der die Luft umwälzte und nach unten drückte. Aber der Film hatte nicht die didaktische Aufgabe eines Tierfilms, die Kamera arbeitete nach den Prinzipien der Direktübertragung, und auf dem Bildschirm sah man, wie die Gestalt abhob, schwerfällig über das Wasser davonflog und nach einem Augenblick der Anstrengung knapp über eine erste, mit Stacheldraht bestückte Palisade hinwegsegelte, anschließend über eine zweite, und sich dann einem Wachturm näherte, auf dem der Aufseher fehlte. An der zweiten Palisade hing ein Spruchband: »ÜBERLEBENDER, BEREITE ATTENTATE GEGEN DEN MOND VOR!« Nirgendwo schien die Sonne, und das Licht blieb schwach, aber die Feuchtigkeit verlieh den Kontrasten eine außerordentliche Schärfe. Tropfen perlten am Draht, das Dach des Wachturms glänzte. Man hatte den Eindruck von großer Hitze.

Der Vogel streifte das alles und stieß einen Schrei aus, ein kurzes Krächzen.

Deeplane hatte seine Korrekturen an dem Dokument beendet, das vor ihm lag. Er richtete seinen Schreibtischstuhl so aus, dass er den Vogel zugleich mit Mevlido beobachten konnte, und sagte:

»Das ist selbstverständlich ein virtuelles Bild.«

»Ich kann dieses Tier nicht identifizieren«, bemerkte Mevlido.

»Ich auch nicht«, sagte Deeplane.

»Man könnte es für einen gefiederten Pterodactylus halten«, meinte Mevlido.

»Einen Pterodactylus!«, protestierte Deeplane. »Wir leben doch nicht im Erdmittelalter.«

»Aber dieser Nebel, diese feuchte Hitze, genauso sieht das aus«, rechtfertigte sich Mevlido.

»Wir leben nach der Weltrevolution«, erklärte Deeplane, »lange danach. Es ist nicht dasselbe, wirklich nicht dasselbe Erdzeitalter, verstehen Sie.«

Die Kamera bemühte sich, dem Vogel zu folgen, und jetzt mit einem leistungsstärkeren Teleobjektiv. Der Kameramann machte prächtige Bilder, er musste in seiner Jugend in einem Team von Spezialisten für Tier-Reportagen gearbeitet haben, trotz der zunehmenden Entfernung gelangen ihm Bildeinstellungen, die dem Auge wohltaten und die nicht wackelten. Der Vogel wurde von der Seite gefilmt, meistens von steuerbord hinten. Er flog über Fabriken, die kaum qualmten, über Gleisanlagen, die von Büschen überwuchert waren, über Baracken, Arbeitervorstädte, Straßen, die von staubigen Frangipanis in einem ungesunden Grün gesäumt waren. Er war der einzige Vogel seiner Art am verhangenen Himmel. Im Verhältnis erschienen die anderen Vögel wie Zwerge, und deshalb wechselten sie, sobald sie ihn bemerkten, schleunigst den Luftkorridor, wie man es macht, wenn man fürchtet, ein Raubtier zu stören.

Die Straßen waren nass. Sie kreuzten sich im rechten Winkel, und auf ihnen herrschte eine Atmosphäre wie nach dem Krieg, wie in einer ökonomischen Urzeit. Autos waren nur in Form von Wracks vorhanden. Von Zeit zu Zeit sah man einen Fußgänger vor einer verlassenen Baustelle stehen oder gegen eine Ziegelsteinmauer urinieren.

»Einen Pterodactylus!«, brummte Deeplane. »Was man sich nicht alles anhören muss.«

Er starrte nicht mehr auf den Bildschirm. Er nahm seine Brille ab und putzte sie mit einem Zipfel seines Pullovers. Es war ein brauner Wollpullover mit winzigen Rauten in einem insgesamt rohseidenen Farbton.

Die nächste Minute über studierte Mevlido weiter den Vogel, dessen Größe auf dem Bild abnahm. Schon konnte man seine Augen nicht mehr sehen und seine Schreie nicht mehr hören, vorausgesetzt, er hatte die Augen noch offen, vorausgesetzt, er stieß noch Schreie aus.

»Hören Sie, Mevlido, es ist so«, sagte Deeplane. »Sie werden sich dort hinunterbegeben. Dann haben Sie so viel Zeit wie Sie wollen, um diese seltsamen Schwimmvögel aus nächster Nähe zu studieren. Wir haben seit einem halben Jahrhundert niemanden mehr in dem Gebiet. Es gilt, wieder Kontakte zur Wirklichkeit aufzunehmen. Wir brauchen mehr als nur virtuelle Bilder. Man wird Ihnen ... Wir werden alles organisieren, um Sie abzusetzen und in die Zone zu überführen.«

Eine Pause trat ein. Sie dauerte mehr als die vier Sekunden, die man Gesprächspartnern für gewöhnlich zubilligt, damit einer von ihnen seinen Speichel hinunterschlucken kann.

»Nun, es soll schon blödsinnigere Missionen gegeben haben«, ließ Mevlido schließlich vernehmen. »Aber immerhin, eine ornithologische Untersuchung ...«

Er achtete nicht länger auf das fliegende Geschöpf, das im Moment kreiste, um zwischen dem Wrack eines radlosen LKWs und einer Böschung zu landen. Er interessierte sich kaum noch für den Vogel und versuchte, Deeplanes Blick einzufangen, der ohne den Schutz durch die Brillengläser einen arglosen, zerstreuten Eindruck machte, dann blieb er an Deeplanes sehr gepflegten Intellektuellenhänden hängen, und nach einem kurzen Augenblick ließ er seinen Blick wahllos durch die Rumpelkammer schweifen, in der die oberen Ränge der Organe sich entfalteten.

In den letzten Jahren hatte man in den Büros die fortschrittlichsten Geräte installiert, Monitore mit High-Definition-Auflösung und Computer, aber die Implementierung dieser Technologien griff nicht richtig, in Wirklichkeit hatte sich niemand von der tausendfach bequemeren Welt der Hefte und des Handschriftlichen, der Presseausschnitte und der bunten Ordner verabschiedet. Auch stapelten sich überall im Raum die Akten aus Papier, versperrten den Zugang zu den Tastaturen und begruben den Drucker unter sich, den sich die Chefs teilten.

Deeplane setzte die Brille wieder auf seine Adlernase und streckte die Hand zu einem der Aktenstapel aus, um sich eine kartonierte Sammelmappe zu angeln, eine johannisbeerrote Akte, die er Mevlido zu lesen geben wollte. Das Bündchen am Ärmel seines Pullovers zeigte Spuren starker Abnutzung und begann sich aufzuribbeln. Wie andere Vorgesetzte Mevlidos kleidete sich Deeplane ganz nach der spartanischen Moral, die das Verhalten der Behörden im Allgemeinen und das der Organe im Besonderen bestimmte; er trug eine Mischung aus funktionellen Wollsachen und schlichten Stoffen, und wenn man so wie Mevlido bei ihm war und darauf wartete, dass er aus dem Durcheinander ein Bündel knallroter Akten militärischen oder onirischen Ursprungs hervorkramte, bemerkte man, dass die Umstellung seiner Abteilung auf elektronische Datenverarbeitung ihn, Deeplane, nicht verändert hatte und niemals ändern würde, dass sie ihn niemals in eine im üblen Sinn weltliche, in eine im üblen Sinn ihrer Zeit verhaftete Persönlichkeit verwandeln würde, ihn niemals verderben, niemals verstümmeln, niemals brechen würde.

»Die Vogelbeobachtung gehört nicht zu Ihren vordringlichen Aufgaben«, sagte Deeplane.

»Ach so«, erwiderte Mevlido, »ich dachte schon.«

Deeplane legte den johannisbeerroten Ordner so vor ihn hin, dass er nun den Titel sehen konnte, eine verschlüsselte Angabe, die wir hier nicht wiedergeben und die grob gesagt einer Formel aus der organischen Chemie ähnelte. Der Ordner war dick. Er musste Informationen unterschiedlicher Art enthalten, eine Liste mit Direktiven, Zielvorgaben.

»Diese Tiere bereiten uns keine Probleme«, sagte Deeplane.

»Und die Hominiden?«, fragte Mevlido

»Die schon«, bestätigte Deeplane. »Trotz der Weltrevolution sind sie auf eine Stufe der Barbarei und des Schwachsinns herabgesunken, die selbst Spezialisten erstaunt. Es ist eine unerklärliche Spezies geworden. Sie haben mehrere Vernichtungskriege hinter sich, doch ein neuer Konflikt zeichnet sich bereits ab. Ein Hundertstel oder noch weniger der Bevölkerung ist übriggeblieben. Ganze Kontinente sind derzeit unbewohnbar. Die Überlebenden bilden weiterhin Gesellschaften, aber sie glauben nicht mehr an sich selbst und auch nicht an die Gesellschaft. Sie haben politische Systeme beerbt, zu deren Verständnis sie die Schlüssel verloren haben, die Ideologie ist für sie ein sinnentleertes Gebet. Die herrschenden Klassen sind zu Gangstern geworden, die Armen gehorchen. Die einen wie die anderen verhalten sich, als hielten sie sich für bereits tot und als wäre ihnen das zudem vollkommen gleichgültig.«

»Vielleicht sind sie mutiert«, bot Mevlido eine Erklärung an.

»Bitte?«

»Vielleicht sind sie Opfer einer Mutation«, wiederholte Mevlido.

»Möglich. Etwas an ihnen hat sich verändert. Man könnte meinen, es gelänge ihnen nicht mehr, zwischen Leben, Träumen und dem Tod zu unterscheiden.«

Mevlido hatte den Ordner noch nicht aufgeschlagen. Er fuhr mit den Fingern über die Formel aus der organischen Chemie, als würde er eine Inschrift in Braille abtasten. Aus dem Ärmel seiner Trainingsjacke ragte die Manschette eines braunrot karierten Hemds. Auch er schien seine Kleidung aus überzähligen Kasernenbeständen oder Restposten zu beziehen.

»Das macht jede Intervention für uns schwierig«, fuhr Deeplane fort.

»Und wenn man sie weiter in aller Ruhe degenerieren ließe?«, schlug Mevlido vor.

Deeplane schüttelte den Kopf. Ja, die Menschheit war eine verabscheuungswürdige Spezies, die systematisch alle Hoffnungen enttäuschte, die man in sie gesetzt hatte. Ja, die Organe hatten sie schließlich ganz ihren Gräueln und ihrem Chaos überlassen. Doch nun, da sie in die Phase ihrer Auslöschung gekommen war, hatten die Organe beschlossen, ihr altes Hilfs- und Begleitprogramm zu reaktivieren. Deshalb bat man die Abteilung Aktion um eine erneute Intervention. Es galt die Voraussetzungen dafür zu schaffen, dass die Phase der bevorstehenden Agonie weniger grauenhaft sein würde. Als ersten Schritt musste man die nachrichtendienstliche Arbeit wiederaufnehmen. Agenten sollten in die Zone geschickt werden. Ein paar. Die besten. Ihre Aufgabe würde sein, in der Barbarei unterzutauchen, um gangbare Wege für die Zukunft ausfindig zu machen. Anschließend würde man vielleicht wissen, für die künftigen Generationen, wie man ein etwas friedlicheres Ende für die Menschheit herbeiführen könnte. Nur in

Hinblick auf diesen letzten Übergang arbeiteten die Organe.

Mevlido war nicht überzeugt, was sich im Zusammenspiel von Lippen und Augenbrauen äußerte.

Er hatte einen runden und strengen Kopf, wulstige Lippen, buschige Brauen, sein Gesicht ließ einen eher an eine Keilerei als an yogische Meditation und yogische Selbstbeherrschung denken.

Fünfzehn, sechzehn Sekunden lang sagten sie nichts.

Mevlido hatte den Ordner geöffnet. Er blätterte ihn durch.

»Hühnerhof Vier«, sagte er.

»Ein gigantisches Ghetto«, erklärte Deeplane. »Und nach Ihrer Geburt wird es noch wachsen.«

»Dorthin wollen Sie mich schicken?«

»Nach Ihrer Reinkarnation weiß man nicht, was aus Ihnen werden wird«, meinte Deeplane. »Es gibt zu viele Variablen, und da unten herrscht totaler Krieg. Man weiß nicht, wo Sie landen werden. Diese Dinge haben wir nicht unter Kontrolle.«

»Während meiner Ausbildung hatte ich kein einziges Mal einen Kurs zu Hühnerhof Vier«, wandte Mevlido ein. »Das ist für mich ein quasi jungfräuliches Gebiet.«

»Ja, ich weiß. Wir haben Techniker, die die Zone besser kennen als Sie. Mingrelian oder Gorgha zum Beispiel.«

»Ich dachte, Gorgha sei tot.«

»Sie werden hierbleiben, zur Unterstützung.« Deeplane ging nicht weiter auf Mevlidos Bemerkung ein. »Hier werden sie uns nützlicher sein. In gewisser Weise werden Sie bei Ihnen sein. Und wir auch.«

»In gewisser Weise«, wiederholte Mevlido.

Seine Stimme hatte einen bitteren Beiklang.

Auf dem Bildschirm bewegte sich der Vogel, watschelte. Er legte einen Meter zurück und blieb neben einem verkohlten Benzinkanister stehen. Er wurde aus nächster Nähe gefilmt, in Großaufnahme, wie zu Beginn des Films. Das Kameraauge fing seine undurchdringlichen goldenen, absolut schönen Augen ein.

»Wir möchten da unten lieber einen Agenten einschleusen, dessen Denken nicht von zu vielen Informationen belastet ist«, sagte Deeplane. »Einen pragmatisch denkenden und soliden Agenten mit einem gewaltigen Traumgedächtnis. Das passt hundertprozentig auf Sie, Mevlido.«

Mevlido stieß ein verhaltenes Ächzen aus. Von Begeisterung keine Spur.

»Wir werden für Ihre Inkarnation einen guten Typen aussuchen«, fuhr Deeplane fort.

Mevlido wackelte wieder mit seinem harten Boxerschädel, mit dem er aussah wie ein Bonze. Er blätterte weiter durch die zahlreichen Sektionen und Unterabteilungen in seinem johannisbeerroten Ordner. Darin las er: *Keinen Kontakt zu Spinnen aufnehmen. Nicht mit den Ratten sprechen. Weder mit den Ratten noch mit den Spinnen. Nicht an Zeremonien teilnehmen, bei denen die Seelen von Toten heraufbeschworen werden. Jedes Gespräch mit einem Psychiater ablehnen.* Er blätterte um. *Sein Schicksal hinnehmen, was auch immer es sein möge. Seine Andersheit hinnehmen, wie auch immer sie beschaffen sein möge. Seine Andersheit verbergen.* Es waren Hunderte von Anweisungen. Die meisten schienen sinnvoll zu sein. *Die Sieger immer verraten*, las er noch. Seine Finger zerknitterten die stroh- oder kanariengelben, blauen oder pappkartongrauen Zwischenblätter.

»Sieh mal an, es gab eine Sezierung.«

»Sezierung ist nicht das richtige Wort«, sagte Deeplane. »Einer dieser … Pte… Pterodactylen. Er hatte sich in einem dieser Stacheldrahtknäuel verfangen. Und das Labor hat das ausgenutzt, um ihn mit einem Spezialobjektiv zu filmen.«

Mevlido überflog den Bericht und gab ein bestürztes Pfeifen von sich, dann las er mit lauter Stimme den Abschnitt, der das Verdauungssystem betraf. Im Verdauungstrakt war kein einziges Lebensmittel festgestellt worden. Der Magen unterschied sich kaum von einem Stabsaugerbeutel, er enthielt nur trockenen, körnigen und schwarzen Staub.

»Sehen Sie, Mevlido? Man könnte meinen, es sei eine Anhäufung bizarrer Dinge in einem Traum. Etwas verändert ihre Wirklichkeit. Und von hier aus können wir nicht richtig erkennen, was da nicht stimmt. Deshalb muss einer von uns …«

Der Vogel breitete erneut seine Flügel aus, um weiterzufliegen.

»Es gibt keine andere Lösung«, sagte Deeplane

»Ach nein?«, widersprach Mevlido.

»Einer von uns muss sich dafür opfern«, meinte Deeplane.

Der Vogel hatte wieder mit seinem mächtigen Flügelschlagen begonnen. Seine riesigen Schwingen nahmen den Bildschirm ein, man sah die Federn in allen Einzelheiten, und plötzlich hatte man den Eindruck, dass die Kamera dem Vogel zu nahe gekommen war und er sie bemerkte. Er hatte gerade seine Lage nach dem Aufschwung stabilisiert, als er plötzlich im Sturzflug hinter einem Schuppen verschwand. Der Aufnahmeleiter versuchte sofort, ihn zu verfolgen, aber es gelang ihm nicht.

Auf dem Bildschirm blieb nur noch eine ziemlich unbelebte Industrielandschaft zurück mit Lagerhallen, die mit einem Vorhängeschloss gesichert waren, mit leeren Werkstätten und drohenden Regengüssen.

»Gut«, sagte Mevlido, »und wie viel Zeit werde ich haben?«

»Wofür?«

»Für meine Mission.«

»Oh«, seufzte Deeplane, »Sie werden sicher lange Zeit in der Zone bleiben müssen. So lange wie …«

Als fehlten ihm die Worte, drehte er sich zum Fenster um, zu diesem nächtlichen Rechteck, das bisher nicht die geringste Rolle bei der Beleuchtung gespielt hatte, weil die Dunkelheit hinter der Scheibe sehr dicht war, aber auch, weil das chemisch behandelte Glas die Lampe nicht reflektierte, die über dem Schreibtisch leuchtete.

Auf der anderen Seite, also draußen, war eine kompakte schwarze Raummasse, eine Tiefseemasse, die jeden Gedanken daran ausschloss, dass sich dort eines Tages der Hauch eines Lichtschimmers zeigen könnte. Deeplane hatte die Hand gehoben, er zeichnete vor diesem Hintergrund, auf diesem Untergrund, eine träge Schleife, die wer weiß was bedeuten konnte, dann fiel wie von einer Art Lustlosigkeit befallen die Hand herab.

»Geht es auch etwas genauer?«, hakte Mevlido nach.

»Hören Sie, Mevlido, es wird die Zeit eines Lebens dauern. Sie werden da unten wiedergeboren, Sie werden dort aufwachen und erwachsen werden. Sie werden dort auf den Tod warten. Wir brauchen einen Beobachter, der die Dinge von innen erlebt. Wir werden die Informationen auf dem Weg über Ihre Träume sammeln.«

Erneutes Schweigen. Es war bedrückend.

»Mevlido, Sie werden in einem guten Typen wieder Mensch werden.«

»In einem guten Typen«, brummte Mevlido. »Und ich? Wann genau haben Sie vorgesehen, mich wieder herauszufischen, wann wird meine Aufgabe erfüllt sein?«

»Ich bitte Sie, Mevlido, tun Sie doch nicht so, als wäre Ihnen das Procedere unbekannt«, regte Deeplane sich ein wenig auf. »Seit vierzig Jahren unterziehen Sie sich einem Training, damit man Sie da hinunter oder woandershin schickt, es kann nicht sein, dass Sie erst heute Ihre Arbeitsbedingungen entdecken.«

Er hatte einen Ton angeschlagen, der nicht richtig schroff war, dem es aber an Anteilnahme mangelte. In den Vorstellungen der Führer wie Deeplane war Mevlido sehr lange – mehrere Jahrzehnte lang – auf solche Aktionen vorbereitet worden, und jetzt, da eine konkrete Aktion bevorstand, durfte er keine Bedenken mehr vortragen. Während der Trainingsstunden hatte man ihm genügend Mitgefühl entgegengebracht, jetzt wieder welches zu fordern, hatte etwas Aufdringliches.

»Vielleicht könnte man meinen Aufenthalt etwas verkürzen«, sagte Mevlido, als hätte er das Recht, um die Dauer seiner Mission zu feilschen. »Vielleicht könnte man darauf verzichten, mich alles erleben zu lassen bis zum Tod.«

»Wir werden versuchen, Sie vorher herauszufiltern«, versprach Deeplane. »Sie wissen doch, dass wir das immer versuchen. Am wahrscheinlichsten ist jedoch, dass wir mit dem einzigen, wirklich hundertprozentig sicheren Augenblick vorliebnehmen müssen, Ihrer Agonie. Dann werden wir Sie zurückholen.«

»Während meiner Agonie …«, wiederholte Mevlido.

»Ja, während. Wenn sie lange genug andauert. Oder kurz darauf.«

Deeplane wich Mevlidos Blick nicht aus, und seine Stimme klang nun brüderlicher als eine Minute zuvor.

»Wir werden es versuchen«, sagte er.

Seine Brille funkelte unter der Lampe.

Er gab noch einige düstere Hinweise. Es gab keine anderen Mittel, um an vertrauenswürdige Informationen zu gelangen. Man musste das Milieu durchdringen, ohne sich des doppelten Spiels verdächtig zu machen, von Geburt an zum Milieu gehören, ein gewöhnliches Leben unter den Bewohnern da unten führen, ihre Leiden und ihre Ängste von innen heraus kennen. Mit ihnen zusammen den Weg gehen, der sie zum Tod führte.

»Der Kontakt zu uns wird außerordentlich schwach sein«, sagte Deeplane. »Einige Träume. Und das leichte Gefühl von doppeltem Spiel, das Sie ein wenig stören könnte, wenn Sie das Erwachsenenalter erreicht haben. Es wird Sie bis zum Ende hin begleiten.«

»Das Ende«, murmelte Mevlido, »wird hoffentlich schnell kommen.«

»Nein«, sagte Deeplane, »es wird nicht schnell kommen. Es kommt zu seiner Zeit. Man muss warten können, Mevlido.«

Mevlido sah ihn nicht mehr an. Man könnte sogar sagen, dass er Deeplane den Rücken kehrte. Er war aufgestanden und ein paar Schritte gegangen. Jetzt stand er am Fenster, lehnte mit der Stirn an der Fensterscheibe, in Gedanken tauchte er in die schwarzen Tiefen ein, jagte sie hinunter, er breitete die Flügel aus, riesige, farblose Flügel, er schritt voran auf dem Weg zum gänzlichen Vergessen, er atmete die Dunkelheit, den Staub ein, er akzeptierte, was das Schicksal ihm geboten hatte und ihm noch bot. Er war sich voll und ganz bewusst, dass er zu den Organen gehörte und dass er ein Soldat der Organe war, der für immer und ewig seinen Chefs zur Verfügung stand. Er war dazu ausgebildet worden, dass man ihm eines Tages seinen Aufbruch verkünden würde, dass er aufbrechen würde. Er protestierte nicht dagegen. Er protestierte gegen nichts und niemanden, vielleicht, weil es letzten Endes außer dieser Dunkelheit nichts und niemanden gab. Die Fensterscheibe hatte keine Temperatur, sie war weder lau noch vereist. Kein kreisförmiger Niederschlag verriet, dass Mevlido atmete.

»Wir können nichts beschleunigen, Sie müssen warten«, bekräftigte Deeplane.

»Einverstanden«, erwiderte Mevlido. »Aber ich dachte, dass. Man hofft immer darauf, dass.«

23

Mevlido lernte die dreihundertsechsundfünfzig Seiten langen Anweisungen auswendig, die Deeplane ihm anvertraut hatte. Anschließend brachte er den johannisbeerroten Einband und seinen gesamten Inhalt zurück in die Registratur. Vor dem Sandwichautomaten der Registratur aß er ein Sandwich, dann ging er in die Turnhalle, um dort, wie versprochen, sobald wie möglich eine letzte Übungseinheit abzuleisten. In den letzten zwanzig Jahren war er jeden Morgen dort gewesen und hatte am dreistündigen Training teilgenommen.

Die Lehrer warteten auf ihn. Sie waren unterrichtet worden und wussten, dass sie ihren Schüler nie wieder sehen würden. Sie umringten ihn, aber ohne übertriebene Ausgelassenheit oder übertrieben feierlichen Ernst, wofür er ihnen dankbar war, und er bekam von ihnen praktische Ratschläge, die ihm mitzuteilen sie bisher unterlassen hatten, nicht aus Geheimniskrämerei, sondern weil die Philosophie bestimmter Grundprinzipien erst am Vorabend der Reise wirklich zu begreifen ist. Früher hätte er sie nur als hohle Phrasen wahrgenommen, während die Dringlichkeit den Aphorismen jetzt ihren Nutzen und ihren Sinn zurückgab.

Er dankte seinen Lehrern und verabschiedete sich von ihnen, anschließend hatte er frei.

Vor einem Aufbruch dieser Art, einer Mission dieser

Art, hat man immer ein paar Stunden für sich. Wertvolle Stunden, die man zu verlieren meint, weil alles mit letzten kleinen Schikanen ausgefüllt ist – Blutabnahme, Scanner, Stimmaufzeichnung, Ausstellen der Entlassungsurkunde, Rückgabe der Ausrüstung, feierliche Erklärungen vor der Kontrollkommission, Kündigung des Kantinenabonnements, Schließen der Krankenunterlagen und der Sportakten –, und man weiß nicht so recht, wie man dem winzigen Rest an Privatleben, der einem noch zu durchlaufen bleibt, einen positiven Charakter geben kann.

Sich schlafen zu legen, ist ausgeschlossen. Mit einem Buch anzufangen, wäre vergebens, denn man könnte es nicht zu Ende lesen. Es wird davon abgeraten, seinen Körper von Neuem durch ein x-tes Nahkampftraining zu belasten. Andererseits war man taktvoll genug, keine Abschiedszeremonie mit den Kollegen und Genossen zu organisieren. Vor einer Mauer zum Meditieren hinzuknien, darauf verzichtet man freiwillig, so unsinnig erscheint es an diesem Abend, sich dafür zu quälen, in eine trügerische Finsternis zu blicken, wird man doch vor Ende der Nacht sehr wirksam und ganz konkret in die Mitte des schwarzen Raums geworfen werden.

So ist man denn bei der Untätigkeit, die der eines Touristen im Transitraum auf einem Flughafen entspricht, mit seiner Einsamkeit konfrontiert. Und man versucht Zeit zu gewinnen, indem man sie verschwendet. Man ringt mit sich, um nicht das Einzige zu tun, wozu man wirklich Lust hat: mit seiner besten Freundin zu telefonieren.

Ihr anzukündigen, dass man ausgewählt wurde, dass der Übergang unmittelbar bevorsteht. Und dass danach nichts mehr kommt, kein Krümelchen, das man teilen oder sich mitteilen könnte, nichts mehr außer einem maßlosen Schweigen und nur das.

Nur das.

Ein Schlund.

Kein Steg.

Dennoch hat man für diese Nacht die Anweisung erhalten, Emotionen zu vermeiden, und man hat geschworen, gleichgültig zu bleiben: losgelöst von den Lebewesen und den Dingen. Doch die wehmütige Erinnerung an einstige Liebesabenteuer, an das sexuelle oder geschlechtliche Miteinander reißt eine alte Narbe unter dem Bewusstsein wieder auf. Und es plagt einen das Gefühl, man müsse noch einmal mit einer Frau sprechen, mit der Frau, die man liebt, die man geliebt hat und noch immer liebt. Man möchte noch einmal mit ihr kommunizieren, auch wenn die Oberen sie in Hinblick auf diesen heiklen Moment entfernt haben, auch wenn die Abteilung Aktion es seit Jahren so eingerichtet hat, dass sie sich außer Reichweite befindet, um ihr perfide jede Wirklichkeit zu nehmen, sie aus der Wirklichkeit verschwinden zu lassen, sie zu einer Fantasiegestalt zu machen, sie in eine reine Liebeshypothese zu verwandeln.

Man steuert das Diensttelefon auf dem Treppenabsatz im vierten Stock an und zögert. Man ist nicht vollkommen losgelöst von den Lebewesen und den Menschen, und man zögert umso mehr, als niemand in der Nähe ist, weder auf dem Flur noch in den Büros.

Mevlido zögerte. Seine Bewegungen wurden langsamer. Er stand jetzt auf der Treppe in den dritten Stock. Er ging noch zwei Stufen hinunter, dann machte er kehrt und stieg wieder hinauf. An seinem Platz auf einem Ecktisch stand ein gewöhnliches schwarzes Telefon zu seiner Verfügung, und ringsum tat sich nichts, wie in einer Behörde außerhalb der Arbeitszeit, wenn alle Türen verschlossen sind und nur die Neonlampen brennen.

Er nahm den Hörer ab. Er wählte eine Nummer, die Nummer seiner besten Freundin.

»Hier ist Verena Siew«, sagte Verenas aufgezeichnete

Stimme. »Wenn Sie möchten, können Sie mir nach dem Pfeifton eine Nachricht hinterlassen.«

»Ich bin's«, sagte Mevlido. »Ich wollte nur den Klang deiner Stimme hören.«

In der magnetischen Stille trat eine Veränderung ein, eine unwägbare Überlastung durch Stummheit. Am anderen Ende der Leitung, in der Nähe des Anrufbeantworters, oder mit einer an der Leitung angebrachten Parallelschaltung, hörte jemand mit.

Mevlido unterdrückte ein Seufzen und sagte: »Ich wollte mit dir alleine sprechen. Aber jemand hört mit. Ich rufe wieder an, wenn wir allein sind.«

Drei Sekunden vergingen, gefolgt von einem elektrischen Knistern. Der Anrufbeantworter war ausgeschaltet worden.

»Sind Sie das, Mevlido?«, fragte eine männliche Stimme.

»Ja.«

»Sie wollen mit Verena Siew sprechen?«

»Ja.«

»Sie wissen doch, dass das nicht möglich ist. Sie ist nicht mehr erreichbar. Sie müssen sich mit der Erinnerung an sie begnügen. Sie wird Ihnen nicht mehr antworten, Mevlido, weder heute Abend noch sonst.«

»Wo ist sie?«, erkundigte sich Mevlido in einem Tonfall, den er für neutral hielt. »Wo haben Sie sie ... Sind Sie das, Deeplane?«

»Hier ist Schumann«, antwortete die Stimme sogleich. »Ich habe Deeplane in der Zentrale abgelöst.«

»Ach, Sie sind's.«

»Ja.«

»Wo befindet sich Verena Siew im Augenblick, Schumann?« Mevlido blieb hartnäckig.

»Sie wird nicht antworten«, wiederholte Schumann. »Für Sie ist sie jetzt gestorben, Mevlido. Merken Sie sich das ein für allemal. Sollte sie weiterleben, so nur in Ihrem Gedächtnis. Und das ist der einzige Ort, an dem Sie sie noch treffen können.«

»Ich würde ihr gern eine Nachricht hinterlassen«, sagte Mevlido. »Für den Fall, dass sie trotzdem noch erreichbar sein sollte, woanders.«

»Kein Problem. Diktieren Sie mir die Nachricht«, forderte Schumann ihn auf.

»Es ist persönlich«, protestierte Mevlido.

»Schluss mit den Kindereien, Mevlido. Für Sie gibt es seit Ewigkeiten keinen intimen Bereich mehr. Seit sie bei der Abteilung Aktion arbeiten, ist nichts mehr persönlich für Sie. Daraus haben wir nie ein Hehl gemacht, behaupten Sie jetzt nicht das Gegenteil.«

Das Gespräch stockte für eine Weile.

»Es gibt einige Dutzend Kollegen, die Ihre Nachricht an Verena Siew hören werden«, fuhr Schumann fort. »Es gibt keinen Grund, daraus jetzt ein Drama zu machen.«

Mevlido reagierte nicht mehr. Man konnte noch einen regelmäßigen Atem in der Leitung hören, vielleicht den seinen.

»Na los«, ermunterte ihn Schumann. »Ich notiere.«

»Ich denke an dich«, murmelte Mevlido nach einer Weile. »Du fehlst mir. Ich werde bis zum Ende an dich denken. Wie das Ende auch sein mag, du wirst mir fehlen.«

Dann legte er abrupt den Hörer auf, ohne sich von Schumann zu verabschieden.

Eines gelang der Abteilung Aktion häufig bei ihren Agenten: dass ihnen der verdrängte Hass bitter aufstieß, nicht sehr auffällig, aber durchaus bemerkbar, und ohne dass sie sich dafür entschuldigten.

Man musste das Gebäude nicht verlassen, um in die Bibliothek zu gelangen.

Die Lesesäle waren vierundzwanzig Stunden am Tag geöffnet, aber gegen Abend war immer ein deutliches Abflauen der Benutzeraktivität zu beobachten. Mevlido flanierte von einem Raum in den nächsten. Der Ort schien menschenleer oder nahezu verlassen. Es lag nicht in seiner Absicht, Bekannte zu treffen. Er wollte einfach nur ein paar Augenblicke an einem Ort verbringen, der für ihn immer wie eine freundliche Küste am Rand der Welt war. Er hatte keine Recherche durchzuführen, und er ging dort spazieren wie an einem Strand.

Wie man an einem Strand spazieren geht,

- wenn das Auge von der unendlichen Weite geblendet wird,
- die Seele dem Zauber der Ferne erliegt,
- und man in Frieden mit der Gegenwart lebt,
- in Frieden mit seiner eigenen Bedeutungslosigkeit.

Vierzig Minuten lang ging er planlos zwischen den Bücherregalen auf und ab, stöberte in der Abteilung der Lexika, öffnete und schloss Bände, die ihm zufällig in die Hände fielen, manchmal suchte er auch in einem Ketschua-, Blatnoi- oder Koreanisch-Wörterbuch nach der Übersetzung eines Wortes, las hier einen Artikel über die bakteriologischen Kriege, da eine Seite über die Prosagedichte von Leonor Iquitos oder dort noch ein Kapitel über die grammatikalische Ordnung der Wörter in vorhandenen oder verschwundenen Sätzen. Nach einem Zwischenstopp bei den Toiletten ging er dann hinaus.

Er verließ die Gefilde der Bibliothek und ging unter dem Beton und der Erde dreihundert Meter weit, und als er anschließend an den Sportstätten vorbeikam, schritt er über die Schwelle eines Clubs für Kampfsportarten, den Kung-Fu-Club, und betrat die Umkleideräume. Der Raum war sehr hell beleuchtet wie vor oder nach einer Trainingsstunde, aber an den Kleiderhaken hing kein einziges Kleidungsstück. Die Schüler der Abendkurse waren schon wieder auseinandergegangen. Der frisch aufgewischte Boden trocknete noch. Mevlido bediente sich an einem Schrank, holte ein Badetuch und eine Toilettenseife hervor, er zog sich aus und ging zur nächsten Duschkabine.

Lange, heißes Wasser.

Lange ließ er heißes Wasser über sich laufen, Wasser in herrlich angenehmer Temperatur. Der Dampf um ihn wurde immer dichter. Die Tropfen platschten, das Rauschen des Schwalls wurde zum Wesen der Welt, wurde zum Mittelpunkt der wirklichen Welt, in sein Bewusstsein drängten sich die Regengeräusche. Der Regen war sein Bewusstsein. Er führte die Gebärden eines gründlichen Waschens aus, aber zugleich reinigte er sich von jener Absonderung ohnmächtiger Wut, die ihn kurz zuvor verschmutzt hatte. Nach dem bedauerlichen Schumann-Vorfall hatte ihm die Suche in den Lexika der Bibliothek geholfen, seine natürliche Heiterkeit wiederzuerlangen, doch nur mit diesem siedend heißen Wasser konnte er die Rückstände seiner schlechten Stimmung wegspülen. Vor seinen Füßen schlängelte sich der Seifenschaum. In seinen Verzweigungen zeichneten sich komplexe Alphabete ab, und im Lauf der Minuten löste er sich auf.

In einer Kabine am anderen Ende des Umkleideraums hatte sich ein Neuankömmling unter einen Duschkopf gestellt, und wie Mevlido planschte und entspannte er sich, ohne sich zum Schließen des Wasserhahns durchzuringen. Es musste ein praktizierender Kampfsportler sein, der gern abends an seiner Vollkommenheit arbeitete, ohne Zeugen, ohne die Blicke der Gemeinschaft, der sich nach einer Reihe anstrengender Übungen hier erholte. Er trällerte einen Refrain, irgendeine belanglose Melodie, die sich wie eine Beschwörungsformel anhörte.

Mevlido stellte das Wasser ab und ging barfuß zu der Stelle, wo er seine Sachen zusammengelegt hatte, dann trocknete er sich ab, schlüpfte in seine Kleidung und knöpfte zu, was zugeknöpft werden musste. Fünfzehn Meter weiter verbreitete der anonyme Kehlkopf weiter trübselige Klangkreise, das Wasser lief und lief und sprudelte. Vor der Kabine hing ein schweißgetränkter Kung-Fu-Anzug, über der Sitzbank lagen eine schwarze Oberhose, Unterwäsche, ein Trikot, ein weißes Hemd. So kleidete sich der Techniker Elia Fincke. Mevlido ging zu ihm, und um durch das Spritzwasser und die Tür gehört zu werden, rief er ziemlich laut:

»Sind Sie das, Fincke? Ich sage Ihnen auf Wiedersehen.«

Der Wasserschwall hörte sofort auf. Der Techniker hatte den Hahn zugedreht.

»Sind Sie es, Mevlido?«

»Ja.«

»Man hat mir gesagt, dass Sie in Kürze aufbrechen?«

»Ja. Morgen. Morgen früh.«

Für drei Sekunden herrschte bedrückendes Schweigen. Fincke suchte nach ein paar harmlosen Worten, doch er fand keine. Innerlich klammerte er sich bereits an seine Erinnerung an Mevlido.

»Sind Sie bereit?«, fragte er schließlich.

»Ich glaube schon«, antwortete Mevlido.

»Na, dann ... Viel Glück, Mevlido, ja?«

»Danke.«

»Wir stehen Ihnen bei«, fügte Fincke noch hinzu.

»Ich weiß«, schloss Mevlido.

Man musste noch einmal eine Zeit des Nichtstuns überbrücken. Der Techniker rührte sich nicht mehr in seiner Duschwanne. Dann quietschte der Wasserhahn, und sogleich spritzte der Wasserstrahl wieder los.

Das Plätschern des neuen Wasserstrahls erfüllte den Raum.

Mevlido ging hinaus.

Das Wasser rauschte.

Elia Fincke stimmte kein Lied mehr an.

24 Mevlido ließ den Umkleideraum des Kung-Fu-Clubs hinter sich und bog in einen weitläufigen, menschenleeren Gang ein. Er hatte beschlossen, seinen Streifzug zu beenden und in das kleine Appartement zurückzukehren, in dem er seit siebzehn Jahren wohnte. Der Gang, der zum Wohnblock führte, war von keiner Fenster- oder Türöffnung durchbrochen, in ihm herrschte die Atmosphäre einer Gefängnisfestung mit dem Hellgrau und dem Dunkelrot, das Militärarchitekten für ihre postkataklysmischen Anlagen bevorzugten. Mevlidos Schritte hallten unter den gepanzerten Betongewölben. Weder vor noch hinter ihm klapperte jemand mit den Absätzen. Er kam sich vor wie ein vereinzelter Soldat auf einer Routineinspektion in drei Kilometer Tiefe.

Jetzt kehrte er heim. Er würde dort in seinem Zimmer warten. Er würde dort auf das Absetzen warten – auf jenen Augenblick, dem man durch diese Benennung seinen Schrecken nahm, denn konkret handelte es sich um eine schmerzhafte Operation mit allen Merkmalen eines glatten Mords.

Darauf also würde er dort warten.

Mevlidos Wohnung lag über dem Raum, in dem der Brenner der Zentralheizung brummte, und aufgrund dieser Nähe suchte eine dumpfe Vibration Tag und Nacht die Wände heim, ein leichtes Beben, das nicht immer zu spüren war, manchmal aber im Gegenteil an das Rumoren eines Frachters erinnerte, der hundert Seemeilen von jeder Küste entfernt und alle Maschinen auf volle Kraft voraus durch ein öliges Meer pflügt.

Er stieß die Tür auf und tastete nach dem Lichtschalter. Die Wand zitterte auf vertraute Art an seinem Handteller. Eine halbe Sekunde später gab der Schalter nach der typischen Art eines Kippschalters ein hochmütiges und entschiedenes Klicken von sich, aber auch die Lampe machte ein Geräusch, und nach einem sehr kurzen Versuch aufzuleuchten stellte sie das Strahlen ein. Die Glühfäden waren kurzerhand durchgebrannt.

Mevlido stieß einen ärgerlichen Laut aus. Der Strenge wegen beschränkte sich die Beleuchtung der Appartements auf eine einzige zentrale Lampe. Da er keine Lust hatte, eine Stunde lang durch die unterirdischen Flure bis zum Zubehörlager zu gehen, damit man ihm eine neue Glühbirne aushändigte, blieb ihm nichts anderes übrig, als sich bis zum Aufbruch mit der Dunkelheit abzufinden oder bei einem Nachbarn um Licht zu betteln.

Er ging wieder hinaus und machte ein paar Schritte. An der nächstgelegenen Tür war ein Türschild angebracht. Er krümmte den Zeigefinger und klopfte neben der Plakette mit der Aufschrift: 1157 Mingrelian.

Mingrelian saß vor seinem Arbeitstisch und schrieb.

»Kannst du mir deine Glühbirne leihen?«, fragte Mevlido, »meine ist durchgebrannt.«

»Einen Moment«, erwiderte Mingrelian, »ich schreibe noch den Absatz zu Ende.«

Mingrelian schwärzte noch zwölf Zentimeter Papier, dann legte er seinen Füller beiseite und stand auf. Er hatte schon ein Tuch in der Hand, um die Glühbirne abschrauben zu können, ohne sich die Finger dabei zu verbrennen. Er nahm einen Stuhl und stellte ihn unter die Deckenlampe, die wie bei Mevlido die einzige Lichtquelle war. Schon stand er auf dem Stuhl und streckte den Arm nach oben aus.

»Eigentlich müsste man uns mit Kerzen ausstatten«, sagte Mevlido.

»Ja, Kerzen, das wäre prima«, meinte Mingrelian.

Mingrelian war so mager, dass er aussah wie ein abgezehrter Bettler, und sein kantiges Gesicht hatte den bläulichen Teint der Grafomanen, jener Leute, die monatelang, Stunde für Stunde, vor einem Text eingeschlossen bleiben, ohne je etwas anderes einzuatmen als den zweifelhaften Duft der Wörter, mit einem nervösen und wenig erholsamen Schlaf, mit der Lektüre unentwirrbarer Glossare und den Träumen als einziger Ablenkung.

Die Fassung knirschte, und schlagartig lag das Zimmer im Dunkeln, schwach beleuchtet nur vom Flurlicht, das durch die halboffene Tür fiel.

»Ich breche morgen auf«, sagte Mevlido.

»Ich weiß«, sagte Mingrelian, der von seinem Podest herabgestiegen war. »Seit gestern herrscht Alarmstufe eins. Wir sind alle unterrichtet worden.«

»Deeplane hat mir gesagt: Mingrelian wird zu deiner Unterstützung dableiben.«

»Ja, ich werde den Bericht über deine Mission schreiben.«

Sie standen jetzt beide im Flur. Mevlido mit einem zustimmenden Lächeln.

»Bei dir wird es wenigstens nicht an Adjektiven mangeln.«

»Ach was«, sagte Migrelian, »als ob sie das merken würden.«

»Dein Stil unterscheidet sich von dem der anderen«, erwiderte Mevlido.

»Na ja, außer dir weiß hier niemand mein Bemühen zu schätzen. Für Deeplane oder Schumann sind alle Berichte gleich. Sie landen in ihrem Büro, und nach der Zusammenfassung werden sie archiviert.«

Sie stießen die Tür zu Mevlidos Zelle auf und ließen sie hinter sich offen, damit sie sich nicht blindlings vortasten mussten. Mingrelian ließ den Lichtschalter mehrmals klicken, als ob er dadurch den Umfang der Panne ermessen würde.

»Und der Typ, den ich dort ...«, unterbrach ihn Mevlido.

»Was für ein Typ?«, wunderte sich Mingrelian.

»Deeplane behauptet, ich würde mich in einem guten Typen reinkarnieren. Hast du Informationen über diesen Typ?«

»Ich habe welche«, antwortete Mingrelian zurückhaltend. »Aber ich behalte sie für mich. Ich habe nicht das Recht, dich zu beeinflussen. Es könnten unvorhersehbare Ereignisse eintreten.«

»Was für Ereignisse?«

»Wir kennen nicht alle Einzelheiten«, erklärte Mingrelian. »In einem halben Jahrhundert wird ein Mann namens Mevlido dein Alter erreichen. In einem halben Jahrhundert sind tausenderlei Abweichungen möglich. Grundlegende Abweichungen. Was passiert, wenn das Kind in einer Familie von Kriminellen aufwächst? Oder wenn es vollkommen aus dem Ruder läuft, statt dem Weg zu folgen, den die Organe vorgesehen haben? Wenn er zu Gangsterbanden stößt? Wenn er verrückt wird?«

»Pah!«, schnaubte Mevlido.

»Du brauchst keine Angst zu haben«, sagte Mingrelian. »Alles wird gut gehen. Und wenn du erst da unten bist, wirst du dich sowieso an nichts mehr erinnern. An so gut wie nichts mehr. Du wirst dir nicht einmal bewusst sein, dass du früher ein anderes Leben gehabt hast.«

Mingrelian hatte einen Hocker unter die Deckenlampe gestellt und war auf ihn gestiegen. Jetzt streckte er sich in seiner ganzen Magerkeit und Länge, um die Glühbirnen auszutauschen.

»Außerdem ist die Rede davon, einen weiteren Agenten in dieselbe Zone zu schicken. Einige Zeit später. Zusätzlich.«

»Welchen Agenten?«, fragte Mevlido.

»Eine Frau«, antwortete Mingrelian.

»Kenne ich sie?«

Mingrelian zögerte.

»Sollte es notwendig werden, dass ihr euch kennenlernt, dann erst da unten.«

»Deeplane hat mir nichts davon gesagt«, bedauerte Mevlido.

Im selben Augenblick empfing die neu eingeschraubte Glühbirne den Strom, den man ihr zuleitete. Sie flackerte eine Sekunde lang, während sie durchglühte, und erlosch.

»Irgendwo muss ein Kurzschluss sein«, sagte Migrelian.

»Sieht ganz so aus«, meinte Mevlido.

»Und die hier ist jetzt auch durchgebrannt.«

»So ein Pech!«

Mingrelian kletterte wieder herunter, er stellte den Hocker an seinen Platz unter Mevlidos kleinen Schreibtisch und an die zehn Sekunden lang wippte er vor Mevlido tatenlos hin und her, vor und zurück, dann seufzte er:

»Sie wird sich auch an nichts mehr erinnern.«

»Wer?«, fragte Mevlido. »Die Glühbirne?«

Sie lachten beide.

»Ich frage mich, wie diese Frau aussehen wird«, sagte Mevlido, nachdem das Lachen beendet war.

»Deeplane sagt denjenigen, die weggehen, immer so wenig wie möglich«, erläuterte Mingrelian. »Damit ihre Mission erfolgreich verläuft, baut er auf den Zufall. Auf das Schicksal.«

»Ach nein, ich auch«, erwiderte Mevlido. »Das ist jedenfalls sicherer, als auf die Organe oder auch auf Deeplane zu bauen.«

Tatsächlich lag ihm nur in geringem Maße daran, Genaueres über sein künftiges Leben zu erfahren.

Mingrelian öffnete die Schreibtischschublade, legte die durchgebrannte Glühbirne hinein, schloss sie wieder und sagte:

»Wir werden beide im Dunkeln bleiben müssen.«

»Zuerst dachte ich, es würde mir etwas ausmachen, die letzten Stunden ohne Licht zu verbringen«, sagte Mevlido. »Deshalb habe ich eine Birne bei dir holen wollen. Aber letzten Endes ist es unwichtig.«

»Und die Augen können sich ausruhen.«

»Hast du vorhin angefangen, deinen Bericht zu schreiben?«, fragte Mevlido.

»Ja«, antwortete Mingrelian, »aber eigentlich werde ich mich erst ab morgen Vormittag richtig daran setzen.«

»Soll ich uns einen Tee machen?«

»Ja, gern.«

Mevlido ging zum Spülbecken, um die Teekanne auszuspülen, zündete das Gas an, schüttete kochendes Wasser über die Teeblätter, und als der Tee eine Minute gezogen hatte, kehrte er zu Mingrelian zurück und servierte ihm eine Tasse.

Die Tür war offen geblieben, so dass sie das Flurlicht nutzen konnten, aber sie sahen schlecht. Die Wände um sie bebten ganz leicht.

»Ein seltsamer Abschiedsabend«, sagte Mevlido.

»Sie sind immer so«, meinte Mingrelian.

Dann tranken sie.

Sie tranken, sie tauschten noch ein paar belanglose Sätze aus, Mevlido übergab Mingrelian einen Koffer, in den er Kleidung und Bücher hineingezwängt hatte, und um Mitternacht verabschiedeten sie sich.

Wände und Boden zitterten.

Der Brenner im unteren Stockwerk brummte.

Er brummte, bis Mevlido einschlief, und selbst danach setzte sich das Vibrieren fort, die Musik der Flammen hörte nicht auf, diese Melodie der Vernichtung und des Reisens, die ohnehin von jeher in uns steckt und die im Schlaf ein jeder von uns mal mit seinem Leben, mal mit seinem Tod verwechselt.

Die Musik der Flammen hörte nicht auf, schrieb Mingrelian später in seinem Bericht, diese Melodie der Vernichtung und des Reisens, dieser gutturale, harmonische, gleichmäßige Gesang, der einen das Unbekannte und die Unbekanntheit verstehen und lieben lässt, dieses dumpfe Brüllen, das ohnehin in uns steckt, das von jeher in uns ruht und das wie auf schamanischem Weg hervorgegangen ist aus einer reglosen, öligen, schweren, unzugänglichen, verzaubernden, stumpfen, uferlosen, geruchlosen, strahlenden, schwarzen See, die keine andere Architektur hat als die Unendlichkeit, farblos und ohne jede Milde, ein ursprünglich vollkommen schwarzes Meer, das Mevlido sich beim Schließen der Augen rot, orange vorstellte und das er im Schlaf, wenn jedes Bewusstsein, jede Vernunft von ihm gewichen war, sehr wohl freundlich und orange, gastlich, verführerisch und rot, liebenswürdig und orange sah.

25

Vierzig Jahre lang trainiert man für die Reinkarnation und die Reise. Tatsächlich gleicht jedoch kein Aufbruch dem anderen. Und man weiß nie im Voraus, was kommen wird oder was genau sich abspielen wird.

Die Beamten, die das Absetzen durchführen würden, ein Mann und zwei Frauen, stellten sich früher als vorgesehen bei Mevlido ein: um halb fünf Uhr morgens, als sich im ganzen Gebäude noch nichts regte.

Sie waren lautlos durch den Flur gegangen. Sie klopften nicht an die Tür, die nicht verriegelt war, sie öffneten sie so, dass sie nicht quietschte, und traten einer nach dem anderen über die Schwelle, dann schlossen sie die Tür leise hinter sich zu. Anschließend drückte der Mann auf den Lichtschalter. Da die Deckenlampe nicht anging, verharrten sie eine Weile, um ihre Augen an die Dunkelheit zu gewöhnen. Unter der Tür fiel durch einen Spalt das Flurlicht herein. Bald sahen sie genug, um tätig zu werden und zu Mevlido zu gehen.

Mevlido hatte sie nicht kommen hören. Kaum eine Minute zuvor war er in den Schacht eines Halbschlafs gefallen. Sie fanden ihn in Reisekleidung auf dem nicht zerwühlten Bett ausgestreckt, trotz der Hitze, die der Heizkörper verbreitete, warm angezogen mit einem marineblauen Wollpulli und mit Laufschuhen an den Füßen. Grob betrachtet, glich er einem schlafenden Wanderer in einem

Wartesaal. Er tauchte aus der Bewusstlosigkeit auf, und plötzlich sah er die drei gespensterhaft über sich; sie taxierten ihn nahezu bewegungslos mit professionellen Blicken.

Im Augenblick begnügten sie sich damit, sein Bett zu umringen, sie machten keine Anstalten, ihn zu berühren.

Alle drei waren splitternackt.

Jawohl, splitternackt. Oder nackt wie Neugeborene, aber das ist egal, denn eigentlich handelt es sich um eine sehr einfach zu beschreibende Tatsache: Kein einziges Kleidungsstück bedeckte sie. Tatsächlich würden sie Mevlido bald durch das Nichts führen, in dem der Besitz des kleinsten Artefakts die Lebewesen behindert, sie belastet und ihnen den Rückweg verwehrt. Deshalb hatten sie sich bereits aller Kleidung entledigt und trugen nichts mehr an sich, was an Tuch oder Stoff erinnerte, nicht einmal ein winziges Höschen bedeckte ihre Blöße, so dass sie Gefahr liefen, die Würde zu verlieren, die sich für Exekutoren bei ihrer niederen Arbeit geziemte. Da ihre augenblickliche Aufgabe nichts mit Erotik zu tun hatte, ja, nicht einmal mit irgendeiner Sinnlichkeit, und wäre sie noch so winzig, in Verbindung stand, nahmen sie diesen Exhibitionismus mit absoluter Gleichgültigkeit hin.

Die beiden Frauen waren schlank. Die kleinere verbarg einen Teil ihrer Brust unter einem Schwall Haar, das, obwohl die Dunkelheit den Kontrast milderte, leuchtend schwarz zu sein schien, von jenem glänzenden Schwarz, das beispielsweise in der Sonne oder unter einem Bühnenscheinwerfer blaue Schimmer haben kann. Sie war noch keine dreißig Jahre alt, ihre Gesichtszüge verrieten eine mandschurische oder koreanische Abstammung, und dennoch, unter ästhetischen Gesichtspunkten waren weder ihr Körper noch ihre Physiognomie wirklich bemerkenswert. Sie vermittelte den Eindruck von Solidität, und von ihr ging Gefahr aus. Man ahnte, dass sie grausam sein würde.

Eine Woche zuvor hatte Mevlido beim Abendessen in der Kantine neben ihr gesessen, freilich ohne zu ahnen, dass er sie an diesem Morgen entblößt an seinem Bett antreffen würde. Er hatte sie für spröde gehalten.

Die andere war größer, und auch sie hatte ein fernöstliches Aussehen. Ihr schwarzes Haar bedeckte die Ohren, reichte ihr aber nicht bis auf die Schultern herab. Man konnte sie für vierzig Jahre alt halten. Sie war von einer Zartheit und Schönheit, die in keinem Vergleich zu der ihrer Genossin stand. Sie war prächtig. Zwar zeigte sich auf ihrem Gesicht kaum einmal ein Lächeln, aber sie erinnerte an eine unerschrockene Göttin und nicht, wie ihre Genossin, an eine griesgrämige Studentin.

Dem Mann hingegen nahm die Nacktheit sein stattliches Aussehen und stellte ihn auf die Stufe eines einfachen Säugetiers, untersetzt und unbehaart, doch zugleich sah er aus wie ein starker Soldat, sicher ein Spezialist im Judo und von erprobter Kaltblütigkeit. Er dürfte ungefähr fünfundvierzig bis fünfzig Jahre alt gewesen sein. Innerhalb der Gruppe besetzte er die Position des Ältesten.

Mevlido war ihnen schon mehrmals begegnet, auf Versammlungen oder im Speisesaal, und er kannte ihre Namen:

- Tatiana Utugai war die nicht unfreundliche junge Erwachsene mit dem langen Haar.
- Samiya Tschoong, die wunderbare Vierzigjährige.
- Sergejew, der Mann.

Er begrüßte sie mit einem Handzeichen und setzte sich auf den Bettrand, ohne irgendeine Anwandlung von Auflehnung zu zeigen. Er hatte die Hand auf seinen Gürtel gelegt. Er wusste nicht, ob er ihn abnehmen sollte. Er wusste nicht, wie er sich vor ihnen verhalten sollte.

»Nicht nötig, dass Sie sich ausziehen, Mevlido«, sagte Sergejew, »für Sie ist das alles nicht von Bedeutung.«

»Was, das alles?«, fragte Mevlido.

»Die Vorsichtsmaßnahmen«, antwortete Sergejew, »die Vorsichtsmaßnahmen, die wir ergreifen müssen.«

»Wogegen?«

Er hatte das belanglose Bedürfnis, den Klang seiner eigenen Stimme zu hören.

»Gegen den Tod, wie Sie sehr wohl wissen«, sagte Tatiana Utugai und zuckte die Schultern, ihre nackten Mädchenschultern.

In diesem Augenblick erlosch das automatische Flurlicht, das aus den Nachtlampen bestand, die alle fünfzehn Meter auf einen Stromanschluss hinwiesen. Im Zimmer wurde es um einige Stufen dunkler. Die Konturen waren noch schlechter zu sehen.

Wenn man sich bemühte, konnte man immer noch helle Hautoberflächen, die Wölbungen der Bäuche und der Beine, die unelegante Masse von Sergejews Geschlechtsorganen und einige pechschwarze Flecken erkennen: die Haare, die Münder, die Höfe der Brustwarzen, die dreieckigen Büschel der Schamhügel. Um mehr zu sehen, zum Beispiel, worauf sich die Blicke richteten, musste man sich allerdings auf seine Einbildungskraft verlassen.

Mevlido bedauerte, dass Samiya Tschoong noch nichts gesagt hatte, und drehte sich zu ihr um. Es tat ihm leid, dass ihre Silhouette jetzt nur sehr schwach zu erkennen war, wo er doch am liebsten mit ihr ins Gespräch gekommen wäre. Etwas an ihr erinnerte an Verena Siew, ihre Anmut in der aufrechten Haltung, ihre Art zu atmen, da zu sein, oder, offen gestanden, ihre Schönheit. Er konzentrierte sich einige Sekunden lang auf die Hoffnung, einen mentalen Kontakt zu ihr aufzunehmen, von Verstand zu Verstand, da die Finsternis seine Bemühungen aber schluckte und die Zeit verging, ließ er es bald bleiben.

Er entspannte sich und richtete die Augen auf nichts.

»Ich bin bereit«, sagte er.

Wortlos überließ Samiya Tschoong ihren Genossen die Nahüberwachung Mevlidos. Ohne Scheu ging sie die wenigen Schritte in die Küchenecke, deren Einrichtung von einer Zelle zur nächsten keine Unterschiede aufwies: eine Spüle, ein Abtropfständer, ein Wandschrank, ein Gaskocher, der an eine Gasflasche angeschlossen war, ein Schemel, ein an der Wand befestigter Klapptisch. Anhand von Geräuschen und Gerüchen rekonstruierte Mevlido ihre Bewegungen. Sie ging von da nach dort, bewegte sich, die Dunkelheit hatte sie geschluckt, und in ihrem Kielwasser säuselte die Luft. Eine Spirale von Düften, von kürzlich benutzter Seife mit Bestandteilen von Nelke und Rose, trieb bis zu Mevlido.

In der Küche begann Samiya Tschoong mit den Dingen zu hantieren, die Mevlido zusammengestellt hatte, damit Mingrelian sie nach seinem Aufbruch übernehmen konnte. Unsichtbar wühlte sie unter Gedecken, sie schüttelte ein Paket Scheuerpulver, ließ einen Löffel fallen und hob ihn nicht auf. Sie suchte nach etwas. Die Teedose wurde geöffnet, dann wurde sie wieder geschlossen, der Deckel ächzte, als er aufgesetzt wurde. Anschließend hörte man, wie Samiya Tschoong die Wand über dem Ausguss mit den Händen untersuchte. Ihre Hände wanderten eindringlich über die Seitenwand, tasteten den Beton ab, und nach einer halben Minute sagte sie:

»Wir werden durchs Fenster steigen. Das erspart uns, eine halbe Stunde durch die Flure im Untergeschoss zu wandern.«

Ihre Stimme war ziemlich flach, was Mevlido enttäuschte. Sie hatte nicht jenen heiseren und theatralischen Klang, den man einer Femme fatale zuschreibt und den man im Allgemeinen gern am Ende eines Satzes hört, nachts, in der Wirklichkeit oder im Traum. Es war die gewöhnliche Stimme einer Frau in Aktion beim Abtasten einer Wand.

Die Heizung im unteren Stockwerk surrte weiter.

Die Nacht war friedlich, der Flur still, niemand hatte die Zeitbeleuchtung wieder eingeschaltet, niemand in den benachbarten Zellen stöhnte oder redete im Schlaf. Weit weg, in den Toiletten auf dem Treppenabsatz, zog jemand eine Klospülung. Eine Tür fiel zu, dann kam kein weiteres Geräusch mehr von draußen.

»Es gibt kein Fenster«, sagte Mevlido. »In diesem Teil des Gebäudes sind die Mauern zwei Meter dick und haben keine Öffnungen.«

Samiya Tschoong erwiderte nichts. Die Heizung surrte.

»Es gibt keinerlei Fensteröffnungen, die Wohnungen ähneln Kellerräumen«, fügte Mevlido hinzu.

Auf dem Spültisch stieß der Teekessel klirrend gegen ein Glas.

Samiya Tschoong rückte einen Schemel beiseite, der sie störte. Noch ein Löffel fiel zu Boden.

Dann glitt auf einer unsichtbaren Schiene mit schrillem Ton eine Metallplatte zur Seite. Eine Metallplatte, die Mevlido, hätte man ihn danach gefragt, in seiner Küche völlig unbekannt gewesen wäre.

»Von wegen, kein Fenster«, sagte Samiya Tschoong. »Was erzählen Sie da, Mevlido?«

»Hören Sie mal«, protestierte Mevlido, »dort, wo Sie stehen, müssten Sie das eigentlich am besten sehen.«

Missmutig, weil man seinen Worten keinen Glauben schenkte, hob er seinen Hintern von der Matratze und stand auf.

Sofort pressten sich Tatiana Utugai und Sergejew an ihn, als ob er sich anschickte, feindselig herumzufuchteln oder auf den Flur zu entwischen. Tatiana Utugai blockierte den Weg zu seiner linken Seite. Der Geruch ihrer Haut war frühlingshafter als der, der Samiya Tschoong begleitete, ein Parfüm, das mehr nach Wiese und nach Grün duftete. Sergejew roch ebenfalls sehr sauber. Er musste frisch aus einem Badezimmer gekommen sein und sich ein Deo mit Menthol unter die Achseln gesprüht haben.

Tatiana packte den linken Ärmel Mevlidos und drehte ihm den Arm auf den Rücken, zwang ihn, seine Hand starr an sein Schulterblatt zu halten, vom Schmerz nur einen schwankenden Millimeter entfernt, der jeden Augenblick überschritten werden konnte.

»Spielen Sie nicht den Clown, Mevlido«, murmelte sie in nächster Nähe seines Ohrs. »Wenn es sein muss, kann ich Ihnen auch den Arm ausrenken.«

Mevlido überragte sie um einen Kopf, und er war stärker gebaut, aber sie beherrschte ihn vollkommen, und er konnte ihre Entschlossenheit, ihr spezielles Wissen um den Knochenbau und die innere Morphologie der Gliedmaßen einschätzen und sogar widerwillig würdigen. Er erkannte die genaue Dosierung von Kraft und Zurückhaltung, die den Besten vorbehalten ist. Er spürte ihren gelassenen Atem, ihre Muskeln, die sie nicht einmal angespannt hatte, um ihn zu beherrschen, er atmete ihre warme nackte Haut, ihren Feldblumenduft ein. Ihr Griff wurde fester, ohne dass man ihr etwas anmerkte. Er spürte einen Schmerz.

»Ich wollte nicht …«, stammelte er.

»Los, gehen wir«, sagte Sergejew.

Sergejew hatte nicht seinen anderen Arm gepackt, aber er blieb sehr dicht an seiner rechten Seite, und um Mevlido deutlich zu machen, dass er vorwärts gehen sollte, gab er ihm einen Klaps auf den Rücken.

Sie erreichten die Küchenecke. Wegen des Polizeigriffs, der seinen Arm lähmte, ging Mevlido folgsam und gebeugt. Die Wand hinter Samiya Tschoongs Silhouette war schwarz. Keine Öffnung durchbrach sie.

»Also wirklich«, sagte Mevlido, »ein Fenster. Man sieht doch, dass die Wand.«

Tatiana Utugai lockerte ihren Griff ein wenig und schüttelte den Kopf, wie Mädchen mit langem Haar es gewöhnlich tun. Die tiefschwarze Mähne fegte über Mevlidos Pullover, zuerst von rechts nach links, dann von links nach rechts, dann verschwand sie. Der Geruch von Zitronenshampoo hatte stark zugenommen. Sergejew hatte Mevlido noch immer nicht gepackt, aber vielleicht zeigte er seine technische Überlegenheit dadurch, dass er einfach dicht bei ihm stand, und man ahnte die Wachsamkeit des Mannes mit dem baumelnden Penis, den massigen Hoden und den nach Menthol riechenden Achseln, der bereit war, Mevlido bei der geringsten unvorhergesehenen Bewegung in Schach zu halten.

Jetzt kam Samiya Tschoong hinzu und stellte sich neben Mevlido. Sie fasste ihm an die rechte Schulter.

»Hier lang«, forderte sie ihn auf.

Mevlido verstand nicht, was man von ihm wollte. Er sah nicht, was jenes Hier sein sollte, von dem Samiya Tschoong soeben gesprochen hatte.

Zur Erklärung drückte Tatiana Utugai sein Handgelenk nach oben. Ein grässlicher Schmerz fuhr ihm durch die Unterarmsehnen und breitete sich dann über seinen ganzen Körper aus.

»Ich kann auch anders«, erinnerte sie ihn.

Im selben Augenblick schlüpfte Sergejew hinter ihn und stieß ihm einen Fuß in die Kniekehle, so dass er den Halt auf einem Bein verlor.

Obwohl er die Statur eines Ringkämpfers besaß und über genügend Kampferfahrung verfügte, um zu reagieren, ließ Mevlido alles mit sich geschehen. Er stolperte in Richtung Spüle und Samiya Tschoong.

Er hatte nie die Absicht, Widerstand zu leisten. Er war mental gut vorbereitet auf diesen Abschnitt, und noch heute hatte er in seiner feierlichen Erklärung vor der Kommission wieder versichert, dass er sich den Prüfungen des Übergangs und anschließend denen der Reise und denen der Wiedergeburt unterwerfen würde, ohne sich dagegen zu sträuben. Er wusste genau, dass das Absetzen immer abscheuliche Formen annahm und dass man ihn für die Passage durch die erste Schleuse psychisch misshandeln, ihn seiner Kampfkraft berauben und körperlich auseinandernehmen, willenlos machen und zu einem wirren Haufen Lumpen schrumpfen lassen würde. Er hatte das akzeptiert. Er hatte gesagt, dass er das akzeptiere.

Er unterdrückte ein Stöhnen, und geführt von Samiya Tschoong sank er mit seinem Brustkorb über die Kante der Spüle.

Der Sturz hatte ihm kaum Schmerzen bereitet, aber er hatte das Gleichgewicht verloren und befand sich jetzt in einer schiefen und entwürdigenden Lage, die etwas Groteskes hatte. Tatiana Utugai zwang ihn, sich gegen den Spültischunterschrank zu lehnen. Sie klemmte ihn mit Knien und Hüften ein und verdrehte die Gliedmaßen, die sie in ihrer Gewalt hatte, noch etwas stärker. Was Mevlidos Schultern verlängerte, hatte nun gerade noch so viel Selbständigkeit wie der kümmerliche, grausam zusammengefaltete Flügel eines toten Huhns. Sergejew sorgte dann dafür, dass er auch den anderen Arm nicht mehr bewegen konnte, zog ihn nach hinten und trat zur Seite, damit Samiya Tschoong herantreten konnte, die bald Platz benötigen würde. Tatiana Utugai schüttelte ihr duftendes Haar, es floss über Mevlido, sie presste sich von hinten an ihn, klebte an ihm wie ein Krake.

Jemand stieß mit den Zehenspitzen gegen den kleinen Löffel, der heruntergefallen war.

Und dann gab es eine schwer abzuschätzende Pause.

Eine Sekunde. Oder vielleicht zwei. Oder zehn.

In einem Regalfach zitterte ein Glas.

Man hörte die Atmungen und die Herzschläge und aus weiter Ferne, aus anderen Tiefen, das regelmäßige Brummen des Brenners.

Mevlido, der nichts mehr erkennen konnte, meinte über dem Spülbecken, neben dem Abtropfständer aus Aluminium, einen Lichtreflex zu sehen. Eine silbrige, graue Klinge. Ihm kam der Gedanke, dass Samiya Tschoong unter dem Wasserhahn mit einem Rasiermesser hantierte, aber er hätte es nicht beschwören können, denn in Wirklichkeit übertrugen ihm seine Augen nichts, worauf Verlass war. Es gab keinen Abstand mehr zwischen ihm und Samiya Tschoong, allerdings berührte sie ihn im Augenblick kaum. Sie stand an seiner rechten Seite ganz nah bei ihm, und im Gegensatz zu den beiden anderen berührte sie ihn kaum. Man konnte nicht erkennen, was sie machte, vielleicht bewegte sie die Hände genau dort, über dem Spülbecken.

Wenn man den Hals halbwegs durchbog, ahnte man vor sich den Wasserhahn, einen Schwamm, das Spülmittel, ein Stück Seife. Die ein wenig stinkende Nässe aus den Abflussrohren stieg in Mevlidos Nasenlöcher, wurde jedoch sogleich von den Ausdünstungen bekämpft und besiegt, die von Samiya Tschoongs Körper ausgingen. Plötzlich beugte sich die prächtige Vierzigjährige über ihn, umschlang einen Teil seines Rückens, um Mevlido lebte der mit Nelke gewürzte Honiggeruch wieder auf, eine Woge von Rose entfaltete sich, und auf seinem rechten Ohr und an seiner Wange spürte er die ergreifende Elastizität einer Brust, denn mit einem Mal stützte sie sich auf ihn, und Samiya zeigte ihm jetzt aus nächster Nähe ihr sehr schönes Gesicht, das Antlitz einer asiatischen Tragödin oder einer Göttin, und ihre sehr leuchtenden und liebesfähigen Augen, die er aus Schwäche und Zeitmangel mit denen Verena Siews verwechselte, mit seiner Erinnerung an die Verena Siews.

»So sehr ich mich auch anstrenge, ich sehe immer noch

nicht, durch welches Fenster …«, krächzte er wichtigtuerisch mit schwacher Stimme.

»Und was ist das?«, warf jemand ein.

Tatiana Utugai machte sich ganz schwer. Sie drängte sich zwischen seine Beine und verdrehte ihm das Handgelenk immer brutaler. Sergejew hatte eine Art, Mevlidos Fingerglieder zusammenzuquetschen, die seinen Arm vollständig versteinerte. Er verschob die Achse seines Griffs um einen Zentimeter, und schon war Mevlidos rechte Körperhälfte vollständig gelähmt.

Samiya Tschoongs linke Hand fuhr in Mevlidos Haar und zog ihm den Kopf nach hinten, da die Haarlänge aber keinen festen Griff zuließ, kroch die Hand weiter über die Schädeldecke bis zur Stirn, bis sie sich mit den Fingerspitzen an den Augenbrauenbogen festhaken konnte. So konnte sie Mevlidos Kopf aufrichten, damit er das unsichtbare Fenster erblickte.

In diesem Augenblick waren alle in engstem Kontakt mit Mevlido, pressten sich alle an Mevlido, als wären sie innigst mit ihm verbunden.

Mevlido riss zwar die Augen auf, doch seine Netzhaut empfing oder sandte keine Botschaften mehr. Die Zeit verständlicher Botschaften war abgelaufen. Er hatte die Fähigkeit verloren, die Natur der Ereignisse, die sich gerade abspielten, wirklich zu erfassen. Er fragte sich, womit sich die anderen beschäftigten, ob sie schon begonnen hatten, ihn abzusetzen, ob sie gerade ein Fenster öffneten oder eine Falltür oder irgendetwas anderes.

Auf die Gefahr hin, ihm das Genick zu brechen und seine Augenlider zu zerreißen, denn dort hatte sie nun seinen Schädel gepackt, hielt Samiya Tschoong seinen Kopf weiterhin in die Höhe. Und, ja, es war tatsächlich ein Rasiermesser, das.

Ein Rasiersäbel.

Es war tatsächlich ein Rasiermesser, das sie wie einen Bogen unter Mevlidos Kinn hindurchführte, über dem Ausguss des Spülsteins.

26 Anschließend stiegen sie durch das Fenster hinaus. Nach einem Stoß von Samiya Tschoong kam Mevlido als Erster durch die Öffnung, dicht gefolgt von Sergejew. Tatiana Utugai kam als Nächste. Sie klammerten sich, so gut es ging, an die senkrecht abfallende Außenwand und verharrten zunächst reglos, an die Ziegelsteine gepresst, unter ihren Füßen eine Steilwand von zwanzig Metern oder mehr. Samiya Tschoong war die Letzte der Gruppe. Sie schlängelte sich rückwärts hinaus, ihr Kopf blieb bis zum Schluss in der Finsternis des Gebäudes, als ob sie möglichst lange die Luft über dem Spülstein und seinem Grauen einatmen wollte. Mevlido begriff instinktiv, dass er auf sie warten musste, bevor er sich auf den Weg machen konnte. Er rührte sich so lange nicht, bis auch sie sich in einem prekären Gleichgewicht über der Leere ans Mauerwerk klammerte.

Keiner sagte etwas.

Von Dunkelheit und Kälte umfangen, begannen die Vier mit dem Abstieg zum gefrorenen Erdboden. Zwischen den Ziegelsteinen gab es eine Vielzahl von Spalten und Rissen, und an manchen Stellen kragten Teile der Kanalisation vor, die zum Schutz vor dem Frost mit Glaswolle ummantelt waren. An allen Ecken und Enden waren Anschlüsse angebracht. Selbst wer kein Ass im Klettern war, hatte beim Abstieg keine größeren Probleme.

Mevlido bewegte sich mit einer gewissen Leichtigkeit,

da er Schuhe trug, vor allem aber, weil Fassadenklettern zu den Disziplinen gehörte, die er viele tausend Stunden lang geübt hatte. Seine Begleiter hingegen hatten Mühe. Man hörte sie oberhalb von Mevlido stöhnen. Da sich ihr organischer Status nicht verändert hatte, war das Vordringen in den schwarzen Raum für sie mit Ängsten und einem Leiden verbunden, das vollständig zu überwinden sie auch durch die Spezialausbildung nicht gelernt hatten. Sie bewegten sich nackt durch eine feindliche, unternatürliche, unterwirkliche Umgebung und hatten keine Möglichkeit aufzuwachen oder zu sterben, um ihr zu entgehen; sie waren gezwungen, die Umklammerung einer grauenerregenden Masse zu ertragen, die sie einhüllte und, Sekunde für Sekunde, pausenlos, durch alle Poren und die Bronchien in sie eindrang. Man kann sich nicht so weit abhärten, dass man eine so trostlose Marter ruhig und gelassen hinnimmt.

Mevlido musste allerdings nicht kämpfen, um sich am Leben zu halten, und seit der Spülsteinszene nahm er es mit dem Nichts mit einer Kaltblütigkeit auf, zu der selbst Zombies oder Golems nicht immer fähig sind. Jetzt, da Sergejew und Tatiana Utugai ihm nicht mehr die Arme auf den Rücken drehten, jetzt, da Samiya Tschoong ihm nicht mehr mit einem Rasiermesser im Hals herumstocherte, erschien ihm die Zukunft nicht mehr so düster. Er war jetzt abgesetzt, die Reise hatte begonnen, und er hatte jetzt Aussicht auf einen weiteren Übergang, die Überquerung der Grenze – das heißt, den Augenblick, an dem er schließlich wieder zu leben beginnen würde. Das war weniger angsterregend als die vorausgegangene Etappe.

Um dieses neue Ziel zu erreichen, brauchte er eigentlich, so schien ihm, keine Hilfe mehr. Als er, geführt von Samiya Tschoong, über dem Spülstein den Kopf zur anderen Seite des Fensters hinausgestreckt und gespürt hatte, wie seine Haut die belebende Feuchtigkeit der Außenwelt aufnahm, hätte er sich beinahe umgedreht und den anderen gesagt, dass er gut alleine zurechtkommen werde, dass er den Weg zur Grenze finden würde, ohne dass irgendjemand ihn durch Schmerz und Verzweiflung des schwarzen Raums geleiten müsse. Aber dann befürchtete er plötzlich, er könne überheblich erscheinen, und während ihn jenseits der Schleuse die eisige Nacht umgab und über ihn strömte, sagte er kein Wort. Er versuchte nicht, den Kopf in die Küche zurückzuziehen, um zu sprechen. Und er gehorchte den Händen Samiya Tschoongs, die seinen Körper durch die Bresche schob.

Durch seine Kleidung vor Schrammen geschützt, ließ er sich an einem senkrechten Leitungsrohr hinab, bis er schließlich die Erde unter den Füßen spürte. Über ihm bewegten sich seine nackten Begleiter mit unsicheren Handgriffen nach unten wie Alpinisten an der Steilwand.

Sergejew erreichte als Nächster den Boden, dann Tatiana Utugai. Sie traten zur Seite. Mevlido verfolgte weiter die Bewegungen Samiya Tschoongs. Sie hatte noch vier Meter zurückzulegen. Sie stieg langsam hinunter, zögerte an vielen Stellen. Sie streckte sich, um ein Rohr zu ergreifen, das zu ihrer Rechten auskragte. Die Glaswolle zerriss, sie ließ los und stürzte ab. Sie fiel genau vor Mevlidos Füße.

Ohne einen Schrei rollte sie sich auf dem harten Lehmboden ab.

Sie stieß mit dem Kopf gegen einen raureifbedeckten Grat aus Schlamm.

Man kann sich vorstellen, was Mingrelian nach diesem Sturz hätte schreiben können. Sie stieß mit dem Kopf gegen einen raureifbedeckten Grat aus Schlamm, hätte er geschrieben. Ihr Körper und ihr Gesicht waren immer noch auf asiatische Art sehr schön, und ihre Nacktheit nahm immer mehr zu.

Einen Meter entfernt lehnten Tatiana Utugai und Sergejew mit dem Rücken an der Ziegelsteinmauer und keuchten. Die Atmosphäre – sofern es überhaupt eine Atmosphäre gab – führte Substanzen mit sich, die ihren Atemwegen wenig zuträglich waren.

Mevlido hingegen war von der Natur der Gase, die durch seine Lungen flossen, nicht mehr betroffen. Bis zum Augenblick seiner Wiedergeburt in einem Hominidenembryo würde er sich um kein physiologisches Problem kümmern müssen. Zwar sah man bisweilen tatsächlich, wie sein Brustkorb anschwoll und zurücksank, doch dabei handelte es sich um reine Simulation; diese Atemkomödie spielte er in erster Linie, um sich den zum Sprechen notwendigen Luftstrom zu beschaffen, und nebenbei auch, weil er seine Andersheit nicht vor den anderen zur Schau stellen wollte. Im Übrigen tat er hier so, als wäre er am Leben.

Die nächtliche Kühle durchdrang alles.

Es wehte nicht der leiseste Windhauch.

Soeben schlug Samiya Tschoong mit dem Schädel auf dem gefrorenen Boden auf.

Ihre Nacktheit nahm immer mehr zu.

Zwischen den Wolken funkelten einige Sterne und spendeten mickrige Lichtschimmer. Man konnte einander ein wenig besser sehen als vor der Spüle, aber nicht viel besser.

Mevlido beugte sich zu Samiya Tschoong hinunter und half ihr auf. Sie zitterte an allen Gliedern. Er sah, wie sich ihre kleinen Brüste zusammenzogen, ihr Bauch färbte sich grau. Ihre Knie bluteten. Erneut stieg ihm ihr Nelken- und Rosenduft in die Nase, den sie zuvor, das heißt vor einer Ewigkeit, in seinem Zimmer verbreitet hatte. Zu diesem bereits bekannten Duft gesellte sich nun ein salziger Geschmack, der Geschmack von Angst und Verletzung.

»Ist auch für Sie nicht gerade leicht«, sagte Mevlido.

»Ja«, gab sie zu und brachte dabei kaum die Lippen auseinander. Sie sprach durch die Zähne.

»Kann ich etwas für Sie tun, Samiya?«

»Nein.«

»Haben Sie etwas dagegen, dass ich Sie Samiya nenne?«

»Nein.«

»Haben Sie sich aufgeschürft?«

»Nein. Oder doch, ein wenig.«

Er zog sie an sich, an seine Brust, an seinen sehr warmen Pullover, den er tragen durfte und sie nicht, er drückte sie, schloss sie brüderlich in seine Arme, und sie ließ ihn ein wenig gewähren, schmiegte sich ein wenig an ihn, suchte das Mitgefühl, das er ihr entgegenbrachte, und die Wärme.

So ruhte sie sich ungefähr zehn Sekunden lang aus, die Schultern wie von Schluchzern ohne Tränen geschüttelt.

»Und wenn ich allein ginge?«, schlug er vor.

»Nein«, sagte sie.

»Für mich ist das nicht mehr schwer«, beharrte er. »Ich muss einfach immer geradeaus gehen.«

»Nein«, beschied sie. »Wir müssen.«

»Auch wenn es weit ist«, fuhr er fort, »ich muss doch nur geradeaus gehen.«

»Nein«, erwiderte sie, »ohne uns schaffen Sie es nicht.«

Dann löste sie sich von ihm. Sie ging zu Sergejew und Tatiana Utugai. Schon schlossen der untersetzte Soldat und das unsympathische Mädchen sie in ihre Arme. Sie versuchten, ihre Kräfte zu sammeln, und das würden sie auch bitter nötig haben, um Mevlido bis zur vorgesehenen Stelle zu geleiten und zurückzukehren. Sie versuchten es, doch es gelang ihnen nur, gemeinsam zu frösteln und zu röcheln.

Während er wartete, dass seine drei Begleiter wieder zu Kräften kamen, sah Mevlido zu dem Gebäude auf, aus dem sie gekommen waren. Nicht eine Lampe schien dort. Eine riesige geschlossene Wand ragte in der Nacht auf, sehr undeutlich in Stockwerke geteilt durch Markierungen wie die Verzweigungen der äußeren Abwasserrohre oder waagerechte Linien im Ziegelstein. Die Stockwerke hatten eine enorme Höhe und entsprachen jedenfalls keiner üblichen Architektur. Mevlido suchte diese riesige Oberfläche ab, um dort die erste Schleuse zu finden, die Stelle, wo sie mit dem Abstieg begonnen hatten. Er sah nichts. Als wäre das Fenster sofort nach ihrem Ausstieg zugemauert worden, doch keine frische Zementnarbe, keine neuen Ziegelsteine wiesen auf die Stelle hin. Ab dem zweiten Stock verlor sich der Blick, das Schwarz des Mauerwerks vermischte sich mit dem des Himmelsgewölbes. Man konnte das Gebäude nicht als Ganzes erblicken, und man verabschiedete sich von der Vorstellung, dass dahinter eine Welt existierte, die Wärme und Licht gekannt hatte oder kannte, eine Gesellschaft aus Männern und Frauen, die in den Zellen und Turnhallen, in den Übungs- und Kontrollräumen und in den Studierzimmern gearbeitet hatten oder arbeiteten, schliefen und träumten.

Es herrschte eine tiefe Ruhe, die dann plötzlich durch das ferne Knallen eines Karabiners durchbrochen wurde. Gegen allen Anschein barg auch die Nacht bestimmte Formen kollektiver Tätigkeit.

Mevlido ging zu der kleinen Gruppe. Sein Blick blieb an Tatiana Utugais verzerrtem Gesicht hängen. Ihr langes Haar fiel jetzt wirr durcheinander, es war so zerzaust, dass sie wie eine junge Hexe aussah.

»Haben Sie das gehört?«, fragte er.

Mehrere Sekunden lang sagte keiner ein Wort.

»Ich glaube, wir sollten hier nicht länger verweilen«, fügte er noch hinzu.

»Ihre Meinung ist nicht gefragt«, sagte Tatiana Utugai.

Mevlido erwiderte nichts. Er hielt es für lächerlich, mit Tatiana Utugai zu streiten. Er hatte von Anfang an ein schlechtes Verhältnis zu dem Mädchen, und daran würde sich auch weiterhin nichts ändern.

»Schon gut«, sagte Sergejew, »wir können jetzt gehen.«

Sie entfernten sich vom Mauerwerk und gingen auf Samiya Tschoongs Initiative hin im Gänsemarsch weiter.

Aus der Ferne hörte man das Knallen weiterer Karabinerschüsse. Die Schüsse kamen aus einem Sektor in der Nacht, der vor ihnen lag. Sie betonten die langen Zeitspannen der Ruhe, und hätte man unbedingt etwas über die Stille sagen wollen, die die Reisenden umgab, hätte man sagen können, dass sie trotz allem herrschte.

Am meisten Lärm machte Mevlido mit seinen schweren Schuhen. Vor sich konnte er einen Meter lang einen Pfad im Dunkeln erkennen, und gleich dahinter die sehr bleichen Beine und den Hintern Samiya Tschoongs. Diese legte rund dreihundert Meter zurück, ohne sich umzudrehen, dann übergab sie Tatiana Utugai die Aufgabe, den Weg zu finden, und anschließend lösten sich die beiden häufig ab. Die Nacktheit behinderte sie. Sie wurden mit jedem Augenblick langsamer auf dem vereisten Schlamm, in dem Kieselsteine mit scharfen Kanten steckten, oder wenn das Eis in den Schlammlöchern brach und wie Glas in die Füße schnitt oder wenn sie über Schneckenhäuser oder Abfälle stapften.

Es gab nur wenige oder abgestorbene Grasbüschel.

So umrundeten sie einer hinter dem anderen mehrere Müllhalden, die man ohne Schuhe nicht überqueren konnte.

Von Zeit zu Zeit stieg am Horizont eine Leuchtrakete auf, aber nicht hoch genug und auf jeden Fall zu weit weg, um ihnen auf ihrem Streckenabschnitt behilflich zu sein. Von der Landschaft bekam man praktisch nichts mit. Was man davon erahnen konnte, erinnerte einen an eine überschwemmte und eintönige, baumlose Ebene.

Trotz ihres episodischen Charakters hörten die Schüsse nie auf. Nach einer Viertelstunde ertönten sie mit gesteigerter Deutlichkeit, und die Abstände zwischen den Feuerstößen wurden kürzer.

Und plötzlich hörte Mevlido eine Sekunde nach einem wesentlich näheren Einschlag ein Geschoss dröhnen.

Sie gingen schneller. Auf dem Weg lagen Kieselsteine, die fortwährend in die nackten Fußsohlen stachen. Mevlidos Begleiter seufzten alle drei immer mehr durcheinander und immer stärker, und schließlich entstiegen ihren Kehlen raue Laute, die sich entsetzlich anhörten.

»Wir erreichen das Ufer«, kündigte Sergejew an.

»Wie wär's mit einer Pause?«, fragte Samiya Tschoong.

»Nein, noch nicht«, antwortete Sergejew.

»Ich kann … ich kann nicht mehr«, gestand Samiya Tschoong.

»Wir müssen weiter«, beharrte Sergejew.

Ihre Stimmen klangen wie abgehacktes Gemurmel.

»Ich glaube, ich sehe den Lastwagen auf der Uferböschung«, sagte Tatiana Utugai und warf ihr ganzes Haar nach hinten.

»Ah, dann können wir Rast machen«, sagte Sergejew.

Die beiden Frauen gingen zu ihm, und sogleich bildeten sie eine Gruppe mit ineinander verschlungenen Schultern und Armen, ein auf mitleiderregende Weise animalisches Trio, wie kurz zuvor am Fuß des Mauerwerks, wie blinde Vogelküken, die sich tief in ihrem Nest aneinanderdrängten. Sie rieben sich gegenseitig ab. Sie tauschten kurze Klagen aus, versicherten einander ihre Kameradschaft, atmeten gemeinsam. Man konnte nur eine sehr ungefähre Vorstellung davon bekommen, was sie quälte, von den Schrecken, die sie innerlich befielen und alles zerstörten.

Mevlido hielt sich abseits.

Ganz unerwartet, wenn man die Umstände bedenkt, ging ihm plötzlich eine literarische Reminiszenz durch den Kopf. Sein Gedächtnis warf ein Romankapitel in ihm aus, das mit der aktuellen Prüfung zusammenhing, eine Szene, mit der Mingrelian eines seiner fiktiven Werke beendete. Denn Mingrelian verfasste auch solche Texte, Erzählungen, die nicht im Geringsten der Art von Texten entsprachen, die die Organe von ihm erwarteten oder bei ihm bestellten. Poetische Erzählungen. Er schrieb sie für sich selbst, ohne an ihre Verbreitung zu denken, und wenn er sie zum Lesen weitergab, so einzig, weil seine Stockwerksnachbarn sie schätzten und ihn beharrlich danach fragten.

Mevlido erinnerte sich an die Schlussepisode des Buchs, dessen Titel ihm entfallen war. Zum Tod verurteilt, war ein unverwundbares Wesen am einzigen Ort hingerichtet worden, an dem man es hatte fassen können, in einem seiner Träume. In tiefem Schlaf öffnete es die Augen und sah auf dem Boden die Henker, die unbewaffnet und unbekleidet zu ihm gekommen waren, Mörder, die der Weg durch die Traumwelten vergiftet und beinahe umgebracht hatte: einen Mann und zwei Frauen, um genau zu sein. Die Atemnot verlangsamte ihre Bewegungen, ihre Haut war blau angelaufen, sie schlotterten am Eingang zu seinem Zimmer. Das Wesen, das keine Waffe verwunden konnte, stand von seinem Bett auf, ging zu ihnen, musterte sie, als wollte es brutal mit ihnen abrechnen, und dennoch empfand es Mitleid mit diesen drei Individuen, die zur Aufgabe hatten, es zu zerstören. So ging der Höllenmechanismus dieses Alptraums. Ungeachtet der Tatsache, dass die Angreifer ihm auf Gedeih und Verderb ausgeliefert waren, tröstete das Wesen sie, beugte sich über sie und sprach mit ihnen. Und so schloss sich die Mitleidsfalle, die man ihm gestellt hatte. Nach und nach verkümmerten seine Abwehrmechanismen, erlahmten seine Widerstandskräfte. Das Mitgefühl, die Empathie lösten seinen Panzer auf, und im Gegensatz zu den Prinzipien, die bis dahin sein Leben bestimmt hatten, verlor es zuletzt jeden Willen zu flüchten und ging gelassen in den Tod.

Für den Zeitraum eines Fingerschnalzens schwebte ihm dieser Abschnitt des Buchs vor Augen. Dann war er weg.

Anschließend ging Mevlido zu Samiya Tschoong, Sergejew und Tatiana Utugai zurück. Diese drängten sich noch immer mit kleinen, pathetischen Rempeleien einer an den anderen. Hinter der Gruppe blieb die Nacht undurchdringlich, und trotz aller Anstrengungen gelang es Mevlido nicht, den Lastwagen auszumachen, den Tatiana Utugai angeblich gesehen hatte. Das Ufer war bestimmt sehr nahe. Wenn man die Ohren spitzte, konnte man das Getöse eines Wasserlaufs erahnen, der unter den Leuchtraketen mehrmals geglitzert hatte. Kleine Wellen plätscherten gegen das Gras, das Schilf, und ein Stück weiter rammten sich in der Strömung Eisschollen und schoben sich krachend übereinander. Die Magnesiumfeuer hatten eine weite Wasseroberfläche zu Tage gebracht, die Lichtreflexe waren riesige Ölschlieren entlanggelaufen. Dort floss ein Strom und suchte sich freie Bahn. Der Frühjahrseisgang hatte begonnen.

Während Mevlido über den Eisgang nachdachte, ratterte nahe bei ihnen, weniger als zweihundert Meter entfernt, eine Salve aus einer automatischen Waffe.

»Runter mit Ihnen, Mevlido!«, befahl Tatiana Utugai.

Mevlido gehorchte und kauerte sich nieder.

»Schnell«, sagte Sergejew, »wir rennen zum Lastwagen.«

Das zusammengeschweißte Knäuel der nackten Körper stob auseinander.

Tatiana Utugai stürzte sich auf Mevlido. Er spürte, wie ihr Haar über ihn flog. Sie packte ihn an einem Pulloverärmel und zog ihn mit sich.

»Los!«, befahl sie erneut. »Und bleiben Sie unten!«

Schon schleppte sie ihn grob hinter sich her. Gleich darauf hetzten sie alle über Unrat, Konservenbüchsen, Scherben, die holzigen Stängel von Kriechpflanzen. Sie liefen tief gebückt, wie zweigeteilt, ohne auf die Unebenheiten des

Bodens und seine Fallen zu achten. Sie rannten auf den Fluss zu.

Nach rund fünfzig Schritten stießen sie auf das Fahrzeug, das auf sie wartete, ein gewöhnlicher, robuster kleiner Militärlaster mit einer winzigen Fahrerkabine und einer Pritsche mit Plane darüber, die für den Transport von zehn Personen eingerichtet war. Die Vorderfront ähnelte einem Schweinerüssel.

Sergejew öffnete die Fahrertür, erklomm das Trittbrett und setzte sich ans Steuer. Samiya Tschoong hatte die Beifahrertür erreicht. Sie entriegelte die Tür, klammerte sich daran, und nach einigen schmerzhaften Verrenkungen sank sie neben Sergejew auf den noch freien Vordersitz. Beide rangen nach Luft wie kurzatmige Soldaten oder wie menschliche Versuchskarnickel, die man Dämpfen mit hundertprozentigem Chlorgehalt ausgesetzt hat.

Es gab einen erneuten Feuerstoß. Kugeln pfiffen in ihrer Nähe. Man spürte ihre Lust zu beißen, so schnell wie möglich in die Erde oder in den Körper einzudringen.

Tatiana Utugai wurde ungeduldig: »Los, Mevlido! Beeilen Sie sich!«

Sie wollte, dass Mevlido auf die Pritsche stieg. Die Plane war an einer Stelle gelöst, und man konnte durch die Öffnung schlüpfen, aber zuerst musste man über die Ladeklappe klettern, die hochgeklappt war. Mevlido hängte sich an die Klappe, machte einen Aufschwung und purzelte ins Innere. Gleich nach ihm, und ohne ihn um Hilfe zu bitten, erklomm Tatiana Utugai mit der Gewandtheit einer Akrobatin den Laderaum.

Der Wagen roch nach nassen Zeltbahnen.

Mevlido tastete sich vor und setzte sich hinter Sergejew.

Er hörte Tatiana Utugai durch die Dunkelheit wanken.

Es gab keine Trennwand zwischen der Fahrerkabine und

dem Laderaum, in dem zwei seitliche Bänke aus Holzlatten angebracht waren. Tatiana Utugai ging noch einen Schritt, dann ließ sie sich hinter dem Sitz von Samiya Tschoong auf den Bretterboden fallen. Sie saß jetzt Mevlido gegenüber. Um gegen das Ersticken anzukämpfen, spreizte sie auf bizarre Weise ihre Gliedmaßen und nahm eine Haltung ein, die man an anderen Orten für pornographisch gehalten hätte und die nicht gerade vorteilhaft für sie war. Sie bekam keine Luft mehr. Nach einigen Sekunden vergeblicher Mühe zog sie die Beine an ihre Brust und umklammerte sie mit den Armen. Mit dem Rücken an die Bank gelehnt erinnerte die Art, wie sie sich zusammenkauerte, an die Mumien der Azteken oder der Nazca, aber nicht ganz, denn hier überlagerte die körperliche Verzweiflung und Qual den Gedanken an das Grab. Ihr Haar hing jetzt bis auf den Boden hinunter. Sie krümmte sich zusammen, krümmte ihren von grässlichen Krämpfen und Todeswallungen gepeinigten Bauch. Vielleicht hatte sie auch eine der Kugeln abbekommen, die eine Minute zuvor brüllend ihren Willen bekundet hatten, sich in einen Körper zu bohren.

Sie schluckte, dann schwieg sie. Zwei Sekunden lang verharrte sie reglos, dann verrenkte sie sich, wie nur eine gemarterte Mumie der Azteken oder der Nazca sich verrenken kann, und von Neuem schluckte sie und schwieg wieder.

Auf dem Vordersitz litt Samiya Tschoong ebenbürtige Qualen. Auch sie kauerte sich in einer grauenhaften fötalen Haltung zusammen und verfiel in einen Starrkrampf. Ihrem Mund entwich ein hohler Laut, der die Stille brach, eine Mischung aus Husten, Erbrechen und Gebet.

Sergejew hingegen schrumpfte nicht zusammen, verrenkte nicht seine Glieder, aber er war in keinem besseren Zustand als seine Begleiterinnen. Er blieb über das Lenkrad gebeugt wie ein Unfallopfer, kurzatmig, mit dem Kopf die Windschutzscheibe berührend. Nach einer Minute gelang es ihm, sich aufrecht hinzusetzen, aber die Gifte des schwarzen Raums verkohlten weiterhin seine inneren Organe und das Bewusstsein. Er atmete krampfhaft zuckend, und zugleich versuchte er, seine Atmung so lange wie möglich anzuhalten. Man hörte seine Lungen vergeblich nach einer Methode suchen, so wenig wie möglich zu leiden, und man fragte sich, wie er unter diesen Umständen fahren sollte.

Mevlido drückte sich an den Fahrersitz und streckte den Kopf hoch, als wolle er Sergejew eine vertrauliche Mitteilung machen. Das Fehlen einer Trennscheibe zwischen den zu transportierenden Personen und dem Fahrer erlaubte dieses Theater.

Er roch Sergejews ausrasierten Nacken, seine starke runde Schulter, einen mentholgeschwängerten Schweißgeruch. In weiter Ferne, auf der anderen Seite des Flusses, stieg eine Leuchtrakete auf und riss langsam ein Stück Himmel auf. Dabei bemerkte er, dass Sergejews Haut von grauen Tröpfchen übersät war. Manche hatte sich zusammengeballt und flossen.

»Sergejew«, sagte Mevlido, »wir müssen sofort starten.«

»Ich weiß«, erwiderte Sergejew.

»Wenn Sie wollen, kann ich mich ans Steuer setzen«, fuhr Mevlido fort. »Und Sie geben mir den Weg an, die Geschwindigkeit mit der.«

Sergejew wackelte mit dem Ohr neben Mevlidos Mund. Sein ganzer Kopf wackelte. Er drückte damit seine Ablehnung aus.

»Hören Sie, Mevlido«, krächzte Sergejew. »Sie haben Ihre Aufgabe, wir haben unsere.«

Er richtete sich wieder auf seinem Sitz auf.

»Wenn Sie dran sind zu handeln, dann handeln Sie. Aber bis dahin …«

»Ich könnte vielleicht ...«

»Nein, Sie können nichts«, schnitt Sergejew ihm das Wort ab.

Er war dabei, den Schalthebel in den Leerlauf zu legen. Das Gestänge bewegte sich, es gab ein Zusammen- oder Auseinanderziehen von Federn, dann Stille.

Sergejew schaltete nicht die Zündung ein, er versuchte nicht einmal, den Schlüssel zu drehen, sollte es überhaupt etwas dieser Art unter dem Lenkrad gegeben haben.

Draußen erlosch die Rakete.

Von einer der Müllkippen, die sie vor kurzem entlanggegangen waren, ertönte ein Gewehrschuss. Der Rückspiegel links von Sergejew zersplitterte.

Sergejew hatte den Schalthebel nicht losgelassen. Er veränderte noch einmal seine Position, dann legte er wieder den Leerlauf ein. Das Fahrzeug setzte sich in Bewegung. Es gab nicht das geringste Geräusch einer Verbrennung und keinen Geruch nach Diesel oder irgendeinem anderen Treibstoff. Der Lastwagen fuhr langsam auf das von Eisschollen bedeckte Wasser zu. Sergejew korrigierte die Fahrtrichtung, und sie rollten nun in sehr geringer Geschwindigkeit und ohne Scheinwerferlicht die Böschung entlang. Er musste trainiert haben, so zu fahren, hoffnungslos nackt und krank, in unwirtlicher Dunkelheit auf einem unebenen Gelände, durch Schlammlöcher und Abfälle.

Zehn Minuten lang rumpelten sie dicht neben dem Fluss entlang, seinem Lauf folgend. Der Lastwagen neigte sich quietschend, bekam Schlagseite, richtete sich wieder auf. Manchmal gerieten die Räder auf dem morastigen Untergrund ins Rutschen. Manchmal glich der Boden einem raureifbedeckten Wellblech. Manchmal musste man sich einen Weg durch Schilfbüschel bahnen, die die Piste vollständig versperrten. Die Stängel krachten. Sie streiften die Plane. Verdorrte, von der Dunkelheit ihrer Farbe beraubte Federbüsche wirbelten auf der Windschutzscheibe oder fegten raschelnd über sie hinweg.

Unter der Motorhaube des Lastwagens war nicht das geringste Brummen zu hören.

Zu Sergejews Ausbildungsprogramm musste ganz offensichtlich auch das Führen einer Maschine ohne Motor gehört haben.

Die beiden Frauen hielten die Augen geschlossen. Ihren Mündern entwichen schwache Klagelaute. Die Unebenheiten des Weges warfen sie von einer Seite auf die andere, und es kam vor, dass sie ihren Nazcasitz aufgeben und die Füße vor sich auf den Boden setzen mussten, doch sobald der Schmerz und die Angst wieder zu stark wurden, kauerten sie sich wieder vollständig zusammen. Sie zogen sich von Neuem in sich zurück.

»Ist es weit?« fragte Mevlido.

»Wir haben noch hundertfünfzig Kilometer vor uns«, antwortete Sergejew. »Etwas mehr als hundertfünfzig.«

Mevlido betrachtete, was er von Samiya Tschoong auf dem Beifahrersitz erkennen konnte, dann sah er zu Tatiana Utugai, die sich schließlich, nachdem sie zuerst auf dem Boden geblieben war, auf die Sitzbank ihm gegenüber gehievt hatte.

Er wechselte auf die andere Seite der Pritsche und setzte sich neben sie. Er berührte ihr Knie, ihre eine Hand. Ihre Haut war wie Karton. Sie fror entsetzlich.

»Soll ich Sie ein wenig wärmen, Tatiana?«, fragte er. »Soll ich mich an sie lehnen, um Sie zu wärmen?«

»Nein«, erwiderte sie, und ihre Stimme erstarb.

»Darf ich Sie Tatiana nennen?«

»Nein.«

Er kehrte zurück auf den Platz hinter Sergejew.

»Werden die beiden die Fahrt überstehen?«, fragte er ihn.

»Und Sie?«, fragte Sergejew zurück. »Und Sie, Mevlido?«

27

Sobald der Lastwagen begonnen hatte, holpernd über die Uferböschung zu rollen, hörten die Schüsse auf. Die Welt wurde wieder so ruhig wie in den ersten Minuten ihrer Reise. Eine letzte Magnesiumgarbe beleuchtete den Wasserlauf, dessen Eismassen zu ihrer Linken aufbrachen. Das Licht zeigte ihnen die schilfbedeckten Weiten, die gefrorenen Pfützen und das Fehlen eines Weges, dann erlosch es. Keine weitere Garbe folgte. Nur das schwache Funkeln der Sterne durchbrach jetzt noch die Dunkelheit.

Es gab fast nichts mehr zu sehen. Und was sie sahen, war eintönig. Die Bilder waren einheitlich schwarz. Obwohl sie speziell darin geübt worden war, wollte die Netzhaut sie nicht mehr als Bilder annehmen.

Sie fuhren mit geringer Geschwindigkeit. Sergejew vermittelte den Eindruck, mehr nach dem Gedächtnis zu fahren als nach dem, was er auf sich zukommen sah. Manchmal drehte er das Lenkrad heftig, als ob er in letzter Sekunde einem Hindernis ausweichen müsste, einem fürchterlichen Hindernis, das er allein plötzlich sah. Von unten stießen Äste gegen das Fahrgestell. Die Räder zermalmten Eisplatten und Schlammreliefs. Zudem kratzte Schilf an Motorhaube und Plane.

Später veränderte sich das Gelände. Die Reifen griffen, es musste etwas wie ein befahrbarer Weg sein. Das Wispern der Pflanzen hörte auf. Sie hatten die Flussniederung verlassen. Der Lastwagen beschleunigte.

Da es noch immer keine Motorengeräusche gab, begann eine schwere nächtliche Stille auf Mevlido und seinen Begleitern zu lasten. Der Fahrtwind pfiff in den Türritzen und in den Schlitzen der Plane, die das Verdeck bildete. Außer dieser bescheidenen Melodie und dem Quietschen der Federung unterbrach im Moment nichts die düstere Ruhe der Reise. Weder Fahrgäste noch Fahrer öffneten den Mund, um etwas zu sagen. Die Kälte war schneidend. Sie musste den beiden Frauen und dem Mann, die kein Kleidungsstück schützte, grauenhaft zusetzen.

Niemand klagte darüber.

Mevlido saß gegenüber von Tatiana Utugai, und manchmal ahnte er ihre obszönen Stellungen. Sie änderte häufig ihre Taktik gegen den Schmerz, mal versuchte sie, sich auf der Bank oder unter ihr zusammenzukrümmen, mal streckte sie sich im Gegenteil in alle Richtungen aus, als wollte sie eine Vierteilung mimen, mal erschlaffte sie vollkommen, das Gesicht unter dem langen Haar verborgen. Es war der grauenhafte Tanz zu einem grauenhaften Leiden. Da er über kein Mittel verfügte, eine solche Qual zu lindern, versuchte Mevlido wegzuschauen. Er wandte sich ab und suchte die Weite ab, die sich um die Seitenfenster und vor der Windschutzscheibe erstreckte. Sein Blick reichte nicht weiter als der Sergejews, der ab und zu einen erschöpften Seufzer von sich gab, und er streifte Samiya Tschoong, die wie in einen Starrkrampf gefallen, wie tot war. Kein noch so schwacher Lichtschimmer schien durch die Dunkelheit hinter der Windschutzscheibe.

Die Nacht war undurchdringlich.

Mevlido hätte gern die bereits zurückgelegten Kilometer gezählt. Er hätte gern gewusst, wie viele Stunden es noch bis zur Grenze waren.

Er hätte gern gesehen, wo sie eigentlich durchfuhren.

Aber er konnte nichts erkennen, und deshalb zog er sich in sich selbst zurück, die Augen halb geschlossen gegenüber von Tatiana Utugai.

Nach drei Stunden ereignisloser Fahrt zog ein eintöniges Grau herauf. Es kam aus keiner Himmelsrichtung und auch nicht vom Himmel.

Es war, als ob die Erde einen schmutzigen Schaum ausschwitzte mit der lächerlichen Absicht, eine Morgendämmerung nachzuahmen. Allmählich entdeckte man ein Panorama aus Hügeln und Gehölzen, das von zerstörten Bauernhöfen und spanischen Reitern verunstaltet war. So wurde es ein wenig heller, und nach fünf Minuten blieb das Licht und verharrte auf dem Stand einer Unterwasserdämmerung, aber es genügte, damit sich vor dem Auge kilometerweit ein verlassenes, mehrere Generationen altes Schlachtfeld auftat, auf dem Erinnerungen an den Lehmboden, an das erste Weltgemetzel und an tödliche Explosionen oder an Verstümmelungen im Lehm fortdauerten.

Der Himmel war allerdings nicht heller geworden, im Gegenteil. Er war unendlich teerig, unendlich farblos. Er war von pechschwarzer Dunkelheit und er war jetzt bar jeden Gestirns, ja, sogar bar jeder Idee von einem Stern und vom interstellaren Raum, und obgleich er seinen gewölbten Charakter beibehielt, schien das Attribut des Himmlischen immer weniger zu ihm zu passen.

Sergejew bekam einen Schmerzkrampf und brach über dem Lenkrad zusammen. Er ballte die Hände so sehr zur Faust, dass schließlich die Haut über den Fingergelenken aufsprang. Am Rand der Risse sammelte sich Blut an, und als die dafür erforderliche Menge erreicht war, floss es von den Rändern, sammelte sich in Form von Blasen und rann in die Fahrerkabine. Jetzt entstanden zwischen Sergejew und Samiya Tschoong hin und her treibend eine Reihe elastischer und eigensinniger Kügelchen. Dasselbe ist zu beobachten, wenn man einen Affen in der Schwerelosigkeit abschlachtet, zum Beispiel in einem Laborraumschiff, wenn man auf der Erdumlaufbahn oder auf der Umlaufbahn einer vergleichbaren Kugel einem Schimpansen oder einem Laborhund die Eingeweide herausreißt, zum Beispiel unter dem Vorwand herauszufinden, was dann passiert, oder auch unter dem Vorwand, die Wissenschaft, die Forschung oder die Technik der chirurgischen Eingriffe voranzubringen. Das hervorquellende Blut schweift um die Assassinauten, die der dafür bezahlte Kommentator weiterhin Kosmonauten nennt, und von einer Kraft getrieben, die nicht Hauptgegenstand der Untersuchung ist, wird es nach und nach an dem kleben, was, um im Bild zu bleiben, die Rolle des Himmels spielt. Es wird an der Innenwand des Raumschiffs, genau über dem Opfertisch, eine kleine bizarre Schar bilden. Ich habe das schon einmal gesehen, Sie vielleicht auch, und noch immer wird mir bei dieser Erinnerung speiübel. Wir befanden uns hier nicht in einer Raumfähre, sondern in der schwarzen Atmosphäre, doch nach einer Weile des Umherirrens verhielten sich diese zinnoberroten Kugeln, die im Schimmer des Morgengrauens oder des falschen Morgengrauens eher anthrazitfarben aussahen, wie in der Schwerelosigkeit. Sie gehorchten verbliebenen Anziehungskräften und landeten allmählich oben an der Windschutzscheibe, hinter dem Rückspiegel oder am Ansatz des Fahrzeugdachs, dann schubsten sie sich und tanzten, ohne ineinanderzufließen, im Rhythmus des Rumpelns.

Obwohl sein Körper an Substanz verlor und, im Innern von der Nacht verwüstet, an allen Körperteilen abstarb, widerstand Sergejew mit einem bewundernswerten Mut. Schweigend, ohne falschen Stolz konzentrierte er sich auf den Weg und verkörperte den Willen, um jeden Preis vorwärts zu kommen, einen unbeugsamen Willen.

Mevlido beugte sich zu ihm vor und murmelte:

»Kommen wir bald an?«

»Vierzig Kilometer noch«, sagte Sergejew.

»Soll ich dich ablösen?«, fragte ihn Samiya Tschoong.

Der kurze Dialog zwischen Mevlido und Sergejew hatte sie aus dem abgrundtiefen Koma geweckt, in dem sie sich während der letzten Stunden mumifiziert hatte, seit sie eine gerade und eintönige Zementbahn entlangfuhren. Ihre Augenlider klebten zusammen, sie hatte sich auf ihrem Sitz zu einer Kugel zusammengerollt. Sie hatte ihre Frage gestellt, ohne aufzublicken.

»Nachher«, sagte Sergejew, »auf dem Rückweg.«

Alle zwanzig Meter versetzten die Lücken zwischen den Zementplatten den Fahrgästen einen Stoß. Sie erschütterten auch die Blutkügelchen, die oben an der Windschutzscheibe schwebten.

»Wenn wir Mevlido an der Grenze zurückgelassen haben und er in der Schleuse ist«, fügte Sergejew hinzu.

»Gut«, sagte Samiya Tschoong.

Die Reifen quietschten.

Der Wind pfiff in den Ritzen. Eine fortwährende Grundmelodie.

»Einverstanden«, erklärte sie reglos, »dann auf dem Rückweg.«

Die Stoßdämpfer polterten.

Man hörte auch kleine Metallteile scheppern, die Karabinerhaken, mit denen die Plane befestigt war, defekte Radlager, ein Kettenstück irgendwo hinten.

Tatiana Utugai richtete sich auf. Sie schwankte bis zur Öffnung in der Plane über der Heckklappe. Sie streckte den Kopf hinaus, und man hörte, wie sie sich erbrach, dann kehrte sie zu ihrem Platz zurück, setzte sich und spreizte die Beine.

Da es keine anderen Geräusche im Fahrgastraum gab,

hätte man sich auch im Innern eines Raumgleiters befinden können, der gerade mit einer Ladung Sterbender zur Landung ansetzte.

Eine weitere halbe Stunde verging wortlos.

Mevlido betrachtete die Landschaft, die man jetzt, wenn man über die Rückenlehne und die Schultern Sergejews hinwegsah, ausgiebig in Augenschein nehmen konnte. Als er genug davon hatte, Bombentrichter und zerfetzte Baumstämme zu zählen, beobachtete er seine Reisebegleiter oder zählte die Blasen, Kugeln und Eier aus Blut, die über ihren Köpfen zitterten.

Nun sah er den Mann und die beiden Frauen deutlich und nicht nur annäherungsweise, wie es in seinem Zimmer oder am Fluss der Fall gewesen war. Im Dämmerlicht stellte er ihre brutale Nacktheit, ihre vollständige Nacktheit, ihre pathetische Nacktheit fest. Jetzt wurde alles deutlich. Weder Sergejew noch die Frauen suchten Ausflüchte oder verschämte Haltungen, um ihre Geschlechtsmerkmale zu verbergen. Die Frauen waren bald zusammengebrochen und aufgelöst, von der Ohnmacht erschlafft, bald in sich selbst gesammelt. Die Blausucht verdarb ihre asiatische Hautfarbe, verlieh ihnen einen Teint, den man an lebenden Organismen noch nie beobachtet hat. Sie hatten sich beide beim Hinabklettern am Mauerwerk aufgeschürft, und als sie zum Lastwagen rannten, hatten sie sich Schnittwunden an Füßen und Knöcheln zugezogen. Kurz bevor sie über die Heckklappe geklettert war, hatte Tatiana Utugai eine Kugel in den Bauch getroffen. Die Wunden waren größer geworden und bluteten. Das Blut floss, rann nach immer demselben Ablauf aus den Wunden und sammelte sich an den Wundrändern, bis es eine kugelförmige Blase bildete. Dann löste sich die Blase von ihrer Quelle und begann langsam, sehr langsam an die Decke zu schweben.

Plötzlich eine Vision zwischen zwei Wimpernschlägen:

• Tatiana Utugai hat die Augen geschlossen.

• Sie nimmt auf der Holzbank wieder eine stramme Haltung an, richtet ein wenig ihre Schultern auf, mit zitternder Hand wirft sie ihr zerzaustes Haar nach hinten, dann führt sie diese zitternde Hand über die Wunde unmittelbar neben ihrem Bauchnabel, einige Sekunden lang tastet sie herum, dann legt sie die Hand auf die Mitte ihres Schenkels, dessen harte, angespannte Muskeln man erkennt.

• Mit der anderen Hand klammert sie sich an die Vorderkante der Bank.

• Plötzlich öffnet sie die Augen.

• Sie fixiert Mevlido, der ihr gegenübersitzt, sie fixiert ihn mit einer Mischung aus Angst und dem immer noch arroganten, verächtlichen Wunsch, keine Schwäche zu zeigen.

• Dann schließen sich ihre Lider wieder.

Mevlido fragte sich, ob derart geschwächte Wesen die Rückreise würden überstehen können, nachdem sie ihn bis zu der Schleuse eskortiert haben würden, die mit der Welt verbunden war, in die man ihn sandte. Er dachte über den Mut seiner Mitreisenden nach, über ihr nahezu selbstmörderisches Heldentum und über den Sinn der Disziplin, der sie Qualen und Opfer auf sich nehmen ließ, ohne sich zu fragen, ob die Sache diese Mühe wert war, oder ohne zu murren, falls sie sich diese Frage stellten, und dieses Grübeln über das Unglück der anderen hinderte ihn daran, in Selbstmitleid zu verfallen, obwohl sein eigenes Schicksal.

Obwohl sein eigenes Schicksal nicht allzu beneidenswert war.

Denn nach dem Passieren der letzten Schleuse würde er einen irreparablen Gedächtnis- und Identitätsverlust erleiden und anschließend lebenslang in einem fremden Körper und einem fremden Geist eingeschlossen bleiben. Lebenslang. In einem fremden Körper und einem fremden Geist. Und nie würde es einen Trost geben, denn keine Gewissheit über ein früheres Leben würde ihm jemals Mut und Kraft geben. Sicher würden ihn Bilder heimsuchen, Träume, Sehnsüchte und bizarre Einfälle, aber sie würden sich nur unvermittelt oder flüchtig einstellen, ohne dass er je über die Schlüssel verfügen würde, die ihnen eine unzweifelhafte Bedeutung geben könnten. Er würde sie wie Trugbilder aufnehmen, wie Ungereimtheiten, die seinem Unbewussten und seinem kranken Hirn entsprangen. Und wenn er eines Tages, wie Mingrelian angedeutet hatte, Beziehungen zu einer Frau knüpfen würde, die ebenfalls von den Organen mit einer Mission geschickt worden war, würden sie sich nichts Besonderes zu sagen haben. Auch diese Frau würde jede Erinnerung an eine Welt vor ihrer Geburt verloren haben. Sie würden sich treffen, der Zufall oder eine Zwangsläufigkeit der Ereignisse würde sie vielleicht für einige Minuten oder einige Jahre oder auch Jahrzehnte zusammenführen, Triebreste würden ihr Einvernehmen stärken. Aber keiner von ihnen würde zu irgendeinem Zeitpunkt den Weg zurück zu seinem vorangegangenen Leben finden. Sowohl er wie sie, und vielleicht beide zusammen, würden auf entsetzliche Weise ins Exil verbannt sein, aber nichts davon wissen.

Der Himmel wurde hell. Der Tag brach an.

Dann kam der Moment, da sie einen Stacheldrahtzaun erreichten, der das Ende des Weges bedeutete. Es war keine besonders imposante Absperrung; drei Meter hoch, fest gespannte Drähte, aber nur wenige Stacheln, die eher an eine Verwendung in der Landwirtschaft erinnerten als an Grenzen. Hinter den Drähten war die Straße vor zwanzig oder dreißig Jahren mit Dynamit zerstört worden, und man sah sie noch zwischen den Gräsern, ohne den Glanz vergangener Zeiten, bis zu einer zweiten Absperrung, dann verlor sie sich hinter einer Wand aus Tannen. Im Niemandsland zwischen den Absperrungen wuchsen junge Bäume wild durcheinander, denn seit langem breitete sich der Wald aus, ohne dass sich noch jemand die Mühe machte, ihn zu pflegen. Weit und breit erhob sich kein einziger Wachturm. Man befand sich an einem Ort, der so fern von allem lag, dass man es offenbar für überflüssig hielt, ihn zu überwachen.

Der Lastwagen hatte angehalten.

Sergejew zog die mechanische Bremse an, blieb in der Stille reglos sitzen und ließ fast zehn Sekunden verstreichen, bevor er den Arm ausstreckte, um zu seiner Rechten Samiya Tschoong zu wecken, die anscheinend schlief. Er berührte ihre Schulter, und im selben Augenblick warf er einen Blick nach hinten zu Tatiana Utugai, dann klammerte er sich von Neuem an das Lenkrad und brachte ein schmerzvolles Knurren hervor.

Tatiana Utugai bewegte sich nicht.

Samiya Tschoong öffnete die Tür, stützte sich ab, als handelte es sich um einen gefährlichen akrobatischen Sprung, und stieg aus. Mevlido hörte sie schlucken, die Morgenluft laut hinunterschlingen, die wärmer war als die Nachtluft, dann setzte sie sich in Bewegung. Sie ging die Seite des Lastwagens entlang und hielt sich dabei an den unteren Gurten fest. Sie gelangte langsam nach hinten. Ihre Atmung hatte einen untypischen Rhythmus, sie atmete unter Wehklagen und Gurgeln durch den Mund wie eine Schwerkranke.

»Wir sind da«, sagte Sergejew, ohne sich ihm zuzuwenden. »Jetzt liegt es an Ihnen, Mevlido.«

»Soll ich aussteigen?«, fragte Mevlido, nur um etwas zu sagen.

Er ging bis zur Ladeklappe. Auf halbem Weg blieb er stehen, hielt einen Moment inne, kehrte dann zurück, um sich mit einer Trauergeste von Tatiana Utugai zu verabschieden. Sie war tot.

Dann hob er die Plane an, kletterte über die Eisenklappe und sprang auf den Boden.

Draußen war es Morgen und erstaunlich angenehm.

Die Fahrertür sprang auf.

Samiya Tschoong hatte das Fahrzeugheck erreicht, Sergejew kam hinzu. In den Tannen, in Höhe der zweiten Absperrung, schrie einige Male ein Kuckuck, dann schwieg er.

Mevlido stand da wie ein illegaler Einwanderer, der, von der Nacht betäubt, nicht wusste, ob er betrogen worden war, und der auf die Anweisungen des Schleppers wartete.

»Ein Stück weiter sind die Kanalisationsrohre«, sagte Sergejew.

Er wies auf das Gelände links von der Absperrung in hundert Metern Entfernung, genauer gesagt auf eine Wölbung aus nasser Erde, wo eine Bodenwelle begann, die sich in etwas verwandelte, was eine kleine Schlucht sein musste – jedenfalls ein tiefer Graben.

»Gut«, sagte Mevlido.

»Nur eines führt zu der Stelle, zu der Sie hingehen sollen«, fuhr Sergejew fort.

»Ich weiß«, erwiderte Mevlido, »ich weiß, dass sie Nummern haben, aber man hat mir nicht gesagt, welche ...«

Sergejew schwankte ein wenig. Er hatte sich vor Mevlido aufgepflanzt wie ein Ringkämpfer vor seinem Gegner und pendelte langsam vor und zurück nach einer schamanischen Technik, die mehr dazu diente zu überleben als zu kämpfen. Die schwere gummiartige Masse der Sexualorgane unter seinem Schamhügel schaukelte ebenfalls.

»Ich gebe sie Ihnen jetzt«, sagte Sergejew: »Null, null, sechzehn.«

Samiya Tschoong verließ den Halt bietenden Lastwagen

und presste sich für zwei, drei Sekunden eng an Mevlido, an seine linke Seite, die Seite des Herzes, und sie fasste seinen Arm, so dass er dachte, sie wolle ihn im Polizeigriff bis zum Kanalisationsrohr Nummer null null sechzehn führen. Doch es war nur eine spontane Geste, wie sich beispielsweise eine Schwester von ihrem Bruder verabschiedet, wenn sie sich schon einmal von ihm verabschiedet hat, er dann wirklich aufbricht, und sie ihm noch einmal ihre Zuneigung zeigen möchte.

Sie ließ ihn los und trat zur Seite.

»Tatiana ist tot«, murmelte sie. »Gehen Sie los, Mevlido, und machen Sie uns die Aufgabe nicht noch schwerer. Trödeln Sie nicht mehr. Verschwinden Sie so schnell wie möglich.«

Mit Beinbewegungen, die an eine gewisse geistige und sogar körperliche Taubheit denken ließen, entfernte sich Mevlido vom Lastwagen und ging die Absperrung entlang. Die Erde war schwer, getränkt von Morgentau oder Sprühregen, und mit halb verdorrten, halb grünen Gräsern übersät. Seine Schuhsohlen rutschten nicht und sanken nicht ein, das Gehen bereitete eine gewisse Freude, und da es die letzte war, die sich bot, wuchs die Lust zu trödeln und zu verweilen. Mevlido hatte allerdings noch den inständigen Befehl Samiya Tschoongs im Ohr. Er trödelte nicht. Er ging sogar noch schneller, um die Bodenwelle zu erreichen, wo er ein für allemal verschwinden sollte.

In seinem Rücken spürte er den Blick Sergejews und den Blick Samiya Tschoongs. Der Mann und die Frau waren beim Lastwagen geblieben, doch sie begleiteten ihn noch. Sie ermutigten ihn von dort aus, sie führten ihn, sie trieben ihn entschlossen zur Öffnung Nummer null null sechzehn. Alle zusammen bildeten sie noch immer eine Mannschaft.

28

Der Graben ist nicht viel tiefer als vier Meter. Die Stelle erinnert an die Trockenlegung einer Rinne am Ende eines Erosionstals. Von Mevlido aufgeschreckt, schlägt ein Rabe mit den Flügeln ohne zu krächzen, dann fliegt er dicht über den Pfützen fauligen Wassers davon, die sich am Fuß des Abhangs angesammelt haben. Mevlido hat den Vogel bemerkt, interessiert sich aber nicht für ihn. Im Moment hat er andere Dinge im Kopf als die Ornithologie. Er pflanzt sich vor dem Ausgang eines Abwasserkanals auf, vor einem riesigen Zementrohr, das auf halber Höhe des Hangs aus der Erde kommt. Auf dem Zement stehen große Ziffern. Die letzte Ziffer ist teilweise mit Erde und Gräsern bedeckt, aber man kann sie erkennen, Irrtum ausgeschlossen. Es ist tatsächlich eine Sechs. Es ist tatsächlich das Kanalisationsrohr Nummer null null sechzehn.

Es ist tatsächlich die letzte Schleuse.

Bald wird Mevlido unter das übelriechende Gewölbe treten und für immer verschwinden, und da er nun die letzte archivierbare Seite, die letzte Zeile seiner Existenz erlebt, nimmt er einige kräftige Schlucke von der frischen Luft und gewinnt ein wenig Zeit. Man liegt nicht falsch, wenn man diesen kurzen Augenblick des Innehaltens für das Bild hält, mit dem dieses Abenteuer geschlossen wird.

Er steht da, geizt mit Bewegungen und ist, wir wissen es, wie ein armer Wanderer gekleidet. Sein Pullover hat während der Reise gelitten und ebenso seine Hose, die mit fettigen Staub-, Schweiß- und Blutflecken verschmutzt ist. Der Wanderer hat verdreckte Wände und verwundete Körper gestreift.

Mevlido hat neben diesem Zementmaul, aus dem ein dünnes Rinnsal Gülle fließt, eine fast normale, wenngleich seltsam nachdenkliche Haltung eingenommen. Seine Hände baumeln locker an seinen Schenkeln wie bei einem Mann, der dem Wortlaut eines Urteilspruchs lauscht, während er darüber nachdenkt, was sich anschließend ereignen wird. Im Nordwesten von Mevlidos linker Schulter schimmert ein Teil der höher gelegenen Straße grau mit einem dort parkenden Lastwagen, und neben den Vorderrädern sind zwei monochrome und stillstehende Silhouetten zu erkennen, ein Mann und eine Frau, unbekleidet. Sie sind zu weit weg, um in ihren Gesichtern lesen zu können. Wenn man nicht weiß, was zuvor geschehen ist, versteht man nicht, worauf sie warten. Die Fotografie verrät nicht, ob sie dort stehen, weil ihr Fahrzeug eine Panne hat, oder ob sie eine Pause einlegen aufgrund organischer Notwendigkeiten wie der Agonie, der Beisetzung einer nahestehenden Person oder der Harnlassung, oder aus noch anderen Gründen, zum Beispiel, um Mevlido zu verabschieden, oder auch, weil sie ihm noch nachspionieren, weil sie überprüfen wollen, ob er seine Mission richtig erfüllt, ob er ohne zu tricksen das tut, was er tun soll, ob er sich wirklich in das Rohr Nummer null null sechzehn hineinbegibt.

Mevlido wendet seinen Kopf zum oberen Rand des Grabens und betrachtet den Lastwagen und die Silhouetten.

Dann wendet er sich ab.

Das Grau des Himmels ist von Nebelschwaden durchzogen. Dem Lehmboden fehlt es an Poesie, er ist von erschreckender Banalität mit glänzenden Erdklumpen, an den meisten Stellen nicht bewachsen. Mevlido steht zwei lange

Schritte vom Grund des Grabens entfernt. An der Stelle, die der Rabe soeben verlassen hat, befindet sich ein undurchsichtiger Tümpel mit Fangoschlieren, der zu faulig ist, um den Himmel zu spiegeln. Außer dem Schlamm ist nichts zu sehen.

Mevlido verharrt noch drei Sekunden untätig.

Er verharrt noch zwei Sekunden untätig.

Dann seufzt er. Es wird Zeit.

Er setzt sich in Bewegung.

Er schaut nicht zurück, er versucht nicht, dort hinten ein letztes Mal Samiya Tschoong und Sergejew zu erblicken.

Er denkt nicht mehr an die Frauen und Männer, die er gekannt hat.

Er fasst an den Rand des Rohrs, um sich genau vor die Öffnung zu stellen. Er hievt sich auf den Rand des Rohrs und achtet darauf, dass er im Schlamm nicht abrutscht.

Er hievt sich auf den Rand des Rohrs.

Er achtet darauf, dass er im Schlamm nicht abrutscht.

Dort wird er nun hineingehen.

Er verliert sofort alle Anhaltspunkte.

Er wird allein vorwärtsgehen, sein Körper wird sehr schnell zum Skelett abmagern, sein Geist sofort alle Erinnerung verlieren.

Und so wird er eine unermessliche Anzahl von Stunden unter der Erde marschieren, er wird eine unermessliche Strecke zurücklegen, einem Programm folgend, das in die verschlungensten Schichten seines Wesens eingraviert ist, das dort seit den Übungen des Spezialtrainings eingeschrieben ist. Von nun an treibt oder begleitet ihn niemand mehr. Er wird allein sein. Er wird vollkommen allein sein. Er wird auch vollkommen frei sein, wenn man es bedenkt.

So wird er in den Bauch von Mevlidos Mutter gelangen.

Er wird die Gebärmutter öffnen und hinter sich verschließen, und er wird sich zusammenkrümmen und auf das Weitere warten. Und er beginnt zu warten.

Warten.

Er wird zum Beispiel auf seine Geburt warten. Zu diesem Thema können selbst die Organe nichts im Voraus wissen. Sie haben Mevlido getäuscht, als sie ihm eine Wiedergeburt in einem guten Typ versprachen. In Wirklichkeit wissen die Organe nicht genau, wer Mevlidos Mutter sein wird, und sie werden Jahre brauchen, um Mevlido wiederzufinden, um herauszufinden, ob es sich wirklich um ihn und nicht um einen anderen handelt, um zu versuchen, während seiner Träume oder auch später, während seiner Agonie, einen Kontakt zu ihm herzustellen. Oder auch noch später. Die Organe werden Mühe haben, ihn mitten im Chaos und im Krieg ausfindig zu machen. Und er wird sie nicht von sich aus aktiv suchen. Er wird sie sich vielleicht einbilden, er wird ihnen gehorchen und sich ihnen widersetzen, aber er wird sich ihrer Existenz nie sicher sein. Blind wird er nach den Gestalten tasten, die ihnen ähneln. Unbewusst wird er einem Weg folgen, der sie und ihn in gewisser Weise miteinander verbindet. Wenn es darauf ankommt, sich für eine bestimmte Richtung unter mehreren zu entscheiden, wird dieser Trieb durchaus ins Gewicht fallen, doch der Zufall und unvorhersehbare Umstände werden die Dinge immer schwierig machen.

Er wird zum Beispiel in Zone Zwei das Licht erblicken, in einer Familie von Lehrern, die ihre Schule verlassen haben, um mit den Partisanen gegen die Wiederherstellung des Kapitalismus auf dem Planeten zu kämpfen. Seine Mutter und seine Großmutter gehen dem Schamanismus nach. Alle beide werden drei Wochen nach Mevlidos Geburt entführt und später nackt und gehäutet an einem Balkon hängend aufgefunden. Sein Vater wird einige Tage danach getötet. Die egalitaristischen Gemeinschaften um ihn werden zerschlagen oder mit Säure, mit Giftschnee oder Napalm bombardiert. Das Baby werden Bolschewiken aufsammeln, die vor den konterrevolutionären Truppen fliehen. Seine Kindheit verbringt er mal in der einen, mal in einer anderen Familie. Seine Eltern sind der Reihe nach Jucapiras, Golschen, Ybüren, Chalcha, überlebende Chinesen, Koreaner. Alle gehören demselben ideologischen Lager an. Die meisten halten sich für Soldaten, die weiterkämpfen müssen, welch unumkehrbares Ausmaß der Zusammenbruch auch haben mag. Alle erziehen Mevlido im Sinn des revolutionären Kriegs. In dieser Umgebung wächst der kleine Junge auf, und als Jungendlicher findet man ihn selbstverständlich in einem Kommando der Komsomolzen wieder. Dort erhält er im Wesentlichen seine politische und militärische Ausbildung. Er nimmt an mehreren aufständischen Aktionen teil, und nach Ende der Kämpfe taucht er in den Kolonnen der Vertriebenen, Bettler und Demobilisierten unter, die die verbranntesten Gebiete des Schwarzen Kriegs verlassen. Seine Kultur wird für immer von der Niederlage, von Sabotageakten, von Abrechnung und Gewalt bestimmt sein. Seine Genossen verschwinden einer nach dem anderen. Seine Gefährtinnen ebenfalls. Fast alle Frauen seiner Generation haben im Großen und Ganzen denselben menschlichen Weg wie Mevlido genommen. Alle erleben ein tragisches Schicksal.

Später wird Mevlido zur riesigen Horde der Flüchtlinge gehören, die in Zone Drei landen. Er wird dort mit ihnen in die weitläufige Maschinerie der Lager und der Ghettos eingepfercht sein, die da unten den Krieg abgelöst hat. Er wird sein Überleben in einer Umgebung genetischer Mutationen, moralischen Zerfalls, technologischen Rückschritts, sprachlicher und geistiger Verarmung, der Falschheit und des Vergessens sicherstellen müssen. Wie viele andere wird er dort sich selbst überlassen sein. Wie viele Demobilisierte wird er sich letztlich der am meisten verachteten aller gesellschaftlichen Einrichtungen anschließen, die die Friedensstifter eingerichtet haben – er wird sich zur Polizei melden.

Sein Schicksal ist unseres, das der Untermenschen und der Besiegten.

Und dann wird für ihn wie für uns die Stunde des Todes kommen.

Und dann: nichts.

Es sei denn, unvorhergesehene Ereignisse.

FÜNFTER TEIL
EIN TOD MEVLIDOS

29

Ich habe schon zuvor von ihm gesprochen, aber es kann nicht schaden, noch einmal auf seine Rolle in unserer Geschichte hinzuweisen. Der Mond. Seine Rolle in unserer Geschichte. Manchmal beleuchtete er unsere finstere Welt, manchmal verdunkelte er sie. Ich spreche hier für die Untermenschen und für alle. Er verdarb uns Spinnern unsere Träume.

Er verdarb uns Spinnern unsere unsinnigen Träume, und er kümmerte sich nicht darum.

Unter seinen Strahlen sah man häufig, wie wir uns ohne jede Scham ausstreckten, geistesabwesend, mit Schnauze und Rücken zappelnd wie liebeskranke Katzen, und während hinter unseren geschlossenen Lidern unsere Augäpfel zuckten, empfingen wir ihn in uns, der Schweiß rann uns aus allen Poren, Schneide- oder Fangzähne schlugen unaufhörlich gegeneinander. Wir verfielen in einen Rausch, der Mond sank in uns hinein. Er trat an unsere Stelle. Ein andermal schmachteten wir nach der Begegnung mit ihm, koste es, was es wolle. Wir erklommen die endlos lange schwarze Treppe, die uns von ihm trennte, und obwohl wir noch weit davon entfernt waren, ihn zu erreichen, fantasierten wir uns die Wonnen zusammen, die er uns bald bereiten würde. Im Geist unternahmen wir ausgedehnte Spaziergänge auf seinem kalten Leib, wir wollten auf seinen unermesslichen und, wie man uns sagte, unberührten staubbedeckten Weiten liegen. Die Empfindsamsten unter uns stießen kurz ein wonniges Röcheln aus, aber zu guter Letzt wirkte immer eine Kraft in unserem Bewusstsein, die uns dazu trieb, ihn zurückzuweisen, ihm fernzubleiben und sogar seine Zerstörung als Mond herbeizuwünschen. Vielleicht erinnerten wir uns an die Warnungen, die wir erhalten hatten, als wir noch wach waren. Vielleicht hörten wir selbst im Tiefschlaf noch die Schreie der Alten aus Hühnerhof Vier, die Nacht für Nacht zum Volksaufstand gegen den Mond aufriefen. Irgendetwas mischte sich jedenfalls immer ein und riet uns zum Mord an ihm.

- EIN ATTENTAT, TAUSEND ATTENTATE GEGEN DEN MOND!
- WENN JEMAND ZUM MOND RENNT, WASCH DICH REIN, TÖTE IHN!
- WENN DER MOND NÄHER KOMMT, BRING IHN UM!

In unseren Reden vor den Massen, das heißt, vor den Siechenden, die in Hühnerhof Vier herumgammeln und weder leben noch sterben, klagten wir den Mond einer Vielzahl krimineller Verwüstungen an und versteiften uns auf die Behauptung, er sei hochnäsig, erhebe sich auf abscheuliche Art über unseren Untergang, ganz abgesehen von seiner so beleidigenden, so entmutigenden, so obszönen Elfenbeinschönheit. Wir prangerten den Sarkasmus an, der in seinem Schweigen lag. Die Art und Weise, wie er die Plätze heimsuchte, an denen wir bar jeder Hoffnung vor uns hin dämmerten oder uns in den Überresten der Hoffnungslosigkeit aalten, empfanden wir als entsetzlichen Hohn. Fortgerissen von einem sprachlichen Furor, dessen hochtrabende Ausdrucksweise sich nicht mäßigte, nicht einmal, wenn der letzte Zuhörer gegangen war, sagten wir ihm alles Mögliche nach. Um unsere Reden inhaltlich auszufüllen, scheuten wir nicht davor zurück, das Gezeter der Bettler aufzunehmen, ihre Parolen, die von anderswo herstammten und auf das Anderswo zielten. Großspurig faselten wir dummes Zeug daher, warnten wir vor den katastrophalen Auswirkungen der Mondstrahlung auf die vergangene und künftige soziale Umwelt. Die Sterbenden, die auf ihren Verpackungskartons lagen, hörten uns ohne Widerrede zu. Sie waren allerdings vom Schauspiel der Geier abgelenkt, die nicht weit entfernt auf der Stelle tänzelten und erwartungsvoll zu uns herüberschielten. Manchmal stahl sich Poesie in unsere Aufrufe zum Aufstand, und manchmal begnügten wir uns mit dem Herunterbeten blutrünstiger Anweisungen. Manchmal räsonierten wir auch mit leiser Stimme am Ohr der Geistesgestörten, ein wenig enttäuscht, dass wir lügen mussten, um sie zu überzeugen. Wir sprachen von Rache und davon, gegen unser schlimmes Schicksal zu kämpfen, indem wir dem Mond irreparable Schäden zufügten.

Manche, und ich kenne einige von ihnen, begnügten sich nicht mit Bewegungen der Stimmritze. Sie warfen Geschosse auf den Mond, die ihn rissig machen sollten, Brandsätze, durch die er laut den Versprechungen der Gebrauchsanweisung hätte schrumpfen müssen, die seine Klarheit mit einem schmierigen Ruß hätten verschmutzen sollen. Der Mond erwies sich jedoch als unverwundbar. Meistens streiften die Geschosse ihn nur, ohne ihn zu treffen. Sie fielen zurück auf die Stadt, auf die schlafenden oder die in eine aussichtslose Schlaflosigkeit gesunkenen Stadtviertel.

Wenn wir solche Operationen in Angriff nahmen, sorgten wir dafür, dass die Schäden, die leicht vorauszusehen waren, eher die Volksfeinde und die Millionäre betrafen als die anderen, als uns andere und die unseren. Wir berechneten die Flugbahnen so genau wie möglich, wenngleich unsere Kenntnisse der Ballistik lückenhaft waren, wenngleich unsere Feuerwerker Theorien und Physiognomien hatten, die eine starke Geistesstörung verrieten: Wir bombardierten nicht aufs Geratewohl. Die Mörsergranaten, die aus unseren Rohren kamen, sollten ihren Flug an Gebäuden in weiter Ferne von Hühnerhof Vier beenden, ganz und gar abseits der Ghettos und der angeschlossenen Lager, in denen sich Flüchtlinge, Alleinzurückgelassene und Totgeglaubte sammelten. Sie explodierten nicht auf dem Mond, aber sie trafen zweitrangige Ziele und konnten dem Feind zumindest Schrammen zufügen und ihn erschrecken. Sie sorgten für kurzfristige Verheerungen in der Welt der ewigen Sieger, sie zerstörten mal hier ein paar Luxusappartements, mal dort einige Privatbunker, Junggesellenbuden, Liebesnester, Clubs für ehemalige Völkermörder, und dabei blieb es, oft gab es nur wenige Opfer.

Aus Bescheidenheit und Vorsicht bekannten wir uns nie zu unseren Taten, aber auch, weil wir weder das Minimalprogramm noch den Namen der Organisation kannten, die uns beschäftigte. Da es keine Bekennerschreiben gab, konnten die Ideologen unsere Verbrechen nicht einordnen, die folglich in der Öffentlichkeit unbemerkt blieben. Die Polizei mühte sich mit Sackgassen ab, und nachdem sie verschiedene Abstellgleise vergeblich untersucht hatten, warfen die Spürhunde das Handtuch. Die Polizei fasste die Schuldigen nie. Sie eröffnete Untersuchungsverfahren – nicht ohne Hintergedanken, denn wir hatten einige Verbündete in ihren Reihen –, ließ die Verfahren lange Zeit liegen, ohne sie zu bearbeiten, und archivierte dann die leeren Akten.

Die Attentate gegen den Mond fanden nicht sehr regelmäßig statt, aber sie gehörten ebenso zur Nacht wie das Gezeter der bolschewistischen Demonstranten oder der Gestank der Möwen, oder die magischen Zeremonien zur Beschwörung der Toten oder die stickige Hitze. Sie gehörten zu unserer Nacht, und wir hießen sie gut, auch wenn wir eigentlich kaum noch fähig waren, in verständlichen

Worten darüber nachzudenken oder blind an ihre Notwendigkeit zu glauben.

Denn selbst die am wenigsten Entmutigten, selbst die Kämpferischsten unter uns behaupteten schon damals nicht mehr, den Lauf der Dinge verändern zu können. Der Vollmond beleuchtete den letzten Stand der menschlichen Barbarei vor dem Ende, vor unserem Ende, und was auch immer wir hätten unternehmen können, er würde den letzten Untergang weiterhin in sein verlockendes Licht tauchen. Er würde weiterhin die Ghettos, die Lager, die Ruinen, den absoluten Kapitalismus, den Tod, unseren Tod, den Tod der unseren beleuchten. Selbst die Entschlossensten unter uns witterten in jeder Aktion die Vergeblichkeit unseres Tuns. Wir wussten, dass die auszehrende Klimaveränderung weiterging, dass sich der Sommer bald noch mehr ausweiten und zwölf Monate im Jahr oder noch mehr andauern würde, dass unser Leben für immer mit Spinnen und mit Todesfällen und mit bewusstlosen oder halbbewussten Momenten ausgefüllt sein würde. Wir ahnten, dass es wohl sehr wenig Aussicht gab, eines Tages das Morgengrauen oder das Aufwachen zu erleben. Die Attentate gegen den Mond besänftigten uns nicht, sie wirkten nicht unserem Hang unter uns entgegen, in Wahnsinn zu verfallen. Aber denjenigen unter uns, die keine Triebkraft mehr hatten, über keine ideologische Strenge, keinen Verstand und keine Hoffnung mehr verfügten, vermittelten sie den Eindruck, auf der Rückseite der Kulisse habe das Leben vielleicht eine Spur von Sinn bewahrt.

30

Die Straßenbahn hielt vor dem Leonor-Iquitos-Tor an, dann fuhr sie weiter.

Im selben Moment spürte Mevlido, dass in seinem Gedächtnis ein Traum an die Oberfläche stieg. Etwas rührte sich, kam aus tiefen Schlammschichten, mit Dialogen, Kulissen, Episoden, eine ganze Geschichte, die ihm auf Anhieb den Eindruck vermittelte, sie könnte von grundlegender Bedeutung für ihn sein. Der onirische Film kam näher, aber, wie es häufig geht, im letzten Moment riss er und blieb bei einem einzigen Bild stehen, das weder ein Zuvor noch ein Danach zeigte. Im Innern eines Militärlastwagens lag eine unbekleidete Frau im Sterben. Der Kontext fehlte. Vom Hintergrund des Traums, seinen dramatischen Sprüngen blieb nichts. Mevlido konzentrierte sich auf dieses geistige Standbild, das sich bereits zu verflüchtigen drohte. Die Szene erinnerte ihn an nichts, was er in der Wirklichkeit oder im Schlaf schon einmal erlebt hatte. Die Gesichtszüge der Frau waren unter ihrem langen Haar verborgen, das ihr unordentlich vor das Gesicht fiel und durch die Dunkelheit und den Schweiß seinen Glanz verloren hatte. Ihr Körper ähnelte nicht dem von Verena Becker.

Dieser sterbende Körper war nicht der Verena Beckers.

An der Haltestelle Maraschwili-Tor stieg er aus. Der Mond war nirgendwo zu sehen. Die Lampen an der Haltestelle verbreiteten ein Kellerlicht. Zwei weitere Fahrgäste waren mit ihm aus der Straßenbahn ausgestiegen. Er hatte keine Lust, sich zusammen mit ihnen auf den Weg zu machen. Er verweilte eine Minute auf der Plattform, damit sie einen Vorsprung gewinnen konnten.

Er sah sie langsam kleiner werden und Hühnerhof Vier betreten.

Vom Maraschwili-Tor strömten lauwarme, nach schmutzigem Flaum, Vogelmist und Ghetto stinkende Schwaden herbei.

Ich stehe hier vor dem Maraschwili-Tor, dachte er, und warte darauf, dass die Silhouetten der beiden kleiner werden. Ich spüre das Gewicht der Nacht auf mir. Eines Tages, wann, weiß ich nicht mehr, habe ich von einer Frau geträumt, die im Innern eines Militärlasters im Sterben lag. Es gelingt mir nicht, mich an sie oder an die Beziehungen, die ich zu ihr hatte, zu erinnern. Ihr Name ist mir entfallen. Ich habe sie mit den anderen hinter mir gelassen. Sie ist hinter mir gestorben wie die anderen. Ich aber habe überlebt, ich stehe auf einer wackeligen Zementplatte. Ich bewege mich praktisch nicht. Ich schwitze unter der Straßenlampe. Um die Zeit ist es dunkel. Die nächtliche Hitze überzieht die Gegend mit einem feuchten Beschlag, der einem den Atem verschlägt. Ich ekle mich vor den Gerüchen, die von meinem Zuhause herwehen.

Mein Leben gleicht dem vieler anderer. Es sieht nichts gleich.

Es hat keinerlei Daseinsberechtigung.

Nach einer Weile ging er los Richtung Ghetto.

Unter dem Ziegelsteinbogen, der das Tor darstellte, warteten zwei Frauen auf ihn. Reglos und in die Dunkelheit getaucht, warteten beide auf ihn, beinahe miteinander, aber man merkte, dass sie nicht zusammengehörten. Die Erste lehnte willenlos mit dem Rücken an der Wand, trug einen beigen Trainingsanzug, der ihr jede Weiblichkeit nahm und sie rundlich machte. Maleeya, dachte Mevlido zärtlich. Er war glücklich über die Aussicht, mit ihr nach Factory Street zurückzugehen. Als er noch vierzig Meter von ihr entfernt war, grüßte er sie mit einem Handzeichen. Sie antwortete nicht. Die Zweite saß auf einem Feldstuhl. Sie trug eine Brille mit dicken Gläsern, deren linker Bügel notdürftig mit Isolierband zusammengeklebt war. Sie erhob sich schwerfällig und winkte ihm zu. Sie trug einen stark abgetragenen Winterrock und eine enge Bluse, die in Höhe des Kragens mit den Überresten eines Spitzenjabots schloss. Ihre Füße steckten in schweren, derben Bettlerinnentretern. Als er näher kam, konnte Mevlido ihren Geruch wahrnehmen. Sie roch nach dem Schweiß alter Frauen, nach ranzigem Keks.

Er musterte sie mit Missfallen.

»Cornelia Orff!«, rief er. »Das ist ja eine schöne Überraschung!«

Die andere Frau streckte ihm einen knochigen Zeigefinger entgegen. Sie schwenkte ihn fünf- oder sechsmal, wie man mit einem Lausbuben schimpft.

»Und die letzte Zusammenkunft der Zelle?«, bellte sie, »Wir haben auf dich gewartet.«

Mevlido breitete die Arme aus, als ob er nichts dafürkönnte, und nahm Zuflucht zu einer Lüge.

»Ich wollte eigentlich kommen, aber dann hat es zu regnen begonnen. In Factory Street ist die Kanalisation übergelaufen.«

»Ich kann mich an keinen Regen erinnern«, meinte Cornelia Orff.

»Die Fahrbahn war in den Strudeln nicht mehr zu sehen«, erklärte Mevlido, »und es regnete immer stärker. Das Wasser stieg.«

»Du hättest den Elementen trotzen können«, schimpfte Cornelia Orff. »Wegen eines kleinen Schauers vernachlässigt man doch nicht seine politischen Aufgaben.«

»Die Überschwemmung hat uns festgehalten«, verteidigte sich Mevlido. »Du kannst Maleeya fragen. Stimmt's Maleeya? Erinnerst du dich noch an das viele Wasser in Factory Street?«

Maleeya löste sich von der Wand. Sie ging die drei Schritte, die sie von ihnen trennte, und schmiegte sich an seine Seite. Sie lächelte schwach. Sie hob den Kopf zu ihm. Sie waren wieder zusammen, er und sie.

Mevlido legte seine Hand um ihre Hüfte.

»Erinnerst du dich an letzte Woche?«, fragte er. »Wir haben aus dem Fenster gesehen. Es regnete, es schüttete aus allen Wolken. Die Straße ähnelte einem Fluss. Man konnte nicht hinaus.«

»Der Regen«, sagte Maleeya. »Der Fluss. Es schüttete. Man konnte nicht hinaus.«

»Hörst du!«, sagte Mevlido zu Cornelia Orff. »Sie bestätigt es. Wie du siehst, erzähle ich kein Märchen.«

Cornelia Orff drückte ihren Zweifel mit einer Art verächtlichem Kopfschütteln aus.

»Dieses Mal wirst du uns jedenfalls nicht entwischen.«

»Euch entwischen«, stammelte Mevlido. »Was ist?«

»Heute Abend gehen wir zusammen hin«, sagte die Alte.

»Wieso heute Abend?«, protestierte Mevlido. »Ist heute eine Versammlung?«

»Und ob heute Abend eine Versammlung ist«, erwiderte Cornelia Orff.

»Ich bin nicht benachrichtigt worden«, sagte Mevlido.

»Wenn du benachrichtigt werden willst, musst du auf die Versammlungen kommen.«

Sie war dabei, ihren Stuhl zusammenzuklappen. Sie befestigte einen Riemen daran und steckte den Kopf durch die Schlinge. Jetzt trug sie den Stuhl neben ihrem armseligen Quersack über der Schulter.

»Los, gehen wir«, sagte sie.

»Halt«, erwiderte Mevlido. »Ich kann nicht. Ich bin mit Maleeya Bayarlag verabredet.«

»Na und?«, zischte Cornelia Orff, »die Partei hat keine Geheimnisse vor einer Vertreterin der arbeitenden Massen. Wir können sie als Kandidatin oder als Sympathisantin mitnehmen.«

»Ja«, sagte Maleeya, »Sympathisantin.«

»Sympathisantin wovon?«, fragte Mevlido verärgert, als er sich ihr zuwandte.

»Ich weiß nicht«, antwortete Maleeya. »Ich liebe dich, Yasar. Alles, was du liebst, liebe ich.«

Ein Nachtvogel flog über ihre Köpfe und wirbelte mit wildem Flügelschlag die übelriechende Luft auf. Einige Sekunden lang sahen sich alle drei an, ohne ein Wort zu sagen. Der Vogel verschwand.

»Und wo soll diese Versammlung heute Abend stattfinden?«, fragte Mevlido.

Cornelia Orff machte plötzlich eine verschwörerische Miene. Sie beugte sich gut zehn Zentimeter hinunter und ließ ihre undurchsichtigen Augen über die Umgebung schweifen. Sie ließ sie in aller Ruhe schweifen. Sie überprüfte, ob auch kein Spitzel ihre Unterhaltung belauschte.

»In der Müllverwertungsanlage Nummer neun«, flüsterte sie.

»Nummer wie viel?«, fragte Mevlido.

»Neun«, flüsterte die Alte, nachdem sie sich erneut umgeschaut hatte.

»Nummer neun, da arbeite ich«, sagte Maleeya stolz.

»Gut«, sagte Mevlido, »dann kommen wir ja direkt bei Factory Street vorbei. Wir können Maleeya vor dem Haus lassen.«

»Wir sind schon zu spät dran«, sagte die Alte. »Keine Zeit für Umwege. Maleeya muss mit uns kommen. Punkt. Schluss. Wir kürzen ab über Gateway Street.

»Das ist doch idiotisch«, protestierte Mevlido. »Nachts versammeln sich dort die Hühner in riesigen Scharen. Das macht den Weg ungangbar.«

»Was quatschst du da von wegen Hühnern?«, empörte sich die Alte. »Früher wusste man noch, wie man Klassenfeinde zermalmt. Glaubst du etwa, wir lassen uns vom Geflügel einschüchtern?«

»Sie sind mutiert«, warnte Mevlido.

»Mutiert«, sagte Maleeya.

»Klar, damit wir sie zermalmen, wir haben sie fürchterlich zermalmt«, fuhr die Alte fort und lachte höhnisch mit nachdenklicher Miene.

Die Diskussion war beendet.

Sie gingen los.

Cornelia Orff leitete die Operation.

Die Straßen hatten meistens keine Beleuchtung mehr. Um zu zeigen, wie gut sie sich in der Stadt auskannte, nahm die Alte heruntergekommene Gassen, die verpissten Unterführungen ähnelten, aber als sie sich dann selbst beinahe übergeben musste, besann sie sich darauf, vernünftigere Wege zu gehen. Mevlido drückte Maleeyas feuchte Hand und schlurfte missvergnügt einen Meter hinter Cornelia Orff. Als sie auf eine der etwas größeren Verkehrsadern gelangten, forderte die Alte, von einer plötzlichen Begeisterung gepackt, sie auf, sich zu einem Demonstrationszug zu formieren. Man darf nicht davor zurückschrecken, unsere Fahne zu schwingen, rief sie überschwänglich, die Massen sollen merken, dass es uns gibt. Wenn wir genug Überzeugung an den Tag legen, werden sie uns zu ihrer Avantgarde machen und sich hinter uns einreihen wie ein einziger Mann. Der Zeitpunkt ist günstig, unsere Ideen schreiten voran, und die Partei hat festgestellt, dass die Kämpfe derzeit zunehmen. Mevlido zuckte mit den Schultern. Gegen seine Hüfte gelehnt, hatte Maleeya große Mühe, ihrem Tempo zu folgen. Sie keuchte und sagte nichts. Mevlido küsste sie auf die Wange.

»Mach dir keine Sorgen«, flüsterte er, »wir schaffen das schon.«

»Mach ich nicht«, antwortete Maleeya.

»Heute Nacht, nach der Versammlung, werden wir zusammen sein«, versprach Mevlido.

»Deshalb sind wir«, erwiderte sie, ohne den Satz zu beenden.

»Ja«, sagte er.

»Deshalb sind wir im Eimer«, fuhr sie fort, »weil wir zusammen sind.«

»Aber nein«, widersprach er.

»Doch, doch, Yasar«, flüsterte sie. »Deshalb.«

Im selben Augenblick räusperte sich Cornelia Orff, dann begann sie, Parolen zu rufen. Sie wusste, dass weder Mevlido noch Maleeya Bayarlag einstimmen würden, aber sie war berauscht von der Idee, in der ersten Reihe einer Demonstration zu marschieren, die sie organisiert hatte, und sie drehte sich nicht um, sondern stellte sich lieber die steigende Zahl von Demonstranten vor, die hinter ihr hermarschierten. Sicher, das Heer der Proletarier strömte nicht über die Straße wie ein reißender Fluss, aber endlich einmal war eine Abteilung mit festen ideologischen Überzeugungen ihrem Aufruf gefolgt. Und wenngleich Maleeya Bayarlag schwächelte und zum Umfallen müde war, wenngleich Mevlido als Polizist zu einer üblen Kategorie gehörte, zog sie nicht mehr allein durch die Straßen. Sie spürte den Kern einer Menge in ihrem Rücken, innerlich sagte sie die Parteibroschüren auf, die die Grundsätze des Vorwärtsmarschierens darlegten und die Dynamik, die die Avantgarde und die Massen unauflöslich verband. Das gab ihr eine großartige Kraft.

»ARBEITER, SOLDAT, NIMM DEINE ALTEN TRÄUME UND BEGINNE BEI NULL!«, schrie sie.

- VERIRRE DICH, NIMM DEINE ALTEN TRÄUME UND BEGINNE BEI NULL!
- BELLE DEN MOND AN MIT DEN VERIRRTEN!
- BEGINNE ALLES BEI NULL, BEFIEHL DEM MOND!
- WENN DIR DER MOND NICHT GEHORCHT, TÖTE IHN!
- ARBEITER, SOLDAT, DU BIST TEIL EINES ALTEN TRAUMS!
- GEH ZUM MOND, VERIRRE DICH, TÖTE IHN!

Wie Mevlido befürchtet und vorausgesagt hatte, war Gateway Street von den mutierten Hühnern überschwemmt, und sie hielten die gesamte Straße besetzt, ohne den geringsten Platz frei zu lassen. Die Schar, die sie bildeten, war schmutziggrau, lückenlos, ununterscheidbar und angriffslustig. Aus Böswilligkeit, aber auch infolge einer kollektiven Dummheit und Sturheit, versperrte die große Masse den Durchgang. Die Leiber glucksten in Kniehöhe und wichen nicht zurück. Es war praktisch unmöglich, sich einen Weg durch sie zu bahnen, ohne zu kämpfen. Cornelia Orff rannte ungestüm in die gackernden Massen und begann, heftige Fußtritte auszuteilen. Sie schwang den Klappstuhl, den sie bis dahin über der Schulter getragen hatte, und bediente sich seiner völlig planlos, ein wenig wie ein Anfänger beim Degenfechten sein Leben mit einem Krummschwert verteidigt. Sie erzeugte panische Fluchtbewegungen, hysterisches Aufflattern, und wenn das Geflügel zu Mevlido zurückflutete, schlugen die meisten in Höhe seiner Brust oder seines Gesichts mit ihren verkümmerten Flügeln. Er war umgeben von entsetzlichen Gerüchen, von Hühnermist und körniger Haut. Nach wenigen Sekunden ging Mevlido unter in einer Wolke aus feindlichen Federn und Unterschenkeln. Er ließ Maleeyas Hand los und begann blindlings zu boxen. Seine Fäuste trafen fliehende Gerippe von unbegreiflicher und warmer Konsistenz. Er bemühte sich, nicht den Staub und die Läuse einzuatmen, die die Atemluft verdrängt hatten. Zu seiner Rechten erahnte er Maleeya Bayarlag, die vor Entsetzen im Kreis herumwirbelte und schwankte. Angeekelt gab sie jämmerliche, kaum vernehmbare Laute von sich.

»Klemm dich hinter mich!«, schrie Mevlido ihr zu. »Halt dich an meinem Gürtel fest! Drück dich an mich!«

Er wollte seinen Körper als Wall benutzen, um sie zu schützen, doch sie folgte ihm nicht. Er spürte, dass in dem Durcheinander und der Dunkelheit der Abstand zwischen ihnen zunehmen würde.

»Bleib hinter mir!«, brüllte er.

Er ahnte, dass sie zwei Meter auseinander waren, dann drei oder vier, dann hatte er den Eindruck, sie habe sich an eine Wand gepresst und komme mit kleinen Schritten seitlich vorwärts, indem sie den Kopf mit beiden Armen schützte. Er drehte sich um und rief sie, aber die Dunkelheit nahm noch mehr zu. Man sah absolut nichts mehr. Im selben Moment sprang eine wütende Pute in seinen Nacken, und er schwenkte heftig um, damit er wieder gegen den kompakten Strom des Geflügels angehen konnte. Er triefte von Flaumfedern und Parasiten. Das Ungeziefer knirschte im Ausschnitt seines Hemdes. Hahnenkämme und Bürzel von unsagbarer Hässlichkeit streiften ihn in immer größerer Zahl. Es gelang ihm nicht, Zusammenstöße mit seinem Bauch und Kratzwunden zu vermeiden. Weiter unten hackten andere Hühner durch den Stoff seiner Hose in seine Waden.

»Maleeya!«, schrie er noch einmal über seine Schulter. »Ich bin hier.«

Cornelia Orff, die Avantgarde der Hominidengruppe, wich nicht zurück. Heldenhaft grub sie eine Art Tunnel in diese Tierlawine. Sie brüllte weiter sonderbare Losungen, die umso sonderbarer waren, als sie nicht im Geringsten zu den Schwierigkeiten passten, mit denen sie gerade kämpfte. Manchmal war ihre Stimme so erregt, dass sie den Lärm der Hühner überdeckte.

• »VERSCHWINDE MIT DEN TÖCHTERN DES ZUFALLS!«, grölte sie.

• VERZICHTE NICHT AUF DIE TÖCHTER DES ZUFALLS!

• BEREITE DEN SIEG VOR, AUCH WENN DU NICHTS MEHR BIST!

• SCHLÜPFE IN EINEN SACK BIS ZUM SIEG!

• SCHLÜPFE IN EINEN SACK MIT DEN TÖCHTERN DES ZUFALLS!

Dann hatten sie das Hindernis überwunden. Sie waren jetzt am Ende von Gateway Street angekommen, fast schon unter der wackeligen Fußgängerbrücke, die zwei Gebäudeterrassen miteinander verband und der Straße ihren Namen gegeben hatte. Die Zahl der Hühner um sie nahm ab, ein Zeichen, dass sich das Problem bald erledigt haben würde. Cornelia Orff japste und musste husten, sie war heiser und hörte auf zu schreien. Der Marsch verlor sofort seinen dramatischen Charakter. Cornelia Orff hatte ihre Führungsrolle zwar nicht aufgegeben, aber sie ging schweigend voraus. Sie hatte ihre Stimmbänder ruiniert und rang um Atem.

»Wir müssen auf Maleeya warten«, stoppte Mevlido sie.

Die Alte blieb stehen.

»Wo ist sie geblieben?«

»Ich weiß nicht.«

Sie neigten sich beide in die Richtung, aus der sie soeben gekommen waren. Die Beleuchtung konnte man vergessen, sieht man vom dunkelgrauen Nachleuchten des Gefieders der am stärksten mutierten Vögel ab. Die Hühner hatten sich schnell wieder beruhigt. Sie bildeten wieder eine glucksende Barrikade, die alles versperrte. Gateway

Street war ein trostloser Engpass. Da es in den Betonmauern zahlreiche Einbuchtungen gab – Einschusslöcher, Fensteröffnungen –, bedeckten die Hühnervögel nicht nur den Boden, sondern kleideten zudem in unterschiedlicher Höhe die Mauern aus bis zum ersten Stock, sofern es ein oder mehrere Stockwerke über dem Erdgeschoss gab. Man konnte nicht viel erkennen, aber es schien unmöglich, dass Maleeya sich noch irgendwo dort aufrecht hielt. Sie war nicht zu sehen.

»Maleeya!«, rief Mevlido.

»Sie hat sicher kehrtgemacht«, wollte Cornelia ihm einreden und kniff die Augen hinter ihren Brillengläsern zusammen.

Mevlido legte die Hände zu einem Schalltrichter um den Mund und rief von Neuem:

»Maleeya!«

Sie blieben eine Minute dort stehen. Schwach leuchtend erstreckte sich die riesige Hühnerschar vor ihnen bis zum anderen Ende der Straße. Die Schreie waren verstummt. Das Schneegestöber aus Flaumfedern hatte sich gelegt. Der Gestank von verfaulten Daunen verursachte Brechreiz. Cornelia Orff musste einmal laut rülpsen und hustete.

»Sie ist gegangen«, sagte sie.

In der Hoffnung, noch irgendeine Spur von Maleeya zu entdecken, suchte Mevlido weiter die abstoßende Szene ab. Eine schlimme Vorahnung presste ihm Lunge und Muskeln zusammen. Er machte sich Sorgen wegen Maleeya, aber noch wollte er nicht vom Schlimmsten ausgehen. Selbst scharenweise konnten die Hühner einem schwerlich unheilbare Verletzungen beibringen oder einen töten.

»Los, komm«, forderte Cornelia Orff ihn auf.

»Ich frage mich, wo sie steckt«, murmelte Mevlido.

»Los, komm«, wiederholte Cornelia Orff, »sonst kommen wir zu spät.«

Mevlido suchte ein letztes Mal Gateway Street und die vielen Tausende sich aneinanderpressenden Hühner ab, diesen gräulichen Teppich, dann folgte er der Alten, die sich bereits wieder auf den Weg gemacht hatte.

Eine Viertelstunde lang folgte er ihr wie ein Schatten. Trotz ihres Alters trabte sie unermüdlich voran. Der weitere Weg verlief ohne nennenswerte Probleme. Die Stille einer schlafenden Voliere begleitete sie. Da sich in diesen Sektor von Hühnerhof Vier kein Fahrzeug jemals vorwagte, hörte man nicht das leiseste Motorbrummen. Von Zeit zu Zeit kletterten sie über Junkies, die praktisch genauso harmlos waren wie Tote, oder begegneten Leuten, die durch die Nächte irrten, Schlaflosen, die sich in den Schatten verdrückten, um ihnen aus dem Weg zu gehen, und nicht die geringste Absicht zeigten, sich mit ihnen anzulegen. Die Vogeldichte schließlich erreichte nicht mehr die kritischen Werte wie in Gateway Street. Auf ihrem Weg strömte das Geflügel ganz von selbst auseinander. Manchmal bekamen sie noch einen Schnabelhieb ab, aber sie mussten nicht mehr kämpfen, um voranzukommen.

Sie bogen in Park Avenue ein, gingen eine von Stacheldraht überragte Mauer entlang, und nachdem sie sich durch den Türspalt eines Portals geschlängelt hatten, befanden sie sich auf dem Gelände der Fabrik Nummer neun. Die Straßenlampen sorgten für eine bescheidene Beleuchtung der aufeinanderfolgenden Innenhöfe, die voller Abfälle waren, sowie der Ziegelsteinbauten mit ihren zerbrochenen und dunklen Fenstern. Ein starker Geruch nach schmutziger Kleidung lag in der Luft, denn sie hatten das Gelände auf der Seite betreten, wo Stoffreste und nicht mehr zu reparierende Schuhe gelagert wurden.

»Wo findet es statt?«, fragte Mevlido.

Die Alte ging zwischen zwei Bergen von Altklamotten auf eine eingetretene Tür zu, dann wich sie zurück.

»Du hast doch gute Augen, siehst du, ob hier irgendwo «Sternhagen-Block» steht?«, fragte sie.

»Nein«, antwortete Mevlido.

»«Sternhagen-Block»«, brummte die Alte, »den müsstest du eigentlich kennen.«

»Ich bin nicht oft hier gewesen«, erwiderte Mevlido, »und wenn, dann bin ich nie durch diesen Eingang hereingekommen.«

»Es ist im Sternhagen-Block«, sagte Cornelia Orff. »Wenn nicht hier, dann eins weiter.«

Sie hatte ein wenig an Selbstsicherheit verloren.

»Ich sehe keinen Hinweis«, sagte Mevlido.

Sie gingen weiter bis zu einem zweiten Gebäude. Dabei tauchten sie in das Labyrinth aus Abfällen ein. Die Gebäude sahen alle gleich aus. Sie waren verfallen. Nirgendwo brannte ein Licht. Niemand hielt hier eine Versammlung ab.

»Da!«, verkündete Mevlido und zeigte auf die Buchstabenreste über einer Tür. »Da ist der Sternhagen-Block.«

»Hier ist es«, freute sich Cornelia Orff.

»Ich sehe keine Versammlung«, sagte Mevlido.

Die Alte zuckte die Schultern und knurrte. Sie hatte sich vor der verwahrlosten Treppe aufgepflanzt. Nach einer halben Minute des Nachdenkens erklomm sie drei Stufen und klopfte an die Tür. Ratten quiekten dahinter. Ihr Klopfen hallte wider. Es erweckte einen furchtbaren Eindruck des Jammers und der Leere, aber es schlug die Nager nicht in die Flucht. Cornelia Orff kehrte zu Mevlido zurück. Mit vorwurfsvoller Miene betrachtete sie das verlassene Gebäude.

»Und dabei hätte ich schwören können, dass es heute Abend ist«, brummte sie.

Sie klappte die Beine ihres Klappstuhls auseinander und setzte sich darauf.

»Was machst du da?«, fuhr Mevlido sie eher müde als schroff an.

Die Alte gab keine Antwort.

»Du hast dich getäuscht«, fuhr Mevlido fort. »Die Zelle trifft sich an einem anderen Tag. Wir sind umsonst gekommen. Es ist sinnlos, hierzubleiben.«

Er zog die Nase hoch. Staub, Rattenpisse, Schmutz, verwüstete Stoffe, abgewetztes Leder, fleckige Scharpien.

»Und außerdem stinkt es«, bemerkte er noch.

Cornelia Orff schimpfte über seine Verärgerung. Sie machte keine Anstalten zu gehen. Sie blieb am Treppenaufgang vor dem Sternhagen-Block sitzen. Die Alte hatte die Arme über der Brust verschränkt, und auf einmal war sie wie ein Fels.

»Was machst du da?«, fragte Mevlido noch einmal.

»Ich warte«, antwortete Cornelia Orff. »Die Partei mahnt uns zur Geduld.«

»Das ist bescheuert!«, regte sich Mevlido auf. »Worauf wartest du?«

»Das kannst du nicht verstehen, Mevlido«, erwiderte die Alte mit schriller Stimme. »Zieh Leine. Du bist ein wenig vertrauenswürdiges Element, du glaubst an nichts, du gehörst zu einer stinkenden Kategorie. Du kannst nicht verstehen, warum die Partei von uns verlangt zu warten.«

31

»Ach was!«, dachte er.
Es ist nichts Schlimmes passiert.

Nachdem er Cornelia Orff allein zwischen einem Stapel übelriechender Schuhe und vom Regen und Guano hart gewordener Kleidungsstücke zurückgelassen hatte, rannte Mevlido zu Factory Street. Er redete sich ein, dass er Maleeya Bayarlag dort wiedertreffen würde. Sie hat sicher kehrtgemacht, als das Geflügel tobte und das Durcheinander unbeherrschbar wurde, dachte er. Als ich blindlings in den Haufen schlug und mich nicht mehr um sie kümmern konnte. Wir waren noch nicht sehr weit in die Hühnerschar vorgedrungen, und als sie sah, dass sie mir nicht mehr folgen konnte, ist sie zurückgegangen. In dem Moment muss sie zurückgegangen sein. Es war keine weite Strecke zurück zu der Stelle, wo wir losgegangen waren, zu dem Zipfel Gateway Street, den das Geflügel nicht in Beschlag genommen hatte. Eingangs von Gateway Street. Und dann wird sie zur Factory Street zurückgekehrt sein. Bestimmt hat es sich so abgespielt. Bestimmt ist sie unversehrt und hat sich in Sicherheit gebracht. Sie ist zu Hause in Factory Street, im vierten Stock. Vielleicht hat sie sich schon ins Bett gelegt, oder sie hat sich in die Küche gesetzt und isst dort ein Stück Kuchen oder spricht mit den Schaben, erzählt ihnen von ihrem Tag oder von der Feindseligkeit der Hühner in Gateway Street. Wenn das Wasser nicht abgestellt ist, hat sie eine Dusche nehmen können, um die Läuse und Federn der Vögel loszuwerden, und jetzt träumt sie vor sich hin, ruht sich aus. Jetzt fühlt sie sich gut. Er braucht sich keine Sorgen zu machen, muss sich nicht ihren leblosen Körper vorstellen, der nicht mehr reagiert, der unter den Mutantenhühnern von Gateway Street verschwunden ist. Sie ist wohlauf.

Alles ist gut gegangen, dachte er.

Seine Muskeln waren watteweich vor Angst.

Sie ist der Gefahr entronnen, wiederholte er bei sich. Sie ist wohlauf.

Er brauchte nicht lange, dann stand er am Eingang zu seinem Wohnhaus. Von Mülldeponie Nummer neun bis Factory Street war es weniger als ein Kilometer. Er stieg die Stufen hoch, ohne die Treppenhausbeleuchtung anzuschalten, und öffnete die Wohnungstür. Das Licht war ausgeschaltet, und aus Gewohnheit streckte er auch nicht die Hand zum Lichtschalter aus. Er bewegte sich ohne besondere Vorsicht, ging drei Schritte und blieb unvermittelt stehen. Er hatte Schatten im Wohnzimmer gesehen. Jemand stand neben dem Tisch. Die Person stand im Gegenlicht, vom Fenster schwach beleuchtet. Es war eine junge Gestalt, der schlanke Körper eines Mädchens. Das war nicht Maleeya. Sein Herz, das vom schnellen Treppensteigen bereits kräftig schlug, begann noch schneller zu pochen.

»Sonia«, sagte er. »Manchmal habe ich davon geträumt. Ich öffne die Tür und du stehst da im Dunkeln und wartest auf mich.«

»Lass den Quatsch, Mevlido«, sagte Sonia Wolglan.

Er blieb in der Küche, ohne sich ihr zu nähern. Seit einer halben Stunde hatte er fast ausschließlich an Maleeya Bayarlag gedacht, das Zusammentreffen mit Sonia Wolglan kam zu plötzlich und hemmte ihn. Maleeya war verschwunden, auf Gateway Street musste etwas Furchtbares geschehen sein. Das war nicht der Augenblick, um vor der jungen Mörderin Süßholz zu raspeln.

Er ließ einige Sekunden verstreichen. Schöpfte Atem.

»Ist Maleeya im Schlafzimmer?«, fragte er.

Sonia Wolglan zuckte die Schultern.

Er ging bis zur Türschwelle und blieb dann stehen. Zwischen den Wänden stockte die Luft und roch nach Matratze und Geisteskrankheit.

»Sie ist nicht zu Hause«, sagte er. »Ich habe Angst, ihr könnte etwas zugestoßen sein.«

Er legte die Hand auf den Lichtschalter und drückte ihn. Es gab Strom. Auch wenn die Glühbirne im Hauptzimmer nicht mehr als vierzig Watt hatte, schuf das unbehindert strahlende elektrische Licht nach so viel Stunden im Halbdunkel eine anormale und äußerst schockierende Atmosphäre. Er hätte es am liebsten gleich wieder ausgemacht.

Sonia Wolglan trug einen dunkelblauen Kasack mit einem sehr strengen, hochgeschlossenen Kragen und langen Ärmeln, der ihr bis zu den Knien reichte. Ihre Beine steckten in Hosen von derselben Farbe. Sie hatte die Bauarbeiterjacke auf den Tisch geworfen, in die sie immer schlüpfte, wenn sie auf die Straße hinausging, und die ihr zu groß war, sie plump aussehen ließ und einen guten Teil ihrer Reize zunichte machte, so dass sie unauffällig blieb. Von ihrem Körper sah man nur die kleinen, sauberen Hände, ihre Füße steckten in Sandalen, und ihr Mädchengesicht war zum Anbeißen. Sie war prächtig. Sie richtete ihren Blick auf Mevlido. Ihre dunklen Augen glänzten.

»Kann ich das Licht ausmachen?«, fragte Mevlido.

»Wie du willst«, antwortete sie.

»Mir ist lieber, wir bleiben im Dunkeln«, sagte er, »die Nacht ist hell genug, damit wir uns sehen können.«

Er schaltete die Lampe aus. Gleich fühlte er sich sehr viel wohler für das Gespräch mit der jungen Frau.

»Was hat dich«, begann er.

»Ich habe eine Information für dich«, erwiderte sie.

»O. K. Ich höre.«

»Ich habe einen Kindersoldaten aufgespürt.«

»Ah. Und jetzt?«

»Das könnte dich interessieren.«

»Na ja. War es ein Bandenchef?«

»Nein, er gehörte zu einer Kolonne. Es ist ein Kindersoldat von der allergewöhnlichsten Sorte.«

»Überlasse ihn denen, die sich an ihm rächen müssen. Wenn es ein Bandenchef wäre, würden wir die Gruppe darauf hinweisen. Aber da du meinst, es sei ein gewöhnliches kleines Monster.«

»Welcher Gruppe?«, unterbrach ihn Sonia Wolglan.

»Das weißt du genau. Es gibt eine Gruppe, die dafür zuständig ist.«

»Zuständig für was?«

»Sie abzuknallen.«

»Kennst du sie?«

»Manchmal spreche ich über sie bei der Selbstkritik. Manchmal spreche ich nicht über sie. Ich kenne weder ihren Namen noch ihr Programm. Ich weiß nicht, ob es eine Einzelperson ist oder ob es mehrere sind. Es ist eine anonyme militärische Gruppe. Sie knallen die früheren Anwerber von Kindersoldaten ab. Die ehemaligen Verantwortlichen und die einstigen Bandenchefs.«

»Und du unterstützt sie?«

»Ja.«

»Ich ebenfalls«, behauptete Sonia Wolglan. »Übrigens dachte ich, du wärst das.«

»Es hat keinen Sinn, darüber zu reden«, erwiderte Mevlido.

Dann standen sie sich wortlos gegenüber.

Sonia Wolglan kam Mevlido näher und schmiegte sich

ein oder zwei Sekunden lang an ihn, Brust an Brust. Er spürte durch den Stoff, wie ihre Brüste ihn streichelten, er ahnte ihre Brustwarzen. Für sie war es eine Art, ihr Einvernehmen mit ihm auszudrücken. Eine Nähe, fast eine Verschmelzung abseits aller fleischlichen Erwägungen. Er begriff, dass keine Zuneigung in dieser Geste lag, und so ließ er sie gewähren, ohne seine Arme zu öffnen und sie zu umarmen, ohne sich zu rühren, und als sie sich von ihm löste, hielt er sie nicht zurück. Es lag keine Zuneigung in ihrer Geste, aber sie war wohltuend und brüderlich. Dann trat sie zur Seite.

»Ich bin sicher, dass du es bist«, sagte sie.

»Denk, was du willst«, erwiderte er.

Sie schien irgendetwas zu bedauern, dann ergriff sie wieder das Wort:

»Der Kerl hat es geschafft, sich hier zu integrieren. Er ist nicht verrückt geworden wie die anderen. Er hat sich verstellt. Wirklich sehr gut. Er hat einen Telefonladen bei der Haltestelle Leonor Iquitos aufgemacht. Dort fristet er sein Leben als Händler und Dealer.«

»Alban Glück?«, staunte Mevlido.

»Ja, das ist er. Kennst du ihn?«

»Der Kerl soll ein ehemaliger Kindersoldat sein?«, fragte Mevlido.

»Ja. Ich hatte zuerst ernsthafte Zweifel, doch dann hat mir jemand Beweise gezeigt.«

»Was für Beweise?«

»Beweise eben«, gab sich Sonia Wolglan verschlossen.

»Welche Art von Beweisen?« Mevlido blieb hartnäckig.

Sie trat ein Stück zurück. Sie stand wieder an derselben Stelle wie fünf Minuten zuvor, als er die Wohnung betreten hatte. Ihr Gesicht war kaum zu sehen. Erneut stand der Tisch zwischen ihnen, ein dunkler Fleck, auf der Tischplatte die Bauarbeiterjacke, die aussah wie ein hässlicher grauer Balg.

Da sie auf seine Fragen nicht mehr antwortete, ging Mevlido langsam zum Fenster. Er stützte sich auf das Fensterbrett, wischte sich den Schweiß ab, der über seine Augen floss, und betrachtete den Himmel. Ein paar Sterne waren zu sehen und viele Wolken. Der Mond war nicht da. Das Viertel rauschte. Auf dem Dach des gegenüberliegenden Hauses saßen Hühner und Eulen in einer Reihe Seite an Seite und bedachten sich regelmäßig mit einem lächerlichen Gurren.

»Einige Tage lang ...«, begann Sonia Wolglan.

Dann versagte ihr die Stimme, und sie schwieg.

Mevlido gab einen Laut von sich, um sie zu ermuntern.

»Ich saß auf dem Trockenen«, sagte Sonia Wolglan.

»Ja«, sagte Mevlido, »soll vorkommen«.

Er kehrte ihr den Rücken zu. Er tat so, als nähme ihn die Betrachtung der Sterne gefangen. Wäre er in dem Moment so ungeschickt gewesen, sich zu rühren, sich umzudrehen und ihren Blick zu suchen, so hätte sie, das wusste er, nichts mehr gesagt.

»Ich habe mit Alban Glück geschlafen«, sagte Sonia Wolglan.

Sie hatte das äußerst heftig ausgesprochen, mit einem verächtlichen Ton, der die gesamte Welt beschimpfte.

Mevlido starrte weiter in die Nacht hinaus. Er betrachtete die Eulen auf den Dachrinnen, die erloschenen Straßenlampen. Er rührte sich nicht, er wendete sich nicht Sonia Wolglan zu. Außer uns, aber wir anderen zählen nicht, sah niemand sein Gesicht. Niemand sah seine auf einmal erdigen, praktisch blutleeren Gesichtszüge.

»Das ist ein ganz gerissener Kerl«, sagte Sonia Wolglan. »Er weiß genau, was er riskiert, und er ist fortwährend auf der Hut. Nur wenn er schläft, lassen seine Abwehrkräfte nach. Er spricht im Schlaf. Man kann ihm Fragen stellen, und er plappert, ohne es zu merken. Er erzählt eine Menge Zeugs.«

Sie hat mit Glück geschlafen. Mevlido nahm es betrübt zur Kenntnis. Sie hat mit diesem abscheulichen Geier geschlafen, um Drogen zu bekommen. Ich habe sie nie in meine Arme geschlossen, sie nie liebkost und bei der Liebe mit ihr alles vergessen, ich habe nie ihre Tätowierungen gezählt. Nie lagen wir nackt nebeneinander, aufeinander. Wir haben nie miteinander geschlafen. Sie hat sich nie über mich gebeugt und gehört, was ich in meinen Träumen murmle.

»Und dann?«, fragte er

»Was«, gab Sonia Wolglan zurück.

»Du sagtest, er erzähle eine Menge Zeugs.«

»Ja. Er gehörte den rassistischen Kolonnen in Zone Fünf an. Er war damals vierzehn Jahre alt. Er war in Djaka Park West. Er war an den Massakern beteiligt.«

Djaka Park West.

Dort war Verena Becker gestorben, dachte Mevlido. Er war an den Massakern beteiligt. Er gehörte zu der Bande, die Verena Becker gemartert hat.

»Das zu hören, tut weh«, sagte er.

»Ich weiß«, erwiderte Sonia Wolglan.

»Sehr weh.«

»Ich weiß.«

»Nun denn.«

Er verharrte reglos vor dem Fenster, auf die Fensterbank gestützt, leicht gebeugt, mit dem Kopf versunken in Dunkelheit und Traurigkeit. Dann schloss er die Augen.

»Ich überlasse ihn dir«, sagte sie.

Eine Minute lang herrschte Schweigen zwischen ihnen.

»Ich schäme mich, eine Beziehung zu einem solchen Kerl gehabt zu haben«, sagte Sonia Wolglan.

»Es ist dein Leben«, murmelte Mevlido. »Du schuldest mir keine Erklärung. Ich verlange nichts von dir.«

»Mir wird schon schlecht, wenn ich nur daran denke«, führte sie weiter aus.

Mevlido hatte seinen Platz am Fenster nicht verlassen. Er schloss die Augen, er lauschte auf die Nacht in Hühnerhof Vier. Wenigstens von hinten hätte er gern ruhig und stark ausgesehen wie ein Polizist oder ein Mörder.

Hinter ihm stand Sonia Wolglan und zögerte.

»Es kann passieren, dass man Beziehungen mit jemandem x-Beliebigen hat«, fuhr sie fort, »manchmal ist es einem egal, in dem Fall aber widert es mich an.«

Nun rührte sich Mevlido. Er kehrte in die Zimmermitte zurück. Er blieb neben dem Tisch stehen. Er sah nicht so gefasst aus, wie er tat. Trotz der Dunkelheit sah man Tropfen über seine Stirn und seine Wangen rinnen.

»Ich gehe hin«, sagte er.

»Soll ich mitkommen?«, fragte sie. »Glück wird dann weniger misstrauisch sein.«

»Nein«, erwiderte Mevlido niedergeschlagen. »Komm nicht mit. Das ist meine Angelegenheit.«

Sie standen sich gegenüber, aber sie sahen sich nicht an.

»Warte«, sagte sie.

Sie kramte in einer Tasche der Jacke, die auf dem Tisch lag, und zog eine Pistole hervor.

»Das Magazin ist geladen«, sagte sie.

»Nein«, meinte er, »ich komme auch ohne zurecht.«

»Aber womit? Du hast sonst nichts.«

»Stimmt. Ich habe nichts.«

32

Er kam aus dem Maraschwili-Tor und bog auf Makadam Boulevard ein. Er ging zwischen den Straßenbahnschienen. Der ölfleckige Asphalt knirschte unter seinen Sohlen. Bis zu Alban Glücks Schlupfwinkel hatte er fast zwei Kilometer zurückzulegen. Die Gleise glänzten unter dem Licht der wenigen Straßenlampen, die leuchteten, und selbst in den Abschnitten ohne Beleuchtung konnte man sie noch ausmachen. Die Nacht war klebrig heiß. Man begegnete keinem Menschen. Er lief mit steifen Schritten, zwischendurch wurde er langsamer wie ein sehr müder oder alkoholisierter Mann. Er dachte an nichts. Er empfand keine besondere Gefühlsregung. Er entfernte sich nicht vom Schienenweg, denn anderswo war die Fahrbahn voller Spurrillen. Von den verlassenen Häusern zu seiner Linken, am Rand des Ghettos, ging der Gestank eines Taubenschlags aus, und die Gebäude rechts bildeten ein Bollwerk der Verwüstung mit tiefdunklen Breschen und manchmal Platanen oder Akazien mit riesigen Ästen. Um diese Stunde fuhr keine Straßenbahn. Man hatte den Eindruck, man befinde sich in einem unglaublichen Niemandsland fern jedes menschlichen oder untermenschlichen Treibens.

Zwanzig Minuten später erreichte Mevlido die Haltestelle Leonor Iquitos. Keine Menschenseele war unterwegs. Die Betonplattform mit ihrer aus drei Mauersteinen bestehenden Treppe sah aus wie ein Überbleibsel, das Abbrucharbeiter aus Versehen vergessen hatten niederzureißen. Eine einzige Straßenlampe brannte in der Nähe. Sie hing unter dem Dach der Hütte, in der Alban Glück seine Kommunikationsgeräte installiert hatte. Ihre Strahlen tauchten die hundert Meter lange, von Schlaglöchern übersäte Strecke zwischen der Haltestelle und dem Leonor-Iquitos-Tor in gelbes Licht. Trotz der späten Stunde war der Laden geöffnet. Das Telefongeschäft erfordert es, dass man praktisch fortwährend geöffnet hat, will man nicht die Gelegenheit verpassen, ein oder zwei Dollar zu verdienen.

Bei solchen Geschäftszeiten frage ich mich, dachte Mevlido.

Er wischte den Schweiß ab, der ihm übers Gesicht lief. Er fragte sich, zu welchen Tageszeiten oder zu welcher nächtlichen Zeit der Geier mit Sonia Wolglan herumgetollt hatte. Bilder von ihrer Paarung, die er seit seinem Aufbruch in Factory Street verdrängt hatte, flimmerten in ihm wie auf einem Bildschirm. Sie waren scharf, stumm und farblos. Die Sequenzen folgten sehr schnell aufeinander. Die Knie gegen den Boden gestemmt, beugte sich der Geier schändlich über Sonia Wolglan, um in sie einzudringen. Dann schlief er sehr schnell ein. Im Schlaf machte er schreckliche Geständnisse, dann erwachte er und stand auf. Er bestieg ein weiteres Mal Sonia Wolglan. Die junge Frau schien halbtot zu sein, die Droge nahm ihr jede Reaktionsfähigkeit. Alban Glück bewegte die Flügel und stieß Schreie aus, die das Bild nicht wiedergab. Er verrückte sie wie eine Puppe, wälzte sich auf sie, befummelte sie. Wie, fragte er sich, wie konnte sie sich nur, auch wenn es darum ging, ihren Stoff zu kriegen, von einem Individuum dieser Sorte betatschen und bumsen lassen. Sie. Sich von seinen klebrigen Ausflüssen, seinen zähflüssigen Ejakulationen durchdringen lassen.

Dann seufzte er. Er musste sich darauf konzentrieren, das zu tun, wozu er gekommen war.

Lass den Quatsch, Mevlido, dachte er. Trotz allem bist du hier, um einen Mord auszuführen, nicht um über Sonia Wolglans sexuellen Niedergang zu spekulieren. Vergiss Sonia Wolglan. Du wirst diesen Glück schließlich nicht ihretwegen umbringen.

Er war langsamer geworden. Prüfte die Umgebung. Jetzt, da er den Tatort erreicht hatte, bedauerte er, dass er nicht auf das Angebot von Sonia Wolglan eingegangen war. Er hatte die Pistole gleich erkennen können – eine Waffe, deren Effektivität er immer geschätzt hat, eine Tokarew aus der Zeit der Zweiten Sowjetunion. Er hätte die Zähne zusammenbeißen und, ohne lange zu fackeln, die Pistole einstecken sollen. Sonia Wolglan war ihm keine Rechenschaft schuldig darüber, wie sie ihren Körper einsetzte. Er hatte ihr nichts vorzuwerfen. Und niemand hatte von ihm verlangt, dieserart seine Fassungslosigkeit und seine Einsamkeit zu demonstrieren.

Ich werde im letzten Moment irgendetwas vom Boden aufheben, dachte er. Ich hoffe, es wird scharf und nicht zu schwer sein. Ein Ziegelstein wäre das Richtige.

Er wischte sich erneut die Stirn ab. Er passte auf, keine verdächtigen Bewegungen zu machen.

Dieser Glück wird bestimmt das Kommen und Gehen um seinen Laden überwachen, dachte er. Ich werde später nach einem Ziegelstein suchen.

Die Schiefertafel hing noch an ihrem Platz in Augenhöhe.

- Bei Alban Glück
- letzter Telefonladen vor Hühnerhof Vier
- Ferngespräche
- Nachtdienst
- Senden und Empfangen alle Sprachen alle Dialekte

Mevlido stützte sich mit den Ellbogen auf das Brett, das als Tresen diente. Der Laden lag im Dunkeln. Der Geier kauerte hinter seinem Mondschreiber und war kaum zu sehen zwischen seinen Gerätschaften. Er hatte einen Schaltkasten ausgebaut und hörte ihn ab oder reparierte ihn ohne Licht, sozusagen blindlings.

»Erinnerst du dich an mich?«, fragte Mevlido.

»Nein, wieso?«, antwortete der Geier nach einer Weile.

Ohne seine Haltung zu verändern, musterte er seinen Kunden durch die Trauben herabhängender Kabel, zwischen Generatoren, die die Dunkelheit ungewöhnlich groß erscheinen ließ.

»Wir haben uns gestern schon gesehen«, sagte Mevlido.

»Kann mich nicht erinnern.«

»Ich habe zwei Gespräche geführt.«

»Schon möglich«, meinte Glück. »Hab ich dir einen Preis genannt?«

»Zwischen ein und zwei Dollar«, erwiderte Mevlido.

»Das war ein Werbepreis«, kreischte Glück.

Es schien, als wolle er seine Abneigung übermäßig betonen. Er trat nicht ins Licht. Vielleicht feilschte er lieber, ohne seinen Platz zu verlassen, oder vielleicht misstraute er den Absichten dieses späten Kunden, der zu Fuß gekommen war und ein verschmutztes kurzärmliges Polizistenhemd trug.

»Ach!«, sagte Mevlido. »Und wie teuer ist es heute Abend?«

Geier Glück richtete sich auf. Er trat nun aus seiner finsteren Rumpelkammer voller unbegreiflicher Maschinen hervor. Die Lampe tauchte die Theke in ein staubiges Gelb, das Gelb flackerte hinter dem Brett wieder auf, beleuchtete das Ladenschild und einen halben Meter Innenraum des Ladens. Alban Glück hielt sich im Hintergrund, in einem Zwischenbereich. Man konnte seine Gesichtszüge erkennen, seine körnige Physiognomie drückte Verdrossenheit aus, aber man sah nicht richtig, ob er hinter seinem Rücken eine Waffe hielt. Um ihn nicht zu beunruhigen, bedachte Mevlido ihn mit einem Blick, in dem Müdigkeit und Gleichgültigkeit vorherrschten. Er musterte nicht die zerzausten Federbüschel auf dem Schädel, den er vielleicht bald einschlagen würde. Er verweilte nicht bei den Falten des dehnbaren Halses, den durchzuschneiden oder zu würgen er ersehnte.

»Das hängt davon ab«, sagte Glück. »Wohin soll das Gespräch gehen?«

Der Abstand zwischen ihm und Mevlido war geringer geworden, ermöglichte Mevlido allerdings keinen Angriff. Ich könnte unversehens den Arm nach ihm ausstrecken und die Finger wie eine Zange um seine Luftröhre schließen, dachte Mevlido. Ja, das ginge. Aber dann? Wie ihn nach draußen schleppen, um mit ihm abzurechnen? Er wird sich wehren und sich am Tresen festklammern. Er wird versuchen, nach mir zu schlagen oder mich seinerseits zu packen. Selbst wenn Schmerz und Atemnot ihn schwächen, werden meine Kräfte nicht ausreichen, ihn aus seiner Höhle zu ziehen. Wenn wir wenigstens im Freien wären, auf dem Weg, dann könnte ich seinen Kopf gegen einen Stein schmettern. Aber hier drinnen können wir uns nur von beiden Seiten des Tresens aus angreifen. Das verringert meine Chancen, ihn auszuschalten.

»Ich habe mehrere Anrufe zu erledigen«, sagte Mevlido, um Zeit zu gewinnen.

»Ab drei Anrufen gewährt das Haus einen Gruppentarif«, verkündete Geier Glück. »Zweieinhalb Dollar pro Gespräch. Willst du, dass die Aufzeichnung gelöscht wird?«

»Ja.«

»Dann musst du mit insgesamt einem Dollar mehr rechnen.«

»Das ist teuer«, sagte Mevlido mit einer fatalistischen Geste. »Gut, geht in Ordnung.«

Damit war das Geschäft besiegelt. Alban Glück beugte sich hinunter, um einen Apparat hervorzuholen, den er unter den Tresen gestellt hatte. Mit Mühe richtete er sich wieder auf. Er brauchte beide Hände für ein riesiges Feldtelefon, das aussah wie eine alte Registrierkasse. Er schickte sich an, den Apparat auf das Brett zu stellen. Mevlido nutzte die Gelegenheit und streckte urplötzlich die rechte Hand nach dem Kragen des Geiers aus. Seine Finger schlossen sich über Knorpeln. Er spürte, dass er Glücks Luftröhre gepackt hatte, und drückte sogleich mit aller Kraft zu. Der Gegner wehrte sich und ließ seine Last fallen. Der Apparat stieß gegen die Kiste, in der Glück seine Wocheneinnahmen verstaute, und schlug dann scheppernd auf den Boden. Kleine Münzen verteilten sich mit einem hellen Klingen über den Dielen. Mevlido drückte noch fester zu. Wie verrückt presste er seine Finger zusammen. Glücks Kehle fühlte sich in seiner Handfläche schuppig und kalt an, und sie wurde von Krämpfen durchzogen. Mevlido hatte die halbstarre Röhre, die zu Glücks Lungen führte, fest gepackt, er drückte sie zusammen und schüttelte sie, als wollte er sie herausreißen. Mit dem Rest, den Arterien und den anderen Bestandteilen, die Glücks Hals ausfüllten, beschäftigte er sich nicht. Er neigte sich nach hinten, um sich schwerer zu machen und sich vor den wild rudernden Armen seines Gegners zu schützen. Nach zwei Sekunden des Herumtastens in der Auslage des Ladens fand er schließlich eine Stelle, wo er sich mit seiner linken Hand festklammern konnte. Jetzt war er an seinem Platz verankert. Jetzt würde er sich halten können, bis Glück das Bewusstsein verlieren und aus seiner Hütte kippen würde.

Alban Glück war in einer ungünstigen Lage. Er versuchte nicht, zu atmen oder zu schreien, sondern versetzte Mevlido, der sich mit seinem ganzen Gewicht an ihn hängte, erfolglos Schläge. Er stemmte sich gegen den Boden, um nicht nach außen gezogen zu werden, denn er wusste, sobald er über die Theke kippen würde, bekäme er einen verhängnisvollen Schlag versetzt. Bevor er auf der anderen Seite Boden unter die Füße bekäme, würde Mevlido Zeit genug haben, ihm die Wirbel oder den Schädel zu brechen. Er hatte seine Flügel ausgebreitet, um dem Ziehen zu widerstehen, und wirbelte im Ladengeschäft so viel Luft wie möglich auf, um Mevlido Wolken aus metallischen Sägespänen entgegenzuschleudern, die nach seinen Federn und seinem Schweiß stanken.

Einige Sekunden lang behielt Mevlido die Oberhand, dann floss Schweiß zwischen seine Finger, und seine Hand verrutschte ein wenig, so dass sich sein Zangengriff lockerte. Sein Gegner nutzte dies, um einen Mundvoll Sauerstoff einzusaugen, dann hörte er auf, mit den Flügeln zu schlagen, und sank zusammen, wobei er Mevlido mitzog und zwang, seine Stellung zu verändern, um ihn nicht loszulassen. Er war so schwer geworden wie ein Leichnam. Mevlido musste den festen Halt aufgeben, den er bislang unter dem Brett der Auslagen gefunden hatte, und folgte der Bewegung des anderen.

Jetzt hing er mit seinem Körper über dem Tresen und beugte sich in den dunklen Innenraum des Ladens, die Finger umklammerten immer noch krampfhaft Alban Glücks Luftröhre. Er reckte sich auf dem Brett, als schickte er sich an, auf die andere Seite hinabzutauchen, und genau in diesem Moment hob der Geier etwas vom Boden auf, das schon immer dort abgelegt gewesen sein musste, zweifellos, um auf mögliche Angriffe durch Plünderer zu reagieren. Er hob es auf und benutzte es sofort. Es war ein Art kurzer Säbel oder eine Machete. Mevlido spürte ein Brennen unter dem Ellbogen. Einen halben Augenblick lang konnte er sich nicht vorstellen, was für eine Art von Verletzung das war, dann erlahmte sein Arm und umklammerte nicht länger Glücks Hals.

Der Geier befreite sich und stieß einen heiseren Schrei aus. Mevlido wich mit einem langen Schritt zurück. Er unterdrückte ein Stöhnen. Jetzt war er vor dem Laden, stand dort mit einem Unterarm, der seinen Befehlen nicht mehr gehorchte und baumelte. Bänder und Sehnen waren durchtrennt, die Gelenke nicht mehr funktionsfähig. Nach einigen Sekunden begann die Wunde zu bluten. Dann strömte das Blut, zunächst noch ohne richtigen Schmerz, aber mit heftigen, unheilvollen Stichen.

Glück erschien wieder hinter dem Tresen. Er hatte blutunterlaufene, weit hervorstehende Augen. Seine kahle Haut war zerschrammt, und er sah aus, als hätte er eine Hernie mitten am Hals. Mit den noch halb ausgebreiteten Flügeln ähnelte er einem dämonischen Wesen, wie es die mittelalterlichen Maler darstellten zu Zeiten, als die Religionen für die Zeit nach dem Leben Hoffnung auf ein besseres Jenseits oder auf die Hölle machten. Er keuchte lautstark. Die Waffe in seiner Hand glänzte vor Fett und zitterte. Es war ein Buschmesser.

Sie betrachteten sich wortlos.

Glück bekam einen Hustenanfall.

Mevlido blutete. Das Blut floss immer schneller. Tropfen fielen zu Boden. Im gelben Licht der Glühbirne war die Farbe der Lache nicht richtig zu erkennen, die sich vor Mevlido bildete.

»Also, wohin wolltest du anrufen?«, fragte Glück, seine gebrochene Stimme zu kehligen Lauten zwingend.

»Djaka Park West«, antwortete Mevlido.

Glück brummte irgendetwas. Er schien nicht sehr schockiert zu sein von den Erinnerungen, die Mevlido aufgerührt hatte. Dann trat er in die Dunkelheit des Ladens zurück, und man hörte nur seinen pfeifenden Atem.

Sonst hörte man nichts.

Nur seinen pfeifenden Atem.

Mevlido taumelte. Der Schock, den die Verletzung ausgelöst hatte, ließ ihn starr werden. Sein Verstand blieb an Nichtigkeiten hängen. Ein Stück weiter oben auf dem Weg gab es eine kleine schlammige Spurrille, und er verbrachte mehrere Sekunden damit, sie mit einem Blick von der Seite zu beobachten, als wäre die Frage, ob er dort einen Fuß hineinsetzen konnte oder nicht, von entscheidender Bedeutung. Fast verträumt sah er zu, wie sein Blut aus seinem Arm floss und dann vom Boden geschluckt wurde. Er versuchte abzuschätzen, wie schwer die Verletzung, wie tief der Schnitt war. Er spürte nicht viel, und das schlechte Licht zum Vorwand nehmend, untersuchte er die Wunde lieber nicht direkt. Er entfernte sich noch ein wenig vom Telefonladen. Er wusste nicht so genau, woran er war, ob die Auseinandersetzung beendet war oder nicht. Er hatte begriffen, dass er nicht mehr in der Lage war zu kämpfen, doch wenn es darum ging, die Folgen der Ereignisse zu bedenken, setzte sein Verstand aus. Die erste Runde habe ich auf alle Fälle verloren, dachte er. Dann wiederholte er diesen Satz im Stillen mehrmals. Er hätte nicht sagen können, ob ihm diese Art von schwarzem Humor gefiel.

Alban Glück krächzte weiter in seiner Hütte. Von Zeit zu Zeit faltete er seine Flügel auseinander und zusammen. Er kam noch immer nicht heraus, um den Kampf zu beenden. Er blieb da drinnen zwischen seinen Maschinen. Er gab ein regelmäßiges Röcheln von sich. Man konnte nicht heraushören, über welche Schliche er nachsann.

Mevlido nahm Reißaus, legte ungefähr fünfzig Meter zurück und ging durch das Leonor-Iquitos-Tor. Dahinter lag ein Viertel, das die Ghettobewohner, wie schon gesagt, mieden, ein Teil von Hühnerhof Vier, der nach der Proklamation der Neuen Gesellschaft so schwer beschädigt worden war, dass er sich nun vor allem als eine Abfolge demolierter und menschenleerer Labyrinthe zeigte. Mevlido ging bis zur ersten Kreuzung, wandte sich nach rechts und lehnte sich an eine Mauer. Eine Minute lang versuchte er verbissen, sich mit seinem Gürtel den Arm abzubinden, dann gab er es auf. Der Gürtel hielt einfach nicht. Eingehend suchte er die Nacht hinter sich ab, um festzustellen, ob Alban Glück seine Verfolgung aufgenommen hatte. Er sah nichts. Nachdem er durch das Tor gegangen war, schien ihm, als hörte er, wie sich der Geier an seiner Hütte zu schaffen machte, die Thekenbretter herunterklappte und den Türflügel schloss, als wolle er den Laden in größter Eile verriegeln. Dann waren die Geräusche verstummt. Wenn Glück ihm hinterherlief, tat er es geräuschlos.

Jetzt hatte sich Mevlido in das unbeleuchtete Wegenetz des Ghettos begeben. Er biss die Zähne zusammen und trippelte fünfhundert Meter ohne anzuhalten, der unbewegliche rechte Arm hing an seiner Hüfte herunter, dann verließen ihn allmählich die Kräfte. Der Schmerz hatte nicht zugenommen, sich aber über seinen ganzen Körper ausgebreitet und erzeugte in sämtlichen Muskeln das Gefühl einer furchtbaren Erschöpfung. Das Schwindelgefühl ließ ihn nicht mehr los. Er legte noch zweihundert Meter zurück. Er sagte sich mehrmals, er müsse einen Unterschlupf finden und sich dort bis zum Morgen verstecken. Er musste unbedingt ein wenig Lebenskraft zurückgewinnen. Er hatte schon literweise Blut verloren.

Er nahm ein Gässchen, dann landete er an einer Kreuzung, die von Bauschutt übersät war. Seine Beine gehorchten nicht mehr. Er konnte sich kaum noch aufrecht halten. Er musste Pausen machen, um sich zu übergeben. Aus seinem Magen stieg nichts auf außer bitterer Galle. Er überquerte die Kreuzung und bog in eine graue Straße ein. Dann ging er gespenstische Häuserfassaden entlang. Die tragenden Wände dahinter waren eingestürzt. Aus den Ruinen strömte ein strenger Geruch nach Voliere, aber kein Vogel zeigte sich.

Das Geflügel, dachte Mevlido schwerfällig. Manchmal sind sie wie weggeblasen. Sie glucksen nicht im Schlaf oder sie sind woanders.

Er hatte Mühe, seine Gedanken zusammenzubringen. Die körperliche Anstrengung und der Kampf gegen den Schmerz hinderten ihn am Nachdenken. Er wusste, dass er fliehen und seinem Raubvogel entwischen musste, aber alles andere war nicht klar. Seine Schritte wurden immer unsicherer. Im Moment ging er beständig und gewaltig im Zickzack.

Er blickte erneut über seine Schulter. In einer Entfernung, die er nicht beziffern konnte, sah er eine bucklige Gestalt. Dieser Schatten konnte der Alban Glücks sein.

Das ist er, dachte Mevlido.

Die Sätze gelangten langsam in sein Bewusstsein, als hätten sie zuerst eine dicke Filzschicht durchdringen müssen.

Geier Glück, dachte Mevlido. Er ist hinter mir her.

Er verschwand in einen Hauseingang und stand vor einem düsteren Schuttberg. Mehrere Gebäude waren übereinander eingestürzt. Eine Art Korridor wand sich durch die Trümmer. Er nahm diesen Korridor. Bei jedem Schritt strauchelte er. Alles um ihn war nebelhaft und hart. Über ihm zerklüftete Mauern und streckenweise ein tiefschwarzer Himmel. Neben seinen Füßen flatterte etwas mit kurzem Flügelschlag davon.

Eine Eule, dachte er.

Er lehnte sich mit dem Rücken gegen einen Betonblock. So, dachte er noch. Du lehnst dich an eine Wand. Du schöpfst wieder Kraft.

Das Blut sprudelte aus der Wunde unter seinem rechten Ellbogen. Der Gürtel hatte sich wieder gelockert. So gut es ging, band er den Arm von Neuem ab, ohne an den Nutzen zu glauben. Das Blut floss auch, als er die Arterie etwas höher an seinem Arm zusammenpresste. Der fast abgetrennte Unterarm war nur noch ein schweres, von Wellen geschütteltes Stück Fleisch, seine nicht mehr verbundenen Muskeln hatten sich Richtung Schulter zusammengerollt und heulten. Meine Muskeln heulen, dachte er.

Er lauschte in der Nacht. Jemand kam näher. Jemand stapfte über den Schutt am Eingang. Jemand kommt, dachte er.

Er machte sich wieder auf den Weg. Er taumelte. Er öffnete die Augen nicht mehr oft. Um dem Weg zu folgen, suchte er mit dem linken Arm nach Stützen. Seine gesunde Hand wurde von Splittern alter Holzstücke, Eisenspitzen und scharfen Steinen aufgerissen. So schleppte er sich bis zu einer Stelle, wo der Boden über mehrere Meter eben und frei war, eine Bühnenfläche, die von schwarzgrauen Haufen begrenzt war. Die Schutthalden bildeten einen Halbkrater. Fast wie ein kleines Theater, dachte er. Ein kleines Amphitheater mit schwarzgrauen Zuschauerrängen. Für den Schlussakt. Dort wirst du dich hinsetzen, Mevlido, dachte er.

Er hievte sich einige Dutzend Zentimeter hoch auf den ersten Schutthaufen. Sein abgehackter Arm baumelte zwischen seinen Beinen, bespritzte ihn, als er sich hinsetzte, ein weiteres Mal mit Blut. Er schob ihn stöhnend zur Seite und legte ihn neben sich auf die Überreste einer Mauer.

Das ist danebengegangen, schloss er. Jedenfalls hat es schlecht angefangen. Aber wenigstens gibt es einen freien Platz für den Schlussakt. Für ein oder zwei Personen. Publikum und Schauspieler in einem.

Hier, Mevlido, hier werde ich warten, dachte er. Ich werde warten, bis es beginnt.

Er machte es sich auf seinem Sitz bequem.

Er wartete auf den Auftritt von Alban Glück.

33

Es ist nicht nötig, das Schauspiel zu beschreiben, das auf diesem Platz stattfand. Die Vorstellung war streng privat.

Nach Alban Glück und seinem Totentanz kamen mehrere Personen zu Mevlido, um mit ihm zu sprechen, ihm Ratschläge zu geben oder sich von ihm zu verabschieden. Er empfing sie nacheinander mit einer gewissen Gleichgültigkeit, als wäre er schon unterwegs zur Halde, als säße er schon im Bus, der ihn zur Grenze bringen würde, als betrachtete er sie winkend durch die Fensterscheibe, im Geist nahezu ausschließlich mit der Reise beschäftigt, die er antrat.

• Cornelia Orff erschien als Erste. Sie kündigte sich nicht durch das Brüllen unsinniger Parolen an. Sie brummte im Dunkeln, es fiel ihr schwer, sich einen Weg durch die Trümmer zu bahnen. Es ging ihr wie allen anderen, wie uns, sie kannte sich im Sektor Leonor Iquitos nicht aus. Sie tappte in Schuttfallen, erklomm einen Trümmerhaufen, der nirgendwohin führte, machte kehrt und erreichte schließlich vor Erschöpfung röchelnd den Platz, wo Mevlido ruhte. Sie stellte sich vor ihn hin und betrachtete ihn eine Minute lang wortlos, dann streifte sie ihm den Riemen über den Kopf, mit dem sie ihren Quersack überallhin mitnehmen konnte.

»Schau«, sagte sie kameradschaftlich, aber ein wenig

gezwungen. »Ich hab dir für unterwegs Pemmikan und zwei oder drei Schmöker eingepackt.«

»Was für Schmöker?«, fragte Mevlido.

»Ich habe im Altbestand gewühlt. Von Djohnn Infernus.«

»Ich dachte, die seien vergriffen.«

»Es gab noch drei. Sie sind leicht abgestoßen.«

»Gut«, sagte Mevlido.

»Das Zweite hat kein Ende«, bemerkte Cornelia Orff. »Es ist ein Märchenspiel.«

»Das macht nichts«, erwiderte Mevlido. »Wie viel schulde ich dir?«

»Du schuldest mir nichts«, sagte Cornelia Orff stolz. »Es ist ein Geschenk der Partei.«

»Richte ihr meinen Dank aus«, flüsterte Mevlido.

»Ich werde es ausrichten.«

»Sag ihnen auch, dass ich niemals die Geheimnisse der Partei verraten werde.«

»Dessen ist sich die Partei gewiss.«

»Ich habe weder ihren Namen noch ihre Ziele je gekannt«, bedauerte Mevlido.

»Die sind auch geheim«, sagte Cornelia Orff.

Mevlido legte sich den Quersack über die Schulter. Er hatte kein Problem mehr mit seinem Arm, und im Grunde genommen fühlte er sich stark genug, um die Reise in Angriff zu nehmen.

• Eine halbe Stunde später traf Maleeya Bayarlag ein. Sie war ganz außer Atem und brauchte lange, um zu Mevlido zu gelangen. Er sah, dass sie unter ihren üblichen beigen Trainingsanzug ein rosafarbenes T-Shirt angezogen hatte. Außerdem trug sie Espadrillos, deren Abschlusskanten in ihre geschwollenen Füße schnitten. Der Fußmarsch bis zu Mevlido hatte ihr starke Schmerzen bereitet. Sie versuchte, sich auf dem winzigen Bühnenraum, auf dem sich die Begegnung abspielte, aufrecht zu halten, doch nach einer Minute verlor sie das Gleichgewicht und fiel beinahe hin. Mit einigen vorsichtigen, ungeschickten Bewegungen, um nicht abzurutschen, hievte sie sich an Mevlidos Seite und setzte sich.

»Mein armer Yasar«, sagte sie, »wie hat man dich nur zugerichtet.«

Sie rückte noch näher an ihn, um ihn genauer in Augenschein zu nehmen, und schüttelte lange den Kopf. Sie berührte ihn nicht. Sie gab acht, dass sie ihre Hände nicht auf ihn legte, aber sie pustete auf seine Wunden, und er spürte ihre Wärme, ihre Zärtlichkeit.

»Ich habe dich gerufen«, sagte Mevlido.

»Du hast mich gerufen?«, wunderte sich Maleeya.

»Ja. Als du mitten zwischen den Vögeln standest.«

»Mitten zwischen den Vögeln?«

»In Gateway Street.«

»Gateway Street?«

Sie atmete über ihm. Er hätte sie gern an sich gezogen und fest an sich gedrückt, aber er befürchtete, dass sie vor dieser Liebesbekundung vielleicht Angst bekommen, sie für ungebührlich, für ungehobelt halten könnte, und deshalb hielt er sich zurück.

»Wir sind in Wahnsinn verfallen«, sagte er, »aber wenigstens sind wir zusammengeblieben.«

»Ja, mein Yasar, auf dem tiefsten Grund sind wir zusammen.«

Da mussten sie beide lachen.

»Ich werde zur Halde aufbrechen«, sagte Mevlido.

»Ja, klar, mein Yasar. Ich wüsste nicht, was du sonst tun könntest.«

»Pass gut auf dich auf, solange du wartest«, sagte er.

»Worauf warten?«, fragte sie.

»Ich weiß es nicht.«

Sie verharrten einen Moment schweigend, dann stand Maleeya auf:

»Ich habe Pemmikan für dich zubereitet und dir einen Kuchen gebacken.«

Sie stellte den Pemmikan neben Mevlido an den Platz, auf dem sie gesessen hatte. Plötzlich begann sie in den Taschen ihres Trainingsanzugs zu wühlen und tastete ihre Hüften und ihre Oberschenkel ab. In ihrem Gesicht erschien ein Ausdruck tiefer Bestürzung.

»Ich weiß doch genau, dass ich ein Stück Kuchen mitgenommen habe«, sagte sie. »Ich hatte für dich ein Stück Kuchen in der Tasche. Aber jetzt ist es weg.«

• Eine Stunde verging, dann erschien Sonia Wolglan. Sie stand zwei Meter entfernt von Mevlido mitten auf der Bühne. Dieser war eingenickt: Er öffnete die Augen und registrierte ihre Anwesenheit. Die Nacht verbarg sie. Man hatte den Eindruck, sie spräche schon seit einigen Sekunden:

»Er versuchte, in seinen Laden zurückzukehren. Offenbar wollte er dort etwas holen. Er hatte seine Machete noch in der Hand. Ich habe ihm in die Kniescheiben und in die Flügelgelenke geschossen. Dann habe ich ihn verhört, um zu erfahren, wo er dich gelassen hat. Ich habe ihn unsanft angefasst. Nach den Kugeln habe ich die Machete benutzt.«

»Mit diesem Glück habe ich einen Teil des Abends verbracht«, sagte Mevlido.

»Ich weiß«, erwiderte Sonia Wolglan, »und das war der Grund.«

»Der Grund wofür?«, fragte Mevlido.

Sie antwortete nicht. Sie war gekleidet wie eine Arbeiterin, wie einst die Komsomolzen auf dem Weg in den kommunistischen Samstag zu einer Zeit, als es noch Samstage und Kommunisten gab. Ihre Bauarbeiterjacke war blutbefleckt. Sie kramte darin und zog zwei mit Zeitungspapier verpackte Päckchen hervor.

»Pemmikan«, sagte sie, »und eine Pistole. Eine Tokarew. Ich dachte, die könnte dir gefallen.«

»Jetzt brauche ich sie eigentlich nicht mehr«, sagte er.

»Das weiß man nie.«

»Und wenn Krümel vom Pemmikan in die Mechanik gelangen? Die könnten sie verschmutzen.«

»Ach was. Ich habe sie in eine Plastikhülle gesteckt. Hier, nimm sie.«

»Sie ist schwer«, stellte Mevlido fest, während er die beiden Päckchen in seine Tasche steckte. »Ist sie geladen?«

»Ja. Mit einem vollen Magazin.«

»So werde ich immer an dich denken, wenn ich den Feind unter Beschuss nehme.«

»Lass den Quatsch, Mevlido«, sagte Sonia Wolglan.

• Dann, in dem Moment, als er am wenigsten damit rechnete, traf eine Frau in traditioneller koreanischer Kleidung ein. Es war eine Schamanin, eine Mudang. Sie wurde von einem Trommler begleitet, der sich sogleich grußlos im Schneidersitz hinsetzte und, nachdem er sein Instrument, die Gut Buk, mit seinem rechten Fuß eingeklemmt hatte, mit einem kurzen Schlegel auf den Rahmen zu klopfen begann. Der Rhythmus diente zum Aufwärmen, aber er war bereits sehr präzise, geheimnisvoll und stark. Die Mudang drehte mehrfach eine Runde in dem winzigen Raum und ehrte dabei die Geister der Ruinen, sie bewegte die Hände, als würde sie Pemmikanteig kneten, dann setzte sie sich vor den Musiker und wandte sich an Mevlido, ohne ihn anzusehen. Da dieser kein Altkoreanisch verstand, antwortete er nicht. Die Stimme der Mudang erhob sich im Schatten, streifte über Schutt und Geröll und berührte Mevlido zutiefst. Sie intonierte nur wenige Noten, aber ihre Modulationen waren ergreifend. Der Musiker spielte ruhig mit einem außergewöhnlich guten Anschlag. Er klopfte mit der Innenfläche der linken Hand auf die Bespannung oder die Wände seiner Gut Buk, der Holzschlegel, den er in seiner rechten Hand schwang, war aus einem Baum geschnitzt worden, der mit seiner ganzen Kraft eines verblichenen Baums an der Zeremonie teilnahm – zweifellos eine Birke, eine Birke in der Blüte ihres Alters. Mevlido nahm die Musik in sich auf und verlor sein Zeitgefühl. Im Viertel Leonor Iquitos blieb es weiterhin dunkel. Die Mudang sang, manchmal beugte sie sich vor und richtete sich wieder auf, sie schwenkte die Arme, aber sie hatte zu wenig Platz zum Tanzen und konzentrierte den ganzen Zauber des Augenblicks lieber in ihren Stimmbändern – in ihren Stimmbändern und in ihrer Atmung. Sie wollte nicht wissen, ob Mevlido ihr zuhörte. Sie sah nicht zu ihm hinüber. Sie wandte sich dem Musiker zu, dem schwarzen Himmel, den Wunden an den bombardierten Fassaden, den Schutthaufen, die sie umgaben. Die Bühne, auf der sie auftrat, war beinahe kreisförmig, man hätte sie mit einem geschlossenen Kratermund vergleichen können. In der Mitte wehklagte die Mudang und schuf unablässig etwas Schönes, etwas Vergängliches und Grundlegendes, das nur die Toten und ihresgleichen hören konnten.

Mevlido liefen Tränen über die Wangen.

Er sagte nichts, er versuchte nicht, ein Gespräch mit der Mudang zu beginnen, aber über seine Wangen liefen Tränen.

• Als der Morgen, sofern man sich auf unsere biologische Uhr bezieht, hätte heraufziehen sollen, beendete Mevlido eine weitere Episode des Dämmerzustands. Das beschränkte Szenarium vor ihm hatte sich nicht verändert, ein theatralischer Ort, umgeben von Häuserruinen und Schutthalden. Die Mudang und ihr Trommler waren längst wieder gegangen. Mevlido suchte die Dunkelheit ab. Verwüstungen, Trümmer, hier und da reglos sitzend ein Riesenvogel. Nichts, eingestürzte Mauern, verbogene Stahlträger, einige Fenster in der Schwebe zwischen zwei Lücken. Alles lag unter einem schweren Schatten. Auf dem kleinen Platz, auf der die Mudang schamant hatte, schien der Boden jetzt von einer Flüssigkeit bedeckt zu sein, von schwarzem Blut oder schwarzem Öl. Er versuchte darüber nachzudenken, welchen Anblick dies bieten würde, wenn das Tageslicht hinzukäme. Sein Denken war zu weitschweifig, um zu einem Ergebnis zu gelangen. Er seufzte ein bisschen verärgert darüber, dass er sich nun mit einem beschränkten Verstand abfinden musste.

Schwarzes Blut oder schwarzes Öl, wiederholte er.

Im selben Augenblick näherte sich jemand zögerlichen Schrittes. Vielleicht sucht mich jemand, dachte er. Er überlegte, ob er den Neuankömmling herbeirufen sollte, dann verzichtete er darauf. Dieser war schon auf einen Meter herangekommen und beobachtete ihn mit verschlossenem Gesicht und reglos am Körper angelegten Armen wie in Habachtstellung. Es war Berberojan.

»Es war schwierig, Sie zu finden, Mevlido«, sagte der Kommissar.

»Nun, ich bin hier«, erwiderte Mevlido.

»Man sagte mir, es habe sich in Leonor Iquitos ereignet. So weit so gut. Aber Pustekuchen! Ist man im Viertel angekommen, findet man sich nicht mehr zurecht.«

»In so einem Fall fragt man am besten einen Einheimischen«, sagte Mevlido.

»Mir ist unterwegs kein Einziger begegnet«, klagte Berberojan. »Es ist Nacht, und dazu kommt noch der Regen!«

»Welcher Regen?«, fragte Mevlido.

Er richtete erneut den Blick auf den Boden. Berberojan stand in einer Mischung aus Wasser und Schlamm. Die Oberfläche war wie von Hagel durchlöchert. Spritzer hatten den Saum von Berberojans Hose durchnässt.

Es regnet und ich merke es nicht, stellte Mevlido fest.

Ich höre nicht das geringste Prasseln, spüre keinen einzigen Tropfen.

Berberojan triefte. Sein Haar haftete an seinem Kopf wie mit Melasse bestrichen. Sein Polizistenhemd klebte an seinem Körper. An seinem Gürtel trug er eine Tasche aus Lackleder. Plump legte er die Hand darauf.

»Wollen Sie eine Waffe?«, fragte er. »Soll ich Ihnen meine Pistole geben?«

»Nein«, sagte Mevlido. »Ich reise lieber ohne. Im Allgemeinen komme ich mit der bloßen Hand besser zurecht.«

»Ich habe den Pemmikan vergessen, ich hoffe, Sie sind mir deshalb nicht böse, Mevlido.«

»Pah!«

Sie sahen einander einige Sekunden lang schweigend an. Der Kommissar schien gerührter zu sein als sein Untergebener. Er versuchte, sein Gleichgewicht nicht zu verlieren, während er abwechselnd mal das eine, mal das andere Bein anhob, als hätte er Angst, am Boden festzukleben. Seine Schuhe platschten.

»Sie werden bald aufbrechen«, sagte Berberojan.

»Ja.«

»Haben Sie genug, um Ihre Fahrkarte zu bezahlen?«, sorgte sich Berberojan.

»Ich glaube schon«, antwortete Mevlido.

»Auf jeden Fall bekommen Sie die Kosten erstattet«, versicherte ihm Berberojan. »Wir kriegen das hin, wir greifen in die Solidaritätskasse.«

»Ach was!«, meinte Mevlido, »das wird mich nicht ruinieren. So weit wie ich jetzt bin.«

»Wenn Sie wollen, können wir zusammen bis zum Busbahnhof gehen«, schlug Berberojan ihm vor. »Sie sehen nicht aus, als wären Sie gut in Form.«

»Ich werde schon hinkommen. Es ist nicht sehr weit.«

»Es geht bald los. Sind Sie sicher, dass ich Sie nicht begleiten soll?« Der Kommissar war hartnäckig.

Mevlido zögerte. Schließlich sagte er:

»Ich gehe lieber allein hin.«

»Ich hoffe, Sie werden diese Frau wiedersehen, wenn Sie erst einmal in der Halde sind«, sagte Berberojan.

»Welche Frau?«, fragte Mevlido.

»Ich weiß nicht«, erwiderte Berberojan.

Sie schwiegen beide. Der Kommissar platschte mit seinen Füßen im Wasser.

»Das müssen Sie doch wissen, Mevlido«, sagte Berberojan noch, »Sie haben sie doch gekannt. Nicht ich.«

34

Die Reise ist endlos.

Die letzten Kilometer sind am härtesten. Zu viel Rumpeln. Dein durchgeschütteltes Gehirn weigert sich, einen Unterschied zwischen der Gegenwart und allem anderen zu machen. Abend für Abend, denn so folgen die Tage aufeinander, grübelst du noch ein wenig über die Vergangenheit und über die Zukunft, aber deine Hirntätigkeit hat so sehr abgenommen, dass du den Eindruck hast, ständig zu dösen. Selbst aus dem Fenster siehst du schon lange nicht mehr; du wischst die Scheibe nicht mehr ab, wenn sie beschlagen oder von Wollschweiß verschmiert ist. Es fällt dir schwer, dich für die Außenwelt zu interessieren, und in deinem Innern sind die Bilder langweilig, konventionell, als wären sie von anderen und nicht von dir erschaffen. Auch von deinem Innenleben bekommst du nichts mit. Du bist entkräftet.

Anschließend näherst du dich deinem endgültigen Schicksal. Du bist noch immer irgendwo in Hühnerhof Vier, in der Nähe der Grenze erscheint dir die Umgebung aber weniger vertraut. Ja, das ist es. Weniger vertraut. Nichts findet mehr einen Widerhall in dir. Der Bus ist in die Vororte eingebogen, er rollt schon über die langen Avenuen der Halde. Er fährt langsam, die Fahrbahn ist von Schlacke bedeckt. Die Reifen zermalmen diese bröckelige Schicht mit dem Geräusch eines Mühlsteins. Hinter den Fenstern kräuselt sich der Staub. Du wirfst keinen Blick hinaus. Du bist in einer äußerst fernen Welt angelangt, und das spornt dich nicht an, ruft keine Neugier in dir wach. Du fühlst dich nicht wie in der Haut eines Touristen, der soeben in das geheimnisvolle Land kommt, von dem er seit seiner Kindheit träumt. In dem, was du noch dein Leben zu nennen geneigt bist, spielt der Tourismus keine Rolle mehr.

Du tastest die Tasche ab, die auf dem Sitzplatz neben dir liegt. Der Bus ist nicht überfüllt, und der Platz ist seit der Abfahrt frei geblieben, du musstest also die Fahrt über keine geschwätzige oder ekelhafte Gesellschaft ertragen. Der Pemmikanvorrat in deiner Tasche ist stark geschrumpft. Du hattest zwar keinen Hunger, fühltest dich aber verpflichtet, ab und an zu knabbern aus Angst, deine Kräfte könnten vorzeitig schwinden.

Genau genommen hast du darauf geachtet, nicht in einem beklagenswerten Zustand bei der Halde anzukommen. Sobald du die Gelegenheit dazu hattest, hast du dich rasiert und dich umgezogen mit dem, was du an den Raststellen vorgefunden hast, wenn der Busfahrer das Lenkrad an einen Kollegen übergab oder ein Motorteil auswechselte. An jedem Monatsende lieferte dir das Busunternehmen einen neuen Wegwerfrasierer und saubere Unterwäsche. Während dieser langen Minuten oder der Jahre, die die Reise gedauert hat, hast du also ein wenig von deiner körperlichen Würde bewahren, hie und da dein Gesicht waschen und dich säubern können, beispielsweise in den Latrinen oder unter dem Betriebswasserhahn der einen oder anderen Tankstelle, was andere Reisende oft versäumten. Und auch wenn du heute keine stolze Haltung hast, bist du trotz allem noch vorzeigbar. Dein Haar und deine Nägel sind weiter gewachsen, deine Kleidung ist zerschlissen, der Stoff reißt bei der geringsten Bewegung, du ähnelst einer Mumie, die sich auflöst, aber du bleibst vorzeigbar. Eines Nachts hast du im Hinterhof einer schmuddeligen Herberge deine Pistole gegen eine Kopfbedeckung aus glänzendem Leder eingetauscht. Darunter verbirgst du dein Gesicht, als wolltest du so deine Absicht kundtun, mit niemandem ein Gespräch zu beginnen, tatsächlich aber meiden dich die anderen Reisenden. Das hast du mehr als einmal bemerkt. Kein denkendes Wesen tritt freiwillig oder aus Zuneigung mit dir in Kontakt. Die Tiere sind in Bezug auf dich weniger voreingenommen, aber der Abstand zwischen deinem und ihrem Verstand ist riesig, auch wenn er sich verringert.

Tiere sind mir gegenüber weniger voreingenommen, denkst du.

Aber der Abstand zwischen meinem und ihrem Verstand.

Und genau in diesem Augenblick deines Nachdenkens, genau dort, in der Mitte dieses Satzes verschwindet ihr unter einer weitläufigen Betonhalle. Nach einem kurzen Rangieren brummt der Motor lauter, spuckt eine letzte Schwade heißen Öls aus und bleibt stehen. Der Bus ist an der Endstation angekommen. Du musst aussteigen.

Du verlässt den Sitzplatz, den du eine so lange Zeit eingenommen hast, in der deine Angst vor Abgründen und die vorbeiziehende düstere Landschaft die einzige Zerstreuung waren, dazu alle zweihundert Kilometer die Möglichkeit, zusammen mit den anderen Fahrgästen und den Busfahrern auf den Seitenstreifen, im aschgrauen Schotter und auf den Trümmern ehemaliger Metropolen deine Notdurft zu verrichten.

Du bist der Letzte, der aussteigt.

Du gehst die glühendheiße Seite des Busses entlang. Das Blech ist schwarz angelaufen, man könnte meinen, ihr wärt eine Stunde zuvor durch eine brennende Fabrik gerast. Hinten wartet eine Gruppe von Fahrgästen darauf, dass der Busfahrer den Gepäckraum öffnet, in dem sich die Koffer stapeln. Seit Reisebeginn müssen die Koffer verfault oder verbrannt sein, aber die Leute warten auf gut Glück. Mürrisch. Stumm. Du gehst an ihnen vorüber. Du ziehst den Buschhut noch tiefer ins Gesicht. Du atmest tief ein, die Luft ist vom Dieselgestank getränkt, den kein Luftzug zerstreut. Du erklimmst den Asphaltsteig des Busbahnhofs und entfernst dich.

Du trägst die Uniform der Bettler, die schmutzigen Fetzen, die dir von jeher ganz ausgezeichnet stehen.

Du rückst den Riemen deines praktisch leeren Quersacks auf der Schulter zurecht.

Auf dem Weg zum Ausgang umgehst du die Spuren von Schmieröl und Rostwasser. Es ist eine breite, rechteckige Öffnung von strahlender, blendender Helligkeit. Dahinter flimmert die Straße. Die Größe der Wagenhalle erinnert an die eines Flugzeughangars. Sie ist viel größer als notwendig, als hätten die Architekten vor fünf- oder sechshundert Jahren mit einer starken Zunahme des Verkehrs gerechnet, die ausgeblieben ist. Du streifst Busse, die abkühlen. Mehrere sind erst vor kurzen angekommen. Du schlängelst dich durch diese aufgezehrten Wracks, die noch Monate brauchen werden, um ihre Hochofengerüche zu verlieren, und die dann von einer Mannschaft ein für allemal abgewrackt werden wie Schiffe. In regelmäßigen Abständen, alle fünfzehn Meter, umgehst du einen Treppenfuß, von dem aus eine Treppe in ein Obergeschoss führt, in dem sich aller Logik nach Büros oder Schalter befinden müssten, vielleicht auch eine Ladenzeile. Tatsächlich kommen von dort oben nur Düsternis und Stille herunter. Auf den unteren Stufen haben sich ausgebleichte Zombies niedergelassen, wahrscheinlich Kandidaten für eine andere grauenhafte Expedition, Zurückgelassene, die denken, sie könnten wieder aufbrechen – eines Tages alles wieder bei null beginnen, in die entgegengesetzte Richtung reisen.

Alle Busbahnhöfe ähneln sich, egal in welchem Teil des Universums man gestrandet ist. Allen gemeinsam sind der starrende Schmutz, das Getöse, das Elend, der fehlende Komfort, die Abgase, die zu jeder Tages- und Nachtzeit in der Luft stehen, vor allem aber eine Atmosphäre des starken geistigen Verfalls, die von der Unverschämtheit der Angestellten ebenso herrührt wie von der Schicksalsergebenheit ihrer Kunden. Allen Männern und Frauen, die genaue geographische Angaben brauchen, um sich ein Bild davon machen zu können, sei gesagt, dass der Ort hier an den Busbahnhof Puduraya im Zentrum von Kuala Lumpur in Malaysia erinnert. Wie Puduraya gegen Ende der siebziger Jahre, während der Weltrevolution, wenn man beispielsweise aus dem Norden ankam, aus Padang Besar, Khota Baru oder Gerik. So herrliche Namen standen noch vor zwei- oder dreihundert Jahren auf den Karten, ebenso Malaysia. Der Ort, an dem Mevlido augenblicklich umherschlendert, erinnert an den Puduraya-Busbahnhof zu jener Zeit. Dieselben Treppen, die in ein Obergeschoss führen, von dem man nichts sieht, dasselbe unerträgliche Dämmerlicht, dasselbe Gefühl von Einsamkeit, Verirrung und unmöglicher Umkehr.

Kurzum. Du hast dich noch nie in Malaysia herumgetrieben, und als du zur Welt gekommen bis, war Malaysia seit einer Ewigkeit aus dem Gedächtnis verschwunden. Du bleibst am Eingang der Bushalle stehen und betrachtest, was du dort von der Stadt sehen kannst: eine Kreuzung, einen kleinen Platz, einige völlig verfallene Häuser, unter jahrhundertealten Staubschuppen erstickt, und entlang der Straße schwarze Ziegelsteinmauern, hinter denen Fabriken schlummern. Kein noch so kleines Ladenschild, das auf eine Geschäftstätigkeit hinwiese. Nichts, was einem Hafen für Reisende ähnelt. Über dem Platz laufen Stromleitungen in verworrenen Bündeln in allen Richtungen von Dach zu Dach. Was habe ich hier zu suchen, fragst du flüchtig, ohne Antwort zu bekommen. Hinter der Kreuzung erstrecken sich die Wohnviertel, die nicht zu sehen sind. Die Halde ist an einen Hang gebaut. Wir befinden uns an der Grenze zu einer Hochebene, und dahinter, nach der Bruchstelle, geht es bergab. Riesige Kipplaster fahren über die Kreuzung und wirbeln vor dem Busbahnhof eine donnernde Kieswolke auf. Die Umgebung sieht nach Bergbau aus, bräunlich und kahl ist die Sierra, die den Horizont versperrt. Zwei Fußgänger haben sich an eine Straßeneinmündung geschmuggelt und verschwinden. Sie sind gekleidet wie in einer proletarischen Republik nach der Niederlage.

Du entschließt dich, zuerst eine Unterkunft für die Nacht zu suchen. Nach deinen Berechnungen wird sich der Tag hier in zwei oder drei Stunden zu Ende neigen. Ich muss etwas zum Schlafen finden, denkst du.

Neben der Eingangstür, vor dem verglasten Raum des Wachmanns, diskutieren fünf Busfahrer. Du fragst sie, ob sie dir einen Platz zum Übernachten empfehlen können, eine nicht zu teure Pension für Untermenschen oder Reisende. Sie haben ihre Diskussion unterbrochen und schätzen dich mit Blicken ab wie Hohlköpfe. Man könnte sie für Schlachter halten, die mit Bestürzung ein Schlachtvieh prüfen, das sprechen kann. Einen Augenblick lang zweifelst du, ob sie den Dialekt verstehen, den du benutzt hast, um mit ihnen zu sprechen. Dabei ist es ein einfaches Kauderwelsch, die allgemeine Sprache in Hühnerhof Vier. Du hast die Syntax so weit wie möglich vereinfacht. Eine Mischung aus Lagerblatnoi und Koreanisch mit Spuren von Englisch und Darkhad.

Sie betrachten dich schweigend.

Du wiederholst deine Frage.

- Die Nacht.
- Schlafen.
- Nicht sehr teuer.

Fünf Busfahrer. Einer von ihnen ist fettleibig, ein anderer hat eine rote Schirmmütze, eine dritter trägt nur eine Jeansweste auf nacktem Oberkörper. Die anderen sind gewöhnlich, zumindest zeigen sie keine nennenswerte Besonderheit. Sie betrachten dich. Alle haben den Mund halb geöffnet.

»Der redet noch«, sagt der Fette.

»Unglaublich«, sagt einer der Normalen. »Der redet noch.«

»Und worüber redet er?«, fragt rote Schirmmütze.

»Über die Nacht«, sagt der Fette.

»Der redet über die Nacht?«, wundert sich nackter Oberkörper.

»Nun ja, der glaubt wohl noch an die Nacht«, sagt einer der Normalen.

»Unglaublich«, sagt der andere Normale. »Der glaubt noch an die Nacht.«

35 Du hältst dich nicht lange bei den Busfahrern auf. Du tauchst wieder ein in die nach Schmieröl und verbranntem Kautschuk stinkende Fahrzeughalle. Du findest den Bus wieder, der dich zur Halde gebracht hat. Auf dem Bussteig gehst du über den Körper eines Zurückgelassenen. Es ist nicht zu erkennen, ob es sich um einen Mann oder eine Frau handelt. Über ihm oder ihr wirken deine zerlumpten Kleider und dein Lederhut prunkvoll. Vor einer der Treppen ins Obergeschoss bleibst du stehen. Du verweilst einen Augenblick am Fuß der Treppe, als hätte dich ein Zweifel gepackt, dann steigst du endlich die Treppen hinauf.

Oben kommst du auf einem schlecht beleuchteten, verlassenen Vorplatz an, wo alles hallt. Die Zementplatten des Bodens verwittern. Es gibt dort nichts, nur Betonpfeiler und einen von Pisspfützen übersäten Boden.

Ganz hinten, am anderen Ende des Platzes, dient eine Neonröhre zur Orientierung. Die nimmst du dir zum Ziel, zumal du sowieso nicht weißt, welche Richtung du sonst einschlagen könntest. Du näherst dich dem Licht. Deine Sohlen zermalmen harte Krümel. Deine Schritte hallen in der Leere. Dort hinten steht eine Reihe von Sperrholz- und Eisenbehältern mit schmalen Türen oder Gittern, so etwas wie eine aus allem Möglichen zusammengezimmerte Gepäckaufbewahrung. Ein Hinkefuß bewacht das Ganze. Er ist mit einem Schlagstock bewaffnet und erinnert an einen alten Soldaten in Lumpen. Während du im Halbdunkel weitergehst, beobachtest du das Neonlicht und die Ablagefächer, die Türen und diesen Einbeinigen, der mit seinem Stock danebensitzt. Du gehst davon aus, dass er mürrischer sein wird als die Busfahrer. Du hoffst dennoch, ihm einen Hinweis darüber aus der Nase zu ziehen, wo du die Nacht verbringen könntest.

Der Behinderte sieht dich kommen.

Reglos macht er seine Arbeit als Wächter. Du schielst wieder nach den Ablagefächern. Sie sind sehr groß. Zu guter Letzt stellt sich noch heraus, dass der Alte eine Einrichtung betreut, die keine Koffer, sondern Unterkunft Suchende beherbergt.

Du gehst weiter auf ihn zu, du grüßt diesen Mann, doch er heißt dich nicht willkommen. Er reagiert nicht. Er ist von derber Gestalt, die Unbilden des Lebens haben ihm wie für immer das Siegel eines grimmigen Schmollens aufgedrückt. Du stellst dich vor ihn hin und studierst die Informationen auf einem Schild, das hinter seinem Kopf an einem Nagel hängt. Die Mitteilung ist in einer Sprache verfasst, von der du nicht alle Schriftzeichen kennst. Du brauchst lange, um die Hauptaussagen zu übersetzen.

- Splendid Hotel
- Herzlicher Empfang
- Zimmer für eine Nacht oder zur Dauermiete
- Günstige Preise

Die einzige Angabe, deren du wirklich sicher bist, betrifft den Zimmerpreis. Er ist nicht besonders hoch. Ein Dollar. Du kramst in deiner Tasche nach dem Geld, das man dort zusammen mit dem Pemmikan für die Reise verstaut hat. Drei oder vier Scheine sind dir geblieben. Du nimmst einen. Der Wächter steckt ihn ein, ohne ihn zu prüfen, und weist mit seinem Stock auf eine Tür.

Du betrittst die Zelle, die man dir gegeben hat, ein Verschlag ohne Decke, dessen Bodenfläche kaum mehr als drei Quadratmeter beträgt. Es ist eng, das Neonlicht fällt nur gedämpft herein. Die Möblierung beschränkt sich auf einen Sitz, der aus dem Wrack eines Autobusses stammt. Die Rückenlehne weist Messerspuren auf. Tiergerüche und der scharfe Schweiß von Körpern, die hier, auf diesen durchgesessenen Sitz, Nacht für Nacht niedergesunken sind, um Einsamkeit und Schrecken auszuschwitzen, überlagern die Dieselschwaden, die aus dem Untergeschoss heraufziehen. Wie in einem Kerker oder auf Latrinen ziehen sich Graffitis über den Zementputz, aber es gibt keine Zeichnungen. Es sind bloß undurchsichtige Botschaften. Die Schriftzeichen sind unbekannt. Am Rand der Texte tauchen ein paar Zahlen auf. Man weiß nicht, worauf sie sich beziehen.

Als du dich nach einem Nagel umschaust, um deine Tasche aufzuhängen, siehst du eine Ratte. Das Tier ist nicht sehr fett, leicht bucklig, und es ist jetzt an einem Holm der Sitzbank stehengeblieben.

Dein Blick kreuzt sich mit der leuchtend roten Glut ihrer Augen.

Das erinnert dich an etwas, aber du weißt nicht genau, woran.

Keinen Kontakt mit Ratten aufnehmen, denkst du plötzlich. Nicht mit Ratten in Verbindung treten.

Unter gar keinen Umständen mit Ratten in Verbindung treten.

Weder mit Ratten noch mit Spinnen.

Du weichst zurück, gehst aus der Zelle hinaus.

Du verschließt die Tür hinter dir mit einem Stück Schnur, die das Schloss ersetzt.

»Ich habe es mir anders überlegt«, sagst du zu dem Alten, »ich schlafe lieber woanders.«

Der Alter stellt dir mit schroffer Stimme eine Frage. Du

verstehst ihn nicht. Du schüttelst den Kopf. Du zeigst mit dem Finger auf das Zimmer. Der Alte schüttelt ebenfalls den Kopf. Er scheint wütend darüber zu sein, dass du nicht bleiben willst. Er äußert sich dazu und hebt die Stimme, vielleicht fürchtet er, du könntest deinen Dollar zurückfordern.

»Sie können den Dollar behalten«, sagst du. »Ich habe noch welche.«

Der Alte sagt noch einmal etwas. Er packt seinen Krückstock. Mit dem Stock fuchtelnd zeigt er auf das Schild.

Du verstehst kein Sterbenswort von dem, was er sagt. Um einem Streit mit ihm aus dem Weg zu gehen, beugst du dich leicht zu dem Schild vor und tust so, als läsest du etwas, das du bis jetzt übersehen hast. Beim Lesen nickst du.

»Good room. Good«, stößt der Alte schließlich hervor.

»Ich weiß«, sagst du. »Good, no problem.«

Du trittst vor ihm von einem Fuß auf den anderen. Du möchtest dieses Gespräch so schnell wie möglich beenden.

»No problem«, sagst du. »Good room. Aber ich habe mich anders entschieden. Good room, aber ich suche anderswo.«

Der Alte klopft jetzt mit seinem Stock auf den Boden.

»Ich suche nach einer anderen Adresse«, wiederholst du.

Der Alte knurrt eine neue Tirade seiner Unzufriedenheit. Du verstehst nichts davon. Er schlägt mit dem Stock um sich wie ein Blinder.

»No good-bye«, brummt er. »No room, no good-bye!«

»Mir wurde Waddell Street empfohlen«, sagst du aufs Geratewohl. »Es liegt zentraler. No problem.«

SECHSTER TEIL
MEVLIDOS TRÄUME:
DIE HALDE

36

Im hinteren Teil des Schlafzimmers gibt es nicht den geringsten Lichtschimmer.
Das Haus ist sehr klein, es hat nur drei winzige Zimmer. Nach seiner Ankunft in der Halde dauerte es nicht lange, bis Mevlido eine Unterkunft fand, doch er bezog sie widerwillig mit dem Gedanken, so schnell wie möglich wieder auszuziehen. Bei der ersten Gelegenheit das Weite zu suchen. Darauf folgten Müdigkeit, Fatalismus und Routine. Deshalb blieb er dort. Er hat sich in eine Ecke gelegt, und eine Weile dachte man sogar, er sei tot. Er selbst bildete sich ein, sein Dasein sei zu Ende gegangen. Dann floss der Alltag in ihn wie ein beruhigender Schnaps, und er begann sich wieder zu regen. Schon träumte er nicht mehr von einer neuen Bleibe. Es ist ein einzeln stehendes Haus, in der Hauptsache aus Ziegelstein, mit wenigen Fenstern. Es liegt zu Waddell Street hin. Um zu ihr zu gelangen, muss man allerdings hundert Meter durch eine widerliche Gasse gehen. Gut hundert Meter durch einen versifften Graben mit Schlammgeruch. Dort ist Mevlido also gelandet. Er ist dort, er wohnt dort. In diesem Haus wartet er. Jetzt sind wir uns vollkommen ähnlich oder doch fast. Für ihn zählen weder Tage noch Jahre. Unterschiedslos folgen sie aufeinander. Wenn es Nacht wird, herrscht drinnen Dunkelheit. Streift dann der Morgen durch die Straßen, erwacht zwischen den Mauern so etwas wie der Tag. Umgekehrt gilt

dasselbe. Annäherungsweise Dämmerung, anschließend Dunkelheit oder umgekehrt. So vergeht die Zeit im Wechsel von zwanzig und ein paar Stunden. In diesem Rhythmus läuft die Welt für Mevlido und seinesgleichen, das heißt, für uns.

Mevlido steht auf, er tastet sich bis zum Stuhl. Am Vorabend hat er seine Kleider zusammengefaltet und über die Rückenlehne gelegt. Er findet auf Anhieb den Stuhl und anschließend sein Hemd, seine Unterwäsche, seine Stoffhose, deren Risse in den letzten Wochen größer geworden sind. Dann bückt er sich. Obwohl er darauf geachtet hatte, seine Socken neben den Schuhen abzulegen, genau daneben, weniger als zehn Zentimeter von ihnen entfernt, schafft er es nicht, sie in die Hand zu bekommen. Vergeblich tastet er das Linoleum in alle Richtungen ab. Vergeblich sucht er in den Rissen. Dieses unwahrscheinliche Verschwinden bringt ihn auf den Gedanken, er träume oder habe seine Gedanken nicht beisammen, doch im Augenblick will er sich lieber nicht mit diesen beiden Hypothesen beschäftigen. Er schnappt mit der linken Hand seine Schuhe, richtet sich auf, zerknittert die übrige Wäsche in seinen Armen. Er presst diese feuchten, halb verschmutzten Lumpen an seinen nackten Körper. Dann hält er einen Augenblick inne und geht zurück zum Bett.

Das Bett ist jetzt leer, und man kann davon ausgehen, dass es bereits etwas von seiner Wärme verloren hat. Da man nichts sieht, ist man darauf angewiesen, alles zu erfinden. Freilich greift man dabei auf Bilder zurück, die das Gedächtnis anbietet. Ein Decke, von der ein Zipfel zurückgeschlagen ist. Zerwühlte Bettwäsche. Darunter das Laken, das einen verbeulten, sehr kleinen Strohsack zum Vorschein kommen lässt, auf dem gerade mal eine Person Platz hat.

»Bleib ruhig liegen«, sagt Mevlido leise. »Ich gehe duschen. Steh nicht auf.«

Niemand reagiert in der Dunkelheit des Zimmers, niemand bewegt sich im Bett. Ob eingeschlafen oder nicht, niemand murmelt eine Antwort.

»Schlaf weiter«, sagt Mevlido.

Keine Stimme dringt durch die Dunkelheit zu ihm.

Er geht aus dem Zimmer.

Er macht zwei Schritte durch den Flur.

Er stößt die Badezimmertür auf und lässt seine Kleidung auf den Boden fallen. Man hört einen gedämpften Aufprall. Die Schuhe sind zugleich mit dem Hemd auf den Fliesen gelandet. Plötzlich hat Mevlido den Mief der Klamotten in der Nase, die er tagelang durchgeschwitzt hat. Plötzlich riecht er es. Er rümpft die Nase und öffnet einen Schrank, in dem er, wie er meint, Wäsche zum Wechseln verstaut hat. Seine Hand findet nichts. Die Regalfächer sind leer. Seit einem Monat hat er keine Wäsche gewaschen. Mit einem Mal Waschen ist es nicht mehr getan. In dieser Hinsicht ist er, wie in anderen Bereichen, nicht über jeden Tadel erhaben.

Im Badezimmer ist die Finsternis noch ausgeprägter als anderswo. Nicht die Spur eines Lichtschimmers. Der Raum hat von jeher kein Fenster. Männer oder Frauen, die Erfahrung damit haben, würden ohne Umschweife sagen, es sei stockfinstere Nacht.

»Reg dich nicht auf, ja?«, murmelt Mevlido. »Ich kümmere mich um die Wäsche. Du weißt genau, dass ich nicht gern schmutzige Sachen anziehe. Ich mag das ebenso wenig wie du. Ich weiche nachher alles ein.«

Er setzt seinen nackten Fuß auf einen Scheuerlappen. Das ist ein Anhaltspunkt. Seit dem letzten Mal ist der Lappen kaum getrocknet. Mevlido geht bis zur Duschwanne. Er bekommt die Wasserhähne zu fassen und dreht sie auf. Er stellt die Temperatur des Wasserstrahls ein, dann stellt er sich darunter.

Bei ständig wechselndem Druck fällt das Wasser mit einem lauten Prusten in Schwallen herab. Mal ist es kalt, mal mäßig lauwarm. An einem Ort wie der Halde, wo die Temperaturen eher niedrig sind, ist es alles andere als ein Vergnügen, in der Dunkelheit mit zu kaltem Wasser zu duschen. Es ist für jeden von uns eine Prüfung, und auch für Mevlido ist es eine Prüfung. Er erträgt sie tapfer, denn er ist recht anpassungsfähig, außerdem meint er, er habe trotz allem Glück gehabt und dass das Schicksal es noch viel schlechter mit ihm hätte meinen können. Es ist seit langem seine Philosophie, sich nicht zu beklagen, was auch immer geschieht. Er sagt sich, er hätte ebenso gut in einer Hütte ohne Wasseranschluss landen können, von denen es in diesem Sektor viele gibt. Er weiß auch, dass er weiter weg im Schlamm des Elends oder der Bedeutungslosigkeit vor sich hin dämmern könnte. Zum Beispiel könnte er jeden Bezug zur Realität verloren haben. Doch er hat den Eindruck, dass dem nicht so ist. Die Vorstellung, nicht mehr in der Wirklichkeit zu sein, ängstigt ihn oft entsetzlich, doch dem ist nicht so. Manchmal hat er sogar Erinnerungen an andere Dinge als an Träume. Er erinnert sich nicht mehr, warum er da ist, doch er spürt, dass er etwas herausfinden soll. Während sich seine Haut unter dem kalten Wasser zusammenzieht, stellt sich häufig diese Gewissheit ein. Er hat einen Auftrag zu erfüllen. Wer ihn wann und mit welchem Auftrag hierhergeschickt hat, weiß er nicht mehr. Doch diese Spur ist in seinem Gedächtnis erhalten geblieben. Unter der kümmerlichen Dusche freut er sich, kein primitiver Geist zu sein, trotz allem über Gedächtnisspuren zu verfügen, nicht endlos und geschichtslos herumzubrüllen wie ein Dummkopf, dem kein Licht aufgeht. Er freut sich, dass er noch da ist und dass er sich dies, wenn er daran denkt, bewusst machen kann.

Nachdem er sich gründlich gewaschen hat, trocknet er

sich ab und zieht sich an, so gut er kann. Bis er seine Schuhe gefunden hat und hineingeschlüpft ist, vergeht Zeit. Die Wände um ihn sind feucht und riechen nach Schimmel.

»Ich mach uns einen Tee«, sagt er. »Möchtest du einen Tee?«

In der Küche öffnet er sofort das Fenster. Es geht auf die widerliche Gasse hinaus. Draußen schimmert kein Licht. Kein Stern funkelt am Himmel. Es gibt nicht einmal einen Unterschied zwischen Himmel und Erde, keine Bruchlinie. Weder mit offenen noch mit geschlossenen Augen sieht man etwas. Keinen Baum in der Nähe, kein Gebäude, keine Landschaft. Die Schwärze hat keine Schattierungen.

Es ist nicht kalt und nicht warm.

Am Fenster schöpft Mevlido einen Augenblick Atem. Er stützt sich auf die Betonfensterbank und holt tief Luft. Ein angenehmer Augenblick, einer der besten Augenblicke am Morgen. Er atmet und lauscht. Im Nachbarhaus hat jemand ein Tonbandgerät eingeschaltet, wie es häufig vorkommt zu dieser friedlichen Stunde, vor Tagesanbruch, vor dem schwachen Auflodern der Morgendämmerung, die alles durcheinanderbringen wird. Das Magnetband hat die Tonköpfe so oft passiert, dass man überwiegend ein Knistern hört, doch selbst unter diesen Umständen müsste man völlig ungebildet sein, um nicht die zauberhafte Melodie zu erkennen, die Naisso Baldakschan zugleich ins *Zweite* und in das *Dritte* seiner *Golde Lieder* eingefügt hat. Genauer gesagt handelt es sich um das Larghetto im *Dritten Golde Lied*. Mevlido hört es und weint. Er weint zusammen mit der Musik. Seine Tränen verrinnen in der Dunkelheit, ohne dass irgendjemand sie bemerken oder daran denken würde, sie zu kommentieren, ohne dass sie von einem Schniefen oder von Schluchzern begleitet würden. Mevlido weint ohne Aufhebens.

Als das Tonbandgerät schweigt, löst Mevlido sich langsam aus seiner Starre und schließt das Fenster, anschließend schüttet er Teepulver in einen Kochtopf, der etwas kaltes Wasser enthält, und rührt. Es gibt kein Licht im Haus, und über dem Rechaud brennt keine Flamme. Trotzdem ist der auf diese Weise zubereitete Tee trinkbar. Er hat etwas zu viel Teesatz, und man mag bedauern, dass es in der Küche nichts gibt, um ihn zu filtern, aber er ist trinkbar.

»Das war das *Dritte Golde Lied*«, sagt Mevlido. »Erinnerst du dich daran, wie wir es zusammen das erste Mal hörten?«

Er trinkt den Tee in kleinen Schlucken, direkt aus dem Topf.

»Ich lass ihn für dich auf dem Kocher stehen«, sagt er. »Schlaf weiter. Ich stelle ihn dir warm für später.«

Dann sucht er einen Hocker in der Küche. Der Hocker liegt umgeworfen unter dem Tisch, vielleicht seit dem Vorabend oder seit einem anderen Abend. Er stellt ihn auf und rückt ihn in geringem Abstand, einen Meter entfernt, an den Tisch, dann setzt er sich darauf.

Dann wartet er.

Er beginnt zu warten, wie er es für gewöhnlich tut, in der Stille und schweigend.

Er wartet darauf, dass jemand an die Tür klopft und ihn mitnimmt. Oder vielleicht einfach nur mit ihm spricht.

Schwer zu sagen, was ihm durch den Kopf geht.

Auf jeden Fall wartet er darauf, dass der Tag anbricht.

37 Kurze Zeit später, auf jeden Fall im selben Jahr, erhob sich Mevlido von dem Hocker, auf dem er saß, kniete sich hin, und begann auf allen vieren unter der Spüle in der Küche zu scharren und zu wühlen. Die Dunkelheit war dort noch dichter als anderswo. Eine Weile tastete er erfolglos herum zwischen Abflussrohren und alten Plastikflaschen, die Putzmittel enthielten. Instinktiv suchte er die Stelle mit der Klappe an der Wand. Schließlich stießen seine Hände auf eine rechteckige Platte, die aus einem anderen Material war als Ziegelstein. Er untersuchte die Kanten mit den Fingernägeln. In der Rille hatte sich ein feuchter, verglichen mit der lauen Luft eiskalter Staub angesammelt.

Diese Klappe. Sie erinnert mich an etwas, dachte er.

Für eine Minute erstarrte er zu Holz. Er hatte den Eindruck, vom Bild der Klappe ausgehend stiegen Erinnerungen in ihm auf. Jedenfalls müsste mich das an irgendetwas erinnern, dachte er. Als sich kein bestimmtes Bild einstellte, begann er sich wieder zu regen.

Ich sollte sie aufmachen, dachte er.

Es ist ein Weg wie jeder andere, um das Haus zu verlassen, überlegte er weiter. Dahinter kann nur der Zugang zu einer Art unterirdischem Stollen liegen. Ich werde hineinschlüpfen. Wenn er zu eng ist, muss ich nur meine Schultern ein wenig einziehen. Ich muss mich nur etwas klein machen. Daran sterbe ich nicht.

Als er einen Griff gefunden hatte, packte er ihn und zog daran. Sogleich löste sich das Metallstück und riss Schrauben und verfaultes Holz heraus, das auf den Boden krümelte. Eine bleierne Schwade breitete sich um ihn aus. Sporen des braunen Kellerschwamms hatten die Luft verdrängt, vermischt mit den Gerüchen schimmliger Erde und des Ausgusses. Auch die nicht richtig verschlossenen Flaschen verströmten Dämpfe, beißende Gerüche nach Desinfektionsmittel oder Ätznatron. Er musste zweimal niesen und räusperte sich.

Wozu diese Komödie der Atmung weiterspielen, dachte er. Keiner will etwas von mir. Wozu so tun, als füllte und leerte man alle diese lächerlichen Lungenbläschen.

Er steckte die Finger in die Krater, die die Schrauben hinterlassen hatten, und benutzte sie wie eine Kneifzange. Er wollte den Deckel bewegen, indem er daran rüttelte. Die Klappe bröckelte, aber sie widerstand. Sein Mut sank, und für einen Augenblick gab er jede körperliche oder geistige Arbeit auf. Zeit verstrich, dann erwachte er wieder zum Leben und verdoppelte seine Anstrengungen. Die Spüle über seinem Kopf und die Abwasserrohre störten ihn. Zu seiner Rechten war eine Tüte mit Schabentod-Granulat aufgeplatzt. Die Körnchen knirschten unter seinen Knien. Schließlich gaben die Beschläge nach, die die Klappe an der Wand festhielten, die Platte barst. Urplötzlich tat sich das Loch auf. Es war ziemlich groß. Mevlido schlüpfte hinein, zufrieden, dass er die Schultern nicht allzu sehr einziehen musste, um vorwärts zu kommen, dann kroch er aus der Küche hinaus. Er wusste, dass er träumte, doch das störte ihn nicht. Es beeinflusste sein Verhalten nicht. Nach einigen Metern hatte er Platz genug, um in den Vierfüßlerstand zu wechseln, und noch ein Stück weiter konnte er sich wieder auf seinen hinteren Gliedmaßen aufrichten, was ihm einerseits erlaubte, schneller zu gehen, und ihn andererseits hinsichtlich seiner Zugehörigkeit zur Familie der Hominiden beruhigte. Der Stollen war zu einem Tunnel geworden. Dieser endete in einem Hof. Er überquerte den Hof und gelangte von dort in eine überbaute Gasse, die ihm vertraut vorkam.

• Ich kenne dieses Gässchen, dachte er.

• Durch diese Gasse muss Mevlido schon einmal gekommen sein. Mevlido hat diesen Weg schon einmal benutzt, um zu Gorgha, der Rabenfrau, zu gehen, dachte er.

• Mevlido, dachte er. Mevlido muss an die Tür von Gorgha, der Rabenfrau, klopfen.

Es gelang ihm überhaupt nicht, seine Gedanken oder Erinnerungen zusammenzubekommen, und er war Zeuge, wie sie unter seiner Schädeldecke auftauchten und verschwanden, als handelte es sich um Monologe, die ihm ein anderer diktierte.

Ich muss an diese Tür klopfen, dachte er. Das schickt sich vielleicht nicht um diese Zeit, aber wie spät auch immer es sein mag, Mevlido muss an diese Tür klopfen. Er muss Gorgha Bericht erstatten.

Bis zu der Bude, in der Gorgha wohnte, waren es nicht einmal fünfzig Meter.

Welchen Bericht, fragte er sich. Worüber soll ich berichten.

Und warum ihr.

Dann lenkten ihn Hindernissen ab. Gerippe, hauptsächlich aus Metall, und Abfälle versperrten den Weg. Nachdem er die Hindernisse überwunden hatte, stand er in Höhe eines kleinen Hauses, und dies rief Erinnerungen in ihm wach. Aber natürlich, dachte er. Von Zeit zu Zeit ging er nachts zu Gorgha, meistens ohne sich zuvor anzukündigen. Sie empfing ihn ohne Weiteres, und dann plauderten sie bei einer Tasse Tee oder einem Teller Dörrobst eine halbe Stunde über Belanglosigkeiten. Gorgha machte kein

Licht. Manchmal zog sie ihn anschließend in ihr Schlafzimmer, und sie liebten sich fast ohne jedes Verlangen und ohne jede Lust. Sie liebten sich wie zwei Tote.

Sie liebten sich. Wie zwei Tote.

Als sein Gedächtnis die Erinnerung an seine Beziehung zu Gorgha wiederhergestellt hatte, hob er den Arm und klopfte mit seinen Knorpeln und seinen Knochen an das Türschild. Eine Sekunde lang schwoll der Widerhall des Klopfens in dem baufälligen Haus an, dann versiegte er, und danach regte sich erst einmal nichts. Gorgha wird eine Weile brauchen, bis sie eintrifft, um die Tür aufzumachen, schätzte er. Von den opaken Schatten in der Umgebung hob sich ein schwacher Lichtschein ab. Er stammte von den wenigen Straßenlampen, die an der nahe gelegenen Waddell Street oder weiter weg in der Stadt brannten, an Stellen, die über einen Anschluss ans Stromnetz verfügten. Während Mevlido sich in Geduld übte, ließ er seinen Blick über die Szenerie schweifen: Lehmmauern, winzige, brachliegende Gärten, Gestrüpp, andere Türen. Nach einem Knick traf das Gässchen auf Waddell Street, und in der Richtung, aus der Mevlido kam, verschwand es in der Dunkelheit.

Eine Minute war vergangen.

Soll ich vielleicht noch einmal an diese Tür klopfen, dachte Mevlido. Oder ihren Rabenfraunamen rufen. Vielleicht hat sie mich nicht gehört.

Soll Mevlido vielleicht noch einmal gegen dieses Holz klopfen, dachte er.

In diesem Augenblick war das Geräusch schleppender Schritte zu hören, und Gorgha begann im Vestibül mit Eisenteilen zu hantieren. Er hörte ein klirrendes Scheppern. Sie schob einen Riegel und mehrere Ketten zur Seite, sie stocherte mit etwas wie einem Schlüssel in etwas, das ein Schloss sein musste. Die Tür sprang auf. Gorgha musterte ihren Besucher gleichgültig.

»Ich wusste es. Das konntest nur du sein«, sagte sie.

Im Türspalt sah man ihr schwarzes Gefieder, die glänzend schwarzen Federn auf ihrer Brust, ihre aufgeknöpfte Bluse, fast zur Gänze ihren schwarzen Busen, ihren schwarzen Bauch, ihre schwarzen Schenkel. Sie war schlampig, aber herrlich. Ihr Schlafrock klaffte auf, baumelte bis zum Boden, einer jener schrecklichen bräunlichen Morgenmäntel, wie ihn die Menschen früher beim Schlussverkauf in Supermärkten feilboten zu Zeiten, als es noch Supermärkte und Schlussverkäufe gab. Sie trug keine Unterwäsche.

»Ich nehme an, du willst deinen Bericht abliefern«, sagte sie.

Sie machte kaum Anstalten, ihn hereinzubitten. Sie hatte die Türkette nicht weggenommen und verwehrte ihm den Zutritt. Mevlido tänzelte unbeholfen von einem Fuß auf den anderen. Vor der Schwelle lag eine Schieferplatte. Darauf knirschten die Sohlen seiner alten Schuhe.

»Es schickt sich nicht um diese Zeit«, stellte Mevlido fest.

»Nein, tut es nicht«.

»Ich hatte Lust, dich zu sehen. Deine Federn zu berühren.«

»Lass den Quatsch, Mevlido.« Gorgha rückte keinen Millimeter zur Seite.

Mevlido zögerte. Er wiegte sich nicht mehr, sondern stand wie angewurzelt auf der Schwelle, ohne zu atmen, und ihm fiel nichts ein, um das Gespräch fortzuführen. Um ein wenig Zeit zu gewinnen, holte er tief Luft und stieß einen Seufzer aus.

»Wo du jetzt schon einmal da bist, kannst du dein Zeug loswerden«, meinte Gorgha. »Also berichte. Ich höre dir zu.«

»Ich habe nichts Besonderes mitzuteilen«, gab Mevlido zu.

»Dann erfinde etwas«, riet ihm Gorgha.

»Erfinden, das geht? Ich darf erfinden?«

»Das musst du selbst wissen«, sagte Gorgha

Er betrachtete sie. Für eine Rabenfrau war sie groß. Sie beide hatten fast dieselbe Größe. Er nahm eine Geschichte in Angriff, die weder Hand noch Fuß hatte. Die Episoden folgten eher zufällig aufeinander. Gorgha hörte zu oder tat so, als hörte sie zu. Nach jedem Absatz nickte sie ernst. Am Ende stieß er wieder einen Seufzer aus.

»Und noch etwas«, sagte er, »ich weiß nicht, was aus Maleeya Bayarlag geworden ist.«

»Ist sie verschwunden?«, fragte Gorgha.

»Ja. Wir gingen mitten durch eine Vogelmenge. Tukanbussarde, Schneeeulen, hauptsächlich aber Hühner. Mutanten. Wir haben sie aufgebracht. Sie flatterten in Kopfhöhe. Wir mussten uns schlagen. Man musste sich einen Weg durch die Scharen bahnen. Maleeya Bayarlag ging hinter mir, doch als ich mich nach ihr umdrehte, war sie wie vom Erdboden verschluckt. Seitdem hat sie kein Lebenszeichen mehr von sich gegeben.«

Gorgha schüttelte langsam den Kopf. Sie blieben eine Weile still. Mevlido hatte plötzlich Lust, seinen Arm auszustrecken, um Gorghas Federn zu berühren, er wollte den Flaum an ihrem Nacken zum Rascheln bringen, mit den Händen in den Ausschnitt ihres Morgenrocks fahren. Dicht beieinander, aber getrennt durch die Schwelle und die Sicherungskette, verharrten sie in dieser Erstarrung voll Unausgesprochenem – sie, Gorgha, im Negligé der Elenden, und er, Mevlido, grau vom Staub, zugleich plump und gespenstisch im spärlichen Licht von Waddell Street. In der Nähe standen noch weitere Häuser, aber es war offenkundig, dass niemand darin wohnte. Niemand drückte sich die Stirn an einer Fensterscheibe platt, um ihr Gespräch zu belauschen oder abzuschätzen, welchen Grad an Intimität ihre Beziehungen hatten. Als wären sie allein auf der Welt, unbeobachtet, frei, aller Zwänge entledigt.

»Möchtest du hereinkommen?«, sagte Gorgha. »Ich wollte jedenfalls gerade zu Bett gehen.«

Mevlido blieb reglos vor ihr stehen, vielleicht, weil sie die Tür noch nicht geöffnet hatte, um ihn hereinzulassen. Er antwortete ihr nicht, war offenbar in schmerzliche Gedanken vertieft oder vielmehr wie schockiert von der unmissverständlichen Einladung, die sie soeben ausgesprochen hatte, oder als löste sie eine Verzweiflung in ihm aus, der er allenfalls dadurch Herr werden konnte, dass er erstarrte und den Mund aufsperrte. Hier standen sie, Auge in Auge. Es ist schwierig zu sagen, ob das sexuelle Verlangen frühere Vertraulichkeiten wiederbelebte und es zwischen ihnen knisterte oder ob sie im Gegenteil einzig und allein vor Einsamkeit bebten, einer unendlichen und unüberwindbaren Einsamkeit.

38 Sonia Wolglan hatte ihr Kleid ausgezogen. Ich befand mich im selben Zimmer wie sie. Drei, höchstens vier Meter trennten uns.

Ich weiß nicht, durch welchen Zauber es gekommen war, aber wir waren wieder in Factory Street, wie früher, wie damals, als wir uns bei Gruppen begegneten, von denen wir weder Namen noch Programm kannten und die uns ermunterten, mit Mörsergranaten auf den Mond zu schießen, wenn sie uns nicht dafür einsetzten, Volksfeinde zu ermorden. Sie hatte ihr Kleid ausgezogen, und da sie keinen Büstenhalter trug, bebte ich sogleich von Kopf bis Fuß, ungeduldig auf die nächste Minute wartend, in der ich mich an ihrer Brust berauschen könnte, und schon dachte ich an nichts anderes mehr als an den Kontakt zwischen den festen, kleinen Brüsten dieser sehr jungen Frau einerseits und meinen Lippen, meinen Händen, meinen Fingerkuppen, meinen Wangen andererseits.

Man merkte, dass sie es gewohnt war, sich vor Männern auszuziehen, und wenn ich sage, vor Männern, so denke ich nicht an solche, die keine Ähnlichkeit mit mir haben, das kann ich nicht, und ich will es auch nicht, ich stelle mir nur diejenigen vor, die mir ähneln, Untermenschen, Polizisten, Mörder nach vollbrachter Tat, üble Elemente, ob sie nun der sechsten oder der neunten oder keiner stinkenden Kategorie angehören, Flüchtlinge der ersten Stunde, Überlebende, teils Bolschewiken, teils nicht, Ybüren, entflohene Koreaner, Chinesen, die ihr Land nicht einmal mehr auf einer Karte finden können, und Geistesschwache. Man merkte, dass sie es gewohnt war, sich vor diesen Männern auszuziehen. Es war jedenfalls das erste Mal, dass sie sich vor mir auszog. Ich hatte meine Kleider noch an, und dass ich drei Meter von ihr entfernt in Hemd und Hose dastand, störte sie offenbar nicht, ebenso wenig wie das grelle Licht, das von der Straße durch das offene Fenster fiel und uns möglicherweise den neugierigen Blicken der Nachbarn von gegenüber aussetzte.

Sie war sich des erotischen Angriffs bewusst, den ihre schamlose Haltung darstellte, und lächelte mir verführerisch zu. Sie sah absolut zum Anbeißen aus. Sie war anmutig, hinreißend, voll spitzbübischer Anziehungskraft, der sich niemand entziehen konnte. Ich hatte nicht die Absicht, ihr zu widerstehen, ich hatte die Waffen gestreckt, doch trotz allem konnte ich den Gedanken nicht loswerden, der Altersunterschied zwischen uns erschwere unsere Beziehung, mache sie quasi inzestuös und, auf einer anderen Ebene, vollkommen lächerlich. Ich bewegte mich schon auf sie zu, doch bevor ich mich an ihr berauschte, fühlte ich mich noch einmal von einer Erkenntnis überwältigt – wir hätten Vater und Tochter sein können. Sonia Wolglan war heute ungefähr zwanzig Jahre alt oder etwas älter, was letzten Endes bedeutete, dass sich gerade die Tochter, die wir, Verena Becker und ich, hätten haben können, vor mir auszog, um sich mir hinzugeben. Unter solchen Umständen kann man der plötzlichen Scham kaum ausweichen, zu einem Fünfzigjährigen gealtert zu sein, deshalb kam es zu einer Verzögerung von einer halben Sekunde, bis ich mehr schlecht als recht verdrängen konnte, was mich bedrückte. Ich klammerte die Reste proletarischer Ethik aus, die sich zwischen mich und Sonia Wolglan hätten stellen können.

Hier und jetzt zählte allein das gewöhnliche und naturgegebene Begehren zwischen Hominiden. Es genügte, das moralische Geschnatter in seinen Gedanken abzustellen. Es genügte, zynisch nur die rein animalische Seite des sich abzeichnenden Beischlafs zuzulassen.

Sonia Wolglan wartete entspannt auf die allererste Berührung unserer Personen, oder jedenfalls unserer Körper. Sie hatte ihr Kleid über die Rückenlehne eines Stuhls gelegt und drehte mir den Rücken zu, um sich zu vergewissern, dass es nicht knittern würde, dann wandte sie sich wieder mir zu, aufrecht und geschmeidig, zierlich, vor Lebensfreude strahlend, mit einem vollkommen Körper.

Für einen kurzen Moment hielt ich inne, um sie genau zu betrachten und zu bewundern:

• das leicht schraffierte Hexenweiß ihres Gefieders,

• die beinahe vorspringenden Hüftknochen, aber nicht so sehr, dass sie den Eindruck von Magerkeit erweckten,

• die Festigkeit ihrer silberglänzenden Brüste, das herrliche Mahagoni ihrer Warzenhöfe, die elegante Spitze ihrer Brustwarzen,

• die Narben, die sie davongetragen hatte, Narben, von denen man bis dahin nichts geahnt hatte, eine rosige Narbe wie ein Kratzer oben auf ihrem rechten Schenkel, dann ein Schmiss von einer Klinge unter der rechten Brust, ein anderer auf dem Bauch, sie war misshandelt worden, hatte sich gewehrt, zweifellos hatte man sie seit ihrer Kindheit zu verschiedenen Zeiten mehrmals verwundet,

• Tätowierungen am Nabel, die Zeichnung eines Granatapfels und eines Sterns, auf dem Arm zwei Schmetterlinge, am Poansatz und auf der linken Hüfte einige Wörter in Schriftzeichen, die an tote Sprachen wie Khmer oder Amerikanisch erinnerten,

• ihre schwarzen Pupillen drückten eine hemmungslose Fröhlichkeit aus, ich durfte sie betrachten, sie begrüßte meine Lust, großzügig und liebenswürdig bot sie mir ihre quicklebendige Schönheit dar,

• ihre jugendliche, lebendige Schönheit,

• es war heiß, aber ich sah keinen Tropfen Schweiß an ihr, auf ihrer glatten, sehr braunen Haut,

• ihr Körper war nirgendwo mit Flaum überzogen, nur im Gesicht, und selbst dort blieben die Federn beinahe unsichtbar,

• ein Schweißtropfen schlängelte sich auf der sehr hellen, rohseidenfarbenen Haut über ihren Bauch,

• ein salbiger Flaum erstreckte sich über ihren ganzen Körper, über ihren ganzen verführerischen jungen Körper, der einfach zum Anbeißen war, über ihre Brust, ihre Schultern, ihre Gliedmaßen, bis zu den zartesten Extremitäten,

• es war heiß, und ein feuchter Schleier schimmerte auf ihr, steigerte die schiere Lust, nachzugeben und sich gehen zu lassen,

• sie hatte keinen Nabel, und sie hatte keine Tätowierung an der Stelle, wo sie einen Nabel hätte haben können, ein Vlies mit betörend hellgrauen Federn, das von den Brüsten bis zur Mitte der Schenkel kein Fleckchen Haut erkennen ließ, bedeckte ihren Oberkörper,

• in einer mir unbekannten Vergangenheit musste sie zu einer Horde gehört und sich grausamen Ritualen, Initiationsriten, unterworfen haben, und irgendeine brutale Halb-Analphabetin hatte ihr unter die Achsel, dort, wo der Schmerz fast unerträglich ist, eine Zahl eingraviert, die an die Häftlingsnummer eines Deportierten erinnerte, und auf ihrem Schamhügel war diese Nummer mit niederträchtiger Plumpheit noch einmal eingeritzt,

• sie ließ ihre Arme wehrlos an der Seite baumeln, aber ich wusste genau, dass sie mit diesen Armen Waffen führen konnte, dass diese Arme mit einem Stock oder einem Messer töten konnten, und trotzdem wirkte sie eher zerbrechlich als muskulös, eher verliebt als kriegerisch,

- und im Übrigen funkelte ihr Blick und lud mich ein, zog mich zu ihr, ohne eine ironische Färbung anzunehmen, ohne Böses zu denken, ohne durchblicken zu lassen, dass wir Vater und Tochter hätten sein können.

Für diesen Moment hielt ich inne. Um sie genau zu betrachten und sie zu bewundern.

Dann stand ich dicht vor ihr.

Jetzt würde ich gleich wortlos mit meinen Lippen ihre Brustspitzen berühren. Ich hatte feuchte Hände. Ich musste also vor allem vermeiden, sie mit meinem Schweiß meiner Handflächen zu behelligen, deren unangenehme Nässe sie vielleicht abstoßen würde, die sie wahrscheinlich mit einer geistigen Unausgeglichenheit oder mit morbiden Ängsten in Verbindung bringen würde, die ich gar nicht hatte. Körper haben kaum Geheimnisse, die Haut ist ein gewöhnlicher Stoff, der nichts Überraschendes birgt, das alles ist seit Jahrmillionen bekannt und in jedem und jeder von uns archiviert; jedenfalls wollte ich mich ihr nicht im wenig voteilhaften Licht der Feuchte und der Hast zeigen. Ich bückte mich, ich schob zwei Finger unter den Gummizug ihres Slips und ließ ihn ihre Beine herunterrutschen. Nachdem dieses letzte Kleidungsstück auf ihren Knöcheln angekommen war und ich ihr aus ihm herausgeholfen hatte, steckte ich mein Gesicht zwischen ihre Schenkel. Hier bin ich schon immer auf Schwierigkeiten gestoßen. Es ist eine Stelle, an der die Flaumfedern auf der Zunge eine Beschaffenheit annehmen, die ich etwas ungemütlich, ja sogar scheußlich finde. Die Bartfäden lösen sich leicht, ihren Geruch kann man kaum ignorieren, und plötzlich hat man zwischen Gaumen und Zäpfchen ein Gespinst, dass einem fast speiübel wird. Ich wanderte mit Stirn und Nase zu den Flaumfedern, ich vergrub mich mit geschlossenen Augen in ihnen und stieß ein lustvolles Stöhnen aus, das Sonia Wolglan sogleich erwiderte. Ich spürte, wie sie meinen Kopf zwischen ihre Hände nahm und mich führte. Ich schob meine Erinnerungen an schlechte Erfahrungen beiseite und begann ihren Absichten zu folgen. Ich war völlig aus dem Häuschen, steif bis zum Gehtnichtmehr, hoch erregt und stöhnte fortwährend wie ein brünstiger Kater. Ich hatte meine Vorbehalte gegen den Cunnilingus vergessen. Sonia Wolglan wand sich über mir, stemmte sich gegen mich. Ich schwebte ein wenig außerhalb von Zeit und Wirklichkeit, als wäre ich unendlich beglückt von meiner Gegenwart, und fragte nicht danach, ob ich es auch bequem hatte in der Hocke, während ich die Beine einer jungen Frau umschlang, die meine Tochter hätte sein können, ihre Flaumfedern leckte und mich mit dem Kinn in sie hineinwühlte, mit der Zungenspitze, mit allen verfügbaren Gesichtsmuskeln.

»Komm, Mevlido«, sagte Sonia Wolglan und zog mich plötzlich nach oben.

Ich tauchte auf.

Ich glänzte von Speichel, Schweiß und Vaginalsekret und beeilte mich, gleichfalls aus meinen Kleidern zu kommen und so schnell wie möglich in den Körper meiner Partnerin einzudringen. Sonia Wolglan zwinkerte mir geil zu und öffnete den Mund mit einem kleinen Lächeln. Sie hatte sich an meine Schulter geklammert, jetzt ließ sie mich los, damit ich mein Hemd ausziehen konnte, dann verschwand sie mit ein paar Schritten hinter der Trennwand des Schlafzimmers.

Ich stand aufrecht und allein da. Ich nutzte die Gelegenheit, um mir mit dem Zeigefinger über das Zahnfleisch zu fahren und ein kleines widerwärtiges Knäuel aus Fasern und Härchen unter der Zunge hervorzuholen. Ich würgte.

So rasch wie möglich knöpfte ich mein Hemd auf, öffnete den Gürtel und machte mich daran, meine Schnürsenkel aufzubinden.

»Komm«, hörte ich Sonia Wolglan wieder.

Ich sah sie nicht mehr. Ihre Stimme klang schmachtend.

Ich brauchte zwanzig Sekunden, um meine Schuhe aufzuschnüren. Sie waren mit einem Stück Schnur und einem eigenwilligen Knoten zugebunden, der erst aufgeknotet werden musste. Meine Hände zitterten.

»Ich komme«, sagte ich.

Ich stand ganz dicht am Fenster und konnte in der Wohnung gegenüber eine Mudang im Zeremonialgewand sehen, die sich zu tanzen anschickte, damit die Toten, derentwegen man sie geholt hatte, in ihre Welt zurückkehrten und aufhörten, sich in die Angelegenheiten der Lebenden einzumischen. Der Musiker, der sie begleitete, stützte gerade sein Instrument an seiner rechten Fußsohle ab. Weder die eine noch der andere sahen in meine Richtung.

Der Himmel war schwarz.

Ich hatte Herzstechen.

In diesem Moment wurde die Trommel zum ersten Mal geschlagen.

Ich beeilte mich, zu Sonia Wolglan in das kleine Zimmer zu gehen. Endlich war ich nackt. Ich dachte nur noch an das eine, mit Sonia Wolglan zu schlafen, mich mit ihr zu vereinigen. Zu verstehen, durch welche Öffnung ich in sie eindringen sollte, und in sie eindringen. Meine Hände waren nass, ich trocknete sie grob am Bett ab und streckte mich darauf aus. Ich hatte das Gefühl, mich aufzulösen. Ich robbte auf der Matratze zu ihr. Ich hatte das Gefühl, mit meinem ganzen Körper einem gewaltigen Glück entgegenzurobben. Ich robbte zur Vereinigung mit Sonia Wolglan.

»Lass die Schweinereien, Mevlido«, hörte ich eine schläfrige Stimme an meinem Ohr.

Ich hatte die Augen geschlossen, denn mir schien, der sexuelle Rausch würde dadurch noch intensiver sein. Die Stimme forderte mich auf, sie zu öffnen. Zuerst fügte ich mich nicht. Ich stellte mir das Zimmer in Dunkelheit getaucht vor. Ich dachte an das Glück.

Die Trommel schlug.

»Lass das«, wiederholte die Stimme »das ist Schweinkram, Mevlido. Wir haben das vorhin schon gemacht.«

Ich schlug die Augen auf.

Wie häufig bei Gorgha lag ein Geruch von ranzigem Öl in der Luft, denn sie schmierte ihre Federn gern mit einem Fett ein, das mit Moschus versetzt war und das sie für wohlriechend hielt. Um uns herrschte totale Finsternis.

»Ich habe gerade von dir geträumt«, sagte ich.

»Pah«, sagte Gorgha, »du erzählst Quatsch.«

»Wir liebten uns«, sagte ich.

»Komm, Mevlido, schlaf weiter. Schluss mit dem Quatsch für heute Nacht.«

Die Trommel schlug.

»Hörst du?«, fragte ich kurz darauf.

»Was?«

»Ein Trommler. Er schlägt die Gut Buk.«

»Wo?«

»Ich weiß nicht. Auf der Straße.«

»Nein«, erwiderte Gorgha, »da ist nichts zu hören. Schlaf weiter.«

39 »Und jetzt? Hörst du sie?«, fragte Mevlido.
»Was?«, fragte Gorgha.
»Die Trommel«, sagte ich.

Wir konzentrierten uns auf die Geräusche. Man hörte sie kaum. Etwas in der Dunkelheit wies auf das bevorstehende Heraufziehen eines Dämmerlichts hin: Es ging auf den Morgen oder auf den Abend zu. In Gorghas Haus rührte sich kein Lüftchen. Wir rührten uns ebenso wenig. Ein allwissender Erzähler oder selbst eine Spinne in ihrem Netz hätte uns gewiss für tot erklärt, erstickt oder gestorben im Duell mit der Einsamkeit, oder für bewusstlos nach einem Lustexzess, noch verstrickt in unsere animalischen Reste, inmitten des stockenden Gestanks, den unsere Körper produzierten, mit den Rückständen unserer Ausscheidungen auf uns und mit der dunklen Erinnerung an raschelnde Flügel, an gespreizte Membranen und Schleimhäute, die ihren letzten Tau vor der Erschlaffung ausdünsteten, in uns. Reglos lagen wir auf dem Bett. Spitzten wir die Ohren.

Die Trommel schlug.

»Eine Zeremonie für die Toten«, murmelte ich. »Ein Mann schlägt seine Trommel. Eine Mudang tanzt und rezitiert ein Lied.«

»Pah!«, meinte Gorgha.

»Ich kenne den Rhythmus«, sagte ich.

»Quatsch«, sagte Gorgha. »Das ist ein Kerl am Ende der Straße.«
»Ein Kerl?«
»Ja, ein Irrer«, erklärte sie. »Er trommelt auf Eisenteile, auf die Hauswände. Je nachdem, was er zu fassen bekommt. Er ist verrückt vor Angst. Seine Erinnerungen haben ihm den Verstand geraubt. Er trommelt, um die Überfülle an Erinnerungen von sich fernzuhalten.«
»Woher weißt du das? Kennst du ihn?«
»Nein. Aber man hat mir von ihm erzählt. Er hat an der dritten Vernichtungswelle teilgenommen. Als Kindersoldat war er bei Gräueltaten dabei.«
»Aha«, erwiderte ich, »ein Kindersoldat. Hat er auch einen Namen?«
»Anscheinend heißt er Alban Glück.«
»Ah, Alban Glück.«
Gorgha verstummte. Ich ließ eine Viertelstunde Stille verstreichen, dann stand ich vom Bett auf.
»Wohin gehst du?«, fragte sie.
»Ich gehe hin.«
»Wohin?«
»Dorthin«, sagte ich.
Hinter mir hörte ich, wie Gorgha einen Flügel glattstrich, ihn mit Bedacht ausbreitete und dann wieder anlegte. Das Bett war nicht groß. Jetzt, da ich meinen Platz geräumt hatte, machte sie es sich wieder gemütlich.
Ich ging ins Badezimmer. Der Wasserhahn gluckste, ließ aber keinen Tropfen fallen. Hartnäckig drehte ich ihn auf und zu. Es kam nichts.
»Es gibt kein Wasser«, rief ich entrüstet in Gorghas Richtung.
»Es ist seit gestern abgestellt«, gab sie zurück.
»Ich muss mich waschen«, sagte ich.
»Geh nicht weg«, sagte Gorgha. »Geh nicht hinaus. Bleib

hier, du kannst dich später waschen. Es wird wiederkommen.«

»Wer?«

»Das Wasser.«

»Wann?«

»Was?«, hakte Gorgha nach, weil die Wand zwischen uns bestimmte Vokale schluckte.

»Wann wird das Wasser wiederkommen?«

»Keine Ahnung«, antwortete Gorgha. »Leg dich zu mir, dann warten wir zusammen.«

Am anderen Ende der Straße erklang die Trommel. Dumpfe Schläge, kaum hörbar, aber doch hörbar. Alban Glück fürchtete sich. Er trommelte, um seine Erinnerungen loszuwerden.

»Nächsten Monat kommt es vielleicht wieder«, überlegte Gorgha.

»Aha!«, sagte ich.

»Bleib bei mir«, beharrte Gorgha. »Was willst du dort?«

»Ich muss da hin«, sagte ich.

Widerwillig gab ich den Gedanken auf, mich zu waschen, und begann, meine Kleider einzusammeln. Sie lagen unordentlich verstreut im finsteren Schlafzimmer. Mehr schlecht als recht schlüpfte ich in die, derer ich habhaft werden konnte.

Dann verließ ich Gorghas Haus.

Da die Gasse über eine indirekte Beleuchtung verfügte, war sie nicht vollkommen dunkel, und im Laufe der Minuten wurde das Licht noch heller. Der Himmel wechselte von Bitumenschwarz zu Dunkelgrau. Ein Tag brach an. Ich ging in sehr kleinen Schritte vorwärts, bemüht, so wenig Lärm wie möglich zu machen, mit leicht betäubtem Verstand, dem klaren Bewusstsein, dass ich noch einmal versuchen würde, einen Mord zu begehen. Draußen in der frischen Luft war der Widerhall des Trommelschlags fast nicht zu hören. Vielleicht wollte Glück auch unentdeckt bleiben, nachdem er gehört hatte, dass weiter oben in der Gasse eine Tür aufgegangen und wieder zugezogen worden war.

Während ich vorsichtig die Fassaden der verfallenen einstöckigen Häuser entlangging, hier und da auch an einem brachliegenden Garten oder einem verbogenen Torgitter, hörte ich Glück wieder deutlich musizieren. Es war ein einfaches Solo. Die Hände des Perkussionisten schlugen mal auf den Boden, mal gegen die Mauer. Der Boden wurde mit der Handfläche berührt, die Mauer mit der Faust. Der Rhythmus blieb immer derselbe. Wenn Glück gegen die Mauer schlug, schepperte ein Eisenteil, das an einem Nagel hing.

Die Töne wurden immer deutlicher.

Ich kam näher.

Alban Glücks Unterkunft war ein niedriger Bau, der anscheinend keine andere Öffnung besaß als die, die zur Straße hinausging. Im Halbdunkel ähnelte er dem Lagerraum eines Handwerkers oder einer großen Werkstatt. Ein Rollladen aus Wellblech klemmte auf halber Höhe der Tür. Wahrscheinlich hatte Schutt den Rahmen oder die Führungsschienen verformt, als das Nachbarhaus eingestürzt war, und den Metallrollladen für immer blockiert.

Einige Augenblicke lang prüfte ich die örtlichen Gegebenheiten.

Kindersoldaten hatten mir immer Entsetzen eingeflößt, schon bevor sie Verena Becker marterten. In den Trainingsräumen der Polizei, wo man uns beibrachte, mit den scheußlichsten Situationen umzugehen, galten Auseinandersetzungen mit Kindersoldaten immer als das Schlimmste, was einem passieren konnte. Bei Angriffen wie bei der Abwehr von Angriffen zeigten sie unvorhersehbare und unredliche Reaktionen, der Nahkampf mit ihnen war grässlich. Es waren gefährliche Kämpfer, die es fertigbrachten, mit einem Babylachen lebenswichtige Organe zu verletzen, und die Techniken anwandten, die ihrem Gegner einen langen und schmerzvollen Todeskampf garantierten. Mit einem Mal fiel mir die Atmosphäre bei diesen Lehrgängen ein, die Hitze, die fehlende Lüftung, der Strohgeruch der Tatami. Ich hatte wieder die Schreie unserer Ausbilder in den Ohren, die widerwillig die Tricks der gewalttrunkenen Jugendlichen, ihr kindliches Schluchzen, ihre vorgetäuschten Hilferufe nachahmten. Ich hatte keine Zeit, mir darüber Gedanken zu machen, unter welchen Umständen, in welcher echten oder geträumten Welt, warum und wann ich diese Ausbildung erhalten hatte. Die Bilder waren da, aufgetaucht aus dem Nichts, und ich wusste instinktiv, dass ich keine Macht über sie hatte und dass sie nicht beständiger waren als die Erinnerung an einen Traum. Sie konnten ebenso schnell verschwinden, wie sie gekommen waren.

Ich hatte begonnen nachzudenken. Seit langem hatte ich jede Übung im Kampfsport vernachlässigt, und jetzt musste ich kämpfen. Alban Glück war ein ehemaliger Kindersoldat. Meine Chancen, ihn auszuschalten, waren schlecht.

Mevlido, hör auf zu denken, dachte ich. Starre nicht auf die Bilder, die in deinem Kopf vorüberziehen. Das macht deine Aufgabe nur noch schwieriger. Lote das Grauen nicht aus, das sich anbahnt. Schluss mit deinen Gemütsregungen, schreite zur Tat. Vergiss alles andere. Lass nicht zu, dass Gedanken und Ekel dir die letzten Kräfte rauben.

Dann wagte ich mich in den Laden.

Es ging sofort los. Was dann passierte, machte Schluss mit meinen Gemütsregungen.

Alban Glück saß im hinteren Teil der Werkstatt neben einem Durcheinander aus Brettern, Blechen und Teilen alter Zaungitter. Genau in dem Moment, als ich vor der Tür erschien, unterbrach er sein Trommelkonzert und schepperte wütend mit dem Alteisen, um mich vom Eintreten abzubringen. Im Gegenlicht konnte er von meiner Silhouette höchstens die Beine sehen. Ich bückte mich, um unter dem Hindernis des Rollladens durchzuschlüpfen, und richtete mich auf der anderen Seite sofort wieder auf. Jetzt war ich bei Glück. Während das Scheppern verhallte, hörte ich, wie er sich an den Platz zurückzog, an dem er sich gewöhnlich zum Schlafen hinlegte. Er gestikulierte heftig, reagierte angriffslustig auf mein Eindringen, und zur Begrüßung warf er eine Zange nach mir, die er vom Boden aufgehoben hatte. Das Werkzeug krachte einen halben Meter entfernt von mir gegen den Blechrollladen und veranstaltete dabei einen Höllenlärm. Ein Regen aus Rost prasselte auf meinen Schädel. Es war dunkel, aber meine Augen waren gut genug an die Dunkelheit gewöhnt, um zu sehen, was es zu sehen galt. Ich achtete auf jede Bewegung von Glück, nichts konnte mich überraschen. In Todesangst rannten zwei Ratten die Wand entlang. Sie rannten in Höchstgeschwindigkeit. Plötzlich machten sie kehrt und rannten zurück, um sich hinter einer Kiste mit leeren Flaschen zu verstecken. Sie wären am liebsten auf die Straße abgehauen, doch ich versperrte ihnen den Weg.

Keine Verbindung zu diesen Tieren aufnehmen, fiel es mir blitzartig ein.

Alban Glück wechselte den Platz. Mit einem Satz war er in eine Ecke gesprungen und hatte sich ein Buschmesser geschnappt. Plötzlich erstarrte er in Fechtstellung, in den dunklen Winkel seines Schlupflochs gekrümmt, ganz konzentrierte Kraft und Drohung. Er zeigte keine körperliche Schwäche, und soweit man seine Stellung erahnen konnte, bewies sie im Gegenteil, dass es sich um einen hartnäckigen Gegner handelte, der argwöhnisch und zu allem bereit war.

Hier war Hinterlist nötig.

»Sag mal, Glück, was ist denn in dich gefahren?«, fragte

ich ihn in erschrockenem Tonfall. »Erkennst du mich nicht wieder?«

Seit die Zange neben mir zu Boden gefallen war, hatte ich mich nicht gerührt. Einige Meter trennten uns. Das ist wenig und doch viel.

»Ich bin es, Ogojin«, fuhr ich fort. »Ich bin nicht gekommen, damit wir uns gegenseitig massakrieren.«

Der Name war völlig aus der Luft gegriffen. Ich wollte verwirren, ohne die Initiative abzugeben. Er hatte den Fehler gemacht, sich nicht sofort auf mich zu stürzen, so dass ich mich an seinen Lebensraum gewöhnen konnte.

»Was hast du denn gedacht«, sagte ich. »Beruhige dich. Du machst mir Angst.«

Ich schüttelte den Kopf und spuckte aus, als ginge es mir vor allem darum, die Rostkrümel loszuwerden, die auf meinem Gesicht kratzten.

In Wirklichkeit suchte ich nach einer Waffe. Auf dem Boden lagen Metallgestelle, halbe Waschbecken und Zementplatten herum, die ich für einen Kampf schwerlich zur Hand nehmen konnte. Diese Trümmer taugten nicht für meine Zwecke. Die Zangen konnten als Wurfgeschoss dienen, aber wir würden uns nichts mehr an den Kopf werfen, die Phase hatten wir schon hinter uns. Ich bemerkte die Stelle, wo sich kurz zuvor die Ratten verkrochen hatten. In der Holzkiste lagerten Glasgefäße, Einmachgläser, einige Flaschen. Wenn ich von dort auf ihn losgehen würde, hätte ich Zeit genug, mir eine Bierflasche zu schnappen und sie zu zerschlagen, um sie in eine gefährliche Waffe zu verwandeln.

»Komm, pack dein Messer weg«, sagte ich. »Heute wird nicht gekämpft.«

Ich neigte den Kopf, um mir das Haar auszuklopfen.

»Ich soll dir eine Botschaft von der Alten überbringen«, fügte ich hinzu.

Ich bürstete mir den Kopf und fuchtelte dabei wild herum, wie ein harmloser Besucher es vermutlich getan hätte. Dann richtete ich mich wieder auf und verhielt mich erneut ganz ruhig. Nichts an mir verriet, dass ich den Kampf suchte.

Glück kauerte weiterhin in seiner Ecke. Er schien zu beben. Er hatte vorgehabt, hochzuschnellen, sich auf mich zu stürzen und mich niederzusäbeln, doch die Mitteilungen, die ich eine nach der anderen von mir gab, hinderten ihn daran. Er zögerte. Zum einen zögert man immer, bevor man den Boten vernichtet, dessen Botschaft man nicht kennt. Zum zweiten waren unbekannte Personen in seiner Gegenwart aufgetaucht und zwangen sein Gedächtnis zu arbeiten. Ogojin. Die Alte. Sein Gedächtnis arbeitete, kam aber zu keinem Ergebnis, und das brachte ihn zwangsläufig aus dem Gleichgewicht.

Man konnte beim besten Willen nicht erkennen, wie alt er war. Vielleicht aus Anhänglichkeit an die Jahre, in denen er in einem Alptraum lebte, trug er eine Gummimaske, die menschlicher Haut glich, eine bleiche, ausdruckslose Maske aus Kautschuk mit einer grotesken Nagerschnauze, von der sehr dicke und sehr borstige falsche Schnurrhaare abstanden. Die Augenhöhlen verzerrten seine Lider, so dass er aussah, als hätte er kaum bewegliche Schweinsäuglein, als wäre er nahezu schwachsinnig. Seinen Schädel bedeckte eine gelockte Perücke aus Synthetikfasern, deren Farbe in der Dunkelheit nicht zu bestimmen war. Man konnte sich leicht vorstellen, wie sich diese scheußliche Marionette über Verena Becker beugte, wie er Verena Becker spielerisch zerquetschte, wie er meine kleine geliebte Verena in Todesangst versetzte und ihr jede Hoffnung raubte.

Jetzt war es an mir, von dem verwirrt zu werden, was mein Gedächtnis mit sich führte. Ich war dabei, mich auf inneren Wegen zu verlaufen. Ich begann, an andere Dinge zu denken als an den Kampf. Alban Glück bemerkte es, und er griff an.

Ich spürte, dass er hochschnellte.

Ohne ihn anzusehen, hechtete ich nach rechts zu der Kiste, die ich entdeckt hatte. Gitter und Bruchsteine lag auf dem Boden, versperrten mir den Weg. Ich musste zur Seite springen, ich lief im Zickzack, und nach vier Schritten merkte ich, dass ich Glück den Rücken kehrte. Ich hatte keine Zeit mehr, die Taktik zu ändern. Ich überlegte nicht mehr. Ich streckte die Hand nach den Flaschen aus. Die Gegenwart zerfiel in gewaltvolle Ahnungen. In einer Position der Schwäche, mit dem Rücken zu Glück, beugte ich mich über die Glasgefäße. Hinter der Kiste flohen die beiden Ratten nach der neuerlichen Störung an einen sichereren Ort. Ich hörte, wie Glück seinen Fuß auf eine Eisenplatte setzte. Ich bin kein Linkshänder, doch ich hatte eine Flasche mit der linken Hand ergriffen. Ich legte gerade die Finger um den Flaschenhals, als Glück über mir war. Glück über mir holte aus. Ich hielt den Atem an und zertrümmerte, während ich mich umdrehte, die Flasche an der Wand. Ich konnte die Form der Scherbe nicht sehen, die ich festhielt. Ich wusste nicht, ob das Ding in meiner Hand etwas taugte oder nicht. Glück ließ schon seine Machete über mir heruntersausen, um mir den Kopf oder die Schulter zu zertrümmern. Ich war noch dabei, mich umzudrehen. Da ich nicht mehr ausweichen konnte, passte ich mich geschmeidig seiner Bewegung an. Ich schlüpfte in seine Deckung, ohne mich an seiner Klinge zu verletzen. Ich weiß nicht, warum, auch nicht, was der heimliche Auslöser dafür war, aber plötzlich hatte ich die Gewandtheit eines Spezialisten. Hier trugen die Lektionen Früchte, die ich während der Ausbildung erhalten hatte. Die tödliche Klinge verfehlte mich pfeifend um drei Zentimeter, und ich wechselte die Stellung mit einer Sicherheit, die meine

Lehrer mit Stolz erfüllt hätte. Alles spielte sich in einer sehr kurzen Zeitspanne ab, in kaum mehr als einer Drittelsekunde. Noch waren nicht alle Scherben der zertrümmerten Flasche zu Boden gefallen. Ich brachte Alban Glück am Handgelenk eine leichte Schnittwunde bei und führte die Scherbe dann kraftvoll den Arm hinauf, um ihm die Armbeuge zu zerfleischen. Jetzt oder nie war Gelegenheit zu sehen, ob meine improvisierte Waffe die Eigenschaften besaß, die ich von ihr erwartete. Und das Glas schnitt wie eine Rasierklinge.

Ich hörte bei Glück ein organisches Aufbäumen. Er schrie nicht, doch sein Körper stieß einen überraschten Seufzer aus. Der Schmerz war noch nicht in sein Bewusstsein gedrungen. Ich wusste, dass er jetzt sein Buschmesser loslassen würde, und schnitt weiter auf der Bahn, die ich einen Sekundenbruchteil zuvor begonnen hatte. Jetzt bemerkte ich, wie mein Dolch aussah. Es war ein heimtückischer Kris, der auf seinem Weg durch Glücks Arm bis hin zum Knochen alles durchtrennt haben musste, Sehnen, Nerven und Arterien. Ich zog ihn unterhalb von Glücks Schulter heraus, führte ihn Richtung Maske und pflanzte ihn in die Maske. Alban Glück brach über mir zusammen. Ich zog meinen gläsernen Dolch aus seiner Wange und bückte mich, um seinem linken Arm auszuweichen, mit dem er mich umklammern wollte. Sein Körper umgab mich, sackte über mir zusammen. Unter Glücks Füßen fiel die Kiste um. Die Machete sank zu Boden. Dann ging Glück schwankend und vor Schmerz brüllend in die Knie. Gleich darauf sprang er wieder hoch, um sich von mir zu entfernen, und kullerte in den Schrott. Er näherte sich der Tür. Ich hob die Machete auf, fing ihn ab, baute mich über ihm auf, damit er nicht auf die Straße fliehen konnte.

Jetzt schöpfte ich Atem.

Die Dunkelheit verbarg zahlreiche Einzelheiten. Man

sah kein Blut, man sah nicht den Schnitt in Alban Glücks Kautschukgesicht. Alban Glück kroch in Spiralen über den Boden und schrie. Er schleuderte mir eine Handvoll Staub entgegen, dann gab er den Kampf auf und hörte auf, sich um sich selbst zu drehen. Jetzt beschäftigte er sich damit, die Wunde an seinem rechten Arm zusammenzudrücken. Während er mit der linken Hand krampfhaft seinen Ellbogen hielt, schluchzte er vor Wut und Schmerz, da er jedoch noch immer seine Maske trug, wirkte sein Karnevalsgesicht furchtlos. Seine Wange darunter muss grauenhaft zerfetzt gewesen sein. Blut und Tränen rannen unter der Maske hervor. Auch die Perücke war nicht vom Kopf gerutscht. Ich stand in meiner ganzen Größe über Alban Glück und war enttäuscht, dass ich ihn nicht auf einen Schlag umgebracht hatte und mich noch einmal über ihn beugen musste, um ihn vollends zu töten. Jetzt, da ich alle Zeit der Welt hatte, um die Lage zu untersuchen, fiel mir auf, dass ich ihm instinktiv lieber das Gesicht aufgeschlitzt hatte, als ihm die Kehle durchzuschneiden und ihn auf diese Weise so schnell wie möglich zu erledigen. Ich hatte es so gemacht, dass sein Leben länger dauerte, damit er seinen Tod erlebte, ich hatte ihn so verwunden wollen, dass sein Todeskampf nicht zu kurz war. Ich hatte diesen Henkerstrieb gehabt.

Es hatte ihm nichts genützt, sein Gesicht zu verbergen, ich hatte diesen Henkerstrieb gehabt.

Ich empfand keinerlei Mitleid mit Glück, doch im selben Augenblick wie der Wunsch, ihn vor seinem Tod leiden zu lassen, meldete sich deutlich die Scham zu Wort. Erschöpfung und Ekel übermannten mich. Schluss mit ihm, so schnell wie möglich, sagte ich mir mehrmals. Sich nicht zur Barbarei verführen lassen. Keinen Gedanken daran verschwenden, ihn leiden zu lassen, ihn zu entsetzen. Ihn hier nicht liegen lassen, ohne ihm den Gnadenstoß zu geben.

Noch immer war es mir nicht möglich, Alban Glücks Alter festzustellen. Unter seiner Maske konnte er ebenso gut fünfzehn Jahre wie doppelt oder dreimal so alt sein. Seine Stimme wimmerte wie die eines Wickelkindes. Da ich ihn nicht schlug, entfernte er sich von mir. Er wand sich auf dem Rücken. Er versuchte, sich aus meiner Reichweite zu schleppen. Er hatte einen Schrotthaufen erreicht und schien sich jetzt wieder aufrichten zu wollen. Er stützte sich auf einen Gegenstand, der einst ein Benzinkanister war. Mit dem Rücken lehnte er am Gerippe eines Heizkörpers. Sein Leibesumfang war kaum der eines Heranwachsenden. Er ist noch keine vierzehn Jahre alt, dachte ich. Er gehört zu denen, die vor zwanzig Jahren das Martyrium von Verena Becker veranstaltet haben, aber er ist noch keine vierzehn Jahre alt. Ihn nicht auf der Stelle zu töten wäre ein Verbrechen, dachte ich. Es wäre eine Beleidigung der proletarischen Moral.

Achte die proletarische Moral, dachte ich.

Alban Glück hatte sich wieder aufgerichtet. Er stand an einem wackeligen Stapel von Metallgestellen, von schweren Gegenständen. Er war im Delirium, gluckste mit Schluchzern, die schrecklich anzuhören waren. Er sprach in einer mir unbekannten Sprache. Manchmal ließ er seinen verwundeten Arm los, ergriff kraftlos ein Metallstück und versuchte, es nach mir zu werfen. Der Rost flog in alle Richtungen. Ich stand zwei Meter von ihm entfernt, doch die Geschosse trafen mich nicht. Ströme von Blut spritzten jetzt aus seinen Wunden, und er begann unter seiner Maske zu ersticken.

Diesen Glück vollends umbringen, dachte ich. Die Sache zu Ende bringen, proletarische Moral hin oder her. Wer bin ich, dass ich eine Moral achten oder verraten könnte.

Glück kämpfte gegen das Ersticken. Er begann an allen Gliedmaßen zu zittern, dann ließ das Zittern nach. Er war noch weit entfernt von seinem letzten Atemzug. Mit der linken Hand durchkämmte er den Raum auf der Suche nach einem Stück Rohr oder einem Metallteil.

Diesen Glück keinen so schrecklichen Todeskampf erleiden lassen wie den, den er Verena Becker auferlegt hat, dachte ich.

Oder vielmehr doch, dachte ich. Diesem Glück noch ein wenig Todesangst einjagen, bevor ich ihn erledigen würde. Ein wenig mit ihm und mit seinem Tod tanzen. Wer bin ich, dass ich Henker oder kein Henker sein könnte.

Ich ging mit der Machete zu ihm. Ich konnte über die proletarische Moral nachdenken so viel ich wollte, ich wusste einfach nicht so genau, wie es weitergehen sollte.

40 Mevlido bückte sich unter den Blechrollladen, um durch die Türöffnung nach draußen zu gelangen, und verließ Alban Glücks Laden ein für allemal. Seine Bewegungen gaben zu verstehen, dass er auf keinen Fall länger als nötig verweilen wollte, und dennoch hielt er kurz inne. Man hatte den Eindruck, er sammle ungeschickt Gase in sich an, um seine Brust aufzublasen und sie anschließend ebenso schrittweise wieder auszustoßen. In der Gasse herrschte eine morgendliche Kühle. Die Ladentür war auf halber Höhe blockiert und das Licht war schwach, doch auf dem Boden konnte man Trümmer, Glasscherben und einen Teil von Glücks Leiche erkennen.

Anschließend taumelte Mevlido durch das schwache Licht des Morgengrauens. Er ging bis ans Ende der Straße, wo es ein wenig heller war. Er stammelte Silben, die sich nicht zu Wörtern formen wollten. Körperlich und intellektuell war er sehr tief gesunken. Er dachte nur noch an das eine – sich zu säubern. Er wollte sich unbedingt waschen. Er streifte mich, ohne mich zu bemerken. Es ist unbestreitbar, dass er einem Mörder glich. Es ist unbestreitbar, dass er einem Mörder glich, dem es schwerfiel, seine Arbeit zu Ende zu bringen.

Er schwang noch immer die widerwärtige Machete, und als er es merkte, warf er sie über einen Zaun in einen von Kletten überwucherten Garten. Dann lief er durch das letzte Stück der Gasse. Er sah aus, als habe er jeden Glauben verloren. Sein Hemd und ein Hosenbein waren schwarz von Blut. Er blickte nicht zurück. Aus der Werkstatt, in der Alban Glück lag, drang kein Laut.

Mevlido fühlte sich furchtbar schmutzig. Er war es auch. Er ertrug die Gerüche des Mordes nicht mehr, die ihm anhafteten, den Geruch von besudelten Federn, aufgeschlitzten Armen, Krämpfen im Alteisen, den Gestank der mit Hirnmasse bespritzten Perücke.

Ich muss mich säubern, dachte er. Zwanghaft kam er immer wieder auf diesen Satz zurück, und was den Rest angeht, so brachte er keinen Satz und keine Erinnerung mehr zustande. Ich gehe zurück zur Straße, nahm er sich vor. Schleiche mich in ein Gebäude, suche Wasser. Ich hänge mich unter einen Wasserhahn, und weg mit dem Dreck.

Er bog in eine Straße ein, deren Namen er nicht mehr kannte. Waddell Street oder Factory Street, dachte er. Oder noch eine andere Straße. Welche Bedeutung auch immer das haben mag.

Eine Stelle finden, wo ich mich waschen kann, dachte er. Das ist jetzt die Hauptsache. Alles andere ist unwichtig. Die Namen, die Sprache, die Bilder – alles unwichtig.

Auf der Straße setzte das frühmorgendliche Treiben ein.

In der Nähe stieg ein wenig Rauch von verbranntem Fett auf. Eine Kantine öffnete. Jemand briet in einer Pfanne mit brutzelndem Fett Reis an.

Von einem Dach stieg ein Vogel auf und ließ dabei einen schweren Haufen fallen.

Noch brannten die Lampen, sofern Lampen vorhanden waren. Sie deuteten darauf hin, dass es hier Leute gab. Ich sollte den Bewohnern aus dem Weg gehen, dachte Mevlido. Ob Lebenden oder Toten, es wäre besser, ich ginge ihnen aus dem Weg.

Er schlüpfte in den nächstgelegenen Gang. Es war der

Zugang zu einem kleinen Gebäude, ein gewöhnlicher Eingang mit einer Briefkastenwand, derer sich seit langem Spinnen bemächtigt hatten, mit Stromkabeln und Sicherungskästen, die von einer schmierigen Staubschicht überzogen waren. Schwarze Pfützen bedeckten den Boden. Über den ersten Treppenstufen sah man die letzten Zuckungen einer Neonröhre, die einen fahlgelben Farbfleck auf das Halbdunkel warf. Die Treppe war seit Monaten nicht gefegt worden.

Eine Treppe, dachte Mevlido. Ich werde hinaufsteigen, den Bewohnern aus dem Weg gehen, ein Schloss aufbrechen, sollte ein Schloss zum Aufbrechen vorhanden sein. Ich werde eine Dusche nehmen, sollte es dort eine Dusche geben. Dann stelle ich mich darunter. Ich spritze mich von Kopf bis Fuß ab und klaue mir Kleider, sollte es dort Kleider geben. Ich werde mir diesen ganzen Dreck vom Hals schaffen. Er muss weg. Alles andere ist unwichtig.

Nachdem er im vierten Stock angekommen war, drückte er einen Türknauf, und die Tür ging auf. Die Wohnung war sehr ärmlich, die Möblierung beschränkte sich auf das Nötigste. Zur Wohnung gehörten ein fensterloses Schlafzimmer und ein Zimmer, das zur Straße hinausging, dazu eine Küche, die auch als Badezimmer diente. Mevlido inspizierte die Räume, um sicherzugehen, dass die Bewohner nicht da waren. Die Prüfung dauerte höchstens drei Sekunden. Spinnweben bedeckten die Wände des Schlafzimmers. Das Bett war zerknittert und schmuddelig, es sah aus, als hätte schon seit Tagen niemand mehr darin geschlafen. Im Fliegenschrank in der Küche stand ein Teller mit unidentifizierbaren Abfällen, nach denen zwei Kakerlaken schielten, die der Geruch angelockt hatte und die nun frustriert vor dem unüberwindbaren Gitter ausharrten.

Er legte alle Kleider ab und drehte den Wasserhahn auf, der über der Duschwanne aus der Wand kam. Das Wasser begann über seine Hände zu laufen, dann plätscherte es weiter hinunter und verspritzte rundum Tropfen. Er ließ es auf seine Beine sprühen, dann stieg er in das Keramikbecken und kauerte sich nieder. Der Wasserhahn war in höchstens einem Meter Höhe installiert. Aus dem Rohr kam ein regelmäßiger, gedrehter dünner Strahl, in dem manchmal ein silberner Schimmer aufblitzte. Mevlido hielt mal seine Arme und Hände darunter, mal seinen Kopf, den er nach hinten neigte, damit ihm die Schändlichkeiten, die sich in seinem Haar verfangen hatten, nicht über den Mund rieselten. Mühsam löste das Wasser die Schlacken und die Verkrustungen. Es dauerte einige Zeit, aber es wusch sie aus. Es plätscherte um Mevlidos Füße und sammelte sich dort in großen Blasen, Blasen die beinahe klumpig waren, die zum Abfluss schwammen und lange brauchten, bis sie platzten.

Die Wasserleitung vibrierte, manchmal hustete sie und spuckte eine Mischung aus Wasser und Sand aus, doch das Wasser tropfte weiter auf Mevlido und rieselte über ihn, und allmählich befreite es ihn von den sichtbaren Spuren der Nacht. Das ist die Hauptsache, dachte er. Die Spuren loswerden. Ein für allemal sämtliche Spuren loswerden.

Ab und zu öffnete er die Augen. Das Wasser um seine Knöchel war bei weitem noch nicht durchsichtig. Die Blasen waren geschrumpft, aber weiterhin bräunlich. Von der Höhe des Fliegenschranks herab beobachteten ihn die Kakerlaken wortlos. Er selbst sprach sie nicht an. Er kauerte weiter in der Duschwanne. Damit er nicht seine mit schwarzem Blut und Jauche vollgesaugten, von schwarzen Säften getränkten Kleider im Eingang zur Küche liegen sah. Er betrachtete weiter hinten das Wohnzimmer mit einer Truhe, zwei Sesseln und einem Tisch, und dahinter das nicht vollständig sichtbare Rechteck des Fensters. Der Himmel schwankte zwischen Grautönen und Finsternis. Seine Netzhaut registrierte es, ohne dass er es begriff. Sehr schnell fielen ihm seine Lider wieder zu. Er hatte nicht die geringste Lust auf Bilder.

So verharrte Mevlido den ganzen Tag unter dem Wasserhahn, die Augen meist geschlossen, das Denken erstarrt. Die Zeit, die verging, war nicht wichtig. Nur das Wasser.

Es war dann einige Zeit später und am selben Ort. Mevlido hatte seine Dusche gerade beendet.

Mit Grauen sah er seine Klamotten. Sie versperrten ihm den Weg. Er sprang über sie hinweg wie über einen Tierkadaver und begann, in der Wohnung nach etwas zum Anziehen für sich zu suchen. Außer dem Betttuch bot ihm das Schlafzimmer nichts, um seine Blöße zu bedecken. Er kehrte ins Wohnzimmer zurück, kramte in der Truhe und holte einen Slip und eine Jeans heraus, die ihm passten, sowie eine Plastiktüte, in der ein Paar Sandalen und ein blaugrau kariertes Hemd steckten. Diese Truhe kenne ich doch, dachte er. Es ist die Truhe, in der Maleeya unsere Sachen aufbewahrt. Dieses Hemd und diese Hose, fuhr er fort. Die kenne ich auch. Es sind Hemd und Hose von Yasar Bayarlag, den Maleeya immer liebevoll in Erinnerung behalten hat.

Zuerst schlüpfte er nur in Slip und Hose. Er zauderte vor der Truhe, vor dem kaum abgetragenen und nahezu neuen Hemd, dann schlüpfte er hinein, ohne es zuzuknöpfen. Auch die Sandalen hatten Yasar Bayarlag gehört. Sie passten ihm.

Was nun, fragte er sich.

Er blieb in dem Zimmer stehen. Sein Verstand sagte ihm nichts darüber, wie es nun weitergehen sollte. In Gedanken wog er bedächtig die Für und Wider ab, ohne dass es ihm gelang, auch nur die kleinste verwertbare Idee zu entwickeln. Sein Gedächtnis lieferte ihm schnell zerfallende Bruchstücke, Namen ohne Erklärung, die auftauchten wie Gewissheiten und sofort verblassten.

Die Nacht war zurück in der Wohnung und in der Stadt.

Die Nacht ist wieder da, dachte er.

Irgendwo in der Umgebung hatte jemand begonnen, eine Trommel zu schlagen, eine koreanische Gut Buk, wie man sie schlägt, um mit den Toten zu sprechen.

Er kam auf den Gedanken, dass er träumte. Man konnte nicht entscheiden, ob dieser Gedanke begründet oder grundlos war. Jedenfalls bin ich, selbst wenn ich träume, in der Wirklichkeit, dachte er plötzlich.

Er ging zum Fenster. Die Trommelschläge kamen aus dem Haus gegenüber. Und zwar in gleicher Höhe, aus dem vierten Stock.

Dort hatte eine Zeremonie zur Anrufung der Toten begonnen. Mehrere Birnen brannten in der Wohnung. Mevlido bemerkte die Sängerin, die vor einer Lampe vorbeiging. Sie wandte sich im Halbprofil der Straße zu. Dann bewegte sie sich weiter und verschwand aus dem Blickfeld. Diese Mudang sieht aus wie Linda Siew, dachte Mevlido. Die Ähnlichkeit ist verblüffend. Er hätte ihre Gesichtszüge gern genauer studiert, doch schon stand eine Wand dazwischen, und für einen Moment erschien nur ihr Arm. Man sah einen grünen Ärmel und bunte Bänder, die daran befestigt waren, und eine eher magere Hand, die die Anstrengung des Tanzes knotig erscheinen ließ. Mit all dem holte sie weit aus, wenn sie Beschwörungen in der Hexensprache zur Decke oder nach draußen schleuderte. Die Bänder begleiteten ihren Gesang. Sie wedelten und flatterten und schwebten ganz langsam Richtung Boden. Das packte, das lockte, das sprach eine Sprache, die nur das Knochenmark verstehen kann. Selbst die Stimme der Mudang war Handlung, sie kam aus den dunklen Tiefen des Körpers und war trotz allem melodisch und beruhigend. Der Trommler schlug in einem Wechsel von Anspannung, Entspannung, Anspannung, Entspannung.

Die Mudang erschien wieder vor der Lampe. Sie war schön.

Sie erinnert mich an jemanden, dachte Mevlido. An Linda Siew oder eine andere.

Der Name war in seinen Gedanken, doch er führte zu keiner Erinnerung.

Keine Ahnung, wer diese Linda Siew ist, dachte er noch. Das Beste wäre vielleicht, wenn ich zu ihr ginge und sie fragte. Ob diese Mudang nun Linda Siew ist oder nicht, vielleicht hat sie mir etwas zu sagen.

Auf alle Fälle muss ich dort hingehen, dachte er.

Er hatte das saubere Hemd Yasar Bayarlags noch immer nicht zugeknöpft. Er holte es nach, schloss die Schnallen seiner Sandalen und verließ Wohnung.

Er stieg die vier Stockwerke hinunter, kam auf die Straße und überquerte sie.

Schon betrat er das gegenüberliegende Haus.

Ich weiß, was ich sie fragen werde, dachte er. Ich werde sie bitten, mir zu sagen, wo sich Verena Becker im Moment aufhält.

Wie die anderen Namen weckte auch dieser neue keine Erinnerungen in ihm.

Er ging den Eingangsflur entlang. Das Treppenhaus war dunkel. Er stieg die Treppen hinauf. Ständig standen ihm Vögel im Weg, die so groß wie Hunde waren, erst im letzten Moment zur Seite wichen und dabei ihre Flügel oder den Schnabel an seinen Beinen rieben. Das Treppenhauslicht ging nicht. Die Anzahl der Stufen änderte sich mit jedem Stockwerk. Ziemlich schnell wusste er nicht mehr, in welchem Stockwerk er gelandet war. Auf die Treppenabsätze mündeten keine Türen. Er blieb stehen. Er versuchte sich zurechtzufinden, indem er auf den Hall der Stimme und des Trommlers lauschte, doch er hörte nichts mehr. Keine Mudang klagte mehr über das Schicksal der Verstorbenen und der Lebenden, während sie versuchte, die einen mit den anderen zusammenzubringen, um ihnen Hilfe zu geben. In den Putz an der Wand waren Parolen eingeritzt. Er begann sie zu entziffern, dann erinnerte er sich, dass er sie nicht lesen konnte, weil das Treppenhaus im Dunkeln lag. Macht nichts, ist nicht weiter tragisch, überlegte er. Sollte ich nicht träumen, muss ich verrückt geworden sei. Man hat schon Schlimmeres erlebt.

»Ja«, murmelte er, »man hat schon Schlimmeres erlebt.«

Überall um ihn falteten die Vögel ihre Flügel auseinander und wieder zusammen. Sie drängten sich aneinander, um jede Berührung mit ihm zu vermeiden, und sie krächzten nicht. Mehrere Stockwerke unter ihm, auf der Straße, ging das Leben weiter. An der Kreuzung stritten ein Junkie und eine Bettlerin miteinander; vor einem Portal fegte jemand; am Eingang zu einem Restaurant scherzten Besucher der Gaststätte miteinander. Die Töne waren klar zu vernehmen, aber wie durch eine große Entfernung gefiltert. Ob man es wollte oder nicht, die Außenwelt war weit weg.

Er erklomm die nächste Etage, und nachdem die Vögel, die er aufgestört hatte, wieder ruhig waren, erforschte er tastend den Treppenabsatz. Seine Finger stießen nur auf reißfeste Spinnennetze in Trichter- oder Tunnelform. Sie rissen mit einem Seidenklang, der stoische Nerven erforderte, um beim Hören nicht aufzuschreien. Der Ekel zwang ihn, aufzugeben. Er setze sich auf eine Stufe und streifte an einer Kante die schmierigen Fäden ab, die an seinen Händen klebten. Wozu war das Waschen gut, dachte er. Dann blieb er eine Weile tatenlos sitzen.

Eine Weile. Schlummerte er.

Saß er da.

Im Treppenhaus war es einigermaßen still.

»Ich denke an dich«, murmelte er plötzlich.

Erschüttert vom unerwarteten Klang, den diese menschliche Stimme darstellte, bebte die äußerst dichte Dunkelheit um ihn. Außer schlafenden Spinnen und Rieseneulen, die sich über alle Ebenen vom Erdgeschoss bis zum Dachboden verteilten, war niemand da.

»Ich denke an dich«, wiederholte Mevlido leise. »Du fehlst mir. Ich werde an dich denken. Wie auch immer es ausgeht.«

Er machte eine Pause.

Es gelang ihm nicht, mit dem Bild einer Frau den Schatten zu überlagern, der sich hinter diesem Satz erstreckte. Er hatte kein Bild. Namen tauchten auf. Sonia, Verena, Maleeya, Linda. Meine geliebte kleine Verena, dachte er unwillkürlich, in einer Art reflexhaftem Ruck. Die Namen sagten ihm nichts. Es gelang ihm nicht, herauszufinden, an wen er dabei dachte.

41 Er saß zwischen Vögeln und Spinnen, umgeben von Finsternis und Stille. Er saß zwischen den Tieren. Seine Gedanken verflogen, verloren immer mehr an Schärfe. Er hätte keinen einzigen der Frauennamen mehr nennen können, die ihn kurz zuvor noch heimgesucht hatten. Er konnte sich seine Anwesenheit an diesem Ort nicht mehr erklären. Hinter den Wänden gab es keinerlei Geräusche. Das Haus war unbewohnt. Nach ein oder zwei Stunden merkte er, dass er eine unbestimmte Zeitlang geschlafen hatte, vielleicht eine oder zwei Stunden oder etwas mehr. Sein Kinn war herabgesunken, sein Nacken spannte. Seine Muskeln schmerzten. An alles andere hatte er keine Erinnerung. Darauf bedacht, sich nicht an einem unbekannten Ort einzunisten, begann er die Treppen zum Erdgeschoss hinabzusteigen. Neben ihm räkelten sich Riesenhühner und Tukaneulen, die ihm bis zur Schenkelmitte reichten. Einige schlugen an seine Knie. Ihre Flügel waren stark. Andere, die über sein Vorrücken erschraken, hüpften Stufe für Stufe vor ihm her, und als er den Eingang des Hauses erreichte, stoben sie in der Nacht glucksend auseinander. Stumpfsinnig, ohne Erinnerung, stand er auf der Schwelle und befragte die schwarze Straße. Die Örtlichkeit geriet mit anderen durcheinander.

Vielleicht habe ich das schon einmal erlebt, murmelte er. Oder eine Variante davon. Unter meinem Namen oder unter dem Namen Mevlido oder unter dem eines anderen. Oder es wird später geschehen. Oder nie. Es könnte auch sein, dass das alles in vergessener Form als Traum bleiben wird. Wozu noch auseinanderhalten, was vorher und was nachher ist? Wozu jetzt noch diese Anstrengung vollbringen, da ich am Ende in der Halde gelandet bin?

Er betrachtete die Straße. Ihm fiel ein, dass er irgendwo in der Halde wohnte, doch er erinnerte sich nicht mehr, wo und seit wann. Auf irgendetwas Vertrautes werde ich ja wohl noch stoßen, dachte er.

Die Straße lag an einem Hang. Er ging sie hinauf.

Es war ein Spinnenjahr. Ihm folgte ein weiteres, dann ein drittes, noch schlimmeres. Die meiste Zeit regnete es, die Nächte dazwischen waren siedendheiß. Es war dunkel, außerdem gab es keine Fenster in der Gegend, in der Mevlido eine Wohnung gefunden hatte. Er war nicht mehr in sein kleines Haus bei Waddell Street zurückgekehrt, im Gegenteil, er war zum Busbahnhof zurückgekehrt, um dort zu wohnen.

Damals hatte ich alles aus meinem Kopf verbannt, was zu der Zeit geschehen war, als ich mit Glück kämpfte, erzählte Mevlido denjenigen, die ihm zuhörten, als er wieder zu sprechen begonnen hatte, als ihm Leute oder Lebende zuhörten. Ich hatte alles von mir abgewaschen, ich wollte nicht ständig an diesen Schmerz, diesen Bodensatz denken müssen. Instinktiv war ich zum Busbahnhof zurückgekehrt, in einen der Verschläge, die von mehreren, sich ähnelnden Hinkebeinen in vierundzwanzigstündigen Schichtwechseln bewacht wurden. Die Trennwände meines Verschlags und die mit Graffitis überzogene Mauer trieften, Tropfen rannen an ihnen herab, transportierten auf ihrer Oberfläche Rückstände von Spinnennetzen und schwarzem Schimmel. Sehr hoch über mir hatte ich das ständige Flackern einer Neonröhre, die sich von jeher gegen das Erlöschen wehrte. Ich fläzte mich mehr schlecht als recht auf etwas, das als Sessel oder Bett diente, und wenn der Augenblick gekommen war, Schlaf vorzuschützen, schloss ich die Augen. Die Tür, einen halben Meter vor mir, schloss dank eines schmutzigen Stricks, dessen Knoten sich löste, wenn ich nicht da war. Ich mietete das Zimmer monatsweise zum annehmbaren Preis von einem Dollar fünfzig. Über Ratenzahlungen hatte ich zwar verhandeln müssen, als die Hinkebeine aber sahen, dass ich mich quasi auf Dauer dort eingerichtet hatte, ließen sie es dabei bewenden und forderten nichts mehr von mir. Die Wochen vergingen, und meine Kleider sahen allmählich aus wie speckige Krusten. Die Behinderten, die die Verschläge bewachten, redeten nur mit mir, wenn sie etwas an mir auszusetzen hatten. Neben mir wohnten mehrere Zerlumpte von meiner Sorte, doch sie befanden sich in einem Zustand von solch abgrundtiefer Verzweiflung, dass es unmöglich war, irgendeine Beziehung zu ihnen anzuknüpfen. Ab und zu kamen sie aus ihren Verschlägen, um sich auf die Stufen der Treppe zu kauern, die vom ersten Stock in die Wagenhalle hinabführte. Dort saßen sie im Rauch von verbrannten Reifen und in Benzindämpfen. Die Busfahrer schimpften mit ihnen, die Ratten fielen über sie her und nagten bis zu den Waden an ihren Füßen. Sie reagierten nicht. Ich für meinen Teil ging schließlich nach einer Phase der Trägheit durch die Türen des Busbahnhofs nach draußen. Sie waren offen, ich konnte nach Belieben kommen und gehen. Es regnete, der Himmel war voller Tinte. Stundenlang ging ich in der Stadt spazieren, immer in der Mitte der Straße, um möglichst viel Regen abzubekommen. Als ich in meine Unterkunft zurückkehrte, waren meine Kleider sauber. Es dauerte nicht lange, bis die Partei mich rekrutierte, als hätte man mich genau dabei beobachtet, als wären diese Spaziergänge eine Gelegenheit gewesen, meine Widerstandskräfte gegen die innere Einsamkeit und gegen den Mangel an bedeutenden Ereignissen zu testen. Ich schwor, die Geheimnisse der Partei niemals zu verraten, und ich werde weder hier noch an anderer Stelle mitteilen, durch welche Methoden der Kontakt zwischen uns zustande kam, doch eines schönen Tages wusste ich, dass ich wieder im Dienst einer Organisation stand, deren Name und deren Ziele mir unbekannt waren. Das gab mir schließlich das Gefühl, wieder zu leben. Ich drehte immer größere Runden außerhalb des Busbahnhofs. Die Partei vertraute mir kleinere Missionen an. Von Zeit zu Zeit sollte ich eine Pistole auf ein genau angegebenes Ziel richten und das Magazin leeren, in der Regel auf jemanden, von dem ich hinterher erfuhr, dass er es verdient hatte, durchsiebt zu werden, doch manchmal bat man mich auch, einen mir in jeder Hinsicht gleichenden Bettler umzubringen, was ich aus Achtung vor der Disziplin, aber mit Widerwillen ausführte. Ich kam immer erschöpft zurück. Die Neonröhre über meinem Kopf klimperte eine Botschaft in einem milchigen Morsealphabet, die ich nicht entschlüsseln konnte. Da es nicht in Frage kam, irgendjemandem Einzelheiten meiner Abenteuer anzuvertrauen, erfand ich mit leiser Stimme Alpträume, die ich den Spinnen erzählte, die immer da waren, und den Ratten, wenn sie da waren. Meine Geschichten interessierten sie nicht, ich merkte es an der Starrheit ihres rötlichen Blicks, der sofort beleidigend wurde. Ziemlich schnell hatte ich das Gefühl, die Erzählung in ihren Grundzügen ausgeschöpft zu haben, und ich verstummte. Aus Mangel an Anekdoten entzifferte ich ansonsten stammelnd die Graffitis, die die Bewohner des Verschlags zurückgelassen hatten, als sie verschwanden. Neben Zahlen und Obszönitäten gab es Sprüche, die einige Zeit brauchten, bis sie einen Widerhall in mir fanden, als hätte ich sie früher schon einmal woanders gehört und verstanden:

- TIERE HABEN IHRE TIERE!
- VERRÜCKTE HABEN IHRE VERRÜCKTEN!
- VÖGEL HABEN IHRE VÖGEL!
- MÖRDER HABEN IHRE MÖRDER!

Ich wollte einen festen Knoten in das Ende des Stricks machen, der meine Türe schloss, und in der Stille der Nacht, in der stinkenden Feuchtigkeit der Nacht wälzte ich mich schlaflos auf meinem Sessel. Die Mauer triefte, die Innenwände tropften, das Neonlicht wurde immer schwächer, bis es nur noch ein feucht phosphoreszierendes Rohr war, dann leuchtete es blinkend wieder auf. Ich schloss die Augen. Vor meinen Lidern flackerte weiterhin das elektrische Licht.

Ich öffnete die Augen wieder. Die Dunkelheit war geblieben, die Beleuchtung ebenfalls. Der Knoten des Stricks war aufgegangen, der Strick hielt den Türflügel nicht mehr fest. Ich musste für einige Minuten das Bewusstsein verloren haben. Eine Ratte war in meinen Verschlag gekommen und schnüffelte an irgendetwas hinter meinem Sitz. Ich stand auf, ging hinaus, fragte den Krüppel nach der Uhrzeit. Er antwortete mir nicht. Von unten hörte ich Motorenlärm, das viehische Geschrei der Busfahrer. Als der Morgen nahte, ging ich durch den trostlosen Raum des ersten Stockwerks hinunter in die Wagenhalle, in der die Busse ein- und ausparkten, und dann hinaus in die Stadt.

Wochen vergingen. Haufenweise Wochen. Jahre. Manche verrannen, ohne die geringste Erinnerung zurückzulassen. Manche waren Spinnenjahre, sonst andere Jahre.

So verging Mevlidos Tod, das heißt, meiner.

42

Eines Morgens dann. Eines Morgens oder eines Abends. Auf einem der fortwährenden Irrgänge Mevlidos durch die Halde. An diesem Tag findet man Mevlido wieder. Mevlido oder jemanden, der nahezu ganz in mich übergeht, um ich selbst zu sein und denselben Namen zu tragen wie ich.

Ich hatte eine Straße überquert und war in den Eingang eines Gebäudes getreten. Der Ort stank. Die Nacht brach herein. Durch Zufall hatte ich den Lichtschalter gedrückt. Im Treppenschacht waren die Lampen angegangen und ich begann, die Stufen emporzuklimmen, doch im zweiten Stock war es wieder dunkel geworden. Es gelang mir nicht mehr, einen Lichtschalter zu finden. Ich fuhr vergebens mit meinen Händen über die Wände. Meine Finger verfingen sich in Spinnweben. Wir hatten ein Spinnenjahr, wie ich, glaube ich, schon erwähnt habe. Es waren zahlreiche und sehr widerstandsfähige Spinnennetze, aber sie überspannten nicht den Weg und hinderten mich nicht am Weitergehen. Ich setzte meinen Aufstieg fort. Im vierten Stockwerk setzte ich mich im Dunkeln hin. In meinem Kopf oder hinter der Wand ertönte ein regelmäßiges Trommeln. Ich hatte Lust, mich hinzusetzen und zuzuhören. Dergleichen habe ich schon einmal erlebt, dachte ich. Da war etwas, greifbar nahe, unter meinem Bewusstsein. Dergleichen habe ich schon erlebt, aber keine Ahnung, wann, dachte ich. Es war auf jeden Fall in der Vergangenheit.

Hinter der Mauer hörte man ein Klopfen. Ein Mann schlug einen Rhythmus auf einer Trommel. Eine Gutbuk, dachte ich sofort. Der Mann erzeugte den Rhythmus auf einer Trommel, die aufrecht stand und eine zugleich klangvolle und melodische Bespannung hatte. Irgendjemand dahinten versuchte, die Toten zu besänftigen. Eine Mudang, dachte ich. Sie ruft die Toten herbei, sie tanzt für die Toten und für die Lebenden und besänftigt sie. Ich fragte mich, für wen sie hier tanzte. Der Rhythmus gefällt mir, dachte ich. Ich saß auf den Treppenstufen und presste das Ohr an die Wand.

Durchaus möglich, dass ich diese Mudang kenne, dachte ich.

Man hörte eine schwere Melodie, eine koreanische Stimme von tragischer Kraft, die mich erschauern ließ. Es war eine monotone Anrufung, ein Zauber, gesprochen über wenigen Tönen und manchmal mit einer Wucht, die mich an ein einsames Singen vor Abgründen, vor Engstellen, vor vollkommener Verzweiflung, vor den Bergen erinnerte. Der Trommler begleitete die Sängerin mit einem gebrochenen Rhythmus, der einem sogleich Lust machte, mit der Musik zu verschmelzen, ohne jemals wieder so zu tun, als atmete man, oder jemals wieder tatsächlich zu atmen. Ein perfekt gespielter Uga, dachte ich. Ich stand auf. Ich untersuchte den Ziegelstein mit meinen Handflächen. Die Spinnen hatten sich außer Reichweite zurückgezogen, ihre verwüsteten Fallen waren zu klebrigen Lappen geworden. Meine Fingerspitzen blieben an einer Rille hängen. Der Stein war geometrisch durchbrochen, in gerader Linie mit rechtem Winkel. Die Rille umriss eine kleine Tür. Ich kenne diese Art von Öffnung, dachte ich. Man muss nur hindurchkriechen, dann kommt man auf die andere Seite. Es ist tatsächlich so etwas wie eine Tür oder eine Klappe. Man muss sie nur öffnen. Damit kenne ich mich aus, dachte ich. Damit habe ich Erfahrung. Es genügt zu drücken, zur Seite zu schieben oder zu ziehen, und dann gelangt man ins Leere und kommt voran. Das ist nicht besonders schwer, ich werde das tun, murmelte ich.

Der Trommelschlag hinter der Mauer hörte nicht auf. Die Mudang war verstummt, doch jetzt begann sie wieder zu singen. Sie hatte eine raue, verzaubernde Stimme von großem Umfang. Wieder erschauerte ich. Ich liebe diese Stimme, dachte ich. Ich muss zu ihr. Ob sie mich ruft oder mich nicht ruft, ich muss unbedingt zu dieser Stimme. Hier ist eine Öffnung, man muss keine Großtat vollbringen, um auf die andere Seite zu gelangen. Ich verbrachte mehrere Minuten damit, die Ziegelsteine und die Rillen abzutasten, die den Stein umgaben. Die Wand gab nicht nach. Ich habe das gelegentlich schon einmal erlebt oder geträumt, dachte ich, während meine Hände über die Wand kratzten. Im Anschluss daran spürte ich, ich weiß nicht wie, eine kleine gusseiserne Tür unter meinen Fingerkuppen. Sie war kalt. Ich suchte nach dem Schubriegel, mit dem man sie entriegeln könnte. Ich stand auf der Rückseite des Schlosses, ein wenig so, als ob ich versuchte, aus einem Hochofen oder auch aus einem einfachen Herd herauszukommen. Nach einigen Anstrengungen sprang die Metallplatte zur Seite. Ich schlüpfte in die Laibung.

Wie ich mir schon dachte, murmelte ich. Für einen Ortswechsel muss man nur durch die Mauer gehen.

Ohne weiter zu zögern kauerte ich mich in das Halbdunkel. Das Zimmer war mit einer schwachen Glühbirne beleuchtet. Die Fenster standen offen, und von der Straße kam mit dem lauen, feuchten Luftzug zugleich ein wenig zusätzliches Licht herein. Nichts von der Wohnung und ihren Bewohnern entging mir. Die Mudang war herrlich.

Sie hatte langes schwarzes Haar, das sie zu einem Zopf geflochten trug, der auf ihrem Rücken hin- und herflog, wenn sie den Kopf schüttelte. Ihr Gesicht war alterslos, mit feinen, klaren Zügen, leuchtenden, leicht mandelförmigen Augen, kaum sichtbaren Augenbrauen und schmalen Lippen. Bei jeder Bewegung von ihr ahnte man ihre körperliche Stärke, die anschmiegsame Sanftheit ihrer Haut. Sie trug ein gürtelloses grünes Kleid, von einem Grün, das bei der schlechten Beleuchtung nicht ganz einzuschätzen war, das aber ein leuchtendes Jadegrün oder ein *shocking green* sein musste. Linda Siew, dachte ich sofort. Ich kenne diese Hexe. Ich kenne ihre Stimme. Ich kenne ihre Schönheit.

Linda Siew, dachte ich. Ich war so ergriffen, dass ich mich nicht rührte. Eine Ewigkeit ohne Erinnerung, und plötzlich war ich mir einer Erinnerung sicher. Ich kannte den Namen dieser Frau. Ich hatte sie wiedererkannt. Endlich diente mir mein Gedächtnis wieder zu etwas. Wie betäubt blieb ich unten an der Wand in meiner Ecke hocken.

Minuten verstrichen. Ich wohnte der Zeremonie bei. Linda Siews Begleiter wandte mir den Rücken zu. Er trug ein weißes Gewand, eine traditionelle Kopfbedeckung, graue Gamaschen. Unablässig schlug er den Rhythmus, dem das Lied und die Rufe, die Augenblicke der Stille und des Tanzes folgten. Wenn Linda Siew sprach oder sang, füllte ihre Stimme den Raum. Das Zimmer war mittelgroß, und um Raum zu gewinnen, hatten die Teilnehmer der Zeremonie die Möbel vor die Küchentür geschoben. Auf dem Tisch lagen mehrere Ritualgegenstände und ein Stoffbündel, das fest mit Schnur umwickelt war, als hätte man eine grobe Puppe gebunden. Sie war auf einer Seite zusammengesunken, ihr Kopf erinnerte nur vage an einen Kopf, und die meisten Gliedmaßen endeten ungestalt. Ich kenne diese Gestalt, dachte ich sofort. Ich kenne seinen Namen. Es ist Mevlido.

Es ist Mevlido, für den die Mudang singt, dachte ich. Tatsächlich ging die Mudang zum Tisch und beugte sich über die Figur. Sie sprach, kehrte zu ihrem Gesang zurück, sie deklamierte etwas für das Stoffbündel, sie führte ihre Hände durch den Raum, sie tanzte. Eine Weile beobachtete ich ihr Kreisen und bewunderte dabei die Anmut ihrer Gesten, die Kraft ihrer Intonationen, die Schönheit der Bögen, die ihr Körper schrieb, dann überkam mich die Sehnsucht nach einem wirklichen Kontakt zu ihr. Sie einfach so, passiv, zu betrachten, war mir nicht genug. Ich könnte versuchen zu verstehen, was sie zu Mevlido sagt, dachte ich. Wenn sie Fragen stellt, könnte ich versuchen, darauf zu antworten, dachte ich. Linda Siew sang in einer Mischung aus Koreanisch, magischem Blatnoi und Ybürisch, und wenn sie sich Mevlido zuwandte, erfasste ich das Wesentliche. Sie sagte zu Mevlido, er müsse sprechen, Sprechen sei unerlässlich, besonders in seinem Fall. Besonders in meinem Fall, wiederholte ich im Stillen. Sie bat Mevlido, sein Schweigen aufzugeben, sie fragte ihn nach seinem Leben, nach seiner Geburt, danach, was vor und nach seinem Tod oder zu noch anderen Zeiten seines Lebens geschehen war. Sie wollte, dass Mevlido ihr erklärte, warum sein Schicksal so anders verlaufen war als vorgesehen, warum er sich so schlecht entwickelt hatte, warum Mevlidos Schicksal das der Weltrevolution nachgezeichnet hatte, bestehend aus falschen Entscheidungen, schwachsinnigen Verbrechen, psychotischen Verzerrungen, Stagnationen und ungeheurem Verrat. Sie warf dem Mevlido aus Lumpen vor, dass er sich nicht äußerte, sie machte ihm Vorhaltungen, manchmal versuchte sie im Gegenteil ihm zu schmeicheln, damit er eine Reaktion zeigte.

Ich bin bereit zur Selbstkritik, warf ich auf einmal aus meiner dunklen Ecke ein. Meine Stimme war heiser, verschwommen. Ich weiß keine Antwort, sagte ich, aber ich kann über die Irrtümer und Sackgassen nachdenken. Der Lumpen-Mevlido nahm meinem Redebeitrag nicht auf. Linda Siew machte weiter, als hätte ich nicht den geringsten Laut hervorgebracht. Sie tauchte die Finger in eine der kleinen Schüsseln, die auf dem Tisch standen, und spritzte Tropfen zur Decke, Tropfen auf den Boden, Tropfen in Richtung der dunklen Ecke, in der ich mich aufhielt. Ich habe nichts abbekommen, sagte ich. Die Tropfen sind nicht bis zu mir gespritzt, sagte ich. Sie ging zum Fenster und wiegte sich einen Augenblick auf der Stelle. Ich bin bereit zur Selbstkritik, wenn Sie wollen, schlug ich noch einmal vor. Linda Siew schenkte meinem Gestammel keine Aufmerksamkeit. Die Töne, die mein Mund formte, erreichten sie nicht.

Sie ging ein paar Schritte Richtung Fenster, dann kehrte sie in Mevlidos Nähe zurück. Sie packte und schüttelte ihn, ließ ihn nach einer Weile fallen, als würde er sie anwidern. Einer der Stricke, die Mevlidos Bauch formen sollten, hatte sich gelöst. Der Puppen-Mevlido verlor noch ein wenig mehr von seiner menschlichen Gestalt. Tatsächlich bestand er lediglich aus einer Handvoll wie aufs Geratewohl zusammengebundener Bänder und Schals. Linda Siew stand über ihm und zählte jetzt Namen auf. Maleeya Bayarlag, hörte ich. Verena Becker, hörte ich. Linda Siew, hörte ich. Samiya Tschoong, Tatiana Utugai, hörte ich. Und noch andere. Eine lange Liste. Jeder Name öffnete in mir ein umfangreiches Kapitel an Erinnerungen. Nach jeder Nennung schlug der Trommler auf die Trommel und hielt so diese Erinnerungen in mir fest. Ich erinnerte mich nicht an alles, aber ich erinnerte mich reihenweise an Gefühle, an untereinander zusammenhängende Episoden, an Bilder. Ich erinnere mich, dachte ich. Ich habe diese Frauen gekannt. Sie sind verschwunden oder gestorben, dachte ich.

Wenn Sie wollen, kann ich mich für ihren entsetzlichen Tod anklagen, sagte ich. Ich hätte den Schmerz ihres schrecklichen Endes mit ihnen teilen sollen, doch stattdessen war ich nicht da, sie sind einsam und allein in den Tod gegangen. Die Trommel schlug, die Stimme Linda Siews sprach in feierlichem Ton die Namen der Verschwundenen aus. Sergejew, hörte ich mitten in der Aufzählung. Ja, Sergejew auch, sagte ich. Es waren auch Männer darunter. Yasar Bayarlag, hörte ich. Ja, sagte ich. Auch er. Die Liste ist endlos, sagte ich. Auch mit ihnen, mit Sergejew und Bayarlag fühle ich mich aufs Engste verbunden. Sie fanden den Tod, ich nicht. Wir waren Männer und Frauen, die mal auf dieser, mal auf jener Seite des Todes standen, doch ich allein habe es heil überstanden. Wenn Sie wollen, Linda, kann ich mich dessen anklagen. Ich habe weitergemacht, während die anderen zurückblieben. Ich bin nur ein dreckiges Wrack. Niemand in meiner Umgebung hat überlebt.

Linda Siew sang immer weiter. Sie hörte mich nicht. Die Trommel schlug einen einfachen, sehr schönen Rhythmus mit gleichmäßigen Synkopen. Neben den Zaubergefäßen lag der Lumpen-Mevlido schlapp auf dem Tisch. Auch er hörte mich nicht. Ich habe auch Leute getötet, sagte ich. Ich bedauere es nicht. Aber wenn Sie wollen, kann ich auch die Schuld an ihrem Tod übernehmen, Linda. Ich kann sie jederzeit irgendwo in meiner Selbstkritik unterbringen, ich muss nur an der einen oder anderen Stelle irgendwelche Einzelheiten und Familiennamen erfinden. Die Mudang tanzte und sang weiter, ohne sich nach mir umzudrehen. Hin und wieder beugte sie sich über Mevlido und schüttelte ihn. Je nach Phase des Rituals wies sie ihn streng zurecht oder redete zärtlich auf ihn ein. Mir gefielen natürlich die Momente besser, in denen sie sich ihm liebevoll näherte. Der Lumpen-Mevlido aber rührte sich nicht.

Ich begann zu schreien, um die Aufmerksamkeit der Mudang auf mich zu ziehen. Wenn Sie wollen, Linda, dann spreche ich, brüllte ich in ihre Richtung. Linda, schrie ich, ich habe jetzt wieder genug Erinnerungen, um alles zu erfinden.

Sie hörte mich nicht. Sie zog sich zurück aus der Gegend des Tisches. Den Mevlido auf dem Tisch hatte sie liegengelassen wie ein schmutziges Kleidungsstück. Jetzt wandte sie sich dem Fenster zu. Ihr grünes Kleid wallte und flatterte. Ihr schwarzer Zopf hüpfte hin und her auf ihrem Rücken. Ihr Gesicht wirkte finster vor Sorge, keinen Dialog zustande zu bringen mit Mevlido, mit den Toten und mit den Lebenden, die ihr nicht antworteten. Wenn sie von einer Stelle zur anderen ging oder Worte aussprach, folgte sie den Rhythmen der Trommel. Die Glühbirne der Deckenlampe warf ein spärliches Licht auf sie, und ich fand, dass sie herrlich war in diesem Licht.

Sie können mich befragen, Linda, wiederholte ich hartnäckig, ich habe jetzt wieder genug Erinnerungen, um zu lügen.

Der Zeremonienhelfer schlug noch immer auf das vibrierende Fell der Gutbuk. Die Szene schien nicht mehr unbedingt enden zu müssen. Ich fühlte mich nicht mehr in meinem Normalzustand, ich war wie berauscht vom Strom der Erinnerungen in meinem Gedächtnis und von der Musik. Linda Siew tanzte weiter.

Ich bin bereit, Linda, sagte ich.

Es macht Ihnen doch nichts aus, wenn ich Sie Linda nenne, fragte ich.

Sie hörte mich nicht. Sie sprach nicht mit mir. Sie tanzte weiter.

Ich erinnere mich an alles, log ich. Alles wird gut, log ich.

Ich blieb in meiner Ecke, ein wenig abseits des Geschehens, doch zumindest wusste ich, dass ich genügend Erinnerungen wiedergefunden hatte, um zwischen Lüge und Verstummen wählen zu können, wenn es sich als notwendig erweisen sollte. Das war genauso, als hätte ich mich an alles erinnert.

SIEBTER TEIL
MEVLIDOS TRÄUME: VERENA BECKER

43 Der Sommer kam, ein beliebiger Sommer. Er glich den vorausgegangenen Jahreszeiten, dem Frühling und dem Winter, die bereits trocken gewesen waren. Die Tage verstrichen langsam, einer bitumiger als der andere. Ich bekam keine Luft. Außer unter der Hitze litt ich noch unter Schlaflosigkeit oder Alpträumen. Wenn der Morgen graute, ging ich hinaus auf die Straße mit dem einzigen Ziel, die vergebliche und ermüdende Suche nach Schlaf zu beenden. Bei der kleinsten Veränderung des Luftdrucks erhoben sich Sandwinde. Dem benachbarten Gebirge entrissen, mischten sich Kohlenkrümel mit Kieselerde und verwandelten die Luft in eine undurchsichtige gelbe Wolke, die nach Schwefel und Sulfiden stank. Diese Gerüche stockten in den Behausungen, in die ich nach Stunden des Umherirrens gelangte. Die Männer und Frauen, die atmeten, hatten ständig mit Brechreiz und brennenden Augen zu kämpfen. In den Straßen hätte man Schutzbrille und Atemschutzmaske tragen müssen. Ich hatte jedoch kein Geld, um mir diese Hilfen zuzulegen, deshalb nähte ich Stoffstücke an die Ränder meines alten Lederhuts. Unter einer solchen Vorrichtung mangelte es an Sauerstoff. Ich taumelte, verlor das Bewusstsein, zerschmolz. Schweißbäche durchtränkten meine Klamotten, und wenn ich sie nach Rückkehr in meinen Verschlag oder woanders auszog, um sie auszuwringen, bildeten sich beißende und sehr schwarze Rinnsale zu meinen Füßen.

An jenem Morgen ging ich gegen die Windrichtung vorwärts durch eine schlackige Helligkeit. Der Wind rauschte, Tausende kleiner Geschosse prasselten auf meine Kleider. Zwischen den Böen hörte man das Glucksen der Vögel, das Seufzen von Untermenschen oder Toten: die alltägliche Musik in der Halde bei Dämmerung. Ich ging ein paar Schritte, stoppte, ging weiter, stoppte erneut. Der Wind, das sandige Halbdunkel und die Geräusche machten die Straßen ununterscheidbar.

Mit ausgestrecktem Arm ging ich weiter, Nasenlöcher und Augen geschlossen, denn trotz allem drangen Staubkörner in die Ausschnitte meiner Schutzkleidung und reizten mich.

Eine Stunde zuvor, als im Busbahnhof noch alles schlief, hatte ich geträumt, Gorgha würde sich mit mir verabreden. Ich hatte geglaubt, es handele sich darum, eine Verbindung zu den Verantwortlichen der Partei herzustellen, doch so ganz sicher war ich mir dessen nicht mehr. Jetzt war ich auf gut Glück unterwegs zu dem Ort, den sie mir genannt hatte. Zum Wrack eines Busses.

Das Wrack eines Busses vor einer Kreuzung. Gorgha hatte auch Waddell Street erwähnt.

Der Schutzvorhang vor meinem Gesicht ging ab. Ich fuhr mir über das Gesicht, um den Ruß wegzuwischen, der sich auf mir angesammelt hatte, und öffnete die Augen. Die Umgebung hatte sich ein wenig aufgehellt, der Kohlenstaub in der Luft behinderte die Sicht nicht mehr. Hundert Schritte entfernt von mir sah ich das Gerippe eines Busses. Durch einen Brand hatte es alle Farbe verloren und neigte sich ein wenig zur Seite. Es war ein altes, düsteres Wrack. Es lud einen keineswegs ein, näher zu kommen, und noch weniger, es zu betreten.

Der Partei folgen, dachte ich.

Mevlido, es war eine vertrauenswürdige Person, die dir

gesagt hat, dass du dorthin gehen sollst, dachte ich. Also gehst du dorthin.

Ob Gorgha es dir in einem Traum befohlen hat, oder anderswo, spielt keine Rolle, dachte ich. Du bist nicht hier, um darüber zu spekulieren, ob es die Partei im Traum gibt, noch darüber, Mevlido, was das bedeutet oder ob es nichts bedeutet. Du gehst dorthin, und basta.

Ich setzte mich wieder in Richtung Wrack in Bewegung.

Der Wind hatte sich gelegt.

Unter den Sohlen meiner Espadrillos knirschte der Splitt.

Der schwarze Staub hatte sich zu kleinen, samtigen Haufen aufgetürmt, die den Mauerkanten ihre Schärfe nahmen. Hinter den Fassaden lag alles, was lebte, im Schlaf oder schwieg.

Zuerst drehte ich ohne Eile eine Runde um das Fahrzeug. Es war vor so langer Zeit ausgebrannt, dass es keinen Brandgeruch mehr verbreitete. Der Bus hatte zwar keine Reifen mehr, aber die Räder hätten, wenn es unbedingt nötig gewesen wäre, auch ohne Reifen eine Fahrt ermöglicht. Alle Scheiben waren zerbrochen. Trotz fehlender Sitzreihen konnte man noch einige Sitze im Inneren erahnen. Die hintere Tür fehlte, und vorne versperrte die aus den Angeln gerissene und verbogene Tür fast vollständig den Zutritt. Am Steuer saß ein Mann in einer Haltung, die mehr nach Siesta als nach Busfahrt aussah. Er war vollkommen starr, als wäre er beim letzten Brand geteert und dann vergessen worden. Ich bemühte mich, ihn nicht anzusehen, ich hatte den Eindruck, dass es mir nicht zustand, ihn so zu ertappen, in der Obszönität seines Schlafs oder seines Todes. Der Wind hatte ihn mit einer Rußschicht bedeckt, die seine breiten Schultern zugleich breiter machte und verschleierte.

Das ist nicht der, mit dem ich mich treffen soll, dachte ich.

In der zweiten Reihe saß ein Fahrgast und wartete. Aber

der ist es, dachte ich. Ja, das ist meine Verabredung. Er wartet auf mich.

Ich schwang mich durch die hintere Tür in den Bus. Das ganze Fahrzeug schwankte leicht und quietschte, dann stabilisierte es sich wieder. Die Trittbretter waren mit teerigem Staub bedeckt. Ich sank bis zu den Knöcheln darin ein. Innen war der Bus von den Flammen verwüstet worden, vereinzelt gab es aber noch Sitzbänke, die nicht zerstört waren. Ich setzte mich auf einen leeren Platz einen Meter von dem Fahrgast entfernt. Der Mann war ähnlich korpulent wie ich. Seine Gestalt steckte von den Schultern bis zu den Zehen in einem speckigen Staubmantel. Darüber trug er einen extrem verschmutzten Lederhut. Sein Gesicht wurde von einem schmuddeligen Unterhemd geschützt, das er mit zwei Löchern für die Augen versehen und mit einer Schnur um seinen Schädel gebunden hatte. Hinter den beiden Löchern hatte er die Augen geschlossen. Ich glaube, er hatte mich kommen hören, gab aber vor zu schlafen, vielleicht weil ihm etwas an mir nicht gefiel und er großen Wert darauf legte, mich mit offenkundiger Nichtbeachtung zu begrüßen.

Ich pflanzte mich auf meinen Sitz und blieb still. Hätte ich eine Zeitung oder irgendeinen bedruckten Papierfetzen zur Hand gehabt, hätte ich so getan, als wäre ich in die Lektüre vertieft, doch ich hatte seit mehreren Jahren nichts dergleichen mehr in den Taschen, so dass ich damit vorliebnehmen musste, griesgrämig vor mich hin zu starren. Hitze und schlechte Luft hatten sich im Innern des Fahrzeugs geballt. Ich hatte das Gefühl, ein giftiges Gas schürfe meine Kehle von innen auf. Ich bekam einen Hustenanfall. Die Blechwand neben mir war mit Spinnweben tapeziert. Ihre Bewohner hatten die Netze aufgegeben, der Wind hatte sie mit Kohlenstaub gefüllt. Sie bildeten zum Platzen volle Taschen, und wenn ich hustete, zitterten sie.

Ein oder zwei Minuten lang röchelte ich und hustete Schleim aus. Es war auch ein Weg, um zur Sache zu kommen. Der Fahrgast konnte meine Anwesenheit nicht länger ignorieren. Er drehte sich zu mir um.

»Dieses Hemd gehört dir nicht«, sagte er in einem Tonfall, als suchte er Ärger.

»Ich weiß«, sagte ich.

»Es ist Yasar Bayarlags Hemd«, meinte der Mann.

Er warf energisch die Arme in den Nacken, knotete die Enden seiner Schutzmaske auf und nahm sie ab. Da sah ich seinen großen, eckigen und von Falten durchfurchten Kopf, seine beiden durchdringenden, inquisitorischen hellen Augen. Ich ahnte gleich, dass unsere Beziehung nicht einfach sein würde.

»Ein blaukariertes Hemd«, sagte er, während er jedem Blickkontakt auswich. »Ich erinnere mich genau. Die Schuhe und die Jeanshose gehören dir auch nicht.«

»Ich musste sie mir borgen«, sagte ich. »Maleeya Bayarlag hatte sie in eine Truhe gelegt. Sie wollte nicht, dass ich die Sachen anrühre. Aber ich musste sie anziehen. Ich hatte sonst nichts mehr.«

Der Mann zuckte mit den Schultern.

»Das alles gehört mir«, sagte er.

»Woher nimmst du das Recht«, blaffte ich zurück. »Bist du vielleicht Yasar Bayarlag?«

»Genau«, sagte der andere. »Ich bin Yasar Bayarlag. Was dagegen?«

Ich jaulte verwirrt auf. Ich stand unter Schock. Der Mann hatte keinen Grund, mich zu belügen. Er entsprach dem Bild, das Maleeya Bayarlag immer von ihrem Yasar gezeichnet hatte. Nach Maleeyas Schilderung waren wir ziemlich ähnlich gebaut, er und ich, und dieser Mann hatte tatsächlich Ähnlichkeit mit mir.

Ja, ich hatte etwas dagegen, so unvermittelt mit dem

Mann zusammenzutreffen, mit dem Maleeya mich stets verwechselte.

»Soll ich sie dir zurückgeben?« fragte ich.

»Wen willst du mir zurückgeben?« Bayarlag regte sich gleich auf.

»Deine Jeans«, sagte ich, »soll ich sie dir wiedergeben?«

»Nein«, sagte Yasar Bayarlag. »Du hast alles versaut. Was soll ich denn mit diesen Lumpen noch anfangen?«

Ich zuckte fatalistisch die Schultern.

»Außerdem plündere ich keine armen Schlucker aus«, fügte er hinzu. »Ich gehöre nicht zur kapitalistischen Verbrecherbande.«

»Ich auch nicht«, warf ich ein.

»Das hätte gerade noch gefehlt«, gab er hart zurück.

Eine Windbö kam auf. Eine Minute lang knisterte die Straße von Neuem. Im Bus bewegte sich der Ruß. Die Metallstangen um uns knackten, als würde man heftig an dem Wrack ziehen. Neben dem reglosen Fahrer klapperte irgendetwas hartnäckig. Die Stoffenden, die ich an meinem Hut befestigt hatte, flogen davon. Sie schlugen gegen das verkohlte Armaturenbrett, dann wurden sie nach draußen gesogen. Überall zitterten die Spinnweben. Dann legte sich der Wind. Der Lärm verstummte.

»Weißt du, warum du hier bist?«, fragte Yasar Bayarlag.

»Es war die Rede von einem Treffen«, sagte ich.

»Weißt du, mit wem?«

An der Decke riss schlagartig eine Tasche aus Spinnenfäden auf. Kohlenstaub fiel auf meine Hemdbrust. Ich spürte ein Stechen in der Nase und im Rachen. Ich begann wieder zu husten. Yasar Bayarlag musterte mich angewidert. Ich hielt seinem Blick stand.

»Mit der Partei«, murmelte ich tonlos. »Wenn sie noch existiert.«

»Mit den Organen«, korrigierte mich Yasar Bayarlag. »Deeplane sucht dich. Er will dich sehen.«

Ich räusperte mich gerade.

»Erinnerst du dich an Deeplane?«, fragte Yasar Bayarlag zweifelnd.

»Der Name sagt mir irgendetwas«, erwiderte ich.

»Er will dich sehen«, wiederholte Yasar Bayarlag. »Wenn alles gut geht, müsstet ihr nachher zusammentreffen. Sofern nichts Unvorhergesehenes dazwischenkommt.«

»Was soll schon dazwischenkommen«, wehrte ich ab.

Yasar Bayarlag verstummte. Er schüttelte sein Unterhemd, das ihm als Schutzmaske gedient hatte, dann streifte er es wieder über wie einen Kopfschutz, wobei er darauf achtete, dass sich die Löcher mehr oder weniger vor seinen Augen befanden. Anschließend rückte er die Kopfbedeckung auf seinem Schädel zurecht, damit nichts verrutschte. Er steckte seine Arme unter seinen Mantel und sank in sich zusammen, als wollte er wieder einschlafen. Man sah praktisch nicht die kleinste menschliche Zelle mehr von ihm. Mit seinem Mantel, aus dem der Ruß rieselte, und dem Gebilde, das seinen Kopf ersetzte, sah er aus wie ein erzürnter, schlecht gekleideter, anonymer Untermensch. Er gab sich keine Mühe mehr, sich nach mir umzudrehen. Er beobachtete mich nicht einmal aus den Augenwinkeln.

Ich begann zu warten.

»Bist du noch da, Mevlido?«, fragte er plötzlich.

»Ja doch«, antwortete ich.

Unter dem Staub, der meine Haut überzog, schwollen Schweißtropfen und liefen bisweilen an mir herunter.

»Was habe ich dir gesagt, jetzt ist etwas dazwischengekommen«, sagte er.

Ich zog ein zweifelndes Gesicht und brummte einen undeutlichen Kommentar.

»Mach, dass du hier rauskommst, Mevlido. Gleich wird es ein Attentat geben.«

»Ein Attentat? Auf wen?«, knurrte ich. »Was für ein Attentat?«

»Ich sage dir, beeil dich!«, beharrte er.

Ich hob meinen Hintern vom Sitz und sah mich forschend um. Die Straße war menschenleer. Es war kein Wind mehr aufgekommen. Die Schwebeteilchen bildeten bräunliche Schichten, die langsam Richtung Boden sanken. Niemand fuhr über die Kreuzung. Die Umgebung hätte friedlicher nicht sein können. Der Fahrer im Bus hatte sich keinen Millimeter bewegt, seit ich ihn das letzte Mal angesehen hatte.

»Verflixt noch mal, Mevlido, begreifst du nicht?«, regte Bayarlag sich wieder auf.

»Und was ist mit dem Treffen mit den Organen?«, fragte ich.

»Gleich wird es hier knallen«, schrie Bayarlag, »steig endlich aus!«

Ich spürte die Dringlichkeit in seiner Stimme und eilte in den hinteren Teil des Fahrzeugs. Keine Ahnung, warum, aber in den zwei Sekunden, die dieser Standortwechsel benötigte, kamen mir meine eigenen Bewegungen vor wie die präzisen Bewegungen eines panischen Insekts oder von etwas noch Schlimmerem. Ich hatte den Eindruck, auf der Leiter des organischen Lebens geistig wie körperlich ziemlich tief gefallen zu sein. Dann fasste ich mich wieder und warf einen letzten Blick über meine Schulter. Hinter mir wirkte alles normal, wie auf einem Schwarzweißfoto, das einen Kriegsschauplatz Stunden oder Tage nach der Niederlage zeigt.

Alles normal, dachte ich. Alles ist normal, gleich wird es knallen. Höchste Zeit auszusteigen.

Ich stieg aus und entfernte mich ein Dutzend Schritte von dem Bus.

Jetzt lehnte ich gegen eine Mauer und fragte mich, mit den Füßen im Ruß versunken, was ich tun sollte, als der Bus ein wenig zusammenzuckte.

Auf der Straße breitete sich sogleich ein starker Geruch von Verbrennungsrückständen und Chlor aus. Es hatte keinen Knall gegeben, keine einzige Flamme hatte das Bild rot gefärbt. Ich ging wieder zum Bus. Aus den Fenstern in Nähe des Fahrers stieg ein schmieriger Qualm auf. Wie aus dem oberen Kolben einer Sanduhr rieselte ein dünner Kohlenstaubstrahl vom Dach auf den Boden und bildete einen winzigen Kegel auf dem Gehweg. Ich steckte den Kopf durch die hintere Tür, und da ich keine Gefahr erkennen konnte, stieg ich wieder in den Bus. Yasar Bayarlag saß nicht mehr an seinem Platz. Er lag in der Mitte des Gangs. Sein Staubmantel war verwüstet und zerknittert, doch er verdeckte noch immer seinen Körper samt seinen Gliedmaßen. Was sein Unterhemd angeht, so fiel es zwar noch immer über seinen Kopf und verhinderte, dass man das Gesicht sah, doch es hatte eine andere Farbe. Es war vollkommen blutverschmiert. Der Hut, ebenfalls zerfetzt, war weggerollt und lag neben den Füßen des Fahrers.

Ich trat zu dieser leidenden Masse. Ich versuchte, möglichst wenig Information darüber aufzunehmen, was Yasar Bayarlag erlitten hatte, was aus seiner Haut, seinen Eingeweiden und seinen Knochen geworden war. Ich warf einen flüchtigen Blick auf den Staubmantel und, etwas weiter weg, neben dem Schalthebel, auf den Hut mit seinen öligen Rissen. Ich betrachtete den breiten und matten Rücken des Busfahrers. Der Fahrer war dem Attentat nicht entgangen, aber von meinem Standort aus bemerkte ich nichts Außergewöhnliches an seiner Haltung. Verglichen mit seinem vorherigen Zustand war er nur ein bisschen mehr über dem Lenkrad zusammengebrochen.

»Bist du es, Mevlido?«, fragte eine erschöpfte Stimme.

»Ja«, sagte ich.

Ich versuchte nicht, dem Blick zu begegnen, der hinter den Löchern im Unterhemd vielleicht noch vorhanden war.

»Pass auf sie auf«, sagte Yasar Bayarlag.

»Ja«, antwortete ich, »ich werde sie waschen und bügeln. Sie ist noch brauchbar. Ich werde sie gründlich reinigen.«

»Ich meine nicht die Jeans«, blubberte Yasar Bayarlag.

Ich antwortete mit einem kurzen Schweigen.

»Mach dir keine Sorgen«, sagte ich nach einer Weile.

»Es stinkt mir, dass ich dir Maleeya so anvertrauen muss«, röchelte Yasar Bayarlag. »Ich weiß, was du taugst. Wir wissen es alle. Du taugst nicht viel.«

»Ach was«, gab ich zurück.

»Trotzdem vertraue ich sie dir an. Die anderen sind alle tot. Du bist der Letzte. Ich zähle auf dich.«

Ich beugte mich über Yasar Bayarlag, um besser zu verstehen, was er flüsterte, dann richtete ich mich wieder auf. Mir schien, er würde nie mehr einen Satz über die Lippen bringen. Ich hatte den letzten Satz gehört, und plötzlich bedrückte mich der Gedanke an die Stille. An sein Schweigen, mein Schweigen, das Schweigen im Allgemeinen. Ich füllte meine Lungen, als wollte ich losschluchzen.

»Ich weiß nicht, wo Maleeya ist«, sagte ich. »Ich weiß, wie sehr sie auf mich gezählt hat, und dass mir auch das misslungen ist. Sie war hinter mir in Gateway Street, einem Ort, an dem die Mutanten-Hühner eine unüberwindbare Sperre bilden. Sie versammeln sich zu einem dichten Haufen, und wenn man sich einen Weg zwischen ihnen hindurch bahnen will, fliegen sie bis in Bauch- und Kopfhöhe und verstreuen Federn und Vogelläuse. Man konnte unmöglich vorwärtskommen. Ich war mit Maleeya unterwegs zu einer Parteiversammlung. In all den Jahren, die wir zusammengelebt haben, hielten wir uns gewissenhaft an die

Weisungen der Partei. Ich für meinen Teil habe die proletarische Moral nur in Ausnahmefällen und nur im Traum verraten, oder höchstens, wenn der Schlaf mich im Stich ließ und es zu kompliziert oder unmöglich war, sie nicht zu verraten. Ich habe stets den Befehlen der Partei gehorcht, unter welchen Umständen auch immer, wie auch immer ihre Befehle lauteten und um welche Partei und welches Parteiprogramm auch immer es sich handelte. Es war sehr dunkel. Maleeya ging hinter mir, damit sie mich nicht verlor, hatte ich ihr geraten, sich an meinem Gürtel festzuhalten. Die Vögel stürzten sich auf uns und verströmten einen erstickenden Hühnerstallgestank. Ich musste sie zur Seite drängen, indem ich wie ein Boxer auf sie einschlug. Wir hatten Gateway Street genommen, um nicht zu spät zur Versammlung zu kommen. Cornelia Orff führte uns an. Wir bildeten einen Demonstrationszug. Maleeya war direkt hinter mir, dann verschwand sie. Sie hatte sich an eine Wand gelehnt, um nicht vom Schwall des Geflügels überrannt zu werden. Dann ist sie verschwunden, als ob die Vögel sie unter sich begraben hätten. Was für Vögel? Hauptsächlich buckelige Hühner, die schwer wie Hunde waren, Tukanhühner, Rieseneulen, Riesenmöwen, und phosphoreszierende Riesenperlhühner. Mit dem Schnabel voraus fielen sie über uns her. Als ich das Hindernis überwunden hatte, rief ich Maleeya. Sie antwortete nicht. Ich rief mehrmals sehr laut nach ihr. Sie antwortete nicht. Sie gab kein Lebenszeichen von sich. Ich habe mich immer um sie gekümmert, seit sie psychische Probleme hatte, das heißt von jeher. Ich weiß, dass ich nicht viel tauge, aber ich habe versucht, sie nicht allein untergehen zu lassen. Mitten in der Finsternis, mitten in dem Getöse, das die Untermenschen und die alten Bolschewiken in Hühnerhof Vier veranstalteten, unter all diesen Menschen und Tieren waren wir zusammen.«

Ich brachte es nicht fertig, zu schweigen. Vor meinen Füßen lag Yasar Bayarlag, er atmete nicht mehr. Er hatte einen letzten Ton von sich gegeben und dann in den Nacken geworfen, was unter seinem Unterhemd noch blutete und von seinem Kopf übrig geblieben sein musste, und unter seinem Staubmantel hatte er ein letztes Mal sich aufgebäumt und bewegt, was von seinem Körper übrig geblieben sein musste.

Mein Mundwerk ging pausenlos weiter.

»Während all der Spinnenjahre und der Jahre im Dämmerzustand, während der Jahre des Sonnenaufgangs, während der Jahre des gewalttätigen Mondes und während der Jahre des Gedächtnisverlusts, in der Hitze und bei Regen waren wir immer zusammen. Während unseres Untergangs in Hühnerhof Vier waren wir immer zusammen.«

Eine Bö voller Ruß fiel mir ins Wort.

Unter dem Staub, der mich umhüllte, perlte der Schweiß. Er rann dort unsichtbar an mir herunter.

Der Wind hatte wieder zu wehen begonnen.

44

Der Sandwind. Wehte wieder. Die Böen schleuderten brennendheiße Schwaden durch die Luft, ein Kugelhagel.

Draußen war alles dunkel geworden. Zwischen den Häusern schwebten ockerfarbene Nebelpakete, und hinter der Kreuzung, die sich dreißig Meter vom Bus entfernt auftat, endete die Landschaft. Weiter sah man nicht. Mein Hemd zerriss unter den heftigen Hieben des Windes. Mein Hut bot wenig Schutz. Ich spürte, wie er von meinem Schädel abhob, und weg war er. Mitten im Staub flogen Kleiderfetzen, die der Wind von anderen zerlumpten Gestalten wie mir weggeweht hatte. Baumwollwracks, struppige Stofftücher klatschten mir fortwährend auf den Rücken, in den Nacken. Ich rang nach Luft, dann gab ich es auf. Manchmal gelang es mir zu schweigen, doch meist hatte ich nicht mehr die Kraft, die Brocken aufzuhalten, die mir noch immer auf der Zunge lagen. Eigentlich wollte ich mich nur noch in eine Ecke kauern und nie wieder sprechen oder mich bewegen.

Außen hatte etwas begonnen, an die Seite des Busses zu klopfen. Vielleicht eine Hand. Die Hand klopfte, dann hielt sie inne. Das Klopfen hatte eine gewisse Regelmäßigkeit. Ich sammelte mich über Yasar Bayarlag und seiner sterblichen Hülle, in Anbetracht der Überreste Yasar Bayarlags. Ich ließ mich von diesem Rhythmus mitreißen; um mich nicht zu verlieren, suchte ich Zuflucht im Innern dieses Rhythmus. Der Wind heulte, dann flaute er ab, dann nahm er wieder Anlauf. Harte Flocken hagelten auf die nächste Sitzbank. Durch ein Fenster wehte es eine Handvoll Staub herein, der sich kräuselte wie eine Rauchfahne und durch ein anderes Fenster wieder entwich. Auf der Straße sammelte sich ein unerklärliches Mehl zu Wanderdünen. Das Hämmern gegen die Seite des Busses hörte nicht auf. Ich stand noch immer über Yasar Bayarlag. Ich wusste nicht, welche Verrichtungen ich ausführen sollte. Es fiel mir ungeheuer schwer nachzudenken. Ich fragte mich mit lauter und unverständlicher Stimme, ob nun ein Jahr der Attentate beginnen würde, nachdem wir so lange Spinnenjahre und Riesenmond- oder Phasenmondjahre hatten hinnehmen müssen. Zu diesem Thema brummte ich mehrere Sätze, ohne sie zu beenden, dann wahrte ich wieder Stille. Rußrinnsale rannen meinen Hals hinab bis zum Brustbein. Ich spürte, wie sie weiter in Richtung Bauch krochen. Ich hatte eine Sitzbank hinter mir im Blick. Bist du da, Mevlido?, dachte ich. Am besten, du hockst oder setzt dich dorthin.

Ich ging vier oder fünf Meter nach hinten. Meine Espadrillos machten kein Geräusch. Ringsum heulte der Wind. Der hintere Teil des Busses war von einer üppigen Schicht schwarzen Feinsplitts bedeckt. Ich wischte grob über den Sitz und setzte mich. Die Spinnennetze an der Decke waren nur noch zerbrechliche Taschen. Wenn eine von ihnen platzte, verteilte sich ihr Inhalt auf mir. Ich hatte eine Sitzposition eingenommen, die es mir ermöglichte, mich zu erholen und zugleich das ganze Fahrzeug der Länge nach im Auge zu behalten. Undeutlich dachte ich noch an meine Verabredung mit den Organen. Die sterbliche Hülle Yasar Bayarlags hatte das Fahrzeug nicht verlassen. Von seinem eigentlichen Leichnam auf dem Boden war nichts zu erkennen. Der Ruß hatte das verspritzte Blut aufgesaugt. Von meinem Sitzplatz aus sah ich praktisch nichts Organisches. Man konnte an das Opfer denken, ohne dass man sich das grauenhafte Bild seines abgevierten, von Knochensplittern durchbohrten Körpers vergegenwärtigen musste. Der Staubmantel flatterte im Wind. Einer der Ärmel hob sich in die Höhe, als wollte ein Arm darin Anweisungen erteilen oder zum Abschied winken, dann fiel er zurück.

• Ich antwortete nicht auf diese Ansätze zur Kommunikation.

• Ich versuchte lieber einzuschlafen. Schläfrigkeit überfiel mich, dann verging sie wieder.

• An der Seite des Busses klopfte eine Hand in einem Rhythmus.

• Die Zeit verrann ohne Bezugspunkte.

• Der Wind schnarchte mit monotonem Bass.

Manchmal fiel ich in eine Art traumloses Nichts, dann wieder tauchte ich daraus auf, ohne angeben zu können, wie lange ich das Bewusstsein verloren hatte, eine halbe Sekunde oder drei Stunden. Etwas schlug nach wie vor gegen die Bleche, die Karosserie. Ich spürte meinen Schweiß rinnen. Er bahnte sich einen unterirdischen Weg unter der öligen, schwarz glänzenden Schlacke, die mich jetzt umhüllte, doch er quoll nicht hervor. Ich blieb reglos im hinteren Teil des Fahrzeugs sitzen. Vor Yasar Bayarlag, der auf dem Mittelgang lag, saß der Fahrer. Seine schwere Gestalt war über das Lenkrad hingefläzt. Das Feuer oder der schwarze Raum hatten ihn mit einer braunen Kruste überzogen in einer Haltung, die nach einer Niederlage im Kampf gegen die Ermüdung aussah. Seine Kleider waren in einen pechschwarzen Überzug verwandelt worden, der unter den neu hinzukommenden Feinsplitt- und Staubschichten von Stunde zu Stunde dicker wurde. Draußen verschwand die leergefegte Straße unter graubraunen Schlieren, unter knisternden Schlingen und Schatten. In den Fenstern der Häuser war niemand zu sehen, kein menschliches oder tierisches oder intelligentes Leben. Ich hatte das Gefühl, sehr allein zu sein. Ich dachte weiter nach über das Attentat, ohne dass ich hätte entscheiden können, ob es bereits stattgefunden hatte oder noch bevorstand. Ich fragte mich auch, ob es noch weitere Opfer gab, die ich noch nicht gesehen hatte, einzelne zerstückelte oder zu Asche gewordene Personen, die ich noch nicht bemerkt hatte.

• Niemand hatte eine Antwort auf meine Fragen.

• Fetzen von Schuhen oder Hemden fegten in rasender Geschwindigkeit über den Platz, verirrten und schmutzigen Flammen gleich.

• Etwas schlug auf ein Blech wie auf die Haut einer Trommel.

• Die sterbliche Hülle Yasar Bayarlags verschwand unter Ruß, dann fegte eine raue Bö sie wieder frei, und sogleich setzte der Vorgang des Begrabenwerdens von Neuem ein.

• Manchmal gab es Momente vollkommener Finsternis.

• Manchmal öffnete ich die Augen, manchmal schloss ich sie. In beiden Fällen war die Landschaft dieselbe.

So waren schon mehrere Stunden vergangen, als eine Frau vor der kaputten Vordertür erschien. Mit der grazilen Langsamkeit einer Tänzerin oder Turnerin schlüpfte sie schräg hinein. Dabei traf sie Vorsichtsmaßnahmen, um sich nicht an Metallsplittern und Scharnieren zu verletzen. Ihre Haut war sehr hell. Sie trug keinerlei Kleidung. Sie war etwa dreißig Jahre alt und herrlich anzusehen. Sobald sie sich auf das Trittbrett geschwungen hatte, begann ihr Haar zu schwingen, um sie zu wirbeln und ihren nackten Körper einzuwickeln.

Linda Siew, dachte ich.

Sie kommt, um die Toten zu besänftigen, dachte ich, diejenigen, die das Attentat geistig und körperlich entstellt hat, oder aber sie kommt, falls das Attentat später stattfinden wird, um die Lebenden zu trösten, die die Toten ersetzen werden.

Sie kommt, um bei der Gut-Zeremonie zu tanzen, dachte ich. Sie wird den Uga singen und tanzen. Was da an die Seite des Busses schlägt, ist ein trommelnder Schamane.

Ich befreite meine Knöchel aus der Umklammerung des Rußes und stand auf. Die Mudang drehte mir den Rücken zu. Ich kannte ihre geschwungenen Formen, diese Wölbung, die Länge dieser Beine. Ich kannte das bläuliche Schwarz ihres Haars. Linda Siew war zum Busfahrer gegangen. Sie beugte sich zu ihm, sie berührte seinen Arm und legte die Lippen auf seinen Nacken nahe an seinem Ohr. Ich nehme an, sie sprach mit ihm.

Der Fahrer stieß einen Seufzer aus.

»Soll ich das Steuer übernehmen?«, fragte Linda Siew.

»Nein«, brummte der Fahrer. »Später. Nach dem Attentat.«

Das Attentat hat also noch nicht stattgefunden, dachte ich.

»Hat das Attentat noch nicht stattgefunden?«, fragte ich.

Der Wind pfiff. Einen Augenblick lang war es völlig dunkel, dann kehrte das Licht zurück, gedämpft und speckig. Ich stieg über Yasar Bayarlags Leiche. Niemand bemerkte mich. Linda Siew schmiegte sich an den Fahrer. Sie beugte sich eindeutig über ihn. Jetzt fielen ihr linker Arm und ihr Haar auf Schultern und Nacken des Fahrers. Es handelte sich um eine brüderliche Geste, eine liebevolle Umarmung. Linda Siew ruhte einen Moment aus und schenkte ihrem Kameraden ein wenig von ihrer Lebenskraft. Jeder schenkte dem anderen ein wenig von seiner Kraft. Plötzlich kam es mir so vor, als hätte ich eine ähnliche Szene schon einmal erlebt oder ihr beigewohnt, doch um die augenblickliche Situation nicht zu verkomplizieren, versuchte ich, keine Erinnerungen in mir aufsteigen zu lassen.

»Du bist erschöpft, Deeplane«, sagte Linda Siew.

»Und du?«, fragte der Fahrer zurück.

»Und er?«, fragte Linda Siew. »Glaubst du, er kommt?«

»Dieses Mal stehen die Chancen nicht schlecht«, sagte der Fahrer.

Ich ging noch zwei Schritte nach vorn. Ich hatte das Gefühl, sie sprächen von mir. Ich konnte bloß nicht glauben, dass der Fahrer Deeplane hieß.

»Er kann jetzt nicht mehr weit weg sein«, sagte Linda Siew.

Der Trommler schlug auf das Buswrack.

»Ich bin hier, Linda«, murmelte ich.

Ich hatte Lust, über den nackten Rücken oder eine Hüfte Linda Siews zu streichen, damit sie auf mich aufmerksam würde, doch ich hielt mich zurück. Ich wagte es nicht.

»Ich bin ganz nah, Linda«, sagte ich noch.

Meine Worte erreichten sie nicht.

»Ich darf Sie doch Linda nennen, ja?«, fragte ich, wobei ich vergeblich lauter wurde, denn meine Stimme überwand die Distanz zwischen uns nicht.

»Ich habe das Gefühl, dass er näher kommt«, sagte Deeplane.

Tatsächlich war ich immer weiter auf Linda Siew und Deeplane zugegangen. Ich hätte mich jetzt durchaus auf sie fallen lassen oder sie berühren können, doch ich konnte mich noch nicht dazu durchringen. Ich befürchtete zu spüren, wie sie in meinen Armen zerbröselten oder sich heftig schüttelten oder gestikulierten, damit ich mit entferne, wie man es tut, wenn einem eine große Spinne oder ein Insekt über die Haut krabbelt.

Im Halbdunkel des pfeifenden Windes schlang Linda Siew die Arme fest um Deeplane und betrachtete, während sie sich an ihn schmiegte, was dem Bus entgegenkam, die verlassene Kreuzung, die dicken schwarzen Wolken, das staubgeschwängerte Halbdunkel, die Fenster, hinter denen sich kein Zeuge blicken ließ. Dann richtete sie sich wieder auf. Zerzaust von den Böen und fettig von den Rußattacken wickelte sich ihr Haar um sie und verhedderte sich. Sie blieb an ihren Gefährten geschmiegt und suchte die Morgendämmerung ab. Deeplane und sie erwarteten, dass ich vor den Rädern auftauchte.

»Ich frage mich, welche Gestalt er haben wird«, sagte Linda Siew.

»Linda«, rief ich leise.

»Das weiß man nie im Voraus«, sagte Deeplane. »Vielleicht hat er die Gestalt eines Insekts oder einer Ratte. Oder von etwas noch Schlimmerem. Alles hängt davon ab, welchen Traum er im Augenblick des Zusammentreffens im Kopf hat.«

Linda Siews Haar peitschte gegen die stachlige schwarze Schale, die Deeplanes Gesicht verdeckte. Sie hatte wieder zu singen begonnen. Ich glaube, die Worte richteten sich an mich. Ich glaube, sie bat mich, zu erscheinen und nichts dabei zu denken, was auch immer geschehen mochte.

Ich wäre gern mit ihr in Kontakt getreten, doch ich rührte mich nicht.

45

Mingrelians erzählerisches Werk beschäftigt sich nicht ausschließlich mit Mevlido und seiner katastrophalen Mission unter den Hominiden. Es ist sehr umfangreich, umfasst mehrere Dutzend Titel, und seine Interessensgebiete sind vielfältig. Mingrelians beste Werke sind allerdings diejenigen, die sich mit der Affäre Mevlido und den Verwicklungen beschäftigen, die damit zusammenhängen, und im Laufe der Jahre merkt man, dass dieses Thema dem Autor wichtiger ist als alle anderen. Wenn Mingrelian von Mevlido spricht, bekommt seine Erzählung sogleich einen wehmütigen zärtlichen Unterton, einen wohlwollenden Beiklang, den die Ereignisse nicht rechtfertigen, so etwas wie ein beabsichtigtes Entgegenkommen. »Vollständiges und schmerzliches Einvernehmen«, urteilt Deeplane in einer handschriftlichen Notiz, die der Românze *Von unserem Mitarbeiter in Hühnerhof Vier* beigelegt ist. »Der Abstand des Erzählers zu seiner Hauptperson ist leider so gering, dass kein Zigarettenpapier zwischen sie passt«, geht Yokog Gans noch weiter, ebenfalls ein Revisor, der die Berichte überarbeitet, die an die Organe weitergeleitet werden.

Mingrelian lernte Mevlido im Ausbildungszentrum kennen, als dieser das Spezialtraining der Abteilung Aktion absolvierte, und in zahllosen Übungsstunden entwickelte sich zwischen ihnen eine echte Freundschaft, die sie für immer verband. Zu einer bestimmten Zeit hätte Mingrelian sogar den Platz von Mevlido einnehmen und unter denselben Bedingungen wie er weggehen können, mit demselben Ziel und demselben Scheitern bei der Mission. Diese Nähe, diese enge Bruderschaft spürt man. Sie ist offensichtlich, wenn Mingrelian die Irrwege oder die Träume Mevlidos nachzeichnet, und wenn er, als Geschichtenerzähler, Mevlido in die Verwirrung und ins Unglück begleitet. Mingrelian zieht mühelos in seine Figur ein. Keine psychologische Barriere hält ihn auf oder stellt sich ihm entgegen. Keine Selbstzensur macht ihm die Fiktion zur Pein. Mingrelian ist ein Bruder Mevlidos, und es gibt im Verlauf der Niederschrift nicht den kleinsten geistigen oder körperlichen Unterschied zwischen ihnen. Sie haben dasselbe Profil, dieselbe Grundhaltung, dieselben Liebschaften. Mingrelian ergreift Partei für Mevlido, und von den ersten unvorhergesehenen Zwischenfällen an, die die Mission zum Scheitern verurteilen, bestürzt ihn nicht das Scheitern der Organe, sondern das, was ihrem in die Zone gesandten Agenten widerfährt. In den meisten Episoden lehnt er es ab, einen anderen als den subjektiven Blickwinkel einzunehmen. Er ist wie wir, zunächst ist er bestürzt über das unerbittliche Scheitern von allem, und dann kann er sich nicht zu der Einsicht durchringen, dass unsereins, dass unseresgleichen dem zum Opfer fällt. Wenn er Mevlido zum Helden seiner Romane macht, dann versucht Mingrelian ganz offensichtlich auch sein eigenes Porträt zu zeichnen.

Etwa zwanzig mit Mingrelian gezeichnete Werke haben das Schicksal Mevlidos oder Themen, die unmittelbar damit in Verbindung stehen, zum Gegenstand. Alle diese Bände sind in der Bibliothek der Organe erhalten, doch niemand leiht sie je aus oder zieht sie zu Rate. Die Führungsspitze hat sie einmal überflogen, dann wurden sie archiviert, danach haben weder das gewöhnliche Lesepublikum noch die Spezialisten des Geheimdienstes je Einblick in sie begehrt. Diese Ablehnung ist für Mingrelian verletzend, doch seit seinen ersten Schriften war sie wie ein fester Bestandteil des Werks, und Mingrelian, als sein Schöpfer, fügte sich schließlich. Man kann das fehlende Interesse der Leser auf den übermäßigen Gebrauch von Adjektiven und Neologismen zurückführen, mit denen Mingrelian seine Texte spickt, sowie auf die syntaktische Überfrachtung mit barocken oder lyrischen Collagen, die sie unlesbar machen. Auch eine Modeerscheinung kann hier genannt werden. Mingrelians vom Post-Exotismus beeinflusste Kunst spielt mit der Ungewissheit, dem Unausgeführten, dem Verwischen von Gegensätzen, dem Nichts. Diese Konzepte, die kurzzeitig bei der Abteilung Aktion und sogar darüber hinaus beliebt waren, haben den strategischen Wandel in der Politik der Organe nicht überlebt. Sie sind veraltet, während Mingrelian sie als unerschütterliche literarische Grundlage übernommen hat. Sie wurden als Ausgeburten einer überholten und nur schwer zu verstehenden Ästhetik wahrgenommen. Zusammenfassend kann man sagen, Mingrelians Bücher wurden von den Organen bestellt, doch wenngleich diese ihre Qualität anerkannten, haben sie ihnen niemals die geringste Bedeutung beigemessen.

Man hat mich nicht um meine Meinung gefragt, da ich nun aber einmal da bin, nutze ich die Gelegenheit und teile sie mit. Wir lieben die Bücher von Mingrelian. Wir haben sie vom ersten Buch an geliebt und sind nie enttäuscht worden von ihrer Darstellung unserer Welt. Wir lieben diese Sammlungen dramatischer Sequenzen, diese Zwischengewölbe, diese Romånzen, und die schönsten darunter erzählen von Mevlidos Ende, dem Ende des verirrten Soldaten, des Soldaten, der bei der Mission, die man ihm anvertraut hat, von Beginn an auf verlorenem Posten steht, und von seinem unmöglichen Treffen mit Deeplane, dem Offizier der Abteilung Aktion, der ihn in die Katastrophe geschickt hat. Wir haben unsere Vorlieben und vorgefassten Meinungen, wir stellen *Flügelen* und *Die Attentate gegen den Mond* über die anderen Werke, aber eigentlich denken wir an jedes seiner Bücher mit einer zärtlichen Begeisterung. Wie Deeplane hinsichtlich der Beziehungen zwischen Mevlido und Mingrelian gesagt hat, verbindet uns mit diesen Büchern, mit allen diesen Büchern, ein umfassendes und schmerzliches Einvernehmen. Der Abstand zwischen uns und Mingrelian wie zwischen Mevlido und Mingrelian ist – leider!, würde Yokog Gans ausrufen – so gering, dass kein Zigarettenpapier dazwischenpasst.

Die Figur Deeplanes ist komplex, von einer Erzählung zur nächsten entwickelt er sich vom unbestechlichen, strengen und zurückhaltenden Mönchssoldaten zum individualistischen Dissidenten, der sich gegen seine Vorgesetzten auflehnt, der sich weigert, die Opferung Mevlidos hinzunehmen, und darauf beharrt, unter allen Umständen ein Versprechen zu halten, das man Mevlido fünfzig Jahre zuvor, unmittelbar vor seinem Transfer, gegeben hat. Deeplane hat Mevlido versprochen, dass die Abteilung Aktion versuchen würde, ihn vor oder nach seinem Tod zurückzuholen. Als die Organe diese Perspektive in Frage stellen, als sie sich schließlich nicht mehr für das Schicksal ihres Agenten interessieren und beschließen, ihn sich selbst zu überlassen, widersetzt Deeplane sich ihnen. In *Eine Liebe von Mevlido*, *Aufbruch des Spezialtrupps* und *Heute wird gemordet* erzählt Mingrelian, wie Deeplane trotz der Ablehnung seitens der Organe mehrere Operationen startet, um Mevlido herauszuschleusen. Wie alles andere bei diesem Unternehmen scheitern diese Operationen eine nach der anderen.

Mevlido wurde darauf programmiert, in einem Säugling Mensch zu werden, doch die Menschwerdung vollzog sich in einer unheilvollen Periode der menschlichen Geschichte, noch unheilvoller als die anderen, da sie den Beginn eines langen Todeskampfes dieser Art kennzeichnet. Die allgemeine Ausweitung des Schwarzen Kriegs ist die einzige konkrete Perspektive für ein Gemeinwesen, dessen Verhaltensweisen praktisch in allen Bereichen irrsinnig sind. Alles entgleitet ständig ins Grauenhafte oder Unannehmbare, nichts ist rational, die Analysemodelle lassen sich nicht mehr darauf anwenden. Die Organe sind nicht in der Lage, die weitere Entwicklung vorauszusehen, und sie bilden sich ein, wenn sie einen Agenten in die Zone schicken würden, könnte dieser maßgebliche Informationen für sie einholen. In Wirklichkeit verläuft nichts, was die Behörden und ihre Abteilung Aktion vorgesehen haben, wie geplant. Vielleicht weil die Reise durch den schwarzen Raum den Embryo traumatisiert oder geschwächt hat, verlieren die Organe völlig die Kontrolle über den Reinkarnationsprozess, und von dem Augenblick an, als Mevlido geboren wird, ist sein Leben nicht mehr den Anforderungen gewachsen, auf die er im Verlauf zahlloser Trainingsstunden und Lehrgänge vorbereitet worden ist. Er wird von einer trüben, grausamen Logik beherrscht, die sich vor allem an den plötzlichen Schrecksekunden eines Alptraums auszurichten scheint. Mit Ausnahme einiger Spuren in seinen Träumen bleibt Mevlido fast nichts von der Spezialausbildung, die aus ihm ein besonderes Wesen, ein Geschöpf auf einer Mission unter Hominiden hätte machen sollen. Von Geburt an ist Mevlido ein menschliches Wesen, ebenso beschränkt und unentzifferbar wie der Rest seiner Artgenossen. Kindheit und Jugend Mevlidos spielen sich ab vor dem Hintergrund von Vernichtung, Feuer, Flüchtlingszügen, der Vervielfachung mutierter Arten, dem Chaos. Das Erwachsenenleben Mevlidos ist ein unüberlegter Marsch durch eine Gesellschaft des Elends und des Schwachsinns.

Sehr schnell stellen die Organe fest, dass die Verbindung enttäuschend und schwierig ist, dass die Informationsbeschaffung durch Mevlido zu mager ausfällt, zu willkürlich ist, jeder Stichhaltigkeit entbehrt. Mevlido enttäuscht alle Hoffnung, die man in ihn gesetzt hat. Als Mevlido dann in Hühnerhof Vier strandet, befindet er sich in einem solchen Zustand seelischer Not und Zerrüttung, dass die Organe ihn aus der Liste ihrer Agenten im Einsatz streichen. Das Vorhaben, einen zweiten Agenten in die Zone zu entsenden mit der Mission, Mevlido zu unterstützen, wird begraben, trotz Mingrelians Berichten, der darauf beharrt, dass eine außersinnliche Verbindung zu Mevlido weiterhin möglich sei, und trotz Deeplanes Stellungnahmen, der mit allen Mitteln zu verhindern versucht, dass man seinen Schutzbefohlenen aufgibt.

Zudem sind die Organe dabei, einen grundlegenden Strategiewechsel vorzunehmen. Nachdem sie jahrhundertelang schlechte Erfahrungen gemacht haben, stellen die Behörden Theorien darüber auf, warum die Hominiden ihre Erwartungen enttäuschen, und planen eine Annäherung an vielversprechendere und widerstandsfähigere Arten, wie etwa die Arachniden. Einige einflussreiche Offiziere wie Deeplane bekämpfen diese spektakuläre Kehrtwendung, doch die Opposition ist in der Minderheit, und in der Zeit, in der Mevlido seine letzten Jahrzehnte als Schlafwandler in Hühnerhof Vier verbringt, arbeiten die Organe bereits Pläne aus zur langfristigen Festigung eines Bündnisses mit mehreren Horden irdischer Spinnen, die gute Chancen haben, die Vorherrschaft zu erlangen. Deeplane polemisiert gegen seine Vorgesetzten, er gibt zu bedenken, dass das Verhalten der Spinnen in keinem Punkt mit den altruistischen und kollektivistischen Grundsätzen der proletarischen Moral übereinstimmt, die dazu dienen sollten, eine ideale menschliche Gesellschaft zu errichten. Die Obrigkeit lässt die Debatte zu, sie hört Deeplanes Plädoyer an und verbreitet seine Beiträge, doch letztendlich entzieht sie ihm seine politischen Ämter. Nach einigen Jahren findet man Deeplane in eine Abteilung von untergeordneter Bedeutung verbannt, eine Abteilung, die sich mit der Vogelbeobachtung in Träumen beschäftigt. In Anbetracht seiner früheren Verdienste lässt man ihm eine gewisse Freiheit, einen gewissen Handlungsspielraum. Noch immer steht eine kleine Mannschaft von Technikern unter seinem Befehl. Auf die Mitglieder dieser Mannschaft stützt sich Deeplane, als er mehrere Operationen mit dem erklärten Ziel startet, Mevlido zu finden, Kontakt zu ihm aufzunehmen und ihn zurückzuholen.

»Wir wissen«, schreibt Mingrelian in *Das Waddell-Street-Treffen*, als er für Deeplane das Wort ergreift, »dass wir Mevlido nicht vor seinem Tod erreichen. Wir wissen auch, dass wir nur geringe, ja, sogar nur äußerst geringe Chancen haben, ihn nach seinem Ableben und vor seinem völligen Erlöschen herauszuschleusen. Doch wir werden alle unsere Kräfte darauf verwenden. So wie uns Mevlido heute vor Augen tritt, wenn wir die Augen schließen und uns zu ihm träumen, ist er ein zerrütteter Untermensch, ein Wrack ohne Daseinsberechtigung und ohne Zukunft. Wir werden alles tun, um mit ihm zusammenzutreffen und ihn aus dem Alptraum herauszuholen, in den wir ihn eingesperrt und gefangen haben, und selbst wenn es uns nicht gelingt, ihn mitzunehmen, weil wir zum Beispiel auf organischer Ebene nicht zusammenkommen, oder weil er sich weigert, uns zu begleiten, oder auch, weil wir selbst auf der Reise zu viel Energie verlieren, weil wir selbst ebenfalls zu zerrütteten Untermenschen werden, zu Abschaum ohne Daseinsberechtigung und ohne Zukunft, Tote am Ende des Traums, selbst wenn es uns also nicht gelingt, ihn brüderlich mitzunehmen, werden wir einen Weg finden, um ihm etwas zu schenken, um ihn in ein Bild der Liebe und des Friedens aufzunehmen, ein Bild, in dem er die Illusion haben wird, dass er seinen Tod anders als in Einsamkeit und Düsternis fortsetzen kann. Das werden wir tun, das werden wir um jeden Preis versuchen, und wenn es uns unser eigenes Leben kostet, weil es für uns keine leere Phrase ist, Wort zu halten, weil wir nämlich eine Moral haben, weil die proletarische Moral trotz der Menschen keine hohle Idee ist, weil auf der Erde alles zu Ende geht, und weil wir trotz allem nicht an die Spinnen glauben.«

46 In seinen beiden besten Românzen über Mevlido, *Die Attentate gegen den Mond* und *Hühnerhof Vier*, erzählt Mingrelian, dass es Deeplane nach fünfzehn Jahren nutzloser Verfolgungsjagd schließlich gelingt, einen Kontakt mit Mevlido herzustellen. Man sieht Deeplane am Steuer eines abgewrackten Busses ohne Motor und ohne Reifen, ein Fahrzeug, das geradezu mustergültig darauf ausgelegt ist, sich im schwarzen Raum zu bewegen. Der Bus fährt langsam durch die Halde. Ein Kohlenstaubsandsturm verfinstert die Stadt. Etwas Schreckliches hat sich soeben zugetragen oder wird sich gleich zutragen, ein Attentat, eine feindliche Aktion, die Angst, Unsicherheit und unkontrollierbare Leiden erzeugen soll. Deeplane ist auf seiner Fahrt zu Mevlido lange Zeit von Flammen umgeben gewesen. Seine verkohlte Haut hat sich mit dem Ruß und Splitt verbunden, die der Wind mit sich führt, und sie ist hart geworden, so dass Deeplane jetzt einem großen, rundlichen schwarzen Tierkadaver ähnelt. Trotzdem hält er durch. Dieses Mal wird sein Treffen mit seinem früheren Untergebenen, dem ehemaligen Agenten Mevlido, zustande kommen. Er ist sich dessen sicher, und deshalb hält er durch auf dem Fahrersitz. Der Bus bewegt sich vorwärts, unmerklich gleitet er die Straßen entlang, die der Sturm verschleiert und unkenntlich macht. Auf der Strecke, die Deeplane einschlägt, liegen Factory Street, Gateway Street, Park Avenue,

Waddell Street und viele andere Straßen. Keine kennt man wirklich, keine ist uns fremd. Alle haben sich mehr oder weniger tief in Mevlidos Vorstellungswelt oder Erinnerungen oder in die unseren eingeprägt. Die Fahrgäste des Busses können kaum begreifen, dass sich das Fahrzeug fortbewegt. Etliche steigen während der Fahrt ein oder aus, ohne dass sie die geringste Veränderung in der Umgebung wahrnehmen. Bei den meisten ist der Zustand organischer und intellektueller Hoffnungslosigkeit so weit fortgeschrittenen, dass sie nicht im Stande wären anzugeben, ob das Attentat schon stattgefunden hat oder noch bevorsteht, ob es brennt oder das Blech schon seit langem erkaltet ist, ob der Bus fährt oder steht, ob andere Untermenschen oder Menschen oder Tiere in der Gegend sind. Ebenso wissen sie nicht mehr, an welchem Zeitpunkt ihres Daseins sie sich befinden, ob vor oder nach ihren Erinnerungen, vor oder nach ihrer Agonie, mitten im Sterben oder lange danach. Sie wissen nur, dass sie in der Halde gelandet sind, und dieser Hinweis genügt ihnen. Die Zahl dieser Fahrgäste schwankt, weil Mingrelian sie im Laufe seiner Erzählung mal im Fahrzeuginneren ansiedelt, mal herausnimmt. Zu ihnen gehört natürlich Mevlido, aber man könnte auch Yasar Bayarlag anführen, den eine verhängnisvolle Druckwelle zerlegt und zerstört hat, Gorgha, die Rabenfrau, ebenso wie Linda Siew, die Deeplane bei seinem Unternehmen unterstützt und ihm, so gut sie kann, ihre Mudang-Kraft überträgt. Bei dem Attentat ist jemand aus dem Bus geschleudert worden und klopft auf die Karosserie oder das Blech, um auf sich aufmerksam zu machen oder die eigene Stille auszufüllen. Alle, ob Männer und Frauen oder vergleichbare von Tieren abstammende Lebewesen, sind in Lumpen gekleidet oder tragen nichts oder fast nichts auf der Haut. Linda Siew zum Beispiel ist nackt. Sie ist schön. Sie ähnelt Verena Becker, sie hat nicht genau dieselbe Körpergröße, ihr Haar ist schwärzer, ihre Haut hat einen Schimmer und ist von einer Beschaffenheit, die nicht unmittelbar an Verena Becker erinnert, und sie hat nicht dieselbe Art, mit ihrer nackten Weiblichkeit umzugehen, aber sie ähnelt Verena Becker. Mevlido, der zuerst in Dunst und Dunkelheit eingenickt ist, nähert sich ihr. Er durchquert den Mittelgang des Busses und geht zu ihr, zu der Stelle, wo sie steht, rechts neben dem Fahrer. Er nähert sich ihr und zugleich nähert er sich dem Fahrer. In diesem Augenblick kommt endlich ein Kontakt zwischen Mevlido und Deeplane zustande.

Hier zögert Mingrelian. So viele Prüfungen in einer einzigen Episode unterzubringen, gefällt ihm nicht. Weder *Die Attentate gegen den Mond* noch *Hühnerhof Vier* sind Abenteuerromane. Deshalb greift er auf die post-exotische Erzähltechnik des narrativen Killens zurück, die von den Organen – sie fordern zuverlässige Antworten – wenig geschätzt und von den Anhängern der offiziellen Literatur – sie sehen darin eine weitere Beleidigung ihrer Romantheorie – auf gehässige Weise kritisiert wird. Die Geschichte zieht sich, kauert sich eigenartig zusammen, immer bereit, sich noch einmal aufzubäumen, und beginnt plötzlich in sich zu flattern, als könnte sich der schwarze Wind der Erzählung in diesem Schlüsselmoment nicht für eine zufriedenstellende Richtung entscheiden. Daraus resultieren drei voneinander unabhängige, ineinander verschlungene Fassungen, die nebeneinander bestehen, drei Bildfolgen, die aus demselben narrativen Teig stammen, mit dem Mingrelian geschickt ein plumpes Ende nicht nur für seine Erzählung, sondern ebenso für seinen Helden modelliert, eine unabgeschlossene Ewigkeit.

• In der ersten dieser drei Bildfolgen setzt Mingrelian erneut Gorgha, die Rabenfrau, in Szene, die Gefährtin Mevlidos in seinen schlaflosen Nächten, seine undurchsichtige und meistens unwillkommene, widerwillig akzeptierte

Partnerin. Möglicherweise wird der Kontakt zu Deeplane wegen dieses parasitären Wesens erneut behindert. Linda Siew und Deeplane zieht ein Sog aus dem Fahrzeug, und Mevlido muss sich wohl oder übel selbst ans Steuer setzen. In die Reste von Mevlidos Körper schlagen Geschosse ein. Die Umstände der Reise verschlechtern sich. Das Ziel wird undeutlich. Nur Gorgha scheint in der Lage zu sein, den Alptraum zu überleben.

• Dann beginnt Mingrelian nachzudenken über das Aussterben der Menschheit und über die Art, die berufen ist, ihren Platz auf der Erde einzunehmen. Er beschreibt das Auf und Ab von Jahrmillionen, die Verstaubung der Landschaften. Als er Mevlido aufweckt, wird die Welt endgültig von Spinnen beherrscht. Es ist also nicht alles Leben verschwunden, im Gegenteil, man findet eine solide und friedliche Zivilisation vor. In Park Avenue ist unter dem Mondlicht nur noch die Müllverwertungsanlage Nummer neun übrig geblieben. Die Überreste des Busses sind seit langem zerstreut. Mit schamanischer Unterstützung durch Linda Siew betritt Mevlido die Anlage. Man weiß, dass er dort erlöschen wird. *Die Attentate gegen den Mond* ist die Einzige der beiden Romänzen, in denen Mingrelian den Mut hat, seine Figur noch auf ihrem endlosen Abstieg ins Nichts zu begleiten, das Einzige von zwei Büchern, in dem er sich zwingt, diese neue Stufe im Schwinden und im Tod darzulegen. *Hühnerhof Vier* sagt nichts darüber, und die Bildfolge endet in dem Augenblick, als Linda Siew Mevlido durch die Klappe hilft, hinter der er wieder in die Mülldeponie Nummer neun gelangt. Tatsächlich betritt Mevlido dann die Anlage, und dort sitzt Maleeya Bayarlag auf einem Klappstuhl im Innenhof. Sie sortiert Lumpen. Sie wundert sich nicht über Mevlidos plötzliches Vordringen zu ihr, und wie früher verwechselt sie ihn mit Yasar Bayarlag. Von vielen Textsammlungen als Beispiel für Humor im

Desaster aufgegriffen, bahnt sich ein schmerzlicher und unpassender dramatischer Augenblick an: Psychisch inexistent redet Maleeya mit Mevlido und nennt ihn dabei Yasar, während Mevlido mit Linda Siew spricht und ihr dabei den Namen Verena Becker gibt. Bei diesem Gespräch versinkt Linda Siew im Dunkeln und taucht nicht wieder auf. Maleeya Bayarlag schlägt Mevlido vor, sich zu den Lumpen zu legen, die zur Verbrennung bereitliegen. Mingrelian beschreibt das genau: das endgültige Verscharren Mevlidos inmitten von Scharpie und Stoffabfällen unter dem ausdruckslosen Blick der Spinnen.

- In der dritten Sequenz erscheint wieder Deeplane. Mevlido und Deeplane steigen aus einem engen Durchgang, wahrscheinlich einem Ofen. Sie landen auf einer hellen Straße in einer Stadt, die weder Hühnerhof Vier noch der Halde gleicht und die man als einen Ort zwischen Traum und Wirklichkeit begreifen muss, der zur Welt Verena Beckers gehört. Dieses fremde Universum hatte Mingrelian bis dahin nicht angeschnitten, ebenso wenig wie er, mit Rücksicht auf Mevlido, an diese Frau erinnern wollte. Mingrelian ist überzeugt, dass das Wiedersehen Mevlidos und Verena Beckers die Organe nichts angehe. Ein Bericht für das Archiv der Organe ist nicht der richtige Platz dafür. Sicherlich aus denselben Gründen zieht sich Deeplane zurück. Die Begegnung mit Verena Becker, nach der sich Mevlido während seines gesamten Daseins und auch schon lange vor seiner Geburt und lange nach seinem Tod gesehnt hat, diese Begegnung steht schließlich unmittelbar bevor. Mevlido wird sich heimlich in einen Traum von Verena Becker einschleichen, in ein Bild, in dem er für immer mit Verena Becker zusammen sein wird. Auch wenn unverständliche menschliche Echos darin zu vernehmen sind, wird das Bild stumm sein. Und vor allem wird es kein Bild-davor und kein Bild-danach mehr geben.

»Wird es kein Bild-davor und kein Bild-danach mehr geben«, schreibt Mingrelian in einem Kommentar. »Mevlido wird endlich in einem unbewegten Schicksal erstarren, in der einzigen Form des Untergangs, die er sich gewünscht hätte, hätte man ihn je nach seiner Meinung gefragt, in einem Schicksal, das fortan ohne Geschichte und ohne Worte sein wird, einem Schicksal, in dem niemals die Frage nach seiner Bedeutungslosigkeit aufgeworfen wird, oder die nach seinem Unglück, seinem Wahnsinn, seinem Verhältnis zur Wahrheit, seiner politischen Unzurechnungsfähigkeit, seiner Parteizugehörigkeit, seinen Beziehungen zur menschlichen Gattung, seinen Moralvorstellungen, seiner Treue gegenüber Verena Becker, seinen verbrecherischen Grübeleien, seiner Auffassung von der Wirklichkeit, seinen Träumen, seinen Geliebten und seinen Toten.«

Nach meinen verbrecherischen Grübeleien, würde ich am liebsten hinzufügen, nach meiner Auffassung von der Wirklichkeit, meinen Geliebten und meinen Toten.

47 ZWERGVÖGEL

Vom Wind und einer unbeschreiblichen Kraft des schwarzen Raums zugleich angetrieben, schob sich der Bus in Richtung Kreuzung. Tatsächlich fuhr er im Schneckentempo, und oft stand er aus unerklärlichen Gründen sogar halbtagelang oder halbstundenlang still. Ich wurde nicht ungeduldig, doch manchmal fragte ich mich, ob ich irgendwo ankommen würde. Wenn der Wind nicht zu stark blies, stieg ich hinten aus und marschierte den Bus entlang, um mir die Füße zu vertreten. Ich sank bis zu den Knien in lauwarme Asche und Abfälle ein. Die Fenster über mir spuckten Staubwolken aus. Die Hitze hatte nicht abgenommen. Sie ließ das Bild zittern und betäubte mich. Diese Streifzüge führten mich bis zur Vorderfront des Busses. Aus Furcht, mich zu verirren, ging ich nicht weiter. Ich hob den Kopf. Das Himmelsgewölbe sah aus wie ein Fluss bei Hochwasser, der statt Wasser Rohbenzin mit sich führt. Weiter unten, ganz in meiner Nähe, knirschte die Vorderfront des Busses. Im Fensterrahmen fehlte die Windschutzscheibe. Hinter der nicht vorhandenen Frontscheibe sah ich Deeplane am Steuer sitzen, dickleibig und unkenntlich wegen der Rußschichten, die sich auf ihm abgelagert hatten. Er rührte keinen Finger, um sich zum Beispiel das Gesicht abzuwischen oder die Augen. Wie über dem Steuerrad zusammengebrochen suchte er die Straße ab, das schmutzige Halbdunkel. Ich stand gut sichtbar nur einen Meter von ihm entfernt, genau vor den Reifen, doch er sah mich nicht. Neben Deeplane sang Linda Siew leise oder tanzte, je nachdem, bei welcher Phase des Rituals sie gerade war. Wenn auch sie sich bückte, um Ausschau zu halten nach dem, was kommen sollte, peitschte ihr vom Wind aufgewirbeltes Haar die Leere um sie oder klatschte gegen Deeplanes Schulter. Sie sah mich ebenfalls nicht. Sie war völlig unbekleidet, und der Staub blieb nicht an ihrer Haut kleben. Ich sagte es bereits, aber ich sage es noch einmal: Sie erinnerte mich an Verena Becker. Wehmut stieg in mir auf bei dem Gedanken, dass es nur an mir lag, mit ihr zu sprechen und so zu tun, als wäre sie wirklich Verena Becker und könnte mich hören. Ich stand zögernd vor der kaputten Vordertür, dann kehrte ich zur hinteren Tür des Busses zurück und stieg wieder ein, um mich drinnen, gleich wo, auf einen freien Sitz zu setzen oder unter ihn zu kauern.

Dann begannen scheußliche schwarze Dünen mit Wellenrauschen und dunklem Hagel über die volle Länge der Straße zu schäumen. Zum Glück irrte ich gerade nicht auf dem Gehweg entlang. Die Luft war voller Teilchen, die wie Flugasche aussahen. Ich schützte meine Augen so gut ich konnte mit Wäschefetzen und den Lidern. Der Sturm dauerte etwa zehn Minuten, dann legten sich die Böen übergangslos. Auf der Straße breitete sich Grabesstille aus, und im Bus hörte man Hustenanfälle und Räuspern, denn während des Schlimmsten waren zwei oder drei neue Fahrgäste durch die Fenster oder die hintere Tür eingestiegen.

Ich kratzte die Kohlekruste von meinem Gesicht, die hart geworden war, und zog Bilanz. Eine Zeitlang war ich nicht bei Bewusstsein gewesen. Ich hatte den Platz gewechselt, jetzt saß ich direkt hinter Deeplane. Über seine durch die Ablagerungen gewaltigen Schultern hinweg sah ich die

Abzweigung, in die wir würden einbiegen müssen, um nach Waddell Street oder Park Avenue zu gelangen. Mein Mund war voll von widerwärtigem, körnigem Qualm. Hustend und röchelnd spuckte ich ihn aus. Linda Siew röchelte ebenfalls. Sie hatte ihren magischen Gesang unterbrochen und zwischen zwei schmerzhaften Atemstößen vertraute sie Deeplane etwas an. Sie sprach im Tonfall einer Sterbenden. Ganz in der Nähe kämpfte jemand gegen das Ersticken. Ich drehte den Kopf um. Einen Meter von mir entfernt stand eine vertraute Silhouette. Gorgha, dachte ich, ohne genau zu wissen, ob ich mich über diese Begegnung freuen oder ärgern sollte. Ich erhob mich und schlich in das Halbdunkel in der Absicht, mich ihr zu nähern. Ihre schwarzen Rabenfedern hatten ihren tadellosen Glanz, ihr gepflegtes Aussehen eingebüßt, sie waren matt geworden, doch Gorgha hatte die stolze Haltung eines herrlichen Vogelweibes behalten. Sie hustete mit geschlossenen Augen. Ich trat zu ihr und streckte die Hand aus. Ihre Federn sträubten sich gegen meine Handfläche. Die Haut darunter zog sich ein wenig zusammen. Ich hatte sie am Bauchansatz berührt.

»Lass den Quatsch, Mevlido«, seufzte sie sogleich, ohne die Augenlider voneinander zu lösen. »Meinst du, das ist der richtige Moment.«

»Ich bin froh, dass du da bist«, log ich. »In letzter Zeit glaubte ich, du wärst fortgegangen und wir würden uns nie wieder sehen.«

Ich breitete die Arme aus, und wir umarmten uns. Gorgha schöpfte allmählich Atem. Sie ließ es sich gefallen, dass ich sie an mich zog, doch ich spürte ihre Zurückhaltung. Sie entspannte sich nicht in meinen Armen. Sie entspannte sich nicht mehr als früher. Zwischen uns gab es immer organische Missverständnisse, doch auch wenn wir uns ihrer bewusst waren, wollten wir sie lieber nicht noch dadurch verschärfen, dass wir sie mit Worten benannten.

Im Bus hustete niemand mehr. Die Leute atmeten nicht mehr oder hatten sich der Umgebung angepasst, deren Bestandteile ihnen nichts zum Leben lieferte. Ohnehin war nicht viel los. Eine zerlumpte Frau saß reglos auf der Hinterbank, eine andere lag quer über einer Sitzbank. Yasar Bayarlag lag vollständig begraben im Mittelgang. Wir waren alle zerlumpt. Wir stanken alle nach verbranntem Müll.

»Es hat ein Attentat gegeben«, sagte ich und drückte Gorgha an mich.

»Ach was«, erwiderte Gorgha. »Das ist der Wind. Es ist nur der Wind, der durch die Halde weht, ein Sandwind. Was erzählst du da bloß mit deinen Attentaten, Mevlido.«

»Na ja«, seufzte ich.

»Was erzählst du da bloß«, wiederholte sie.

Wir blieben einige Minuten wortlos stehen. Ich schämte mich dafür, Gorgha an meine rußige Brust zu pressen, an die restlichen Fetzen von Yasar Bayarlags Hemd, die jetzt mit ihrem abscheulichen Schmutz an mir hingen. Verkrampft lehnte sich Gorgha an mich. Vielleicht war ich körperlich für sie ein abscheuerregendes Wesen, mit dem intime Beziehungen zu haben ein Problem darstellte. Ich wusste nicht, wie ich ihren Abscheu überwinden konnte. Ihre sich sträubenden Federn wurden bei der Berührung mit mir nicht geschmeidiger, ihr Atem war gespannt, rau. Irgendetwas an mir entsetzte sie. Um meine Verlegenheit zu überspielen, nahm ich das Gespräch wieder auf.

»Hörst du«, fragte ich. »Jemand spielt einen Gut-Rhythmus. Es muss eine Mudang in der Nähe sein, eine Mudang, die den Uga singt.«

»Ich höre nichts«, flüsterte Gorgha. »Du redest Quatsch, Mevlido. Du redest nur Quatsch.«

»Nein«, erwiderte ich, »da sind ein Trommler und eine

Mudang. Ich kenne ihren Namen. Sie heißt Linda Siew. Siehst du sie? Die nackte Frau neben dem Busfahrer. Sie ähnelt Verena Becker.«

»Ich sehe sie nicht«, sagte Gorgha.

Ich hätte Gorgha beinahe geraten, die Augen zu öffnen, aber ich hielt mich zurück. Es stimmte, dass man selbst auf kurze Entfernung nicht viel sah und dass feindlicher Staub in der Luft schwebte. Dass ich direkt vor ihr stand, war für sie vielleicht der Grund, die Augen lieber geschlossen zu lassen.

»Sie singt den Uga, damit die Toten mit den Lebenden in Kontakt treten«, erklärte ich für alle Fälle.

»Welche Lebenden, welche Toten«, fragte Gorgha achselzuckend in meinen Armen.

Ich beließ es dabei. Ich konzentrierte mich auf die Zeremonie. Darauf bedacht, dass ihr Gesang schließlich die Toten, die Lebenden oder die anderen erreichte, an die er gerichtet war, wiederholte und wiederholte die Mudang mit ihrer entkräfteten Stimme unermüdlich die Melodie. Ich hatte den Eindruck, zu keiner dieser Kategorien zu gehören, aber es gelang mir doch, einige Töne aufzuschnappen. Weitaus mehr Überzeugung bedurfte es, um die Trommel zu vernehmen, die kraftlos und zumeist mit rhythmischen Fehlern geschlagen wurde.

»Deeplane sucht dich«, verkündete Gorgha plötzlich.

»Ich weiß«, sagte ich.

»Nein, du hast keine Ahnung«, sagte Gorgha.

Sie wurde unruhig in meinen Armen. Im Halbdunkel waren ihre dunklen Lider farblos. Sie blieben hartnäckig geschlossen. Gorgha wand sich mit raschelnden Federn, reckte den Oberkörper, als wolle sie sich aus meiner Umarmung winden oder ein Übermaß an schmierigem Staub oder Hitze abschütteln. Ich öffnete die Arme. Sogleich trat sie einen halben Schritt zurück.

»Ich soll dir etwas von ihm übermitteln«, sagte sie.

Ich warf einen Seitenblick in Richtung Deeplane. Er saß noch immer am Steuer, riesengroß wie eine aus dunklem Ton modellierte Statue. Er suchte die Straße ab. Er rührte sich nicht.

»Ich höre«, sagte ich.

»Es betrifft Verena Becker«, sagte Gorgha.

»Ah, endlich! Endlich interessieren sich die Organe für sie.«

»Erste Anweisung«, fuhr Gorgha fort, ohne mir zuzuhören: »Zwecklos zu hoffen, Verena Becker woanders wiederzusehen als in einem ihrer Träume.«

»Ich weiß«, antwortete ich.

»Nein«, sagte Gorgha, »du hast keine Ahnung. Du bist schon viel zu lange nicht mehr phasengleich mit Verena Beckers Welten. Seit sie von Kindersoldaten umzingelt war, habt ihr nie wieder zusammen geträumt. Du wirst dich fremd fühlen, wirst ihre Träume nicht mehr mögen. Zweite Anweisung. Nur du allein wirst wissen, dass ihr in ein und demselben Bild zusammen seid. Sie wird nicht einmal den Verdacht haben, dass du da bist. Sie wird ihren Alptraum weiterträumen mit dem Gefühl absoluter Einsamkeit. Du wirst ihr keinerlei Hilfe sein.«

»Das ist hart«, bemerkte ich.

»Ach was, du warst ihr schon vorher keine große Hilfe«, erwiderte Gorgha. »Dritte Anweisung. Sich nicht beklagen. Sich weder über den Zufall noch über die strategischen Veränderungen der Organe oder über Deeplane beklagen. Alles hinnehmen, was das Schicksal bringt.«

»Ich weiß«, sagte ich. »Sich mit allem und jedem abfinden, was auch immer geschieht.«

»Das ist alles«, schloss Gorgha.

Sie rang nach Luft. Ihr Kopf fiel auf die Seite, als hätte sie keine Kraft mehr in ihren Halswirbeln.

Kohlenstaub kräuselte sich über uns wie eine Glutwolke und führte die Gerüche eines in Brand gesetzten Motors und von Schwefel mit sich.

Ich begann wieder zu husten.

Keine zwei Meter entfernt tanzte Linda Siew. Ihr Haar geriet im schwarzen Wind durcheinander, schlang sich um sie wie ein Armvoll Algen. Sie tanzte ohne Feierlichkeit und wie für sich allein. Als sie sich zu mir drehte, sah man plötzlich an ihrem Bauch eine blutende Wunde, so groß wie von einem Spitzeisen. Ein schwarzer Faden rann bis zur Gürtellinie, verschwand in ihrer Scham und tauchte an der Innenseite ihres Schenkels wieder auf. Dann schwenkte sie wieder um und man sah sie von hinten, ihre Haut war vom körnigen Rieseln und vom pulvrigen Wind matt geworden. Mit schmerzverzerrten Gesichtszügen fuhr sie fort zu singen und den Uga aufzusagen. Man hörte ihre kratzige, gebrochene Mudang-Stimme, die den Worten für die Toten oder für die Männer und Frauen, die wie Tote zu überleben versuchten, immer wieder eine Melodie einhauchte.

Eine Kugel hat sie in die Leber getroffen, dachte ich.

»Ich weiß nicht, ob das Attentat schon stattgefunden hat oder noch stattfindet«, murmelte ich, während ich meinen Kopf zu Gorgha beugte. »Jedenfalls schießt man auf uns.«

»Quatsch«, sagte Gorgha.

Etwas flog durch ein Fenster herein, surrte sehr kurz, streifte Gorgha und bohrte sich in den Sitz neben ihr. Der Bezug platzte gut zehn Zentimeter weit auf, eine Rußtasche platzte und schüttete schlagartig ihren pulvrigen schwarzen Inhalt aus.

»Und was ist das?«, fragte ich. »Man greift uns an, uns und den Bus.«

»Ach was, niemand greift uns an«, antwortete Gorgha.

»Wir überqueren nur die Kreuzung. Es wird ruhiger, wenn wir die Kreuzung hinter uns haben.«

»Die Kugeln kommen aus allen Richtungen geflogen.«

»Verzapf doch nicht so einen Quatsch«, sagte Gorgha. »Was quasselst du dauernd von Kugeln. Welche Kugeln. Das sind winzige Vögel, mutierte Beos. Sie fliegen unglaublich schnell, ohne auf Hindernisse zu achten. Sie sind blind.«

Im Halbdunkel schöpfte Linda Siew zwischen zwei Sätzen Atem. Ich versuchte mir vorzustellen, was passieren würde, wenn ich mich, statt mit Gorgha zu plaudern, an die Mudang und an Deeplane hängen würde, wenn ich sie alle beide umarmen würde, um in ihrer Gruppe aufzugehen, mich organisch mit ihnen zu verbinden, doch dieser Idee gelang es nicht, zu einem Bild zu werden, und ich blieb mit leerem Geist zurück, um tatenlos der ausgemergelten und mutigen Stimme Linda Siews zuzuhören und den riesigen Rücken Deeplanes zu betrachten. Wir waren an die Kreuzung herangefahren, doch es hätte eines Navigationsfachmanns gebraucht, um es festzustellen. In Schüben zirpten uns kleine schwarze Pakete entgegen. Sie schossen durch den Raum und schlugen sogleich in Sitze oder Sitzpolster, oder sie zerschellten an Hindernissen aus Metall, und dabei knallte es wie an einem Schießstand.

Plötzlich zuckte die Karosserie. Das Metallgerippe um uns zitterte, dann, den Bruchteil einer Sekunde später, wurde alles still.

»Ein Attentat«, brummte Deeplane in Richtung Linda Siew. »Halte durch.«

Linda Siew sang nicht mehr. Ich sah, wie sie das Gleichgewicht verlor und langsam auf Deeplane stürzte. Sie versuchte, ihren Fall mit Händen und Knien aufzuhalten, sie versuchte sich ans Lenkrad zu klammern, an das Armaturenbrett, an Deeplane, doch ihre Hände griffen ins Leere und ihre Gliedmaßen wirkten, als gehorchten sie ihr nicht mehr. Sie schwamm. Es hatte keine Verpuffung gegeben, weder eine Druckwelle noch Flammen, nicht einmal den üblen Nitratgestank, trotzdem gebärdeten sich die Mudang und der Fahrer, als würde alles um sie herum in die Luft fliegen. Sie zeigten diese Art von hoffnungsloser Gestik. Deeplanes dunkle Schale platzte ab. Bis dahin hatte sie Deeplanes tatsächliches Körpervolumen verdreifacht, doch nun zersplitterte sie und löste sich von ihrer Unterlage, gab Deeplanes wahre Silhouette frei, und er sah aus wie ein alter Kriegsmönch, wie ein unbestechlicher Kämpfer. Jetzt sah man wieder dieses asketische Gesicht, das wir stets im Gedächtnis behalten hatten und das nun verwüstet war vom Fasten, verzehrt von der Atemlosigkeit und dem Gram darüber, einmal mehr bei der Suche nach Mevlido gescheitert zu sein. Die Bruchstücke des Panzers schienen das Gewicht und die Dichte von Steinkohle zu haben, und statt zu zerstäuben, schlugen sie schwer auf. Von einer Staubwelle erfasst, berührte Linda Siew den Boden schon nicht mehr. Sie hing einige Zentimeter hoch in der Luft, wie verrenkt, zerzaust, und so schwankte sie mehrere Sekundenbruchteile und vielleicht sogar eine Minute lang neben Deeplane, dann wurde sie mit ihm durch das Seitenfenster gesaugt; beide begannen unaufhaltsam nach draußen zu rutschen. Die Außenwelt rief sie, sie wollte die beiden verschlucken. Sie machten Verrenkungen wie Ertrinkende, die in die Tiefe gezogen werden. Sie versuchten ihre Trägheit zu überwinden, sich an den Händen zu fassen, um am Ende zusammen zu sein, um zusammen zu enden, da sie jedoch wie betäubt oder geistig zerrüttet waren, gelang es ihnen nicht. Deeplanes Finger tasteten aufs Geratewohl nach Linda Siews Oberkörper, und plötzlich bekamen sie das Schlüsselbein zu fassen und krümmten sich um den Knochen. Es war kein eleganter Griff, und wahrscheinlich war er schmerzhaft, doch so gelang es ihnen trotz allem, wieder zusammenzukommen. Sie glitten weiter auf die Straße hinaus, und allmählich verschwanden sie.

Mineralischer oder organischer Abfall prasselte auf das Armaturenbrett.

Ich drehte mich zu Gorgha um. Sie hatte die Augen noch immer geschlossen.

»Der Bus hat keinen Fahrer mehr«, sagte ich.

»Setz dich ans Steuer«, sagte Gorgha. »Übernimm Deeplanes Platz.«

»Das kann ich nicht«, sagte ich.

»Ich helfe dir«, versprach Gorgha.

Ich ging und setzte mich auf den Sitz, den Deeplane frei gemacht hatte. Zuerst musste ein Haufen Kohlenstaub zur Seite gefegt werden. Der Gedanke, auf Überresten zu sitzen, die mehr oder weniger zu Deeplane gehört hatten, gefiel mir nicht. Widerwillig ließ ich mich darauf sinken, umklammerte das Lenkrad und starrte auf die Straße. Man sah nicht weiter als ein paar Meter. Die Höhe der schwarzen Pulverschicht auf der Fahrbahn war nicht zu ermessen. Der Wind hobelte ihre Oberfläche glatt und schuf dabei vereinzelte kleine Nebel- oder Rauchherde. Der Blick reichte nicht bis zu den Häusern. Aus Sorge, Deeplane und Linda Siew könnten sich noch im Kielwasser des Busses befinden, beugte ich mich aus der Öffnung zu meiner Linken. In Nähe des Fahrzeugs gab es kleine Erhebungen, schmutzige Dünen, aber keine Fußabdrücke, keine Spuren eines Fallens oder Kriechens.

»Bald kommen wir über die Kreuzung«, sagte Gorgha.

»Und biegen wir dann in Waddell Street ein?«, fragte ich.

»Ich weiß nicht«, antwortete Gorgha. »Hast du etwas vor in Waddell Street?«

»Nein, nichts Bestimmtes«, sagte ich.

Ich setzte mich wieder aufrecht auf meinen Sitz. Gorgha stand nach wie vor mit geschlossenen Augen neben mir, die

Beine etwas gespreizt, die Flügel zur Hälfte entfaltet, um das Gleichgewicht zu halten. Ihr Gefieder war aufgeplustert und verströmte ranzige Gerüche. Sie sah jetzt elend aus, stand da wie eine unappetitliche alte Krähe. Kurz davor war die nackte Mudang an ihrer Stelle gestanden und hatte getanzt. Hätte ich mir aussuchen können, mit wem ich einen Bus steuern wollte, wäre mir die Schamanin, wäre mir Linda Siew lieber gewesen.

Wir nahmen den Weg zwischen zwei mit Stacheldraht besetzten Mauerreihen. Ich erkannte Waddell Street nicht wieder. Mir schien vielmehr, wir wären soeben in Park Avenue eingebogen. Das bedeutete, dass wir in Richtung Müllverwertungsanlage Nummer neun unterwegs waren, wo einst Maleeya gearbeitet hatte. Ich beugte mich tief über das Lenkrad, um mit dem Kopf der Straße näher zu kommen und etwas über die Strecke herauszufinden, der wir folgten. Der glühend heiße und schmierige schwarze Wind schlug mir ins Gesicht. Ich konnte nichts Entscheidendes erkennen.

Neben uns gellte wieder ein Pfeifen durch die Luft. Ich hatte den deutlichen Eindruck, dass ich für die blinden Vögel eine Zielscheibe war.

»Hörst du das?«, fragte ich Gorgha.

»Ja«, sagte Gorgha, »ein Trommler. Er trommelt den Gut. Irgendwo in der Gegend findet eine Zeremonie statt.«

»Ich höre nichts«, sagte ich.

»Wovon redest du dann?«, fragte Gorgha. »Was erzählst du nur für einen Quatsch, Mevlido?«

»Es pfeift«, sagte ich. »Ich habe das Gefühl, man zielt auf uns.«

Ich hatte den Satz beendet, als etwas auf mich zu surrte und meinen Brustkorb durchbohrte. Ich stöhnte auf.

»Was ist los mit dir?«, fragte Gorgha.

Ich spürte, wie in meinem Blut, in meiner Brust ein mikroskopisch kleiner Beo mit den Flügeln schlug. Ich spürte nicht, ob er es sich bequem machte oder ob er sich abrackerte, um den Tunnel zu weiten, in dem er sich befand.

»Fast hätte es mir das Herz durchlöchert«, sagte ich.

»Was?«, erkundigte sich Gorgha.

»Ein Vogel«, antwortete ich. »Er hat sich in meinen Lungenflügel gebohrt. Und jetzt strampelt er neben meiner rechten Herzkammer.«

»Ach was. Dein Herz schlägt schon seit langem nicht mehr«, philosophierte Gorgha. »Es hat von Anfang an nicht mehr geschlagen.«

»Welcher Anfang?«, fragte ich, enttäuscht festzustellen, wie gefühlskalt Gorgha mir gegenüber war.

Der Zwergbeo tollte herum. Er piepste nicht, doch man hörte die Spritzer, seine winzigen Hüpfer, sein Flügelrascheln, seine Schnabelhiebe, seine blinde Lebensfreude, seine Sorglosigkeit, sein Zappeln.

48 SCHWARZE ARANEEN

Nach Überqueren der Kreuzung dauert die Reise noch lange. Viele Stunden und noch mehr. Stunden oder Jahrtausende. Keine Ahnung. Die Zeit versandet, es herrscht ständige Nacht. In der Schläfrigkeit der Reisenden gerinnt die Unendlichkeit. Der Bus aber fährt immerzu weiter. Er rollt, komme, was da wolle, über Park Avenue die Müllverwertungsanlage entlang, aber das Alter schleicht sich ein und nagt an ihm. Er wird immer anfälliger. Als er eines schönen Abends den Randstein zum Gehweg rammt, bricht er auseinander. Die Blechteile werden in der Finsternis verstreut. Sie beginnen sogleich, sich zu zersetzen, sie verlieren keine Zeit und schuppen sich, doch man muss mehrmals bis siebenhundertsiebenundsechzigtausendsiebenhundertsiebenundsechzig zählen, bis sich die Trümmer zur Gänze mit dem Staub vermählt haben. Die Achsen, die Bremsbacken und das Lenkrad sind die Teile, die der Verwitterung am längsten widerstehen. Über zahllose Jahrzehnte halten sie stand, während es in der Nähe keine anderen festen Teile mehr gibt. Dann lösen auch sie sich auf.

In diesem Zeitraum biwakiert Mevlido nicht weit entfernt von einer Achse, die sich vor dem Fabriktor in den Boden gegraben hat. Er hat keine größeren Anwandlungen von Geselligkeit und knüpft keine Beziehung zu den Männern und Frauen, die mit ihm zusammen am Boden liegen, doch er empfindet keine Feindschaft für sie, und im Grunde bilden die Überlebenden aus dem Bus so etwas wie ein kleine, von den anderen Rückständen und dem Ruß sehr deutlich unterscheidbare Gruppe. Sie sind zu zweit oder zu dritt und in derselben Lage, darunter Linda Siew, Deeplane und er, Mevlido. Man sieht sie nicht fiebrig die Ruinen auskundschaften, die sie umgeben, nein, es zeichnet sie vielmehr eine völlige Passivität aus, doch nur wenige unter ihnen haben das Vorhaben aufgegeben, sich bis zum Portal vorzuarbeiten, um eines Tages in die Müllverwertungsanlage Nummer neun zu gelangen. Sie wissen weder, ob sich die Zahl Neun auf die Fabrik oder die Abfälle bezieht, noch ob es für sie, sollten sie hineingelangen, darum gehen wird, zu verwerten oder verwertet zu werden, doch die Aussicht darauf bleibt. Ohne sich maßgeblich vorwärtszubewegen, biwakieren sie zu zweit oder zu dritt neben der Achse in der stillen und schwarzen Landschaft, in diesem Bild einer unbelebten Straße, so unbelebt, dass sich anscheinend selbst der Gedanke des Wartens für immer von dort verabschiedet hat.

Dann zerfällt die Achse, und von da an haben sie weniger Anhaltspunkte. Alles bleibt auf niedrigstem Stand. Weder Wind noch an- oder abschwellende Wellen beeinträchtigen die Unebenheiten, die Erhebungen und Staubdünen. Der Mond, der sich über Hühnerhof Vier und der Halde lange nicht mehr gezeigt hatte, ist wieder aufgegangen. Er leuchtet wieder über der Erde. Er steht am Himmel, hoch über dem Horizont, und er bewegt sich nicht.

Auf zoologischer Ebene hat sich die Welt grundlegend verändert. Während der langen Auszeit, die sich der Mond genommen hat, um sich wer weiß wo zu verstecken, hat sich der Zustand der Menschheit unablässig weiter verschlechtert. Man kann heute noch immer hier und da einzelne

Vertreter der Gattung ausfindig machen, die über genügend Sprachkenntnis verfügen, um zu erklären, dass sie vom Geschlecht der Hominiden abstammen, doch in Wirklichkeit ist die Herrschaft der Menschheit zu Ende. Die Organe haben, und dieses eine Mal mit Erfolg, ihre Kräfte und ihre Hoffnungen auf eine verständigere und weniger barbarische, weniger selbstmörderische, weniger neurotische Gattung verwendet. Jetzt verwalten Spinnen die Ruinen des Planeten. Auch sie beanspruchen Menschlichkeit, und wenngleich es stimmt, dass sie ihren Sexualpartner fressen, sobald ihre Eier befruchtet sind, findet man unter ihnen im Laufe der Jahrtausende nicht die kleinste Theoretikerin des Genozids, des Präventivschlags oder der sozialen Ungleichheit. Sklaverei, Lager für Überlebende, Chaos, Demütigung und Massenmord sind jetzt auf Erden nicht mehr üblich. Die Hominiden und ihre mörderischen Praktiken, die Hominiden und ihre zynischen Reden sind nur noch Erinnerung. Die herrschende Gattung stellt nie die Frage nach Glück oder Unglück, weshalb diese Frage, in gewisser Weise, geklärt ist.

Der Mond ist zurückgekehrt, und das ist gar nicht übel. Seine Scheibe leuchtet ständig über der Landschaft, immer an derselben Stelle, was eine Beleuchtung sicherstellt und für bleiche Gesichter sorgt, unter welchen Umständen, zu welcher Tages- oder Nachtzeit auch immer. Die Landschaft ist so, wie wir sie bereits in Erinnerung hatten, mit einer großen Fülle unterschiedlicher Grau-, Schwarz- und Weißtöne. Die Gesichter sind unsere. In der Straße herrscht eine gleichförmige mittlere Temperatur. Auf der einen Seite hat man unterschiedslos eingestürzte Gebäude, und auf der anderen die Mauer, die das Betriebsgelände abgrenzt. Die Stacheldrahtrollen, die sie überragen, sind an einigen Stellen gerissen und hängen bis zum Boden herunter, wo sie wirre Knäuel bilden, in denen Lumpen oder uralte Leinentücher langsam vermodern, die zu erneuern niemandem einfällt. In der Nähe des Portals oder woanders sind die durch fehlende Ziegelsteine entstandenen Räume von Vertretern einer riesigen und pausbackigen Spinnenart bewohnt. Jetzt, da der Wind nicht mehr weht, schaffen sie den Ruß weg, der ihre Schlupflöcher verstopft oder sogar zugekittet hat, und wenn diese Arbeit vollbracht ist, strecken sie einen Teil ihrer Gliedmaßen heraus und verharren reglos, um das Schauspiel auf der Straße unter ihnen zu beobachten. Sie nehmen dieselben Haltungen ein wie die Müßiggänger und Träumerinnen, mit denen wir früher in Verbindung standen, und würde man sie danach fragen, würden sie gewiss erwidern, sie stammten vom unaussterblichen Geschlecht der Hominiden ab, und dass sie den milden Abend genießen würden, und dass die proletarische Moral ganz genau und grundsätzlich darin bestünde, nach getaner Arbeit und bei günstigen Wetterbedingungen am Fenster Luft zu schnappen. In dieser Hinsicht haben die Organe darauf geachtet, dass der ideologische Bruch zwischen den beiden Gattungen nicht abgrundtief ist. Es ist sogar durchaus möglich, dass in einigen Mauerritzen eine oder zwei Heldinnen sich den Staub vom Gesicht waschen und dabei an ihre untadelige Treue zu einer Partei denken, deren Ziele und Geheimnisse sie weder kennen noch verraten, ebenso wenig wie ihre Bedeutung, ihre Strukturen, Methoden, das Gründungsdatum, ihre möglichen Verbündeten, ihre mittelfristige oder langfristige Strategie, ihr aktuelles Aktionsprogramm oder ihren Namen.

So sieht es jetzt aus.

So sieht es aus, als Mevlido ein Auge öffnet. Er sitzt schief auf einem Hügel weniger als zehn Meter vom Fabrikportal entfernt. Der Mond beleuchtet die Überreste. Unter dem seidigen Film, der die eisernen Türflügel bedeckt, erkennt man noch die Anschläge, die die alten Bolschewistinnen geklebt hatten, bevor sie die Bühne verließen, in der Hoffnung, eine mit ihrer Sprache vertraute Intelligenz bemerke sie, zum Beispiel Mevlidos Verstand oder unserer.

- WENN DU NACH DEM TOD WEITERLEBST, WARTE AUF DIE BEFEHLE!
- HOCK DICH HIN UND ZÄHLE BIS NULL!
- VERGISS DIE ARANEE IN DIR; GEH MIT DEN NACKTEN ZAUBERINNEN!
- KRIECHE BIS ZUM NICHTS, UND DANN ZERREISS DEINE LUMPEN!
- WARTE AUF DEN TRAUM NULL NULL SECHZEHN!

Kein Geräusch trübt Park Avenue. Von Zeit zu Zeit schieben die Spinnen aus ihren Behausungen den Kohledreck hinaus, der sich dort angesammelt hat, und erzeugen damit kleine, äußerst dünne schwarze Sturzbäche.

Dann steht Linda Siew dicht vor ihm auf. Sie verbringt ein oder zwei Tage damit, ihre Haut und ihr Haar zu kämmen, sie auszubürsten, sie von ihren Unreinheiten und der Asche zu befreien. Schließlich neigt sie sich zu Deeplane, murmelt an ihn gelehnt Beschwörungsformeln oder ein paar Sätze. Deeplane ist in einem riesigen Panzer eingeschlossen, der ihn beinahe wie eine Kugel aussehen lässt. Darunter kann man sich einen puppenartigen Brei aus mikroskopisch kleinen Körnern vorstellen, oder man kann vermuten, Deeplane habe darunter sein ursprüngliches Erscheinungsbild behalten, die Gestalt eines unbestechlichen Umherirrenden, der sich in den Kopf gesetzt hat, alle Widrigkeiten zu überwinden, durch den schwarzen Raum zu gehen oder die schwierigen Kreuzungen der Halde zu überqueren, oder man entscheidet sich dafür, dass diese körnige Kugel weder eine Gestalt noch irgendeine Art von Bewusstsein enthält.

Trotz Linda Siews beharrlichem Zauber antwortet Deeplane nicht. Linda Siew bewegt ihre Hand auf gleicher Höhe wie etwas, das ein Teil von Deeplanes Rücken sein könnte, und sie schlägt auf die verhärtete Schicht, die ihn einschließt. Sie zerbricht sie. Sie führt ihren Arm bis zum Ellbogen in die Öffnung ein. Sie sucht Deeplanes Haut.

»Ich sehe ihn schon eine Weile an«, murmelt Mevlido. »Seit einer Weile bewegt er sich nicht mehr. Ich glaube, es ist zu Ende.«

Linda Siew zieht ihren Arm zurück. Sie sieht den an, der sie soeben angesprochen hat, also Mevlido, also mich.

»Sind Sie es, Mevlido?«, fragt sie.

»Ach ja«, sage ich.

Uns trennt weniger als ein halber Meter. Nie war ihre Nacktheit so betörend wie jetzt, da die Mudang den Staub von sich abgewischt und sich gekämmt hat. Sie hat zu ihrer einfachen, schwindelerregenden Schönheit zurückgefunden. Im milchigen Mondlicht sieht sie aus, als käme sie frisch aus der Dusche. Sie ist eine außerordentlich schöne Mudang.

Fast wie Verena Becker, meine geliebte kleine Verena.

Die Mudang macht einen Schritt und pirscht sich langsam an mich heran. Sie ist bis zu den Knien im Staub versunken. Mein Kopf befindet sich auf der Höhe ihres Bauches. Ich schließe ihre Beine in meine Arme. Ihr Körper ist warm und ruhig, wie der Rest der Welt. Gemeinsam nehmen wir die Energie auf, die von den Mondstrahlen stäubt. Zeit vergeht.

Plötzlich sagt Linda Siew: »Stehen Sie auf, der Weg ist jetzt frei.«

Sie ist außer Atem. Ihre Stimme zittert.

»Welcher Weg?«, frage ich.

Sie weist mit undeutlicher Geste zum halboffenen Tor der Fabrik.

Wir kriechen stundenlang auf das Portal zu. Dem Ruß nach zu schließen ist seit Jahrtausenden niemand mehr über die Fahrbahn gegangen. Alles ist in Schlaf versunken unter einer brüchigen Decke, die jeden Augenblick zu zerreißen droht. Man muss sich vorsichtig fortbewegen, damit man nicht verschlungen wird. Auf allen vieren, entkräftet, kaum größer als die Spinnen, die uns beobachten, bewegen wir uns äußerst langsam vorwärts. Die Spinnen beobachten uns. Es sind viele. Wir bewegen uns äußerst langsam vorwärts. Wir sind nichts mehr. Ich gehe auf den Torspalt zu, doch Linda Siew hält mich zurück.

»Nicht hier entlang, Mevlido. Durch das Fenster.«

»Ich sehe kein Fenster«, sage ich.

Die Mudang zuckt mit den Schultern.

Sie ähneln Verena Becker so sehr, Linda, würde ich am liebsten hinzufügen. Meiner Verena, meiner geliebten kleinen Verena. Darf ich Sie Verena nennen? Stört es sie, wenn ich Sie Verena statt Linda nenne?

Ich sage nichts. Wir haben den rechten Flügel des Tors erreicht und stehen jetzt genau davor. Der Rost hat sich tief ins Metall gefressen, doch es ist nicht so zersetzt, dass man es mit einem Kopfstoß oder einem Fausthieb durchschlagen könnte. Seidenfäden halten die Oberfläche an den Stellen zusammen, wo Kräuselungen und Auszackungen auf Löcher hindeuten. Unter unsichtbaren Seidenfäden hängt der Fetzen einer Proklamation. Nur noch ein Ausrufezeichen und zwei Worte sind lesbar. Ich versuche, sie zu entziffern. Man könnte es für eine ausgeschriebene, eine in nicht mehr gebräuchlichen Buchstaben geschriebene Zahl halten, Null, Null, Sechzehn.

»Da ist das Fenster«, flüstert die Mudang. »Hier gehen wir durch.«

Sie legt die Hand auf das Plakat und drückt. Die Spinnennetze reißen, das Papier platzt, und eine Öffnung tut sich auf. Die Ränder sind gezackt und scharfkantig, sie glänzen wie düstere Klingen. Wenn das eine Schleuse ist, und ich mich dort hineinwage, wird es schwierig für mich sein, dem Halsschnitt zu entgehen.

»Meinst du wirklich, Verena?«, frage ich. »Bist du sicher?«

Ohne zu antworten schiebt Linda Siew mich vorwärts. Sie führt mich. Ich spüre ihre Hand, die auf meinen Schultern zittert, und als ich versuche, mich nach ihr umzudrehen, spüre ich schon das warme Eisen am Hals, das mich zerfetzt.

49 VERENA BECKER

»Ich warne Sie«, sagte Deeplane. »Sie haben sie gequält.«

»Ich weiß«, erwiderte Mevlido.

»Nein, Sie haben keine Ahnung. Sie haben sie gefoltert, sie haben sie vergewaltigt, sie haben sich in ruchloser Art und Weise an ihrem Körper vergangen, bis sie glaubten, sie sei tot. In der Nacht kroch sie über blutgetränkte Decken und Matratzen. Die Soldaten hatten ihre Opfer darauf gestapelt, es war ein ehemaliger Schlafsaal. Sie schlüpfte unter die Matratzen und rührte sich stundenlang nicht. Am nächsten Morgen schleppten die Soldaten weiter die Leichen der Menschen herbei, die sie am Tag zuvor niedergemetzelt hatten. Sie stehen unter der Kontrolle internationaler Organisationen, und man hat ihnen beigebracht, die Spuren zu beseitigen, wenn das Morden überhand nimmt. Sie übergossen die Leichen mit Benzin, damit alles im Feuer verschwinden zu lassen, da sie es jedoch eilig hatten wegzukommen, und ihr Anführer sie dazu drängte, waren sie bei der Arbeit nachlässig. Verena Becker konnte den Flammen entkommen. Sie konnte sich aus dem Flammenmeer befreien. Die Soldaten waren nicht weit entfernt, aber sie achteten nicht mehr auf das Geschehen in dem brennenden Gebäude. Anschließend irrte sie zwei Tage und zwei Nächte zwischen den Kampflinien umher. Es ist ein

Wunder, dass man nicht auf sie geschossen hat, dass keine Mine ihre Beine zerfetzt hat. Aber es ist, als ob ... Wissen Sie, Mevlido, sie ist davongekommen, aber es ist, als ob sie nicht lebend davongekommen wäre.«

»Ich weiß«, sagte Mevlido.

»Nein, Sie haben keine Ahnung«, sagte Deeplane. »Sie kann sich nicht bewegen. Sie öffnet die Augen nicht mehr, und außerdem ist sie jetzt blind. Wenn sie schläft, gleicht ihr Schlaf dem Tod. Die Welt, die sie bewohnt, ist nicht mehr unsere. Nehmen wir an, Sie wollten sie eines Tages wiedersehen, dann wird das nur im Traum möglich sein.«

»Ich möchte es«, sagte Mevlido.

»Ich warne Sie«, sagte Deeplane. »Sie wird Sie nicht erkennen. Wenn Sie erst einmal in einen ihrer Träume geschlüpft sind, müssen Sie sich damit begnügen, sie von weitem zu betrachten. Es ist ausgeschlossen, dass sie auch nur den geringsten Kontakt zu ihr aufnehmen. Es wird Ihnen schwerfallen. Werden Sie das aushalten?«

»Ich bin bereit«, bekräftige Mevlido ohne zu zögern.

»Dann los.« Deeplane wurde unruhig.

Das Halbdunkel hatte der Nacht Platz gemacht. Keine Lampe brannte. Deeplane rackerte sich ab, wühlte in der Finsternis. Der Raum hatte das Aussehen, den Hall und die Gerüche eines Ofens. Eines Ofens oder eines Kellers. Mevlido sperrte die Augen weit auf, aber er sah nichts, und plötzlich glaubte er eine Keule in den Händen Deeplanes zu sehen. Er wich zurück bis zu einer Wand und bückte sich. Unter seinen Händen spürte er eine Metallplatte, die er hätte aufbrechen müssen, um durch die Wand zu schlüpfen. Er schloss die Augen. Sein Geist war vollkommen reglos. Ihm war alles gleichgültig.

Nach einigen schwierigen Vorgängen, denn das Absetzen ähnelt nahezu immer einer niederträchtigen Tötung, brachte Deeplane Mevlido auf die andere Seite des Vorhangs. Wortlos setzten sie sich in Bewegung, tasteten sich einen Gang entlang. Die Wände zerbröckelten, wenn man sich an ihnen abstützte. Es herrschte ein beißender Geruch nach brennender Kohle. Er war ätzend und kaum zu ertragen.

»Solange wir das Ende des Gangs nicht erreicht haben, atmen Sie besser nicht«, riet Deeplane.

»Ist es weit?«, fragte Mevlido.

»Kümmern Sie sich nicht um Entfernungen, Mevlido«, flüsterte Deeplane. »Entfernungen zählen nicht. Denken Sie nur daran, vorwärtszukommen, und vor allem, sputen Sie sich ein wenig.«

»Ich komme mir vor wie ein Insekt, das im Dunkeln tappt«, bemerkte Mevlido. »Ein Insekt oder eine Spinne.«

»Ja«, erwiderte Deeplane, »hier macht das leider keinen Unterschied.«

Als sie an eine Tür kamen, stieß Deeplane sie mit der Schulter auf. Es war eine Tür aus Gusseisen, deren einziger Türgriff sich auf der anderen Seite befand. Sie gelangten in eine kleine Gasse, einen Engpass zwischen den Rückseiten zweier Gebäude. Die Umgebung war grau. Auf dem Boden befanden sich verdorbenes Gemüse und eine schmutzige Pfütze. Das Tageslicht huschte achtlos darüber hinweg. Ein offener Müllcontainer wies auf den Zugang zur Straße. Dahinter rauschte die Stadt.

»Ich verlasse Sie jetzt«, sagte Deeplane. »Beobachten Sie sie. Versuchen Sie nicht, mit ihr zu sprechen. Was auch immer geschieht, greifen Sie nicht ein.«

»Verstanden«, sagte Mevlido.

»Mehr kann ich nicht tun«, sagte Deeplane.

»Ich weiß«, sagte ich.

»Nein, Mevlido, Sie haben keine Ahnung«, beharrte Deeplane.

Er stand neben mir. Ich hörte seinen stockenden Atem,

dann trat er noch einen Schritt zurück. Ich sah ihn nicht an, ich untersuchte die Stelle, durch die wir soeben herausgekommen waren. Ich suchte nach dem Durchgang. Ich suchte eine gusseiserne Platte, einen Griff.

Die Wand, vor der wir standen, wies keine Öffnung auf. Es gab nicht die kleinste Tür, ob aus Gusseisen oder irgendeinem anderen Material. Es war, als hätten unsere Körper soeben die Ziegelsteine durchquert, ohne dabei auf ein materielles Hindernis zu stoßen. Während ich die Fassade absuchte, durch die wir gekommen waren, hörte ich im Innern des Gebäudes eine Metallplatte in ihren Angeln quietschen und dann laut zuknallen.

»Danke für alles, Deeplane«, sagte ich und drehte mich zu ihm um.

Aber er war schon verschwunden.

Schon ist Deeplane verschwunden.

Deeplane. Er ist verschwunden. Ich gehe jetzt in die Richtung, aus der der städtische Lärm kommt. Ich mache einen Bogen um verrottete Kohlköpfe, den Kadaver einer Ratte, Lumpen. Ich weiß nicht, warum, ich passe auf, dass ich die beiden grauen Wände nicht streife, die mich überragen und die von winzigen vergitterten Luken durchlöchert, mit Lüftungsschächten und äußeren Abwasserrohren versehen sind, an denen Staubknäuel hängen. Hinter dem Müllcontainer mündet dieser Gang in eine breite Straße, die schwarz ist von Gewimmel. Ich bleibe einen Moment stehen, bevor ich mich in die Horde der Vorüberziehenden einreihe. Ich würde gern begreifen, in welcher Form ich hier existiere, an diesem Ort, wo es, wenn ich die elliptische Bemerkung Deeplanes richtig deute, keinen Unterschied gibt zwischen Menschen, Lebewesen mit sechs Beinen und Männern oder Frauen, die acht Beine besitzen. Ich versuche, meine Gliedmaßen zu zählen, ich würde gern ein verlässliches Ergebnis bekommen. Ich gerate durcheinander und gebe es auf. Wenigstens habe ich die lebenswichtigen Minimalangaben im Kopf: meinen Namen, Mevlido, den Namen der Frau, die ich liebe, Verena Becker, und eine kleine Gewissheit – von nun an bewege ich mich im Traum der Frau, die ich liebe.

Die Menge erstreckt sich zu allen Seiten.

In einer Menge, an welcher Stelle auch immer, gibt es stets einen Mann, der allein ist, oder eine Frau, die allein ist. Das können Sie sein, und oft sind Sie es, aber manchmal ist es jemand anderes. Es hängt mehr vom Wesen der Menge ab als von Ihrem. Und hier, in dieser geballten, dichten menschlichen Flut, die hin und her wogt, ist Verena Becker diejenige, die allein ist.

Ich habe Mühe, sie nicht aus den Augen zu verlieren. Zu viele Leute sind unterwegs. Ich riskiere jeden Moment, niedergetrampelt und angerempelt zu werden. Schon wieder spreche ich von mir – sprechen wir nicht von mir. Es ist ihr Traum, Verena Beckers Traum, der Traum meiner geliebten kleinen Verena, aber ich würde nicht behaupten, dass ich die geringste Rolle darin spiele. Jetzt ist sie wieder aufgetaucht, zwanzig Meter entfernt. Sie hat sich soeben einem Demonstrationszug von Frauen angeschlossen, die die Straße besetzen und rhythmisch brüllen. Sie brüllen, sie wiederholen schreckliche Parolen, und trotzdem bleiben ihre Gesichter unbewegt. Als steckten sie hinter einer Maske. Selbst ihre Augen wirken matt. Keine Leidenschaft funkelt in ihnen, keine Wut. Nur ihre Stimmen verraten starke Gefühle, die aus Angst und einem unerschöpflichen Hass auf den Feind bestehen.

Junge, alte, in schwarze Lumpen gekleidete Frauen schreiten in engen Reihen voran, bilden Ketten. Sie gehen schnell, schwingen weder Spruchbänder noch Fahnen, und sie lassen bedrohliche, wenig abwechslungsreiche Sätze vom Stapel, die wie Wellen aufeinanderfolgen. Auf jede

Serie des Gebrülls folgt eine Sekunde abrupten Schweigens, eine Sekunde des Wartens, der Schwebe, in der beim Atmen alles zum Stillstand kommt, ein Moment, in dem der Gedanke dämmert, dass die Sätze, die man so heftig hervorgebracht hat, sich bald, in sehr, sehr kurzer Zeit, konkretisieren werden. Dann erinnern sich die Frauen jede für sich, aber alle im selben Augenblick, dass Rache nie zu etwas führt, und sie landen gemeinsam wieder auf dem Boden der Tatsachen, mitten auf der Straße, die Kehle zugeschnürt vor Verzweiflung, in die Lumpen von Trauerkleidern gehüllt, in zerrissene Mäntel, und der Aufschrei beginnt von Neuem. Verena Becker, meine geliebte kleine Verena, taucht für einen Augenblick ein in diese Flut, kaum länger als eine Minute, dann setzt sie sich von ihr ab. Selbst wenn eine Menge zu einem Kollektivwesen wird, das nur noch an den Kampf oder an die Rede denkt, gibt es in ihr immer eine Frau, die allein ist und allein bleibt. Verena Becker hat schnell jede Lust verloren, sich mit den anderen zusammenzutun, und wenn sie ihren Mund aufmachte, dann nicht, um die Parolen zu wiederholen, die man neben ihr brüllte. Die Ermahnungen ihrer Begleiterinnen rufen nichts in ihr wach, keine Wut, kein Gefühl der Not und auch fast keine Sympathie, als hätten ihre Begleiterinnen sich in einer fremden Sprache ausgedrückt. Sie versteht nicht mehr, wozu es gut sein soll, die Bestrafung des Feindes zu fordern, wenn dem Aufruf nicht sofort ein gewaltiger Blitzschlag folgt. Demonstrieren und dabei Flüche ausstoßen, das hatte ihr einst zu der Überzeugung verholfen, dass sie nicht ganz nur aus Nichts geschaffen war. Heute glaubt sie das Gegenteil. Sie entfernt sich vom Demonstrationszug.

Jetzt treibt sie sich unter den Gaffern auf dem Bürgersteig herum. Reflexartig, aus alter Solidarität zu den Kämpferinnen, begleitet sie die Gruppe der Frauen noch ungefähr fünfzig Meter, dann reißt sie sich von ihnen los, verschwindet in einer Seitenstraße. Noch einmal ertönen hinter ihr die Parolen:

- VERLASST EURE FLAMMEN, NACKTE SCHAMANINNEN, KLEINE NACKTE SCHWESTERN, ERWACHT ZU NEUEM LEBEN, SCHLAGT ZU!
- VERLASST EURE FLAMMEN, ERWACHT ZU NEUEM LEBEN, SCHLAGT ZU!
- ERWACHT ZU NEUEM LEBEN, SCHLAGT ZU!

In der weniger breiten Straße, in der Verena Becker jetzt unterwegs ist, drängen sich die Leute zu Herden zusammen. Meine geliebte kleine Verena bewegt sich seitwärts durch das Gewimmel, bemüht sich, Kurs zu halten. Manchmal wird sie in eine Richtung mitgerissen, die sie sich nicht ausgesucht hat, oft weicht sie nach rechts oder links aus, oder sie muss vier oder fünf Meter zurückgehen. Ich denke an die glücklichen Tage in unserer gemeinsamen Vergangenheit in Zone Zwei; während des einzigen Jahres, das kein Jahr der Niederlage war, zu Zeiten, als Mongkok noch nicht versiegelt war und ein schönes Reiseziel bildete, schlenderten wir beide, Verena Becker und ich, gegen Ende des Tages nach den Anstrengungen eines Kampfsport-Lehrgangs mit neuer körperlicher Leichtigkeit durch die dichten chinesischen Menschenmengen von Mongkok. Doch hier scheint der Andrang noch viel größer zu sein als in den Arbeitervierteln von Zone Zwei, und schon dort hatte der Zustrom von Flüchtlingen und Überlebenden das Straßenbild verwandelt. Verena Becker presst sich an eine Wand, doch der Strom reißt sie mit und zieht sie weiter fort. Sie hat nicht die Kraft, sich gegen den Strom zu stemmen. Jetzt lehnt sie sich mit dem Rücken an eine Tür. Neben ihrer Schulter befindet sich eine dreckige Fensterscheibe. Sie steht eine Weile vor diesem Eingang – vielleicht zu einem Laden, zu einer aufgegebenen Werkstatt, vielleicht auch zu einer einfachen, schmutzstarrenden Unterkunft. Sie ist müde, fast unfähig, noch etwas zu tun, die Lungen mit Luft zu füllen, sich aufrecht zu halten, das Gleichgewicht zu bewahren.

Die Demonstration entfernt sich allmählich. Die Losungen hallen zwischen den Gebäuden wider. Sie sind noch verständlich:

• NUR DAS FEUER, BEVOR DU ZU NEUEM LEBEN ERWACHST, WERDE DIE, DIE BRENNT!

• GEH IN DAS FREMDE BILD HINEIN, WERDE DIE, DIE BRENNT!

• WENN DU GEBRANNT HAST, ZIEH DICH AUS, ERWACHE ZU NEUEM LEBEN, SCHLAG ZU!

Damit sie nicht umfällt und damit sie nicht länger das Reiben der Arme, den Druck der Arme und der Bäuche ertragen muss, und auch nicht mehr den Atem und die Augen, die durch sie hindurch sehen oder sich energisch abwenden, sich abwenden, als wäre sie eine unstatthafte Kreatur, sucht Verena Becker den Griff der Tür, gegen die sie sich lehnt.

Der Türgriff gibt ohne Widerstand nach.

Sie öffnet die Tür und geht in das Haus.

Die einzige Beleuchtung ist der schwache Lichtschein, der durch das kleine Fenster fällt. Man sieht Pappkartons, gestapelt wie für einen Umzug, Blechregale, Scherben. Die Regale sind leer. Der vorherrschende Geruch lässt keine Aussage darüber zu, ob das Haus bewohnt ist. Es ist der Wintergeruch ärmlicher Kellerwohnungen, in denen der Schimmel und die Zurückgelassenen nach Belieben kommen und gehen. Hinter den Pappkartons erkennt man ein zweites dunkles Zimmer.

»Ist da jemand?«, fragt meine geliebte kleine Verena.

Sie schließt die Tür. Sogleich verstummt das Getöse von der Straße. Verena Becker wiederholt ihre Frage. Die feuchten Wände schlucken ihre Stimme. Niemand antwortet. Aus dem Hinterzimmer ertönt keine Einladung, dass sie es sich bequem machen möge.

»Ich bin da«, murmelt Verena mit einem trübseligen Tonfall.

Sie lauscht.

»Ich bin gekommen«, sagt sie noch. »Ich erwarte dich.«

Verena bleibt eine Minute reglos im Eingang stehen, dann fasst sie sich ein Herz. Sie nimmt ihre Maske ab. Tatsächlich hat sie bis jetzt eine Maske getragen wie die Frauen vorhin, keine Gasmaske, auch keine Karnevalsmaske, sondern eine Maske, die zarter ist, ockerfarben und zugleich durchsichtig, so dass sie das Gesicht kaum verändert, es nur ein wenig hölzern erscheinen lässt, eine Maske, die man aufsetzt, wenn man seine Wunden nicht vor Zuschauern zeigen will, die Maske, hinter der Einsamkeit und Angst inmitten einer Menge besser hinzunehmen sind: Das Gesicht ist undurchdringlich, selbst die Augen drücken keine Leidenschaft aus; welchen Kummer auch immer man hat, keine Träne rinnt über die Wangen. Verena nimmt das Ding geräuschlos ab und geht mit klopfendem Herzen einige Schritte unter einer Neonröhre, die nicht funktioniert, sie streift die Pappkartons, sie geht in diesen engen Raum, der nach Kleintierpisse und Kellerpilzen riecht.

Sie geht in das zweite Zimmer. Es ist ein Zimmer ohne Fenster mit einem kleinen Feldbett, einem Tisch, einem Rechaud, einem Stuhl, einem Waschbecken, einer Kloschüssel, einer Glühbirne an der Decke. Hier könnte man jahrzehntelang gefangen sein oder sich verstecken. Verena Becker knipst das Licht an. Ein Kakerlak rennt unten an der Wand entlang und flieht unter das Bett. Sie erkennt mich nicht. Sie setzt sich auf das Bett. Die Matratze quietscht kaum. Die Betttücher haben Rost- oder Blutflecken, aber sie sind nicht richtig schmutzig.

Die Lampe erhellt diese Zelle und dahinter das Chaos der Kartons und der Scherben, die über dem Boden verstreut sind. Nach einem kurzen Augenblick drückt Verena, meine geliebte kleine Verena, den Lichtschalter, weil sie es jetzt lieber schummrig hat, ruhig und schummrig, fern von allem. Ich höre, wie sie ihre Maske wieder aufsetzt.

Sie bleibt eine Viertelstunde auf dem Bett sitzen, ohne etwas anderes zu tun, als nachzudenken. Von meinem Beobachtungsposten unter der Matratze aus kann ich sie nicht mehr sehen. Ich ahne, dass sie sich ein wenig bewegt. Ich vermute, dass sie gerade eine kleine Haarsträhne zwischen die Finger genommen hat und sie an der rechten Schläfe dreht, fasziniert vom kaum hörbaren Rascheln und beruhigt. Das war eine Gewohnheit von ihr. Ich kann sie nicht mehr sehen. Ich versuche nicht einmal mehr, sie anzusehen. Ich brauche es nicht, ich erinnere mich ganz genau an ihre Gesichtszüge. Ich bin sicher, dass sie noch immer schön ist. Ich bin sicher, dass sie sehr schön ist.

Wir hören zu, was draußen auf der Straße weiter vor sich geht. Ich könnte nicht genau sagen, wo wir uns befinden, ob außerhalb oder innerhalb der Welt oder eines Menschen. Tatenlos schenken wir dem Tumult der Schritte und der Stimmen Gehör. Plötzlich überlagert ihn der Lärm von Parolen, die immer deutlicher werden. Die demonstrierenden Frauen durchpflügen das Viertel, jetzt kommen sie näher.

Ich würde gern mit Verena Becker sprechen, meiner geliebten kleinen Verena, ihr ein paar Worte zuflüstern oder ihr ein Zeichen geben, aber ich weiß, es ist besser, wenn ich es bleibenlasse, auch wenn ich nicht weiß, welche Nachteile sich daraus für uns beide ergeben würden. Ich erinnere mich an Deeplanes Warnungen. Kontaktaufnahme ausgeschlossen. Was auch immer geschieht, keinen Versuch unternehmen, in den Traum der Frau einzugreifen, die ich liebe. Also bleibe ich mit geschlossenen Augen starr in meiner Ecke unter dem Bett hocken.

Die Demonstranten strömen jetzt in unsere Straße, besetzen die Straße. Sagen wir, es ist Waddell Street, um sie zu benennen. Das Fenster zittert. In dem ganzen Gebrüll hört man das Zittern nicht, das Glas vibriert aber bestimmt.

Ich habe nicht die leiseste Ahnung, was Verena, meine geliebte kleine Verena, in diesem Augenblick denkt, doch eines steht zumindest fest: In der Einsamkeit stellen wir uns gemeinsam vor, dass die Scheibe zittert, und wir hören die Sätze, die die Frauen einstimmig skandieren. Ich weiß nicht, ob wir sie mögen, ich weiß nicht einmal, ob wir sie begreifen. Aber gemeinsam sind wir da, um sie in uns vibrieren zu hören:

- ZIEHT EUCH AUS, IN FLAMMEN GEKLEIDETE SCHWESTERN, SCHLAGT ZU!
- VERLASST EURE FLAMMEN, KLEINE NACKTE SCHWESTERN, ERWACHT ZU NEUEM LEBEN, SCHLAGT ZU!
- VERLASST EURE FLAMMEN, ERWACHT ZU NEUEM LEBEN, SCHLAGT ZU!!
- ERWACHT ZU NEUEM LEBEN, SCHLAGT ZU!!
- SCHLAGT ZU BIS ZUM ENDE, SCHLAGT ZU!